# 九歌舊疏彙纂

馬昕　劉東葵　王麗萍　編纂

中華書局

圖書在版編目(CIP)數據

九歌舊疏彙纂/馬昕,劉東葵,王麗萍編纂. —北京:中華書局,2025.5.—ISBN 978-7-101-17289-8

Ⅰ.I207.223

中國國家版本館 CIP 數據核字第 20258RF115 號

責任編輯:劉　明
封面設計:毛　淳
責任印製:陳麗娜

九歌舊疏彙纂
馬　昕　劉東葵　王麗萍 編纂
*
中華書局出版發行
(北京市豐臺區太平橋西里 38 號　100073)
http://www.zhbc.com.cn
E-mail:zhbc@zhbc.com.cn
北京新華印刷有限公司印刷
*
850×1168 毫米 1/32 · 15⅝印張 · 2 插頁 · 318 千字
2025 年 5 月第 1 版　2025 年 5 月第 1 次印刷
印數:1-2000 册　定價:88.00 元

ISBN 978-7-101-17289-8

# 出版説明

已故著名文學史家、楚辭專家游國恩先生（一八九九—一九七八，字澤承，江西臨川人），在二十世紀三十年代初執教于山東大學期間，爲便於楚辭的教學與研究，曾將歷代學者對《離騷》、《天問》二篇的舊注分句彙集，並逐條撰寫按語，以長編形式輯成講義。後來又應學生的要求，將其油印成册，作爲教學參考。但當時游先生感到資料還不夠完善，有待補充，一部分訓詁和考證的結論也需要進一步修訂和深化，所以未急於出版。一九五九年，游先生才開始集中力量修訂《楚辭注疏長編》，並由金開誠先生協助其進行這項工作。在經歷了「文革」十年浩劫和一九七八年游先生不幸逝世等波折後，《離騷纂義》和《天問纂義》才終於在金開誠等先生的繼續努力之下，分别於一九八〇年和一九八二年出版，游先生的夙願得以部分實現。但《楚辭注疏長編》計畫中的另外三部——《九歌纂義》、《九章纂義》和《招魂纂義》卻遲遲未能問世，這成爲楚辭研究界的一個遺憾。而事實上，《九歌纂義》早在二十世紀九十年代就已由董洪利先生率領幾位年輕學者合作完成，並向出版社交稿，卻由於一些複雜的原因而没能及時付梓。爲有助於楚辭研究的不斷推進，並告慰游國恩先生的在天之靈，我們打算將《九歌纂義》正式出版。但考慮到游先生已經過世多年，生前又没有留下與《九歌纂義》有關的按語，就不宜再署游先生的名字，也不應再用《九歌纂義》這一書名。於是，在中華書局同志們的建議下，我們將書名改作《九歌舊疏彙纂》。

本書原爲《楚辭注疏長編》的一部分，故在體例上與已經出版的《離騷纂義》和《天問纂義》基本保持一致，以下略作説明：

一、本書的編排方式基本是：先將《九歌》原文以一到三句爲一節列出，再按時代先後羅列自漢代至晚清的各家舊説，最後附加按語以表明編者的看法。

二、我們所輯録的舊説，除王逸《楚辭章句》全文引用外，其他各家的説法，凡有重複的，原則上只取最早的一家；但後人的意見如對前人有所引申補充，或説得比較明確，也酌情選録。

三、輯録舊説並不只取正確的和合理的，也選録了不少錯誤的乃至於荒謬的説法，目的在於盡可能全面地反映舊注的狀況。

四、由於輯録舊注截止於晚清，所以近人研究中比較有價值的或有影響的看法，在按語中擇要加以介紹。

五、按語除表明編者對原文的解釋外，也擇要對舊注加以評論，但對部分舊説僅存而不論，留待讀者鑒定參考。由於游國恩先生對《九歌》的研究資料較爲稀少，本書按語觀點基本沿襲金開誠、董洪利、高路明《屈原集校注》（中華書局一九九六年版）的看法。

六、本書輯録的舊注舊疏共計一百餘家，在卷首羅列了這些著作的作者、書名及版本情況。但在正文中均不注出處，只列作者姓名，以省篇幅。

七、本書的《九歌》原文和所輯各家舊注，均用繁體字排印，遇有異體字、俗體字，均改爲通行繁體字，通假字一律不改。引文中較爲明顯的錯字，本書不再一一出注，而是隨文徑改。

在本書的編纂過程中，王麗萍同志和劉東葵同志主要負責早期的資料核校工作，馬昕同志主要負責按語撰寫和後續幾輪資料核校工作。董洪利先生爲此書的編纂與出版付出了巨大辛勞，但其本人生前多次婉拒署名，我們對其遺願充分尊重，因此僅在此處對其致以崇高的敬意與謝忱。

二〇二五年五月十三日

# 九歌舊疏彙纂目録


選輯舊説總目……一
九　歌……一
東皇太一……一九
雲中君……五三
湘　君……八七
湘夫人……一七五
大司命……二三九
少司命……二八一
東　君……三二九
河　伯……三六三

山鬼……三九五
國殤……四五五
禮魂……四七七

# 選輯舊説總目

王逸　《楚辭章句》　《四部叢刊》影印明翻宋版《楚辭補注》本
孫思邈　《千金翼方》　元大德間梅溪書院本
顔師古　《匡謬正俗》　《藝海珠塵》本
吕延濟　劉良　張銑　吕向　李周翰　《文選五臣注》　《四部叢刊・六臣注文選》本
李賀　《七十二家評楚辭》引
段成式　《酉陽雜俎》　中華書局一九八一年刊本
竇苹　《酒譜》　一九二七年涵芬樓據明抄本《説郛》排印本
黄伯思　《東觀餘論》　《邵武徐氏叢書》本
洪興祖　《楚辭補注》　《四部叢刊》影印明翻宋本
洪邁　《容齋三筆》　商務印書館一九五九年刊本
吴曾　《能改齋漫録》　《聚珍版叢書》本

姚寬　《西溪叢語》　明汲古閣刊本
王觀國　《學林》　《湖海楼叢書》本
朱熹　《楚辭集注·楚辭辯證》　中華書局一九六三年重刊人民文學出版社影印宋端平本
羅願　《爾雅翼》　《學津討原》本
吴仁傑　《離騷草木疏》　《知不足齋叢書》本
高似孫　《緯略》　《守山閣叢書》本
樓昉　《七十二家評楚辭》引
葉大慶　《考古質疑》　《四庫全書》本
戴埴　《鼠璞》　《學津討原》本
趙與旹　《賓退録》　《四庫全書》本
陳仁子　《文選補遺》　《四庫全書》本
劉辰翁　馮紹祖校明萬曆刊本《楚辭章句》引
謝翱　《楚辭芳草譜》　《香艷叢書》本
郭翼　《雪履齋筆記》　《四庫全書》本
張綸言　《林泉隨筆》　《叢書集成初編》本

張志淳　《南園漫録》　《四庫全書》本
汪瑗　《楚辭集解·楚辭蒙引》　明刊本
陸時雍　《楚辭疏》　明緝柳齋刊本
陳士元　《江漢叢談》　《叢書集成初編》本
李時珍　《本草綱目》　清順治十二年刻本
馮覲　馮紹祖校明萬曆刊本《楚辭章句》引
陳深　馮紹祖校明萬曆刊本《楚辭章句》引
王文禄　《文脈》　《叢書集成初編》本
陳第　《屈宋古音義》　《學津討原》本
孫鑛　《七十二家評楚辭》引
郭正域　《新刊文選批評》　明萬曆三十年刊本
張萱　《疑耀》　《嶺南遺書》本
林兆珂　《楚辭述注》　明萬曆三十九年刊本
周拱辰　《離騷草木史·離騷拾細》　清道光二十六年重刊《周孟侯全書》本
張鳳翼　《文選纂注》　明萬曆癸丑刊本

陶晉英　《楚書》　《學海類編》本

蔣之翹　《七十二家評楚辭集注》　明天啟六年刻忠雅堂藏板

黄文焕　《楚辭聽直》　北京大學圖書館藏抄本

金兆清　《楚辭榷》　明天啟間刊本

來欽之　《楚辭述注》　明崇禎十一年刊本

閔齊華　《文選瀹注》　明刊本

李陳玉　《楚辭箋注》　清康熙間刊本

方以智　《通雅》　清康熙五年姚文燮校刊本

王萌　《楚辭評注》　清乾隆三十五年致和堂刊本

王遠　附見王萌《楚辭評注》

奚禄詒　《楚辭詳解》　清乾隆九年知津堂刊本

汪師韓　《文選理學權輿》　《讀畫齋叢書》本

錢澄之　《屈詁》　清斟雉堂刊《莊屈合詁》本

顧炎武　《日知録》　商務印書館一九三三年排印本

王夫之　《楚辭通釋》　中華書局一九五九年排印本

林雲銘　《楚辭燈》　清康熙三十六年挹奎樓刊本

賀寬　《飲騷》　清康熙間刊《山響齋別集》本

洪若皋　《昭明文選越裁》　《四庫全書》本

李光地　《九歌注》　清康熙五十八年清謹軒刻安溪李文貞公解義三種本

徐焕龍　《屈辭洗髓》　清康熙三十七年無悶堂刊本

徐文靖　《管城碩記》　清乾隆九年志寧堂刊本

曹同春　《楚辭約注》　高秋月、曹同春合著康熙二十八年《莊騷合刻》本

徐昂發　《畏壘筆記》　《殷禮在斯堂叢書》本

張詩　《屈子貫》　清嘉慶三年瞟城萬春堂刊本

朱冀　《離騷辯》　清康熙四十五年緑筠堂刊本

屈復　《楚辭新注》　清道光十五年刊《青照堂叢書》本

王邦采　《離騷彙訂》　《廣雅叢書》本

蔣驥　《山帶閣注楚辭》附《餘論》　一九三三年來熏閣影印清原刊本

吴世尚　《楚辭疏》　清雍正五年尚友堂刊本

夏大霖　《屈騷心印》　清乾隆三十九年一本堂刊本

邱仰文《楚辭韻解》 清乾隆三十七年碩松堂刊本
方廷珪《文選集成》 北京大學圖書館藏清刊本
胡文英《屈騷指掌》 清乾隆五十一年富芝堂刊本
戴震《屈原賦注·屈原賦音義》 清乾隆二十五年歙縣汪氏刊本
許巽行《文選筆記》《文淵樓叢書》本
阮葵生《茶餘客話》《藝海珠塵》本
趙翼《陔餘叢考》 商務印書館一九五七年排印本
劉夢鵬《屈子章句》 清乾隆五十四年藜青堂刊本
余蕭客《文選紀聞》《碧琳琅館叢書》本
段玉裁《説文解字注》 掃葉山房影印本
桂馥《説文解字義證》 上海古籍出版社影印《連筠簃叢書》本
孫志祖《文選李注補正》《讀畫齋叢書》本
陳本禮《屈辭精義》 清嘉慶十七年裛露軒刊本
王念孫《讀書雜志》 清同治九年金陵書局重刊本
《廣雅疏證》《畿輔叢書》本

張雲璈　《選學膠言》　《文淵樓叢書》本
胡濬源　《楚辭新注求確》　清嘉慶二十五年務本堂刊本
牟庭　《楚辭述芳》　《雪泥書屋全書》本
淩揚藻　《蠡勺編》　《嶺南叢書》本
朱珔　《文選集釋》　上海受古書店中一書局影印本
錢繹　《方言箋疏》　清光緒間刻民國間補刻本
梁章鉅　《文選旁證》　清光緒八年吴下重刊本
薛傳均　《文選古字通疏證》　《玲瓏山館叢書》本
朱駿聲　《説文通訓定聲》　清光緒十三年上海積山書局石印本
胡紹煐　《文選箋證》　《聚學軒叢書》本
畢大琛　《離騷九歌釋》　清光緒十八年補學齋刊本
俞樾　《讀楚辭·楚辭人名考》　清光緒二十八年《春在堂全書》本《俞樓雜纂》
王闓運　《楚辭釋》　清光緒二十七年《緗綺樓全書》本
馬其昶　《屈賦微》　清光緒二十五年《集虚草堂叢書》本
朱銘　《文選拾遺》　清光緒十八年家刻本

陳培壽《楚辭大義述》　民國石印本

武延緒《楚辭札記》　一九三三年《所好齋札記》本

李翹《屈宋方言考》　一九二五年芬熏館刊本

# 九歌

王逸曰：《九歌》者，屈原之所作也。昔楚國南郢之邑，沅湘之間，其俗信鬼而好祠，其祠必作歌樂鼓舞以樂諸神。屈原放逐，竄伏其域，懷憂苦毒，愁思沸鬱，出見俗人祭祀之禮、歌舞之樂，其詞鄙陋，因爲作《九歌》之曲，上陳事神之敬，下見己之冤結，託之以風諫，故其文意不同，章句雜錯而廣異義焉。

張銑曰：九者，陽數之極，自謂否極，取爲歌名矣。

李賀曰：其骨古而秀，其色幽而豔。

洪興祖曰：《漢書》曰，楚地信巫鬼，重淫祀。《隋志》曰：荆州尤重祠祀。屈原制《九歌》，蓋由此也。〇又曰：王逸注《九辯》云，九者，陽之數，道之綱紀也。五臣云，九者，陽數之極，自謂否極，取爲歌名矣。按：《九歌》十一首，《九章》九首，皆以九爲名者，取《簫韶》九成，啟《九辯》、《九歌》之義。《騷經》曰，奏《九歌》而舞《韶》兮，聊假日以媮樂，即其義也。宋玉《九辯》以下，皆出於此。

姚寬曰：《九歌章句》名曰九而載十一篇，何也？曰，九以數名之，如《七啟》、《七發》，非以其章名耳。

朱熹曰：《九歌》者，屈原之所作也。昔楚南郢之邑，沅湘之間，其俗信鬼而好祀，其祀必使巫覡作樂，歌舞以娛神。蠻荆陋俗，詞既鄙俚，而其陰陽人鬼之閒，又或不能無褻慢淫荒之雜。原既放逐，見而感之，故頗爲更定其詞，去其泰甚，而又因彼事神之心以寄吾忠君愛國眷戀不忘之意，是以其言雖若不能無嫌於燕昵，而君子反有取焉。〇又曰：楚俗祠祭之歌，今不可得而聞矣，然計其閒，或以陰巫下陽神，或以陽主接陰鬼，則其辭之褻慢淫荒當有不可道者。故屈原因而文之，以寄吾區區忠君愛國之意。比其類，則宜爲三《頌》之屬；而論其辭，則反爲《國風》再變之《鄭》、《衛》矣。〇又曰：《九歌》諸篇，賓主彼我之辭最爲難辨。舊説往往亂之，故文意多不屬，今頗已正之矣。〇又曰：舊説以靈爲巫，而不知其本以神之所降而得名。蓋靈者，神也，非巫也。若但巫也，則此云姣服，義猶可通，至於下章則所謂既留者，又何患其不留也邪？漢樂歌云，神安留，亦指巫而言耳。

郭翼曰：屈原作《九歌》，篇名九，而實十有一章。朱子亦以爲不可曉。或謂九爲陽數，或謂有虞夏《九歌》之遺聲，俱恐未然。吴草廬云，前之九歌，屈託以伸己意；後之二篇，無所託意，止爲巫者禮神之詞而已。蓋與九篇不同時，後人從其類而附焉耳。

張鳳翼曰：以事神之言寓忠君之意，而辭之所指，惟在神耳。舊注牽合附會。

陳深曰：沅湘之間，其俗尚鬼。祭祀則令巫覡作樂，諧舞歌吹爲容，其事陋矣。自原爲之，緣之以幽渺，涵之以清深，琅然笙匏，遂可登于俎豆。若曰淫于沔嫚而少純白不備爲屈子病，則是崇岡責其平土，激水使之安流也，固矣。

孫鑛曰：《九歌》句法稍碎，而特奇陗，在《楚辭》中最爲精潔。

馮覲曰：情神慘惋，詞復騷豔。喜讀之可以佐歌，悲讀之可以當哭。清商麗曲，備盡情態矣。

汪瑗曰：《九歌》之神皆當時楚之所祭者也。……屈子《九歌》之詞，亦惟借此題目漫寫己之意興，如漢魏樂章樂府之類。……或道享神禮樂之盛，或道神自相贈答之情，或直道己之意興，然即此而歌舞之，亦可以樂神而侑觴矣。……其文意與君臣諷諫之説全不相關，舊注解者，多以致意楚王言之，支離甚矣。《九歌》之作，安知非平昔所爲者乎？奚必放逐之後之所作也？縱以爲放逐之後之所作，又奚必諷諫君上之云乎？……解《楚辭》者，句句字字爲念君憂國之心，則《楚辭》亦掃地矣。或曰：子之言是矣，然《九章》之篇數皆合於九，而茲《九歌》乃十有一篇，何也？曰：末一篇固前十篇之亂辭也，《大司命》、《少司命》固可謂之一篇，如禹、湯、文、武謂之三王，而文、武固可爲一人也。《東皇太一》也，《雲中君》也，《湘君》也，《湘夫人》也，二《司命》也，

《東君》也，《河伯》也，《山鬼》也，《國殤》也，非九而何？或曰：二《司》既可爲一篇，則二《湘》獨不可爲一篇乎？曰：不可也。二司蓋其職相同，猶文、武之其道相同，大可以兼小，猶文、武父可以兼子，固得謂之一篇也。如二《湘》乃敵體者也，而又有男女陰陽之別，豈可謂之一篇乎？若如此説，則《河伯》亦二《湘》之類，《國殤》亦《山鬼》之類也，其不然也審矣。篇數雖十一，而其實爲九也，較然矣，又何疑乎？

陳第曰：舊説謂沅湘之俗信鬼好祀，原爲更定其祝辭，且以事神之言寓忠君之意，以今觀之，惟《東皇太乙》篇有玉瑱、瓊芳、肴蒸、桂酒之文，而《東君》篇亦有鳴鯱、吹竽、展詩、會武之語，頗似享神，其餘絶不見祭祝之意。舊説又以浴蘭湯、華采衣皆指巫而言，亦似牽附，大都原之忠愛無刻而忘，故借題託興以發其惓勤懇惻之懷，如《離騷》所云求虙妃之所在、見有娀之佚女、留有虞之二姚、聊浮游而求女、命靈氛爲余占、皇剡剡其揚靈是也，安有祭祀之歌而通篇言神之不至耶？

閔齊華曰：舊注謂楚俗信鬼，其祝詞鄙陋，故更作《九歌》。王逸謂屈子特修祭以宴天神。二説皆非也。或云此是楚祀典，而屈子更定之，如後世樂府之類。或稱享神禮樂之盛，或道神自相贈答之情，或直道自己意興，其意與君臣諷諫之説全不相關。舊注多以致意楚王言之，不免支離矣。……或云《大司命》與《少司命》合爲一篇，《禮魂》則諸篇之亂辭也，故云《九歌》。

張萱曰：《楚詞·九歌》實十一篇，乃知九者非篇數也。或云九者，陽數之極，故陽九乃否極之會。屈原取以名篇，自喻其不得志之極也。此亦有理。

李陳玉曰：按《離騷》中「啟《九辯》與《九歌》兮」，此《九歌》之名所由見也。《書》曰，九功惟敘，九敘惟歌，蓋治定功成而後播之于樂。屈原少時鋭于致主，自謂當其壯年，一切成辦，可以無愧皋、禹，豈意有才無命，淪落江濱，一至于此，偶見巫覡所祀，不覺隨手爲之點定。蓋亦借此清廟登歌之手，小用之下里之奏也。〇又曰：按《九歌》……其十一章，何也？蓋《山鬼》、《國殤》、《禮魂》共爲祭鬼，合前八禮，故名《九歌》。太一，天之貴神，于春秋、戰國時方有此説，諸國俱祀之，而祠在楚，故楚尤首重。雲中君，舊以爲雲神，今國家祀典亦有祭風、雲、雷、雨者。湘君、湘夫人則楚所舊祀也。大司命、少司命則人間所私祀，不獨楚也。東君祭日，天子之禮，其後侯國皆用之。河伯即洞庭、江、漢之神，合江楚之人，凡水俱名河伯。《山鬼》、《國殤》、《禮魂》，楚俗尚鬼，故其祀獨繁于他國也。然屈子文章，變化各各不同：《東皇太一》高簡嚴重；《雲中君》飄忽急疾；《湘君》、《湘夫人》纏綿婉惻；《大司命》雄倨疏傲；《少司命》輕俊艷冶；《東君》豪壯頎偉；《河伯》飄逸浪宕；《山鬼》幽倩細秀；《國殤》酸辣悲烈；《禮魂》短棹孤潔。中間有迎神、送神、降神全者，《雲中君》、《大司命》、《少司命》、《東君》、《河伯》是也；有迎神、降神，無送神者，《東皇太一》是也；止有迎神，無降、送者，《湘君》、《湘夫人》是也；無迎、無送、無降者，《山鬼》、《國殤》、《禮魂》

是也。微細工巧，不失分寸，有似漢賦者，有似晉、魏樂府者，有似六朝人《子夜》、《讀曲》等作者，有似初盛中晚人佳句者，甚有似宋元人詞曲者。何以包括千古一至此，真才士哉！

陸時雍曰：視於無形，聽於無聲，洞洞屬屬，然致其所自致焉已矣。求之而不得，悲怨之所以生也。天地絪縕，萬物化醇，君子得此以奉其君親，思群、閔獨、徵萃、合漠、耦化、並欲、濟功，物具有此，故生可死而死可生也。人而神之則己疏，鬼而人之則己親，山鬼思人，其情也夫。○又曰：揚雄有云，中正則《雅》，多哇則《鄭》，天下有境之所可至而情不至焉，有情之所可至而言不至焉。《九歌》婉孌已甚，昵昵兒女語，何褻也。情太泄而不制，語過豔而不則，朱晦翁謂再變之《鄭》、《衛》，良不虛矣。後之人離去其情，而巧爲意以追之，求其《鄭》而不得，悲夫！

蔣之翹曰：以事神之心，寄吾忠君愛國繾綣不忘之意，所謂借他人之酒杯，澆自己之塊疊也。其間急節短棹，雖乏和緩，而骨力自是遒上。後唐王維《魚山迎送神曲》及韓愈《羅池廟詞》，皆不能仿佛矣。

錢澄之曰：《九歌》只是祀神之詞，原忠君愛國之意，隨處感發，不必有心寓託而自然情見乎詞耳。○又曰：《九歌》名爲九，實十一章也。諸家謂《山鬼》、《國殤》、《禮魂》共爲祭鬼，合前之八祀爲《九歌》。愚按，楚祀不經，如河非楚所及，《山鬼》涉於妖邪，皆不宜祀，屈原仍其名，改爲之詞而黜其祀，故無贊神之語、歌舞之事，則祀神之歌正得九章。

王夫之曰：今按，逸所言託以風諫者，不謂必無此情，而云章句雜錯，則盡古今工拙之詞，未有方言此而忽及彼，乖錯瞀亂，可以成章者。孰繹篇中之旨，但以頌其所祠之神，而婉娩纏綿，盡巫與主人之敬慕，舉無叛棄本旨，闌及己冤。但其情貞者其言惻，其志菀者其音悲，則不期白其懷來，而依慕君父。怨悱合離之意致，自溢出而莫圉。故爲就文即事，順理詮定，不取形似舛盭之説，亦令讀者泳洪以遇於意言之表，得其低回沈鬱之心焉。按，逸言沅、湘之交，恐亦非是。《九歌》應亦懷王時作。原時不用，退居漢北，故《湘君》有北征道洞庭之句，逮後頃襄信讒，徙原於沅、湘，則原憂益迫，且將自沈，亦無閒心及此矣。

洪若皋曰：沅、湘之間，其俗尚鬼，祭祀令巫覡歌舞以娱神，詞章鄙俚，不無褻嫚，原既放逐，見而感之，遂爲更定其詞，此《九歌》所以作也。然《離騷》自《離騷》，《九歌》自《九歌》，原不相蒙，其歌詞愷惻悽愴，曲折纏綿，或有類乎《騷》者，亦屈子筆法然耳。説者必欲强爲之解，以神喻君，以祀神喻事君，以事神不答不忘其愛敬，喻事君不合不忘其忠赤，可謂矯誣甚矣。試取《九歌》細讀之，所爲事神而神不答者，果何在乎？當不辨而自明也。

徐焕龍曰：歌曰九，篇十一者，《國殤》、《禮魂》特附九歌之後，不在九數之中。

李光地曰：自《太乙》以下，皆以事神之恭，況己事君之敬；以神人之接之闊，喻君臣之交之難。惟《山鬼》一章乃以鬼自比，而人則君也，以此意讀之，大義則得矣。……《九歌》則《離騷》之外篇爾，故天神尊上則以喻君，司命爲太乙之佐，湘君、河伯非天神之倫，則以喻臣。玩其辭，潛其義，凡莊重嚴肅、禮樂威儀備者，君之族也。凡投贈親昵、遊從驩宴者，臣之族也。中寓怨悱之離憂而亦不失其尊卑之體，輕重、淺深、久近之序。……按《九章》止九篇，則《九歌》疑亦當盡於此，其辭所寄託，皆感遇抒憂，信一時之作也。後兩篇或無所繫屬而以附之者。

蔣驥曰：本祭祀侑神樂歌，因以寓其忠君愛國、眷戀不忘之意，故附之《離騷》。或云，楚俗舊有辭，原更定之，未知其然否也。○又曰：《九歌》本十一章，其言九者，蓋以神之類有九而名。兩司命，類也；湘君與夫人，亦類也。神之同類者，所祭之時與地亦同，故其歌合言之。○又曰：《安溪新説》泥地道妻道意，因於湘君、夫人、大司命、少司命、河伯，皆以喻在朝同列。夫楚在朝諸臣，皆讒諂邪曲之輩，以擬天地尊神，可謂引喻失義矣。且此輩人，使原得志，方斥逐之不遑。原既失志，尤嫉惡之已甚，而諸篇多讚誦慕戀之辭，若欲求合而不得。觀《離騷》、《九章》立言之方，原肯出此乎？《國殤》、《禮魂》，以爲無所屬而附之，亦復欠理。

王邦采曰：歌曰九而篇十一，昔人謂如《七啟》、《七發》以數名篇，非以歌名篇也。説恐不然。《九章》是九篇，《九辯》是九篇，何獨於《九歌》而異之？當是《湘君》、《湘夫人》只作一歌，《大司命》、《少司命》只作一歌，則《九歌》仍是九篇耳。或以九爲陽數之極，自謂否極，取爲歌名；又謂取《簫韶》九成之義，皆臆見也。至有以《國殤》、《禮魂》無所繫屬，特附《九歌》之後，不在九數之中；或又欲合《山鬼》、《國殤》、《禮魂》爲一篇，尤爲謬妄。

吴世尚曰：《九歌》首二章筮日齋沐，末章成禮傳芭，乃一篇大章法也。其間有二篇相承而爲章法者，則首二章與《湘君》、《湘夫人》及《大》、《少司命》也。至各篇自爲章法，則固人之所能知矣。○又曰：楚僭稱王，其所祠祀，多有非其所當祭者，而禱祠歌舞之曲又復鄙俚不經。屈原《九歌》之作，於祀典固不能有所是正也，而頗能言鬼神之性情功效，倡歎幽深，音節悲壯，意中語外，隱隱念君憂國之情。《離騷》兼《變風》、《變雅》之聲，《九歌》則正可云《頌》之變調，而漢魏之樂府俱胎息於此矣。

屈復曰：詩有寄托，非比、賦、興也。漢張衡《定情》，班婕妤《團扇》，曹植、王粲《三良》，樂府《去婦詞》，六朝《子夜》等歌，唐宫詞、閨情、無題、古意，上而《毛詩》之《有女同車》諸什，朱晦翁所謂淫奔之類者。或君臣朋友間，言不能盡，借酒杯澆塊壘，言在此而意實在彼，隱乎字句之中，躍乎字句之外，千載下令人思而得之，無論賦、比、興，俱可以寄托，而寄托非賦、比、興也。三閭《九歌》即楚俗祀神之樂，發我性情，篇篇祀神而眷戀君國之意存焉。若云某神比君，某神比臣，作者固未嘗一字明及之，是在讀者心領神會耳。然則《九歌》也，楚之通國皆可奏以娱神者也，必謂一人作之，惟一人奏之，則《毛詩》以至漢魏三唐，皆作者一人獨奏乎？夫人而可奏也，何也？寄托也，非比也。隱乎字句之中，而躍乎字句之外也。後之君子，其讀《九歌》也，必有不河漢予言者。

夏大霖曰：予今爲《九歌》一十一篇總叙曰：篇目之陰陽鬼神，皆託比之寓言也，合一十一篇，總名爲《九歌》，原是一篇。朱子原本右文詞而左篇目，如界《學》、《庸》章法，黄本亦然，是古本原合爲一篇，可想而知也。

曹同春曰：九歌之名，自古有之，原作亦如後人擬古樂府、代古樂府之類，因名而異其詞耳。

劉夢鵬曰：原既遭放廢，西浮運舟漢北，南指泝流沅湘，睠懷楚國，不忘欲返，於是託於歌咏，賦、比、興以道達己志。《東皇太一》，表忠愛之情也；《東君》，致必讎之旨也；《雲中君》，思賢達之遇也；《湘君》，告語同志，待時後圖也；《司命》，諷喻朝賢，悲所志之不酬，或冀倖於萬一也；《河伯》，傷寥寂也；《山鬼》，遺所思也；《國殤》，痛楚兵挫，哀死事，語慎戎也；《禮魂》，諷隆禋祀，和神人也。其詞婉，其意曲，怨而不怒，思而不淫，二《雅》之變音乎？

余蕭客曰：《九諷系述》：屈原正詭俗而爲《九歌》（皮日休《文藪》二）。案：《九歌》，《東皇太一》喻懷王始用己，《雲中君》喻懷王後疏己；《湘君》、《湘夫人》，二神皆女，用喻賢人，與《離騷》同法；《大司命》喻懷王始信終疑，猶《東皇》、《雲中君》兩篇之意；《少司命》喻頃襄當用賢臣；《東君》喻頃襄當復秦仇；《河伯》言己將水死；《山鬼》言己將與山鬼爲伍；《國殤》、《禮魂》直賦其事。

戴震曰：《九歌》，遷於江南所作也。昭誠敬，作《東皇太一》；懷幽思，作《雲中君》，蓋以況事君精忠也；致怨慕，作《湘君》、《湘夫人》，以己之棄於人世，猶巫之致神而神不顧也；正於天，作《大司命》、《少司命》，皆言神之正直而惓惓欲親之也；懷王入秦不反，而頃襄繼世，作《東君》，末言狼弧，秦之占星也，其辭有報秦之心焉；從河伯水遊，作《河伯》；與魑魅爲群，作《山鬼》；閔戰争之不已，作《國殤》；恐常祀之或絶，作《禮魂》。

陳本禮曰：《九歌》皆楚俗巫覡歌舞祀神之樂曲（《周禮·春官·司巫》，掌巫之政令，男曰覡，女曰巫），楚以巫祀神，亦從周舊典，特其詞句鄙俚，故屈子另撰新曲，然義多感諷，後人不深求其故，漫曰楚俗信鬼好祀。而谷永又謂懷王隆祭祀，事鬼神，欲以邀福，助卻秦軍，似皆妄擬之詞。愚按：《九歌》之樂，有男巫歌者，有女巫歌者，有巫覡並舞而歌者，有一巫倡而衆巫和者，激楚揚阿，聲音淒楚，所以能動人而感神也。（鄭康成）曰，有歌者，有哭者，冀以悲哀感神靈也。讀《九歌》者，不可以不辨。

胡文英曰：《九歌》共十一篇，《湘君》、《湘夫人》合廟分獻，各歌其辭，《大司命》、《少司命》亦然，祭之所有九，故謂之《九歌》。内惟《東皇太一》、《國殤》、《禮魂》三篇無寓意，《雲中君》、《東君》二篇，正説祭祀，略有寓意，餘六篇則借祭神而寫其離合之思、期望之意。

牟庭曰：《九歌》，郢都作也。九神，楚國之典祀，領在祠官。原雖廢棄，未去國，故得造新聲以寄思焉。昔人據《湘君》之篇，謂原竄伏沅湘，見俗人祭神歌舞，而爲作《九歌》之曲，不思河伯在北，去湘間遠矣，其俗人何爲并祭之乎？《國殤》曰天時墜兮威靈怒，此懷王時事，居然可知也。《司命》曰忽獨與余兮目成，《山鬼》曰君思我兮不得閒，頃襄又不能比此語也。○又曰：九歌者，亦夏后之樂名也。原擬古樂爲賽神之曲，凡有九神，遂謂之《九歌》。

凌揚藻曰：宋玉憫惜其師，忠而放逐，作《九辨》以述其志，辭共十篇。宋人不知九字有虛用之義。（帝嚳命咸黑歌《九招》，歌之名九始此。其後禹有《九德》、《九夏》，啟有《九辨》、《九歌》，王褒《九懷》，劉向《九歎》，王逸《九思》，《詩》九者如豳詩之《九罭》，非必九篇也。）强合二章爲一章，以協九數，已開其妄。近松江顧小厓撰《九歌解》，亦將《九歌》十一篇，并《湘夫人》于《湘君》，并《少司命》于《大司命》，以符九者之數。抑知昌黎謂堯之長女娥皇爲舜正妃，故曰君；其二女女英，自宜降曰夫人也。故《九歌》辭謂娥皇爲君，謂女英爲帝子。祀典之中，尊無二上，知禮如靈均，乃肯輕于并合者？至《少司命》，疑即《祭法》王爲群姓立七祀，諸侯五祀。其一曰司命，鄭注以爲小神居人間，司察小過，作譴告者，故歌辭多近《山鬼》，若《大司命》之辭，則曰廣開兮天門，又曰乘清气兮御陰陽，斯則文昌之第四星也，亦豈容混合乎？

胡濬源曰：《九歌》是代女巫口氣，歌以媚神，如今世俗，僧道、巫覡香火科咒及演戲奉神戲曲，皆不隸樂府，非祭禮之雅樂也。若認作主祭之詞，則《湘君》、《夫人》挑瀆已甚，非大不通乎？從來注家，多欠分曉。近有《集解》云：《湘君》篇，君召夫人；《夫人》篇，夫人答君。是又代神贈答，與祭者無謂，亦屬臆説曲解。玩末章姱女倡句，自知女倡即巫。若朝廷典禮，當有工祝，不當任之女巫。蓋女巫媚神，自上古歷夏、商以來，久已成俗。《商書·伊訓》曰，敢有恒舞于宫，酣歌于室，時謂巫風。周初大姬封陳，好巫覡歌舞，其民化之，故《陳風》有《宛邱》之章。其風只在民間，不惟楚沅湘，而沅湘尤甚且鄙。屈子特借其詞，文之以寄意耳。大要謂巫風足亡國，因之感觸。《晉書·夏統傳》，統從父敬寧祠先人，迎女巫章丹、陳珠，二人竝有國色，莊服甚麗，善歌舞，又能隱形匿影。甲夜之初，撞鐘擊鼓，間以絲竹。丹、珠乃拔刀破舌，吞刀吐火，雲霧杳冥，流光電發。統諸從兄弟欲往觀之，紿統竝往。入門，忽見丹、珠在中庭，輕步佪舞，靈談鬼笑，飛觸挑抃，酬酢翩翻。統驚愕而走。是此俗至晉猶然，直迨元魏孝文延興二年，始詔孔廟不許女巫妖覡，淫進鼓舞。又《齊書·禮志》何佟之議引《周禮·女巫》「旱暵則舞雩」，鄭玄注「使女巫舞旱祭」，鄭衆云「求雨以女巫」。佟之又云，今之女巫，竝不習歌舞，方就教試，恐不應速。則古女巫之有歌，歌有詞，《九歌》之爲歌詞也，明矣。顧從來注家，誤以爲樂章，何哉？○又曰：《九歌》寄意君國，亦不可泥定篇篇比君。泥之，則《山鬼》既不可比君，《國殤》亦不倫，《湘君》、《夫人》終牽强。若必欲指實，惟《東皇》以比懷王，時王在秦，故末有樂康句，祝之也。《雲中》以比襄王，雲中，楚大澤也，有國之謂。二篇辭氣皆甚莊嚴。《湘君》、《夫人》比舊同氣宿賢，如《離騷》以女比賢之意，故多道情思。二《司命》比當國執政，故有與君導帝九阬句及夕宿帝郊句，明當共忠於王也。《東君》以日比君，即以天狼比君側，近孽也。《河伯》遠隔江漢，比出使約縱之賢，行人當日，國勢所賴。《山鬼》比用事者，如靳尚之徒。《國殤》、《禮魂》則明言將帥忠義之臣，兼以自比也。比意皆露各章末，如此似稍可通，要無庸鑿。

梁章鉅曰：五臣注謂九者，陽數之極。楊氏慎謂古人言數之多，止於九。《逸周書》言，左儒九諫。孫武子言九天、九地，此豈實數乎？《楚詞・九歌》乃十一篇，《九辨》亦十篇，宋人不曉古人虚用九字之義，强合《九辨》二章爲一章，可笑也。按：余蕭客謂「取《簫韶》九成」、「啟《九辨》《九歌》」之義，亦無所據。至顧成天又合《湘君》、《湘夫人》及《大司命》、《少司命》皆爲一章，以應《九歌》之名，益無謂矣。

胡紹煐曰：按《湘中記》，屈潭在玉笥山。屈平棲於此山，而作《九歌》焉。

王闓運曰：此《九歌》十一篇。《禮魂》者，每篇之亂也。《國殤》，舊祀所無，兵興以來新增之，故不在數。皆頃襄元年至四年，初放未召時作，與《離騷》同時。

畢大琛曰：《離騷》篇法長，故音韻悠揚；《九歌》分十一章，故音韻高而促。

馬其昶曰：何焯曰，《漢志》載谷永之言，云楚懷王隆祭祀，事鬼神，欲以邀福，助卻秦軍，而兵挫地削，身辱國危，則屈子蓋因事以納忠，故寓諷諫之詞，異乎尋常史巫所陳也。其昶案，懷王既隆祭祀，事鬼神，則《九歌》之作必原承懷王命而作也。推其時，當在《離騷》前。史稱原博聞彊志，明治亂，嫻辭令。懷王使原造憲令，上官大夫讒之王曰，每一令出，原曰非我莫能爲。雖非其實，然當時爲文，要無出原右者，彼懷王撰詞告神，舍原誰屬哉？案懷王十一年爲從長攻秦，十六年絶齊和秦，旋以怒張儀故，復攻秦，大敗於丹陽，又敗於藍田。吾意懷王事神，欲以助卻秦軍，在此時矣。

陳培壽曰：《湘君》即《離騷》所謂哲王不悟也。《湘夫人》，屈子以《湘君》比君，《湘夫人》比椒、蘭，即《離騷》所云閨中邃遠也。《大司命》，惜往日曾信也。《少司命》，屈子以大司命比懷王，少司命比子蘭，秋蘭謂子蘭，蓀謂君也。所美果美，君亦無容愁苦矣。《東君》，傷頃襄也，嗣政之初，如日方出，豈意聲色是娱，終於杳冥乎！《河伯》，屈子此章已決然有《懷沙》之志。《山鬼》謂死不忘君，故以自比。《國殤》，以忠致死，故比國殤。《禮魂》，望知我者於百世之下也。孟子論《詩》所言以意逆志，斯爲得之，皋文真能得屈子之意矣。

謹按：《九歌》乃楚國祭祀所用娱神之歌，其名甚古，至晚於夏啓之時已有之。《離騷》云，啓《九辯》與《九歌》兮，夏康娱以自縱。又云，奏《九歌》而舞《韶》兮，聊假日以媮樂。《天問》云，啓棘嬪商，《九辯》、《九歌》。《山海經・大荒西經》云，夏后開上三嬪于天，得《九辯》、《九歌》以下。皆爲明證，雖係神話，亦足見其來源之古。楚人祭歌以《九歌》爲名，推論其原，當是因襲其名、其曲與其歌舞規儀而更創新詞，曹同春即持此説，殆爲近是。至於《九歌》之詞爲何人所作？自漢以來，凡有三説：其一，王逸以爲《九歌》出自屈原手筆，純係文人創作；其二，朱熹謂其本爲民間祭歌，後經屈原更定其詞，遂成今日之貌，陳深、汪瑗、洪若皋、陳本禮諸人俱尊此説；其三，或謂其純爲楚國民間祭歌，與屈原並無關涉。即今觀之，當以朱説爲近其實。《九歌》本爲楚巫口頭吟唱之詞，固多鄙俚，其句法、文風及篇章結構均與《離騷》、《九章》有異，恐爲民間祭歌之舊體；然其詞句亦時有見於《離騷》等篇者，應同出一人之手，與屈原亦有莫大關聯。然屈原又於何時作之？前人多謂屈原放逐之後，據放所當地之祭歌而成此諸篇，朱熹、汪瑗、王夫之、洪若皋、劉夢鵬、戴震皆持此論。然馬其昶以爲《九歌》乃屈原受懷王之命而作，其時尚未見疏於君王，其説頗有據，當不離實情。且觀此諸篇之旨，未見放流之意，而屈原以一罪人之身更改其詞，巫者亦不能從。若以爲《九歌》作於放所，則篇中當含諷諫怨悱之意，前人遂多以爲《九歌》類同《離騷》，乃屈原發憤之所爲作也。王逸、朱熹、張鳳翼、陳第、蔣之翹、李光地、蔣驥、吴世尚、屈復、劉夢鵬、余蕭客、戴震、胡文英、陳培壽等人皆有此論，故於其疏釋各篇時多附會楚國政事，皆誤矣，汪瑗已駁之甚明。《九歌》諸篇當純爲祭祀所用，錢澄之、王夫之、洪若皋之説皆是也。或有寄寓之意，亦實爲文人創作所難免，並非專事比興。《九歌》雖名爲九，實則十有一篇，何也？張銑以爲九乃陽數之極，故以名篇。洪興祖以爲《九歌》乃取夏樂《九辯》、《九歌》之義。以上二説乃直釋九之名義，此外又有删汰離合諸篇以合九之數者，如李陳玉以爲《山鬼》、《國殤》、《禮魂》同爲祭鬼，可爲一篇；蔣驥、王邦采、胡文英以爲《湘君》、《湘夫人》當爲一篇，《大司命》、《少司命》只作一歌；郭翼、徐煥龍、李光地、王闓運以爲《國殤》、《禮魂》乃附屬篇末，不當計入；汪瑗以爲《禮魂》爲亂辭，不當計入；錢澄之以爲《河伯》、《山鬼》皆爲淫祀，不當計入。實則，《九歌》二字僅爲歌舞儀式之名，並非確指篇數，宋玉《九辯》亦非九篇，大可不必拘泥其數，張萱、凌揚藻之説可從。凡妄合諸篇者，皆不足信。《九歌》各篇之藝術風格各不相同，異彩紛呈，李陳玉已有極精當之歸納，可參。諸篇之演唱形式亦不盡相同，除末篇《禮魂》爲送神曲外，其餘十篇大抵可分兩類：《東皇太一》、《雲中君》、《大司命》、《少司命》及《東君》皆用以祭祀天神，乃飾爲天神之主巫與代表世人之群巫相唱和；《湘君》、《湘夫人》、《河伯》、《山鬼》皆用以祭祀地祇，乃飾爲地祇之主巫獨唱獨舞。此外，《國殤》用以祭祀本國陣亡將士，因其所祭之人深受崇敬，故等同天神，乃主巫與群巫相唱和。

# 東皇太一

呂延濟曰：每篇之目皆楚之神名，所以列於篇後者，亦猶《毛詩》題章之趣。

呂向曰：太一，星名，天之尊神。祠在楚東，以配東帝，故云東皇。

洪興祖曰：《漢書·郊祀志》云，天神貴者大一，太一佐曰五帝。古者天子以春、秋祭太一東南郊。《天文志》曰：中宮天極星，其一明者，太一常居也。○《淮南子》曰，太微者，太一之庭。紫宮者，太一之居。説者曰，太一，天之尊神，曜魄寶也。《天文大象賦》注云，天皇大帝一星在紫微宮内，勾陳口中，其神曰曜魄寶，主御群靈，秉萬機神圖也。其星隱而不見，其占以見則爲災也。○又曰：太一一星次天一南，天帝之臣也。主使十六龍，知風雨、水旱、兵革、饑饉、疾疫，占不明，反移爲災。

朱熹曰：此篇言其竭誠盡禮以事神，而願神之欣説安寧，以寄人臣盡忠竭力、愛君無己之意，所謂全篇之比也。

孫鑛曰：以神喻君，以祀神喻愛君，意非不合，但説出便覺無味。

汪瑗曰：《列子》曰：太一者，數之始也。則所謂太一，猶太極云耳。兩儀四象，生生不已，皆起於太極。十百千萬推衍無窮，皆始於太一。太一者，其造化之權輿乎？故爲天神之至尊至貴也。又曰：東皇太一者，古人以東爲上，故篇内稱上皇。天地之氣始於東，天地之數始於一。既曰東皇，又曰太一，言之重，詞之復，侈極徽號以贊其天神之至尊至貴者也。舊説以爲祠在楚東，以配東帝，故云東皇，非也。

錢澄之曰：太一之佐五帝始分五方，而太一不可分方，其曰東皇太乙，楚俗之陋也。屈子開章即稱上皇以正之，此亦其更定之一端矣。

顧炎武曰：太一之名，不知始於何時。（吕東萊《大事記》曰，古之醫者觀八風之虚實邪正以治病，因有太一九宫之説。《黄氏日鈔》注《吕氏春秋》太一曰，此時未爲神名也。）《史記·天官書》中宫天極星，其一明者，爲太一常居。（《周禮》注，昊天上帝，又名太一。）《封禪書》，亳人謬忌奏祠太一方，曰天神貴者太一，太一佐曰五帝。古者天子以春、秋祭太一東南郊，用太牢，七日爲壇，開八通之鬼道。於是天子令太祝立其祠長安東南郊，常奉祠如忌方。其後人有上書言，古者天子三年一用太牢，祠神三：一天，一地，一太一。天子許之，令太祝領祠之於忌太一壇上，如其方。此太一之祠所自起。《易乾鑿度》曰，太一取其數以行九宫。（《河圖》之數，戴九履一，左三右七，二四爲肩，六八爲足，五居中央，從横十五。故曰太一取其數以行九宫。）鄭玄注曰，太一者，北辰神名也。下行八卦之宫，每四乃還於中央。中央者，地神（地神，疑作北辰）之所居，故謂之九宫。天數以陽出，以陰入；陽起於子，陰起於午，是以太一下行九宫，從坎宫始，自此而坤宫，又自此而震宫，既又自此而巽宫，所行者半矣。還息於中央之宫，既又自此而乾宫，自此而兑宫，自此而艮宫，自此而離宫，行則周矣。上游息於太一之宫而反紫宫行，起從坎宫，終於離宫也。（後漢黄香作《九宫賦》。）《南齊書・高帝紀》案《太一九宫》占曆，推自漢高帝五年，至宋順帝昇明元年。太一所在，《易乾鑿度》曰，太一取其數以行九宫。九宫者，一爲天蓬，以制冀州之野；二爲天内，以制荆州之野；三爲天衝，其應在青；四爲天輔，其應在徐；五爲天禽，其應在豫；六爲天心，七爲天柱，八爲天任，九爲天英，其應在雍、在梁、在揚、在兖。天衝者，木也；天輔者，亦木也。故木行太過不及，其眚在青、在徐。天柱，金也；天心，亦金也。故金行太過不及，其眚在梁、在雍。惟水無應宫也。此謂以九宫制九分野也。《山堂考索》，漢立太一祠，即甘泉泰畤也。唐謂之太清紫極宫，宋謂之太一宫。宋朝尤重太一之祠，以太一飛在九宫，每四十餘年而一徙。所臨之地則兵疫不興，水旱不作。在太平興國中，太宗立祠於東南郊而祀之，則謂之東太一。在天聖中，仁宗立祠於西南郊而祀之，則謂之西太一。在熙寧中，神宗建集福宫而祀之，則謂之中太一。

王夫之曰：舊説中宫太極星，其一明者太一。則鄭康成《禮注》所謂耀魄寶也。然太一在紫微中宫，而此言東皇，恐其説非是。按《九歌》皆楚俗所祠，不合於祀典，未可以《禮》證之。太一最貴，故但言陳設之盛，以徼神降，而無婉戀頌美之言。且如此篇，王逸寧得以冤結之意附會之邪？則推之他篇，當無異旨明矣。

林雲銘曰：舊注把第六句「盍」字解作「何不」二字之義，不知「盍」字原有合與覆二義，「何不」二字乃詰問之詞，奏假無言，更有何人可詰問耶？此其訛一也。祭神或有歌而無舞，惟《東君》則兼之，舊注因不解「將把」二字之義，硬作巫所持以舞之物，下面不得不以「疏緩節」作舞之節，獨不玩末二句總收上文，只言五音，不言舞乎？此其訛二也。敬神重在主祭，不重在巫，「偃蹇姣服」，明明提出「靈」字，謂靈之將來，若見其服之美，即《東君》之青雲衣、白霓裳是也。舊注乃把「靈」字硬作巫身，謂身則巫而心則神，不但妄誕，且指巫爲神，侮神極矣。此其訛三也。知此三訛，方許讀是篇妙文。

李光地曰：太乙，天神之至尊，故可以喻君，然此章但寫其竭誠盡敬以事之意，未有不合而怨慕之辭也。

徐文靖曰：按《春秋元命包》曰，中宫天極星，星下一明者，太一常居。《文耀鉤》曰，中宫大帝，其北極星下一明者爲太一之光，含元氣以斗布，當是天皇大帝之號也。是時楚僭稱王，因僭祀昊天上帝，故有皇太一之祠。祠在楚東，故於皇太一之上加一東字，非以配東帝爲東皇也。

《漢・郊祀志》曰，天神貴者太一，太一佐曰五帝。徐堅曰，昊天上帝，一曰天皇大帝，一曰太一，其佐曰五帝。則東皇乃太一之佐耳，豈太一反配之乎？其辭曰，穆將愉兮上皇。上皇，即太一是也。朱子謂，楚俗信鬼而好祀，必使巫覡作樂，歌舞以娱神。原既放逐，故頗爲更定其詞。據甄烈《湘中記》曰，屈潭之左玉笥山，屈平之放，棲於此山，而作《九歌》焉。《隋・地理志》曰：大抵荆州率敬鬼，尤重祠祀，昔屈原爲制《九歌》，蓋由此也。則《九歌》乃屈所自作也。《集注》謂，因彼事神之心，以寄忠君愛國眷戀不忘之意，則得之矣。

蔣驥曰：《九歌》所祀之神，太一最貴，故作歌者但致其莊敬，而不敢存慕戀怨憶之心，蓋《頌》體也。亦可知《九歌》之作，非特爲君臣而託以鳴冤者矣。朱子以爲全篇之比，其説亦拘。

吴世尚曰：古者天子以立春之日迎春東郊，祭帝大皞，配以勾芒，所謂東皇，則太皞也。諸侯受正朔於天子，則無此祭矣。至於太一，則中宫天極星，其一明者，太一常居，即所謂上帝，諸侯更不得祭者也。楚僭祀東皇，又不曰東皇太皞，而曰東皇太一，蓋陽避祀上帝之名，陰竊祀上帝之實，辭遁而志譎者也。祠在楚東。〇又曰：此章言先期筮日，而敬脩祀事，齋明盛服以承之，禮明樂備以樂之，則神亦必鑒人心之誠而欣欣來格也。太一，天之尊神，祀禮尤肅，故通首語語莊重。《大雅》云，印盛于豆，于豆于登，其香始升，上帝居歆。正此意也。

屈復曰：此篇言其竭誠盡敬以迎神，神鑒誠敬，降而欣説，安寧以饗。人臣盡忠竭力，愛君無已，如人君自鑒其誠之意，寄托言外，可想而知也。

夏大霖曰：愚按，太一之佐曰五帝，則太一不同於五帝矣。東帝乃五帝之一，則東皇更非太一矣。考星圖，太一一星在紫微垣口之南，右樞之前，天之星座豈祠而祀者？東皇既不得紊爲太一，太一又非祀神，則謂之皆借意之寓言可也。東皇青帝，於時爲春，於德爲仁，言仁德也。中宫天極五星，一星明者，太一之座，主帝王，則太一者，言帝王也。是東皇太一，乃仁德帝王之謂，特隱語耳。

劉夢鵬曰：東皇，東方之帝太皞也。太一，天帝别名。東皇者，五帝之首。太一者，天神之尊，比人君也。臣之事君，猶人之奉帝，其尊無對，故以二尊神名篇。

余蕭客曰：《九歌》以主祭者自喻，以神喻君及賢臣。此篇言主祭修飾供張甚盛，喻己事懷王。

戴震曰：古未有祀太一者，以太一爲神名，殆起於周末。漢武帝因方士之言，立其祠長安東南郊。唐宋祀之尤重。蓋自戰國時奉爲祈福神，其祀最隆，故屈原就當時祀典賦之，非祠神所歌也。

陳本禮曰：太乙，北辰星名，在天乙之南，主使十六神，而知風雨、水旱、兵革、饑饉、疾疫、災害之事，考治上下，順行八宫，理天理地理人，其神最尊，故楚俗祀神，首先及之。其曰東皇者，太乙木神，東方歲星之精，故曰東皇。○又曰：人謂《離騷》無艷語，非通論也。《騷》從《三百》來，《〈詩〉》不云乎，巧笑倩兮，美目盼兮。又胡然而天也，胡然而帝也，皆風雅之極。則以宋廣平之鐵石心腸，梅花有賦；以陶靖節之甘貧石隱，猶賦閑情。文人之筆，何所不有？况此章屈子之用意尤深，蓋以姣巫之樂東皇，喻鄭袖之惑懷王也。故前不著一語迎神，後不著一語送神，突然而起，劃焉而住，爰於《九歌》第一章中，即隱寓此意，以待千百後世明眼，以一發其覆也。王逸曰，《九歌》之曲，上陳事神之敬，下以見己之冤結，託之以風諫，故其文義不同，章句雜錯而廣異義焉。讀者當於言外求之。

胡文英曰：謂之東皇者，「帝出乎震」，震，東方也。此本非庶民所祭，而土俗好祀之，猶今吴楚民間爲玉皇醮之類。屈子爲之作歌，亦不逆俗而獵較之意也。

張雲璈曰：太一，亦作太壹。《漢書·藝文志》，《太壹兵法》一篇。又作太乙，庾信《遊仙詩》，玉京傳相鶴，太乙授飛軀。又作泰壹，《甘泉賦》，配帝居之懸圃兮，象泰壹之威神。

朱珔曰：《漢書·郊祀志》云神君最貴者曰太一，其佐曰太禁，司命之屬皆從之。彼所言太一，當即此東皇太一；所言司命，即後之大司命、少司命也。太一，亦見《甘泉賦》。

牟庭曰：《東皇太一》無寓意，言人之交際而已。

胡濬源曰：東皇太乙比懷王也。

梁章鉅曰：濟注每篇之目皆楚之神名，所以列於篇後者，亦猶《毛詩》題章之趣。案，據此知本卷《東皇太一》、《雲中君》、《湘君》、《湘夫人》四題本在每篇後也。向《注》太一，星名，祠在楚東，以配東帝。徐氏文靖曰，《春秋元命包》云，中宮天極星，星下一明者，太一常居。《文耀鉤》云，中宮大帝，其北極星下一明者，爲太一之光，合元氣以布斗，當是天皇大帝之號也。是時，楚僭稱王，因僭祀昊天上帝，故有皇太一之祠。祠在楚東，故加一東字，非以配東帝爲東皇也。

王闓運曰：東皇，蒼帝靈威仰周郊之所祀也。太一，中宫貴神，即帝坐也。楚蓋僭郊，故民有其祠。

畢大琛曰：楚懷王西留於秦，欲歸不得，屈子以楚人望王東歸，思昔日在楚之安樂也，賦《東皇太乙》。〇又曰：楚在東南，故言東皇。〇又曰：《九歌》第一章，從王在楚安樂時叙起，與《離騷》起段從始祖高陽叙起，皆開局堂皇。

陳培壽曰：屈子《九歌》以張皋文之説最確（見《七十家賦鈔》）。張氏云，《東皇太一》，屈子言以道承君，冀君之樂己也。

謹按：東皇太一者，謂楚人至尊之天神也。太一之名始見於先秦典籍者，本非指天神，而實乃一哲學概念，或謂成天地萬物之元氣，或即老莊學説之所謂「道」者也。《禮記·禮運》曰：「必本於太一，分而爲天地，轉而爲陰陽，變而爲四時。」孔《疏》云：「太一者，謂天地未分混沌之元氣也。」又《吕氏春秋·大樂》篇曰：「萬物所出，造於太一。」《莊子·天下》篇曰：「關尹、老聃，聞古道術而悦之，建之以常無有，主之以太一。」而以太一爲天神且受享於人間祭祀者，則始見於《九歌》。故祭祀太一之風俗殆爲楚人所特有。古者天子以春、秋祭太一東南郊，用太牢七日，爲壇開八通之鬼道。而後漢承楚制，乃奉爲常祀。《史記·封禪書》曰：「天神貴者太一，太一佐曰五帝。古者天子以春、秋祭太一東南郊，用太牢七日，爲壇開八通之鬼道。」此漢代祭祀太一之記載。太一而又冠以東皇，其故不可確考。《文選》五臣注謂：「太一，星名，天之尊神，祠在楚東，以配東帝，故云東皇。」説雖可通，然並無根據。汪瑗謂古人以東爲上。吴世尚、劉夢鵬以東皇爲太皞。夏大霖以東皇爲青帝，於時爲春，於德爲仁。陳本禮謂太乙木神爲東方歲星之精，故曰東皇。胡文英謂帝出乎震，而震屬東方。畢大琛謂楚在東南，故言東皇。以上諸説均可參。太一自經神化，又變而爲星名，是愈加具化矣。至若全篇之意，前人亦衆説紛紛。朱熹、陳本禮、畢大琛則皆以東皇喻懷王，而其説又有小異。實則，本篇乃祭祀東皇太一所用之樂歌。其祭祀形式，乃一主巫飾爲東皇太一，舉止微動而不歌，以示其威嚴尊貴之儀；又有群巫載歌載舞，以堂皇之詞述祭祀之狀，以表其虔敬祝頌之意。

吉日兮辰良，穆將愉兮上皇。

王逸曰：日謂甲乙，辰謂寅卯。穆，敬也。愉，樂也。上皇，謂東皇太一也。言己將修祭祀，必擇吉良之日，齋戒恭敬以宴樂天神也。

洪興祖曰：沈括存中云，吉日兮辰良，蓋相錯成文，則語勢矯健。如杜子美詩云「紅豆啄餘鸚鵡粒，碧梧棲老鳳皇枝」，韓退之云「春與猿吟兮，秋鶴與飛」，皆用此體也。

張鳳翼曰：辰，十二時也。言既擇吉日，又得良時。

林兆珂曰：愉，音俞。

汪瑗曰：上皇猶言上帝，即謂東皇太一也。不曰東者，變文也，又以見東之即爲上也。不曰太一者，省文也，又以見東皇之可以該乎太一也。此言將脩祭祀之典禮，則必遴選吉日良時而肅敬以樂上皇之神，不敢苟且以從事也。下文皆叙敬樂上皇之事，然欣欣樂康一句，又言上皇之歆樂，而餘皆爲脩祭之敬也。

黄文焕曰：穆然無可見也。將愉，若可想也。神之形尚在未降未見之中，而愉悦之意已在若可想之内。

閔齊華曰：穆，深遠之意。

王萌曰：穆，静而有和意。

王夫之曰：十干曰日，十二支曰辰。外祀用剛日，内祀用柔日。吉、良，卜得吉也。……將，奉而進也。

徐焕龍曰：祭必卜日，故曰日吉辰良。舊説甲乙日，寅卯辰，務與東皇合德，太泥。穆，深遠貌；愉，悦豫貌；將者，揣摹而不敢直斷之詞。……言于此日此辰，恍見穆然深遠，殆將愉悦以來歆者，此上皇也。

蔣驥曰：古人選日，干支不必兼舉，觀《月令》元日、元辰分見可知。曰吉日，又曰辰良，則干支雙美，慎重之至也。

王邦采曰：祭必卜日，此句爲一篇之總冒，亦《九歌》之總冒也。……將者，將有事於祭也，謂致其敬心，以冀神之悦豫也。

吴世尚曰：此句（按，指吉日兮辰良）包下十一章而言，言凡祭祀必先筮日也。

屈復曰：選吉日良時以祀神，即漢樂府《練時日》。穆敬愉樂，人欲樂乎神之心也。

劉夢鵬曰：穆，淵穆。

余蕭客曰：韓退之《羅池神銘》，春與猿吟兮，秋鶴與飛。古人多用此格，如《楚詞》吉日兮辰良，又蕙殽蒸兮蘭藉，奠桂酒兮椒漿，蓋相錯成文，則語勢矯健。（《筆談》十四。）《春秋》書，隕石於宋五，是日，六鷁退飛，過宋都。説者以石鷁五六先後爲義，不知聖人文法正如此。既曰隕石於宋五，又曰退飛鷁於宋六，豈成文理？故不得不錯綜其語，因以爲健也。《楚詞》正用此法。（《捫蝨新語》五。）《論語》，迅雷風烈必變。錯綜成文，非始於吉日辰良。（《困學記聞》二十。）○

又曰：《九歌》作於頃襄時，懷王未死，上皇或以稱懷王，其在東皇，則最尊稱也。

陳本禮曰：《詩》：「穆穆文王。」穆字指上皇，不貼主祭與巫。言將愉者，神將降而歆其祭祀也。

胡文英曰：穆，和敬之意。……穆然而將愉悦之，不敢自疏，亦不敢褻神也。

朱玿曰：宋陳善《捫蝨新話》曰：《楚辭》以吉日對辰良，以蕙殽蒸對奠桂酒，此法本自《春秋》「隕石於宋五，是日六鷁退飛，過宋都」，説者皆以石鷁五六先後爲義，殊不知聖人文字之法正當如此。又《困學紀聞》以《論語》「迅雷風烈」爲比，皆得其理。然此處并藉與下皇琅等字叶韻也。〇又曰：《日知録》謂《易》「《豐》，多故；親寡，《旅》也」，先言親寡，後言旅以協韻，與此正同。

胡濬源曰：此瞻神也。時襄王嗣位，懷王在秦，故以上皇比之。

梁章鉅曰：《夢溪筆談》云，吉日兮辰良，蓋相錯成文。孫氏志祖曰，《蜀都賦》，吉日良辰；《東征賦》，撰良辰而將行；謝靈運《九日從宋公詩》，良辰感聖心；盧子諒《贈劉琨詩》，良辰遂往。注並引《楚辭》作吉日兮良辰，恐《楚辭》别本亦有作良辰者。案，孫説非也。《楚辭》作辰良，李注所引亦俱作辰良。其有作良辰者，後人順正文改轉，未知李注自有不順正文之例也。且《楚辭·九歌》十一首，每首第一句必用韻，不得倒轉，顯然矣。

畢大琛曰：比昔日懷王君楚，無事而安樂之時。（下句上皇）指王。

謹按：吉日兮辰良，王逸之説務合東皇之德，其説過泥。孫志祖以爲此處本或作「良辰」，梁章鉅非之。洪興祖引沈括之説可參。按「辰良」二字蓋因協韻而倒置耳，朱琦、梁章鉅之説甚是。黄文焕以穆爲穆然無可見，以樂爲若可想，甚穿鑿。一説將、且二字古通，「穆將愉」即敬神且愉神也。此説恐不可信，將與且古通，然多不表並列。屈辭中將字凡五十四例，大抵皆可釋爲將要，無一例可表並列。以將爲將要，文理通達，不必假借。徐焕龍、王夫之於將字之訓解亦可參。上皇，王逸謂東皇太一，甚是。汪瑗謂東即爲上，東皇可該乎太一，其説可參。余蕭客、畢大琛、胡濬源皆以爲上皇喻懷王，甚爲牽合。

撫長劍兮玉珥，璆鏘鳴兮琳瑯。

王逸曰：撫，持也。玉珥，謂劍鐔也。劍者，所以威不軌、衛有德，故撫持之也。璆、琳琅，皆玉名也。《爾雅》曰，有璆琳琅玕焉。鏘，佩聲也。《詩》曰，佩玉鏘鏘。言己供神有道，乃使靈巫常持好劍以辟邪，要垂衆佩周旋而舞，動鳴五玉，鏘鏘而和，且有節度也。或曰，糾鏘鳴兮琳琅。糾，錯也。琳琅，聲也。謂帶劍佩衆多，糾錯而鳴，其聲琳琅也。

李周翰曰：玉珥，劍鐔也。璆、琳琅者，皆玉名，以之爲珮，鏘然而鳴。

洪興祖曰：撫，循也，以手循其珥也。《博雅》曰，劍珥謂之鐔。鐔，劍鼻，一曰劍口，一曰劍環。珥，耳飾也。鐔所以飾劍，故取以名焉。《禮記》曰，古之君子必佩玉，進則揖之，退則揚之，然後玉鏘鳴也。琳，音林。琅，音郎，俗作瑯。《爾雅》曰，西北之美者，有崑崙虛之璆琳琅玕焉。璆琳，美玉名；琅玕，狀似珠也。《本草》云，琅玕是石之美者，明瑩若珠之色。此言帶劍佩玉，以禮事神也。

朱熹曰：璆鏘鳴兮琳琅，注引《禹貢》釋璆、琳琅皆爲玉名，恐其立語不應如此之重複。故今獨以《孔子世家》環佩玉聲璆然爲證，庶幾得其本意。

林兆珂曰：珥音餌，璆音求。

汪瑗曰：璆，璆然也。鏘，鏘然也。皆玉佩之鳴聲也。……劍所以備武事，佩所以昭文德也。

周拱辰曰：《考工》，桃氏爲劍，身長五，其莖長，重九埒，謂之上制，即長劍也。

錢澄之曰：此章（按，指吉日至琳瑯四句）神未至而如見其音容劍佩，皆思之誠敬爲之也。

王夫之曰：珥，劍柄垂組也。玉珥，繫玉組間。璆鏘、琳琅，皆玉聲。此巫歌舞之飾。古人有劍舞以送酒，項莊拔劍起舞，蓋楚俗也。

徐焕龍曰：所撫則長劍，玉爲之珥。鏘鳴則璆玉，錯以琳琅。皇靈豈不赫濯乎？舊説謂是主祭者之敬容盛服，切楚俗淫祀，不必君卿家始祀東皇，玉珥璆琳編户曷具，况承祭曾無撫劍之事，且但可穆然致敬，安得有愉？

蔣驥曰：二語言神歆人之祀，而盛容飾以臨祭所也。○又曰：撫劍佩玉，狀其飾也。偃蹇姣服，狀其態也。欣欣樂康，狀其情也。語相因爲淺深。

王邦采曰：二句指所陳之器而言。撫，謂上皇撫之也。舊説謂主祭者帶劍佩玉以祀神，佩玉有之，帶劍未也。或又屬之上皇，亦非。

吴世尚曰：言致祭東皇則必帶劍而佩玉，所謂齊明盛服以承祭祀者是也。

屈復曰：撫，循。珥，劍鐔。璆、鏘，皆玉聲。《孔子世家》云，環佩玉聲璆然。《玉藻》云，古之君子必佩玉，進則抑之，退則揚之，然後玉鏘鳴也。琳瑯，美玉名，謂佩玉也。補曰，沈括存中云，吉日兮辰良，蓋相錯成文，則語勢矯健。韓退之云，春與猿吟兮，秋鶴與飛，用此體也。○又曰：此節（按，連前二句）言主祭者卜日齋戒，帶劍佩玉，誠敬以迎神也。

邱仰文曰：《爾雅》云，西北之美者，有崑崙虚之璆琳琅玕焉。是璆與琳琅共爲美玉之名。《禹貢》四字並舉，亦然。鏘鳴字貫上下爲義，蓋亦相錯成文。若作玉聲球然之球，則上三字通謂之鳴矣。或以璆字作糾字，琳琅並爲佩聲，是五字共成一鳴，可發一噱。一字之解，義之長短自見。

劉夢鵬曰：言上皇容淵穆而意愉悦，劍佩從容也。

桂馥曰：劍鼻也者，《廣雅》，劍珥謂之鐔。《釋名》，劍，其旁鼻曰鐔。鐔，尋也，帶所貫尋也。

《楚詞・九歌》，撫長劍兮玉珥。王注，玉珥，謂劍鐔也。《莊子・説劍》篇，周宋爲鐔。《釋文》徐云謂劍鐶也，司馬云劍珥也。《趙策》，吴干之劍，無鉤竿鐔蒙，須之，便操其刃而刺，則未入而手斷。鮑注，鐔，珥鼻也。徐鍇曰，劍鼻，人握處之下也。馥案，鐔有兩訓。《廣韻》屬侵部者，訓劍鼻；屬覃部者，訓劍口。《莊子釋文》引《三蒼》，鐔，劍口也。《初學記》二十二引吕静《韻集》，劍口謂之鐔。《急就篇》，鈒戟鈹鎔釖鐔鍭。顔注，鐔，劍刃之本入把者也。《漢書・韓延壽傳》，鑄作刀劍鉤鐔。顔注，鐔，劍喉也。《考工記》，桃氏爲劍，以其臘廣爲之莖圍。鄭司農云，莖謂劍夾，人所謂鐔以上也。此皆言鐔爲劍口，與鍇説人握處之下同。鍇不應連鼻言之。○又曰：《上林賦》，玫瑰碧琳。《西都賦》，琳珉青熒。馥謂，琳，色青碧者也。○又曰：美玉也者。《釋地》，西北之美者，有崑崙虚之璆琳琅玕焉。《釋器》，璆琳，玉也。郭注並云，璆琳，美玉名。

孫志祖曰：《集注》，璆、鏘皆玉聲。《孔子世家》云，環佩玉聲璆然。

陳本禮曰：撫長劍則如見其形矣，璆鏘鳴則如聞其聲矣。首從神降序起，不入迎神一詞，末亦不找送神一語，創格也。

胡文英曰：璆，玉佩也。琳琅，鏘鳴之聲也。

朱駿聲曰：球，玉磬也。……《楚辭・東皇太一》，璆鏘鳴兮琳琅。按，佩也。

胡紹煐曰：琳琅，聲也，言璆鏘鳴之聲琳琅然。今人猶狀環珮之聲曰琳琅矣。傅玄《西都賦》，鉦鐔琳琅，是亦以琳琅爲聲也。

謹按：珥，即鐔，亦即劍鼻。一説爲劍鞘上之玉飾，王夫之又以爲繫於劍柄之玉飾，二説並可參。璆鏘，玉石相擊之聲也。朱熹舉《孔子世家》「環佩玉聲璆然」爲證，其後汪瑗、屈復、孫志祖亦持此論，皆甚是。王逸以《爾雅》之「璆琳琅玕」證璆、琳、琅皆爲玉名，其後李周翰、邱仰文、胡文英等並主此説。雖可通，然以文意觀之，仍以朱説爲佳。琳琅，美玉名，此指相擊而鳴之佩玉也。王逸、王夫之、胡文英、胡紹煐以琳琅爲玉聲，恐非。至於此二句所言持劍佩玉者究爲何人，舊注説法不一。王逸、朱熹、吴世尚、屈復謂主祭之人或司祭之巫，恐非。錢澄之、蔣驥、王邦采、劉夢鵬以爲上皇，則近是。《九歌》乃巫者以歌舞樂神之作，此二句乃群巫所述，當即飾爲東皇太一之主巫之貌。

瑶席兮玉瑱，盍將把兮瓊芳。

王逸曰：瑶，石之次玉者。《詩》云，報之以瓊瑶。盍，何不也。把，持也。瓊，玉枝也。言己修飾清潔，以瑶玉爲席，美玉爲瑱，靈巫何持乎？乃復把玉枝以爲香也。

吕延濟曰：言靈巫何不持瓊枝以爲芳香，皆取美潔也。

洪興祖曰：瑶音遥，一曰美玉也。瑱，壓也，音鎮。下文云白玉兮爲瑱是也。《周禮》玉鎮，大寶器，故書作瑱。鄭司農云，瑱讀爲鎮。

朱熹曰：瑶，美玉也。瑱與鎮同，所以壓神位之席也。盍，何不也。把，持也。瓊芳，草枝，可貴如玉，巫所持以舞者也。

林兆珂曰：瑱音鎮。

汪瑗曰：席謂神位所坐茵褥之類，曰瑶席者，美詞也。或曰，以瑶而飾之也。……芳，泛言香草也。瓊芳，謂芳草之枝可貴如瓊玉者，亦美詞也。王逸即以爲瓊玉之枝，容更詳之，言神之手中果何所持乎？乃瓊芳也。故設爲問答之詞耳。此（按，指以上四句）言敬樂上皇，以劍佩坐持之美。蓋劍乃懸之於腰者也，佩乃垂之左右者也，席乃身之所坐者也，芳乃手之所持者也。備言其神被服之美耳。逸注乃以劍佩瓊芳爲巫所用之物，而席解又不明白。朱子以劍佩爲主祭者之用，瓊芳爲巫之用，獨以席爲神之用，俱非是也。

周拱辰曰：在上鋪陳曰筵，在下蹈藉曰席，此席乃几案供神之席，而鎮之以玉也。……把者，把鬯卣也，即《周禮》所稱以秬黍酒和鬱金，所以灌地降神者。《説文》，瓊乃紅玉，鬱金之酒芳烈而黄流在中，所執以灌地降神也。

王萌曰：盍當訓如朋盍簪之盍，合也。把，持也。瓊，指上瑶玉；芳，指下蕙蘭桂椒言。合持之以爲敬也。

王夫之曰：席，神席。瑶席，席華美如瑶也。……瓊芳，芳草，色如瓊也。敷神席而奉芳草，以禮神而降之。

林雲銘曰：盍，合也。將把，奉持也。合衆芳之貴如玉者，奉持而列于堂前，不獨一玉鎮之而已。舊注欠妥。

徐焕龍曰：盍與合通，《易》朋盍簪可證。……瓊芳，芳草，如瓊之珍。合之而後可持以舞。

蔣驥曰：盍，合也。將把，言所合之多，幾成把也。

王邦采曰：瓊芳即指蕙蘭椒桂而言。

吴世尚曰：席几，筵神所馮依者也。玉瑱，所以禮神者也。瓊芳，玉樹之花，所以供神者也。今俗以香花供神，本此二句。言所以恭奉乎東皇者，皆極其誠敬而美潔也。

邱仰文曰：謂衆巫合把持草而舞。盍，合也。

劉夢鵬曰：將，進也。

戴震曰：盍，《爾雅》云，合也。將，猶持也。把，秉也，語之轉。

陳本禮曰：此按指瑶席至椒漿四句，述陳設饗薦豐潔也。筆以反跌見重。

胡文英曰：玉瑱，以玉爲瑱。禮，天子鎮圭。東皇太一禮絶衆神，故用玉瑱也。〇又曰：盍，發語辭，與蓋、闔俱通。《孟子》蓋亦反其本矣。《莊子》闔胡嘗視其良。瓊芳，嘉卉之屬。所以冒蕙肴而飾以爲采也。故先把之以俟。

許巽行曰：洪云，《周禮》玉鎮，大寶器，故書作瑱。鄭司農云，瑱，讀爲鎮。《小行人》，王用瑱圭。劉，吐電反。《釋文》云，宜作鎮音。

朱珔曰：瑱本爲充耳之飾。《釋名》云，瑱，鎮也。縣當耳傍，不欲使人妄聽，自鎮重也。是瑱取鎮義，故《華嚴經音義》引《漢書訓纂》云，瑱謂珠玉壓座爲飾也。與此正合。

朱駿聲曰：馬把，握也。從手，巴聲。《廣雅・釋詁三》，持也。《孟子》，拱把之桐梓。注，以一手把之也。《莊子・人間世》，其拱把而上者。司馬注，一手曰把。《禮記・曲禮》注，弣，把中。《釋文》，手執處也。《楚辭・東皇太一》，盍將把兮瓊芳。《淮南・繆稱》，無把之枝。《漢書・張敞傳》，把其宿負。《射雉賦》，戾翳旋把。

胡紹煐曰：《荀子・非相》篇，吏謹將之。注，將，持也。《孟子・滕文公》章，匍匐往將食之，亦謂往持食之。把，讀如拱把之把。《莊子・人間世》釋文引司馬注，一手曰把是也。《左》昭七年，或取一秉秆焉。杜注，秉，把也。《家語・正論》，一把曰秉。《小爾雅》，把謂之秉。皆其證。

朱銘曰：王氏《經義述聞》云，《廣雅》曰，盍，何也。《九歌》王注曰，盍，何也，言靈巫何持乎。今本不字，乃後人所加。注言靈巫何持，則訓盍爲何明矣。今本《文選》所載王注又改爲何不持，以從五臣之謬解。

俞樾曰：注曰，盍，何不也。愚按，以盍爲何不，則既云盍，又云將，文義難通。此盍字只是語詞，《莊子・列禦寇》篇，闔胡嘗視其良，既爲秋柏之實矣。《釋文》曰，闔，語助也。闔與盍通。此篇云盍將把兮瓊芳，與下篇云蹇將留兮壽宮，文法相似。王注云，蹇，詞也。然則盍亦詞也，可類推矣。

武延緒曰：按，將讀湯孫之將字。將，承也，奉也，持也。

謹按：瑤，玉也。瑤席，謂以瑤玉飾坐席，汪瑗引或曰是也。王夫之謂席華美如瑤；一説瑤當作蘨，香草也，蘨席即以蘨草編織而成之坐席，亦可參。瑱，洪興祖引鄭司農説讀爲鎮，甚是。瑱爲壓席之玉，席、鎮相配，《周禮》有載，爲祭神時常設之物。朱熹、朱琦之説亦可參。盍，語詞也。王逸、吕延濟、朱熹釋爲何不，朱銘引王引之《經義述聞》釋爲何，均不合文意。唯俞樾釋爲語詞，其説近是。又王萌釋爲合，亦可參。將，持也，林雲銘、戴震、胡紹煐、武延緒皆持此説，是也。劉夢鵬釋爲進，蔣驥釋爲幾近，皆可參。把，亦持也，將、把爲同義連用，盍將把即指奉持。瓊芳，謂芳花似玉也。朱熹、汪瑗、徐焕龍謂花貴如玉，王夫之謂花色如玉，皆近是。吴世尚以之爲玉樹之花，非也。王萌以瓊、芳爲二物，亦非。

蕙肴蒸兮蘭藉，奠桂酒兮椒漿。

王逸曰：蕙肴，以蕙草蒸肉也。藉，所以藉飯食也。《易》曰，藉用白茅也。桂酒，切桂置酒中也。椒漿，以椒置漿中也。言己供待彌敬，乃以蕙草蒸肴，芳蘭爲藉，進桂酒椒漿以備五味也。

劉良曰：以蕙草蒸肉，以蘭藉飲食，以桂置酒中，以椒置漿中，皆取芬芳也。肴，肉也。蕙、蘭，皆香草也。奠，祭也。桂、椒，皆香美木。

竇苹曰：《楚辭》云，奠桂酒兮椒漿，然則古之造酒，皆以椒桂。

洪興祖曰：肴，骨體也。蒸，進也。蒸、烝並同。《國語》曰，親戚宴饗，則有殽烝。注云，升體解節折之俎。藉，薦也，慈夜切。《説文》，奠，置祭也。《漢樂歌》曰，奠桂酒，勺椒漿。《周禮》四飲之物，三曰漿。

洪邁曰：唐人詩文或於一句中自成對偶，謂之當句對。蓋起於《楚辭》蕙肴蘭藉、桂酒椒漿、桂櫂蘭枻、斲冰積雪。

王觀國曰：屈平《九歌》曰，蕙肴烝兮蘭藉，奠桂酒兮椒漿。蕙肴烝不可以對奠桂酒，而特倒其語者，取夫句老而格新也。

朱熹曰：肴，骨體也。蒸，進也。《國語》燕有殽烝是也。此言以蕙裹肴而進之，又以蘭爲藉也。奠，置也。桂酒，切桂投酒中也。漿者，《周禮》四飲之一，此又以椒漬其中也。四者皆取其芬芳以饗神也。

陳第曰：以蘭桂花釀酒，以椒薦漿，皆取香美也。

蔣之翹曰：（蕙肴蒸宜）對以桂酒奠，今倒用之，亦是一格。余有詩云，千林黄葉下，夜雨一燈收，蓋倣此。

錢澄之曰：陳席已畢，意神之將降，盍將二字連下，諭巫之速舞以迎，而執事者之速進酒饌也。

王夫之曰：肴烝，體解牲爲折俎。藉，所以承隋祭者尸祭奠於上。蕙蘭桂椒者，皆以形其芳潔。

洪若皋曰：蕙肴蘭藉，桂酒椒漿，唐人詩文或一句中自成對偶，始此。

王邦采曰：飲饌皆極致其馨香，以合持而進之也。

吴世尚曰：切桂於酒，擣椒於漿，則芳馨之氣上升也。二句言所以歆享乎東皇者，皆氣味之精好也。

桂馥曰：酳，酒也者，本書酳，繹酒也。《楚詞·九歌》，奠桂酒兮椒漿。

余蕭客曰：唐人詩文或於一句中自成對偶，謂之當句對，蓋起《楚辭》蕙蒸蘭藉、桂酒椒漿、桂櫂蘭枻、斲冰積雪。齊、梁以來，江文通、庾子山諸人亦如此。（《容齋續筆》三。）此體出《三百篇》，如玄衮赤舄、鉤膺鏤錫、朱英緑滕、二矛重弓之類。（《野客叢書》十七。）

許巽行曰：何云，蒸當作烝，進也。案《説文》，烝，水氣上行也。蒸，折麻中幹也。然經典每多通用。

朱琦曰：殽與肴通。《曲禮》，左殽右胾。鄭注，殽，骨體也，乃《集注》之所本。《左氏》宣十六年傳，王享士會以殽蒸，《疏》言禮升殽於俎，皆謂之蒸。下引《周語》，禘郊之事，則有全蒸；王公主飲，則有房蒸；親戚宴享，則有殽蒸。彼注云，全其牲體而升於俎，謂之全蒸；半解其體而升於俎，謂之房蒸；體解節折乃升於俎，謂之殽蒸。房蒸者，即《傳》之言體薦；殽蒸者，即《傳》之言折俎。此處正言薦神則以肴蒸，爲《内》、《外傳》之殽蒸，甚確。固宜當升俎之時，非在庖之時矣。

梁章鉅曰：五臣蒸作烝，良注可證。洪曰，蒸，進也。烝同。

胡紹煐曰：《注》王逸曰，以蕙草蒸肉也。《補注》曰，蒸，進也，與烝同。

謹按：蕙肴蒸兮蘭藉，王逸解爲蕙肴對蘭藉，猶下句桂酒對椒漿，謂進以蕙肴藉以蘭，朱熹説同。洪興祖則以肴蒸連解，謂即《國語》之殽烝，指以體解節折之牲爲俎，朱琦复申其説，以祭禮有全蒸、房蒸、殽蒸證之。按，此處以肴蒸解之甚確。蕙肴謂以蕙草包裹肴蒸。然王、朱之釋，亦無礙於文意，可資參考。蕙、蘭、桂、椒，皆形容祭品之芳潔。

揚枹兮拊鼓，疏緩節兮安歌，陳竽瑟兮浩倡。

王逸曰：揚，舉也。拊，擊也。疏，希也。言肴膳酒醴既具，不敢寧處，親舉枹擊鼓，使靈巫緩節而舞，徐歌相和，以樂神也。陳，列也。浩，大也。言己又陳列竽瑟，大倡作樂，以自竭盡也。

張銑曰：揚，舉也。枹，鼓杖也。使疏節希緩而安音清歌，復陳列竽瑟，大倡作樂，以極其情。

洪興祖曰：枹，房尤切，擊鼓槌也。疏與疎同。《禮記》，鍾磬竽瑟以和之。竽，笙類，三十六簧。瑟，琴類，二十五絃。

林兆珂曰：枹，音孚。疏，平聲。倡，音昌。

汪瑗曰：枹與桴同。……《禮記》曰，會守拊鼓。疏者，通而不滯也，如朱絃而疏越之。疏緩者，紆而不迫也。《禮記》曰：其樂心感者，其聲嘽以緩。節，謂有節奏而不雜以亂也。如《樂記》所言上如抗，下如墜之類是也。三者形容歌聲之妙，所以爲安歌也。安者，謂歌聲之妙出於自然，而無勉强生澀之患者也。舊説以緩節爲舞，非是。……浩倡，猶言洪大也，謂樂器陳列而衆聲交作也。獨言竽瑟者，略舉以見其餘耳。或獨以竽瑟爲言，恐二器不足以當浩倡之義也。此言敬樂上皇以飲食聲音之美，然進奠之後而鼓作，鼓作而歌發，歌發而樂奏，亦言之序也。○又曰：歌韻所協未詳，或三句爲韻，或有脱文，不可考矣。

閔齊華曰：揚枹鼓三句，巫降神也；靈偃蹇二句，神降而附於巫也。

李陳玉曰：一聲動處萬物静，安歌之義也。疏盡態，緩盡韻，節盡變，六字歌譜。一聲動處萬聲起，浩倡之義也。

周拱辰曰：又盛味以養陰，潔飲以養陽，緩節以薦嘉容，安歌以薦人聲，拊鼓竽瑟以薦絲竹革木。不敢言來，非來之可得昵也。……不敢言怨，非怨之可得懟，非怨之可得親也。

錢澄之曰：鼓，所以作樂也。柷，所以節樂，今以拍板代之。節疏而緩，則歌聲從容以盡其態，故曰安歌。然《商頌》稱奏歌簡簡，則疏緩亦可兼鼓言。陳竽瑟，謂簫管備舉，言樂聲大作也。

王夫之曰：疏緩節者，鼓以爲歌。節其聲疎闊而緩也。安歌，聲出自然。……浩，音之盛也。倡與唱通。歌合竽瑟而盛也。

林雲銘曰：疏，希。緩，徐也。鼓之節奏希而且徐，故歌亦甚安。

徐煥龍曰：疏，發也。緩節，如今時慢板曲。……竹音莫弘於竽，絲音莫繁於瑟，言此以該衆器。倡與唱通。

張詩曰：揚枹以繫鼓，則疏通而不滯，紓緩而不迫，有節奏而不雜亂，而歌聲之妙，則出於自然而無勉强生澀之患，並陳此竽瑟之樂器，而衆音交作，洪大浩倡焉。……浩倡，洪大貌。

吴世尚曰：疏，闊而長也。緩，遲而延也。節，舞者進退之次第也。安，和以適也。（疏緩節句謂）歌者在堂，舞者在庭，始作樂時，歌聲舞容皆紓徐而不迫也。倡，作也。（陳竽瑟句）言樂奏良久，則鐘磬竽瑟皆放手大作也。三句言酒肴進獻之時，擊鼓警戒，始焉歌舞從容，既焉衆樂競奏，所謂穆將愉兮上皇者也。

屈復曰：疏，通而不滯也，即朱絃疏越之疏。緩，紓而不迫。《禮記》，其樂心感者，其聲嘽以緩。節者，有節奏而不亂。三者形容歌聲之妙，所以爲安歌也。……浩倡，洪大，謂樂器陳列而衆聲交作也。止言瑟竽，舉二者以見餘耳，故曰浩倡，言備極音樂也。○又曰：此節（按，指瑤席句至陳竽瑟句）言主祭者潔肴酒，陳音樂，誠敬以迎神也。

奚禄詒曰：陳竽瑟下浩倡二字另是一轉，猶《禮》所云大合樂也，八音俱備，不止絲竹矣。

陳本禮曰：浩者，見歌者之衆，竽瑟之多也。

王念孫曰：（《廣雅》，疏，遲也。）《楚辭·九歌》云，疏緩節兮安歌。

胡文英曰：疏，分明也。節，今謂之拍板。浩，繁也。倡者既多，和者不少，故後云，五音紛兮繁會也。

胡濬源曰：望懷王庶幾復國，而欣欣樂康也。○又曰：此祝神也。

謹按：此指歌以娛神。枹，鼓槌；拊，擊也。鼓，所以作樂也。故首言揚枹拊鼓。疏緩節三字，舊注或以疏緩二字連文，謂稀疏而緩慢之節奏，汪瑗、錢澄之、林雲銘等力主此說。或以緩節二字連文，謂錯落有致之緩慢節奏，徐焕龍、胡文英等主此說。二說雖皆可通，然以文意考之，似緩節連讀更爲暢達。疏爲疏落有致，疏緩節謂使緩慢之節拍疏落有致。又吴世尚、李陳玉、屈復謂疏緩節三字各有所指，可參。安歌之解，汪瑗説是也。竽瑟，汪瑗、徐焕龍、屈復謂並非專指，蓋舉竽瑟以該衆器，此説是也。浩唱，謂大聲歌唱。吴世尚釋倡爲作，謂衆器皆放聲大作；汪瑗、屈復以洪大釋浩倡，蓋以爲浩倡同義，皆備參考。

靈偃蹇兮姣服，芳菲菲兮滿堂。

王逸曰：靈，謂巫也。偃蹇，舞貌。姣，好也。服，飾也。菲菲，芳貌也。言乃使姣好之巫，被服盛飾，舉足奮袂，偃蹇而舞，芬芳菲菲，盈滿堂室也。

洪興祖曰：古者巫以降神，靈偃蹇兮姣服，言神降而託於巫也。下文亦曰靈連蜷兮既留。偃蹇，委曲貌，一曰衆盛貌。《方言》曰，好，或謂之姣。注云，言姣潔也。姣與妖並音狡，般與服同。

朱熹曰：靈，謂神降於巫之身者也。偃蹇，美貌。姣，好也。服，飾也。古者巫以降神，神降而託於巫，則見其貌之美而服之好，蓋身則巫，心則神也。

張鳳翼曰：偃蹇，舒徐自得之貌。

汪瑗曰：靈，謂上皇也。……堂，上皇之祠堂也。言上皇之被服鮮豔，充盛於滿堂也。

黄文焕曰：芳霏霏者，靈之芳也。

王萌曰：神靈居高而容仰，故曰偃蹇，尊嚴之貌也。想像神之既降，其貌之尊嚴，服之姣好也。

錢澄之曰：古人祀神必以尸，《周詩》稱爲神保靈者，神降於巫，猶神保之義。……神好音樂，故巫以歌舞邀之。姣服，巫之舞衣也。神既附而偃蹇，謂自貴重，不作舞態矣。

王夫之曰：靈，東皇太一之神。偃，安居貌。肆筵薦俎，歌舞設而神來降矣。

徐焕龍曰：楚人號巫爲靈子，言是神靈之子。

蔣驥曰：凡言靈者，皆指神言。偃蹇，安肆貌。霏霏滿堂，神之精氣與衆芳雜糅而發見也。

王邦采曰：偃蹇，委曲而舞之貌。……此言姣好之巫，被服盛飾，舉足奮袂，馨香之氣隨舞而散布空中，滿堂無不周徧也。

吴世尚曰：偃蹇姣服，所謂洋洋乎如在其上、如在其左右者也。玉瑱瓊芳紛然羅烈，蕙肴桂酒香氣薰蒸，芳菲滿堂，正古人之所謂尚氣臭之道也。

劉夢鵬曰：此總結上文之意。靈，神靈。偃蹇、姣服，猶《離騷》所謂瓊佩偃蹇，此則指神而言。

余蕭客曰：靈，謂神。偃蹇，訓衆多。言神降，上下左右，不測多少，蓋合侍從言之。

桂馥曰：好也者。《方言》，娥嬿，好也。自關而東，河濟之間，或謂之姣。郭注言，姣，潔也。《孟子》，至於子都，天下莫不知其姣也。趙注，子都，古之姣好者也。《晏子内篇》，景公曰，寡人有女，少且姣。《列子·楊朱》篇，豐屋美服，厚味姣色。《慎子》，毛嫱、西施，天下之至姣也。《楚詞·九章》，嫫母姣而自好。又《九歌》，靈偃蹇兮姣服。又《大招》，滂心綽態，姣麗施只。王注並云，姣，好也。《漢書·東方朔傳》，左右言其姣好。顔注，姣好，美麗也。《南都賦》，男女姣服。五臣注，姣，好也。通作佼。《詩·月出》，佼人僚兮。《釋文》，佼，字又作姣，好也。《月令》仲夏養壯佼。注云，佼，形容佼好。《荀子·成相》篇，治之道美不老，君子由之姣以好。鄭注《洪範·考終命》云，謂皆生佼好以至老也。《説苑·建本》篇，士女所以佼好。《論衡·齊世》篇，侗長佼好。《後漢書·劉盆子傳》，卿所謂庸中佼佼。

陳本禮曰：不曰巫姣而曰服姣，是其撰詞之雅。此（按，指下句）則花香人香，一時並豔。

胡文英曰：姣服，美服，即神靈之服，蓋設像象神而祭也。

張雲璈曰：此靈字指巫猶可，《雲中君》之靈謂巫，則不可通。且下文靈皇皇兮既降，又指爲神。忽而稱巫，忽而稱神，豈理也哉？當如于氏《集評》，皆指神爲是。

朱琦曰：《廣雅》云，靈子，醫、龔、覡，巫也。王氏《疏證》謂《楚語》曰，民之精爽不攜貳者，而又能齊肅衷正，其知能上下比義，其聖能光遠宣朗，其明能光照之，其聰能聽徹之，如是則明神降之。在男曰覡，在女曰巫。《説文》靈，靈巫以玉事神，从玉，霝聲。或从巫，作靈。《易林·小畜之漸》云，學靈三年，仁聖且神，明見善祥，吉喜福慶。古者卜筮之事，亦使巫掌之，故靈、筮二字並从巫。《離騷經》命靈氛爲余占之，靈氛猶巫氛耳。

畢大琛曰：（靈）指王，極寫昔時在楚之樂，愈見今日留秦之苦。

謹按：靈，指飾爲神靈之巫者，即所謂神降於巫之身者也，洪興祖、朱熹指此爲飾東皇太一之巫。又近人王國維《宋元戲曲史》云：「《楚辭》之靈，殆以巫而兼尸之用者也。其詞謂巫曰靈，謂神亦曰靈，蓋群巫之中必有像神之衣服形貌動作者，而視爲神之所馮依，故謂之靈，或謂之靈保。」説皆甚確。此言東皇太一已臨壇受祭，其身所發香氣菲菲襲人，故下句言芳菲菲兮滿堂。偃蹇二字，舊注頗多歧解，王逸釋爲舞貌，洪興祖釋爲委曲貌，朱熹釋爲美貌，張鳳翼釋爲舒徐自得之貌，王邦采釋爲委曲而舞之貌，均非確詁，唯王萌釋爲尊嚴之貌爲得矣。偃蹇爲古人常用詞語，本義當爲驕傲貌，如《左傳》哀公六年：「彼皆偃蹇，將棄子命。」杜預注云：「偃蹇，驕傲貌。」引申而爲高貌、盛美貌，如《離騷》：「望瑶臺之偃蹇兮，見有娀之佚女。」王逸注云：「偃蹇，衆盛貌。」《離騷》：「何瓊佩之偃蹇兮，衆薆然而蔽之。」王逸注云：「偃蹇，衆盛貌。」此句之偃蹇，則又高貌之引申，以形容東皇太一之高大尊嚴。

五音紛兮繁會，君欣欣兮樂康。

王逸曰：五音，宫、商、角、徵、羽也。紛，盛貌。繁，衆也。欣欣，喜貌。康，安也。言己動作衆樂，合會五音，紛然盛美，神以歡欣猒飽喜樂，則身蒙慶祐，家受多福也。屈原以爲神無形聲，難事易失，然人竭心盡禮，則歆其祀而惠以祉。自傷履行忠誠以事於君，不見信用而身放棄，遂以危殆也。

李周翰曰：繁會，錯雜也。君，謂東皇也。欣欣，和悦貌。言修潔酒食，極陳鼓樂，神常歡欣而降之福。自傷忠信事上，卒不見明，而遭放棄，以至危苦。

洪興祖曰：此章以東皇喻君，言人臣陳德義禮樂以事上，則其君樂康無憂患也。

朱熹曰：君，謂神也。欣欣，喜貌。康，安也。此言備樂以樂神，而願神之喜樂安寧也。

汪瑗曰：會，聚也，言錯雜也，指上聲音飲食之類而言。獨曰五音者，省文耳，猶《遠游》篇極叙妃女歌樂鳥獸等類，而獨以音樂博衍句承之，舉一以見其餘也。君亦謂上皇也。皇言其美大，靈言其威神，君言其爲民之主，相備而互言也。欣欣，和悦貌。康，安也。樂康，謂神心之樂而且安也。此總結上二章，言敬樂上皇以極盛之禮樂，而上皇亦欣欣然來格來享，以安樂之也。前曰敬愉者，言人欲樂乎神之心也。此曰樂康者，言神心樂乎人之敬也。神心之悦禮樂之盛也，禮樂之盛，誠敬之著也。神無常享，享于克誠，其斯之謂歟？〇又曰：此篇雖不過八十七字，其文頗短，然亦自有條理法度，有起結次第。首章言卜日以享神，中二章言享神之事，卒章言神之來享也。或曰，靈偃蹇至滿堂，當在琳琅之下，此錯簡耳。始焉飾神以被服，次而請神以登位，次而進饌，次而奏樂，終焉而神享。其説亦通。又按，此乃祭天之禮，楚國之典也，非民間之俗也。舊説以爲楚俗信鬼而好祀，失之遠矣。如後祭雲、祭日、祭山河、國殤之類，豈可謂民間之俗乎？或曰，祭天者，天子之事也，楚王安得而祭之？曰舞八佾，以雍徹，旅泰山，其僭亂之事，已紛紛於春秋之際矣。其所從來也久矣，又況戰國之世乎？屈子此篇亦但言其享神以誠敬之道，而無暇於他及也。又王逸皆以爲屈子言己將脩祭祀以宴樂天神，非是。後諸篇倣此。

李陳玉曰：樂康二字屬民物，上君欣欣，則天下太平矣。○又曰：此章分兩段，自吉日兮到琳瑯四句，言東皇太一容貌劍佩之尊嚴。自瑶席句至末，言迎神宴舞之樂。

陸時雍曰：芳潔其物，婆娑其文，以此事神，神宜無不享者。芳菲菲兮滿堂，君欣欣兮樂康，若或見之，若或語之，其爲慰藉，何可道者？凡會合則喜，意者其人情乎？

錢澄之曰：君指神言。

賀寬曰：陳竽瑟二句，神既來而盛以娱之，樂之合成也。芳霏霏句，應前蕙肴、蘭藉、桂酒、椒漿也。五音紛兮句，應上揚枹、緩舞、陳竽瑟也。神人道合，向之想其將愉者，今誠樂康矣。

徐焕龍曰：首節恍忽之交，如見所齋；次節供設品味之盛；末節歌舞音容之盛。東皇神最尊，故歌詞亦極肅穆，更不比他歌。

吴世尚曰：鼓歌舞蹈，紆徐爲妍。急管繁弦，衆音將亂，五音繁會，正古人之所謂聲音之號，詔告於天地間也。

屈復曰：總結上枹鼓三句……神樂乎人之誠敬也。〇又曰：此節（按，指靈偃蹇句至末）言神降而饗其誠敬也。

奚禄詒曰：神乃欣欣歡悅，而人民受其樂利，蒙其福康，神和而民降之福也。君指神，樂康指事神之人，舊直指神言，非也。

余蕭客曰：所謂王甚任之。

謹按：此頌神之詞，君指東皇太一。朱熹、錢澄之曰，君謂神也，俱是。洪興祖以爲喻懷王，則非。又李陳玉、奚禄詒以君欣欣屬神，以樂康屬人，亦爲肢解文義。朱熹曰，此言備樂以樂神，而願神之喜樂安寧也。此釋最爲暢達。

# 雲中君

洪興祖曰：雲神，豐隆也，一曰屏翳，已見《騷經》。《漢書·郊祀志》有雲中君。

朱熹曰：此篇言神既降而久留，與人親接，故既去而思之，不能忘也。足以見臣子慕君之深意矣。

張鳳翼曰：雲中君，雲師屏翳也。

汪瑗曰：此題亦撮篇中語以爲名者也。

蔣之翹曰：屈子作文，不過就題寫去，自覺别有會心。迺洪興祖謂此章以雲神喻君。言君德與日月同明，故能周覽天下，横行四海。而懷王不能，故憂之。此説大是拘腐。

王遠曰：此篇全是頌雲，未言主祭迎神之禮。

錢澄之曰：按，《封禪書》稱長安置祠祝官，女巫。晉巫，祠五帝、東君、雲中、司命。楚俗先有此祠，其來久矣。楚多淫祀，若此數者，後王載在祀典，當爲正神，必原所釐正以存其樂歌也。

王夫之曰：此雲之神也。言中者，雲氣也。其聚散之靈，則神也。神行於氣之中，君者其主宰。《漢書・郊祀志》有雲中君，古蓋特祀之。今從祀圜丘。

林雲銘曰：其所云浴蘭湯二句，就主祭言，而舊注以爲命巫之詞。然則主祭者皆當垢身蓬頭，着敝衣以爲禮耶？所云連蜷既留，乃留於天上，即《湘君》留中洲之義，而舊注以爲留于巫身。若留巫身，何以能爛昭昭與日月争光，其翺遊周章者又是誰耶？且下文既降二字涉於重複，即遠舉句亦用不得猋字矣。篇中自首至尾，總未嘗道出酒肴字樣，而舊注硬添飲食既飽，猋然遠舉等語，若然，是神降既久而又得其歡矣。世間無不散之筵席，何必思而歎極其心之勞乎？此旨最明白易曉者，亦相沿不改如此，余誠不知其何故也。

方廷珪曰：《騷・九歌》中有正意，有寓意，正意、寓意夾寫者，如前篇之《東皇太一》是也。有先寫正意，後寫寓意者，如此篇及《山鬼》等篇是也。有專寫寓意者，如《湘君》等篇是也。總要從其文義求之，不可曲爲之説。論正意，祀神是正意。因祀神屬望其君修美政，是寓意。此篇只是因祀雲中君，見能致雨，膏澤下民，望王同其所爲，使遐邇均沾，則先寫正意，後寫寓意也。

徐焕龍曰：玩一中字，又列司命、東君之先，或者未必即是雲神。

李光地曰：雲神，在天尊者，故亦可以喻君。君臣始合，如神人之初交。君既尊榮，臣亦光寵，使其久而安焉。雲雨之施，雖與日月争光，可也。飄風相離，氤氲綢密之象散矣，是以求神者祈禱之深，愛君者思慕之至。

徐文靖曰：《左傳》定四年，楚子涉雎濟江，入于雲中。杜注，入雲夢澤中。是雲中一楚之巨藪也。雲中君猶湘君耳。《尚書》，雲土夢作乂。《爾雅》，楚有雲夢。相如《子虛賦》，雲夢者，方九百里。湘君有祠，巨藪如雲中，可無祠乎？靈皇皇兮既降，猋遠舉兮雲中。亦猶《湘君》云横大江兮揚靈耳，豈必謂雲際乎？《封禪書》，晉巫祠東君、雲中。《索隱》曰，王逸注《楚辭》雲中君，雲也。則以雲中爲雲神，自逸始矣。

吴世尚曰：雲有形而無質，出乎山川，升乎虛空，浮乎棟宇，若游若留，彌乎天壤，無窮無極。寫雲至此，筆有化工矣。末二句與杜子美浮雲終日行，游子久不至同，一言不能盡之悲。

屈復曰：此篇言神既降而不久留，故既去而思之不能忘也。可以想見臣子慕君之深意矣。

夏大霖曰：愚按，本文猋遠舉兮雲中，則遠舉者，君也，不得以雲中謂即君也。若直曰雲神，則題如《河伯》、《山鬼》曰雲君而可矣，其稱中，何也？古人文字謹嚴，無此泛字，即此以觀，不必問君爲何神，但入雲中，則通體蒙蔽，亦聊以狀受蔽之君而已矣。

邱仰文曰：雲神或曰豐隆，或曰屏翳。……按，五臣以屏翳爲雲神，亦有云雨師者，此《天問》蓱號起雨是也。王逸注豐隆曰雲師，亦有云雷師者。《穆天子傳》曰，天子升崑崙之山，封豐隆之葬。郭璞曰，豐隆，筮師，御雲得大壯卦，遂爲雷師。則豐隆先爲雲師，後爲雷師，可知矣。

劉夢鵬曰：比賢達從王得時有爲者，而因以興己之勞思也。故以雲中君名篇。

戴震曰：雲師也。《周官·大宗伯》以槱燎祀飌師、雨師，而不及雲師，殆戰國時有增入祀典者，故屈原得舉其事賦之。《漢·郊祀志》，晉巫，祠五帝、東君、雲中君之屬，是漢初猶承舊俗，其後不入秩祀。唐天寶五年始祀雷師，至明乃復增雲師之祀。

陳本禮曰：《春秋元命包》曰，陰陽聚爲雲。雲師名屏翳。《封禪書》，晉巫，祀五帝、東君、雲中、司命。

胡濬源曰：比襄王也。雲中君，即雲夢之神。《左傳》，楚子涉睢，濟江，入於雲中。楚封内祀也。與下湘君夫人類，若以爲雲神，則是望祀，不宜在星日之前，且何以獨無風師、雨師及雷師？《漢志》列東君後者，與此殊。

牟庭曰：雲中君無寓意，言神之來去而已。

梁章鉅曰：《楚辭集注》云，謂雲神也。亦見《漢書·郊祀志》。徐氏文靖曰，《左傳》定四年，楚子涉睢濟江，入於雲中。杜注，入雲夢澤中。是雲中，一楚之巨藪也。雲中君猶湘君耳。然《史記·封禪書》，晉巫，祠五帝、東君、雲中。《索隱》即引王逸注又云，東君、雲中，見《歸藏易》也。

王闓運曰：雲中，楚澤，所謂雲杜、雲夢者。君，澤神也。

畢大琛曰：懷王留於秦，屈原望王歸，可有爲也。賦《雲中君》。《左傳》，楚子涉雎濟江，入於雲中。江南曰雲，江北曰夢。

陳培壽曰：《雲中君》言君苟用己，則可以安天下，惜此會之不可得也。○又曰：《九歌·雲中君》，王逸謂豐隆，雲師。朱子亦謂雲神。余以爲楚有雲、夢二澤。《左傳》，楚子涉雎濟江，入於雲中。令尹子文初生，棄於夢中。雲、夢皆楚之大澤。雲中君當爲水神，與湘君、湘夫人、河伯同爲一例，故楚人祀之。不得以東君爲日，而以雲中君爲豐隆也。

謹按：本篇乃祭祀雲神之樂歌。雲中君即雲神，其説始自王逸。《史記·封禪書》及《漢書·郊祀志》皆有關於祭祀雲神之記載，乃楚國祭祀雲神舊典之餘緒。至於歷代雲神祭祀之始末沿革，戴震考證較詳。然徐焕龍始非議王説，以爲雲中君未必即爲雲神，徐文靖則直以雲中君爲雲夢澤水神也。胡濬源、王闓運、畢大琛、陳培壽諸人亦附議其説。然此説雖扣題中雲中二字，實非確詁。湖北江陵天星觀一號墓出土有關楚國祭祀之竹簡，有雲君二字，其間無中字，足證雲神之祀乃楚俗舊典。雲中君乃雲神而非雲夢水神，則確然無疑矣。有説者釋雲中君爲月神，其説不可信。篇中既云「與日月兮齊光」，則雲中君不得爲月神明矣。本篇文意甚明，蓋以扮爲雲中君之主巫獨唱與群巫合唱之詞組合而成，皆在頌神愉神耳。本篇之雲神，來去迅疾，遨遊廣宇，有光齊日月，威及四海之貌。然洪興祖、方廷珪、屈復、夏大霖、劉夢鵬、畢大琛皆謂屈原意在以雲中君喻楚王，胡濬源又以爲喻襄王，其説皆非，此篇僅頌神之詞耳，並無寄寓之意。

浴蘭湯兮沐芳，華采衣兮若英。

王逸曰：蘭，香草也。華采，五色采也。若，杜若也。言己將修饗祭以事雲神，乃使靈巫先浴蘭湯，沐香芷，衣五采華衣，飾以杜若之英，以自潔清也。

劉良曰：蘭、若，皆香草也。

洪興祖曰：《本草》，白芷一名芳香。《樂府》有沐浴子。劉次莊云，《楚辭》曰，新沐者必彈冠，新浴者必振衣。又曰，與汝沐兮咸池，晞汝髮兮陽之阿。皆潔濯之謂也。李白亦有此作，其詞曰，沐芳莫彈冠，浴蘭莫振衣，處世忌太潔，至人貴藏暉。與屈原意異。華，户花切。荀卿《雲賦》云，五采備而成文，衣華采之衣，以其類也。《本草》，杜若一名杜衡，葉似薑而有文理，味辛香。今復別有杜衡，不相似。按，杜衡，《爾雅》所謂「杜土鹵」者也。杜若，《廣雅》所謂「楚蘅」者也。其類自別，古人多雜引用。《爾雅》曰，榮而不實者，謂之英。

朱熹曰：若英，若即如也。猶《詩》言美如英耳。注以若爲杜若，則不成文理矣。

吴仁傑曰：蘭也、芳也、華也、若也，四者皆香草。洪慶善以芳爲白芷固當，至以華采爲五色采，則因王逸之誤而莫之能正。《山海經》，單狐之山多華草，逢水出焉。《爾雅》，葭，一名華。

林兆珂曰：英，於良反。

汪瑗曰：浴蘭湯，謂以香草煎湯而澡其身也。沐，濯髮而靧面也。不言湯者，承上文也。芳，泛指香草而言。一曰承上蘭草而言，亦通。舊説以芳爲白芷，非是。按，《楚辭》中凡單用芳字，多泛言也。此句亦相錯成文，本謂以芳蘭香草之湯而沐浴也。華彩，言其色之艷麗也。若，如也。英，泛言草木之花也。其色之艷麗者，莫如草木之花，故以之比神之衣也。浴蘭沐芳，言神尊體之香潔；華彩若英，言神盛服之鮮明也。蓋古之祠神，既有宫堂供祀之處所，則必有雕塑之神像，以爲之尸，故將祭之時而奉其尸以洗飾之也。朱子注《招魂》曰，楚俗，人死則設其形貌於室而祀之也。由東皇言撫劍佩玉，及此沐浴衣飾之事觀之，則諸神皆有所設雕塑之尸，如今俗之所爲者明矣。舊説俱以爲巫祝沐浴而衣也，甚謬。

周拱辰曰：《幽明録》，古制，廟方四丈，不墉壁，道廣四尺，夾樹蘭香。齋者，煮以沐浴，然後親祭，所謂蘭湯也。

王遠曰：英，花英，言五采之衣鮮明若華之英，寫雲之色。

王夫之曰：英，花也。若英，言衣之華采粲麗如花也。

林雲銘曰：潔其身，盛其服，所以爲迎神之禮。就主祭者言。

方廷珪曰：凡神之享不享，全由祭主誠意至不至，巫特其介紹耳。王逸遽指巫説，是有客無主矣，謬甚。

徐焕龍曰：雲想衣裳，即從華采若英句來。

蔣驥曰：二句言神之芳潔、華美。若英，猶言如花也。

吴世尚曰：蘭湯沐浴，香潔之至也。衣裳繪繡，盛美之極也。……芳言其氣，英言其色也。凡祭，旬前卜日，既得吉，則必沐浴齋戒，散於外，致於内，及期而後行事也。二句與上篇首四句，作參差錯綜寫法，最古人不傳之秘，後此九章更不復言及主祭者，皆蒙此文可知也。

屈復曰：言自潔清以迎神也。

奚禄詒曰：采，色采之衣。若，杜若，即杜蘅。言將祀靈神，乃令巫浴香蘭之湯，美五采之衣，飾以杜若之英。

劉夢鵬曰：浴蘭沐芳，比賢者祓濯芳潔也。采衣若英，比賢者道德光華也。皆指神而言。

余蕭客曰：《夏小正》，五月，蓄蘭爲沐浴也。

桂馥曰：熱水也者。《月令》，如以熱湯。《孟子》，冬日則飲湯。《楚詞·九歌》，浴蘭湯兮沐芳華。《列子·湯問》篇，及其日中如探湯。

孫志祖曰：《辯證》云，若，即如也，猶《詩》言美如英耳。（李善）注以若爲杜若，則不成文理矣。

陳本禮曰：《易·通卦驗》。冬至，陽，雲出箕，如樹木狀；立春，青陽，雲出房，如積水；夏至，少陰，雲如水波莘莘。浴蘭沐芳者，蓋狀雲氣如花木之初出於水也。《通卦驗》，立秋，濁雲出，如赤繒。

朱珔曰：案，一本無湯字。蘭與芳對舉，則芳非泛作芬芳字也。《本草》，白芷名芳香，又名澤芬。陶注《別録》云，東間甚多道家，以此香浴又用合香。……《騷經》雜杜衡與芳芷，即白芷。云芳芷者，合言之耳。李太白詩，沐芳莫彈冠，浴蘭莫振衣。當是本之此篇。○又曰：華采衣兮若英。……案，吴氏《草木疏》謂蘭也、芳也、華也、若也，四者皆香草。據《北山經》，單狐之山多華草，逢水出焉。郝氏謂《吕覽·別類》篇，草有莘有藟，《御覽》引莘作華，豈此華草與？惟彼説云，獨食則殺人，合而食之則益壽，未知何色。吴氏又云，《爾雅》葭，一名華。《説文》葭，葦之未秀者。《詩》蒹葭蒼蒼，言其色之青。華爲蘆之未秀，蓋尤青嫩時也。余謂《爾雅》，葭，華，《詩正義》引舍人曰，葭，一名華，故吴氏爲此説。但華采衣連文，非與若英對舉，義似未的。而朱子《集注》則云，衣采衣，如草木之英以自潔清也。并以若亦爲虚字矣。○又曰：《爾雅》「葭，華」，各本皆同，惟阮宫保《校勘記》云，華當作葦。《東京賦》外豐葭菼，李善引《爾雅》曰，葭，葦也。是唐初本不誤，今本承《開成石經》之譌耳。郭注葭葦云，即今蘆也；注葭蘆云，葦也。正彼此互證。又《詩疏》引舍人語，華亦葦之誤。觀下文云成則名爲葦也，知《疏》所引本不誤，不知者乃改之。余謂舍人語見《豳風》，以釋八月萑葦，若是華字，《疏》何用引之？況《爾雅》邢疏明言葭一名葦，即今蘆也。是不以爲華字，然則華與葦形相似而誤。吴氏説亦據誤本耳。至明毛氏晉《陸疏廣要》以葭葦爲即蘆花風吹如雪者，與上葦醜芀一例，然郭注云，其類皆有芀秀，秀即是花，何《説文》云葦之未秀者耶？吴氏轉云蘆之未秀爲華，華豈未秀之稱？皆非也。○又曰：《爾雅》猋藨芀爲句，葦醜芀爲句，葭華爲句，本郭義也。孔氏廣森以爲舊失其讀，當於葦醜絶之。猋、藨、芀三名，皆葦類也。芀者，葭之華也，即今蘆花。如此則華非誤字，亦通並存之，以見古書正未可執一而論。

俞樾曰：注，華采，五色采也。若，杜若也。衣五采華衣，飾以杜若之英。愚按，注義增出飾字，殆非譎詁。《詩·汾沮洳》篇次章曰美如英，三章曰美如玉，英即瑛之假字。《説文·玉部》，瑛，玉光也。如瑛，猶如玉也。説詳《群經平義》。此云若英，猶《詩》言如英，非謂杜若之英也。

胡文英曰：浴蘭沐芳，爲神像潔也。至今吴楚迎神賽報猶然。或謂古無塑像，然觀《戰國策》木偶人、土偶人之語，則像之設也蓋已久矣。

畢大琛曰：王始去楚赴秦，行李修潔，服飾華美。

謹按：此乃群巫描述主巫於祭祀之前，沐浴更衣以備迎神附體之狀。芳，王逸以爲專指白芷，而洪興祖又據《本草》證明之，則沐芳即爲以白芷所泡之香湯沐頭。汪瑗又云芳泛指香草，據

《楚辭》文例，似應以汪説爲長。若英，即如花，朱熹之説可從。然王逸、洪興祖、吴仁傑皆釋若爲杜若。按此説非是，《楚辭》凡想象之詞有以花草爲衣裳者，況此處又爲實寫之詞，不應以杜若之花爲衣。又俞樾釋英爲瑛，美玉也，其説可參。此句所述之人乃假託爲雲神之主巫，祭祀之先當沐浴蘭芳，修潔形體，著五彩華衣，以候雲神之降。林雲銘、方廷珪、屈復皆主此説。劉夢鵬以爲沐浴華采之詞乃述雲神自身，其説恐不可信。又畢大琛以爲此二句乃狀懷王之貌，則甚爲無據。

靈連蜷兮既留，爛昭昭兮未央。

王逸曰：靈，巫也。楚人名巫爲靈子。連蜷，巫迎神導引貌也。既，已也。留，止也。爛，光貌也。昭昭，明也。央，已也。言巫執事肅敬，奉迎導引，顔貌矜莊，形體連蜷，神則歡喜，必留而止，見其光容爛然昭明，無極已也。

劉良曰：靈，巫也。連蜷，導引神貌。央，極也。言將祭祀之事，先使靈巫沐浴蘭芳，衣五色之服，務其芳潔，又飾若英也。導，引也。雲中君使留心於此，神光爛然，明明無極。雲中君，雲師屏翳也。

洪興祖曰：蜷音拳。《南都賦》云，蛾眉連卷。連卷，長曲貌。

朱熹曰：靈，神所降也。楚人名巫爲靈子，若曰神之子也。

林兆珂曰：蜷，音拳。

汪瑗曰：靈，即謂雲神也。上指其所設之像而言，此指其所降之神而言。舊説以靈爲巫，亦謬。連蜷，留連繾綣之意。連蜷既留，此句言神降下之久也。不言始降者，既曰既留，則既降可知矣。爛，燦然貌。……此句言雲光之明而盛也。

李陳玉曰：連蜷二字确是雲態，且寫鬼神蓄縮情狀如見。

王遠曰：連蜷，長曲貌，寫雲之態。既留，言雲在中天。昭昭未央，言其光下燭無盡，此未來而仰望之也。

錢澄之曰：連蜷，狀雲之卷舒昭回；既留，謂神附之，久而不去也。古者祀神，以有神光爲驗。……爛昭昭，指神光也。

王夫之曰：連蜷，雲行回環貌。

林雲銘曰：留者，留於天上，舊注非。（下句言）仰望，第見其光之無盡。

方廷珪曰：連蜷，躬鞠不已，如蟲之蜷。蜷，曲矣。……雲有五色，此形其初時所見。

徐焕龍曰：蜷，曲也。巫容既長且曲，如《詩》抑若揚兮之意也。留，待也。爛，庭燎未央，然未過中也。燎始然與將盡，不若未央時最明。言此沐浴采衣之巫，其容連蜷，亦既留待于此，以候神之降，而庭燎之爛，方昭昭未央，我之所以御神者，可爲誠敬而明盛矣。此神未降而御之之詞。

李光地曰：連蜷，猶《騷》之蜷局，盤旋不行之貌。……（下句言）巫之光榮亦昭昭而未央也。

王邦采曰：留，待也，留待以候神之降也。……此神未降而御之之詞。舊解謂神降於巫，留連不去，非是。

吴世尚曰：連蜷，宛曲生動之貌。……央，中也，半也。

屈復曰：留，留天上。……未央，光爛天上無已時。

夏大霖曰：留，降此也。

邱仰文曰：神未降而擬其留曰既。

劉夢鵬曰：連蜷，變動屈曲貌。留，言神降而暫留於此。爛，神降有光也。

戴震曰：言巫之潔以致神，故神留之，光爛方盛。

陳本禮曰：連蜷，狀雲之連綿不斷。既留者，行將臨壇而享祭也。（下句）謂光華爛縵，昭回於天也。〇又曰：《九歌》靈字有指巫言者，如上章靈偃蹇兮姣服是也。有指神言者，如此章及《東君》靈之來兮蔽日是也。亦若經言美人，可以比君，亦可以自喻。若如諸家泥説，則屈子名靈均，而稱君不可以名靈脩矣。且《東皇》章舊詁既以靈字指神，而下文君字又何所指耶？

胡文英曰：連蜷，盤旋貌。

牟庭曰：舒而捲，行而又停者，連蜷留也。爲章於天者，爛未央也。

梁章鉅曰：洪曰，一本靈下有子字。

朱駿聲曰：爛……［假借］爲然。《楚辭·雲中君》，爛昭昭兮未央。注，光貌。《西都賦》，登降炤爛。注，亦明也。《漢書·禮樂志》，爛揚光。《王莽傳》，功德爛然。《梅福傳》，爛然可睹矣。注，章明之貌。

李翹曰：靈子（按，靈連蜷兮既留句下有子字，故李氏據之）《廣雅·釋詁》云，靈子，巫也。

畢大琛曰：後雖見留，而不許巫黔中之地，意氣未衰。

謹按：靈，飾爲雲中君之主巫也。朱熹、汪瑗釋爲神所降也，誤矣。連蜷，錢澄之、王夫之釋爲舒卷回環貌，則近是。作者以此形容飾爲雲中君之主巫於祭壇之上舞動之姿，因其既有雲神附體，故舞姿取象於神之動態。連蜷一詞，王逸、劉良釋爲迎神導引之貌，王遠、徐焕龍、李陳玉、方廷珪釋爲長而蜷曲之貌，汪瑗、李光地、胡文英釋爲留連盤旋之貌，吴世尚釋爲宛曲生動之貌，陳本禮釋爲連綿不斷之貌，皆略遠文意。既留，謂雲中君託身主巫，降臨神壇。錢澄之、劉夢鵬、陳本禮持此説。又王遠、林雲銘、屈復釋爲雲神留於天上，王邦采釋爲留待以候神之降，皆非。爛昭昭，光彩明亮也。錢澄之釋爲神光，其説可參。以上四句乃群巫合唱之迎神曲。

蹇將憺兮壽宮，與日月兮齊光。

王逸曰：蹇，詞也。憺，安也。壽宮，供神之處也。祠祀皆欲得壽，故名爲壽宮也。言雲神既至於壽宮，歆饗酒食，憺然安樂，無有去意也。齊，同也。光，明也。言雲神豐隆爵位尊高，乃與日月同光明也。夫雲興而日月闇，雲藏而日月明，故言齊光也。齊一作争。

張銑曰：蹇，辭也。壽宮，祠神所也。神既安樂，德又光明，乃與日月齊也。

洪興祖曰：憺，徒濫切。漢武帝置壽宮神君。臣瓚曰，壽宮，奉神之宮。

汪瑗曰：蹇，發語詞，一曰難詞，謂神之留連之久而難於去也。亦通。……此句言神既留之安也。……《尚書大傳·卿雲歌》亦以日月星辰並言之，蓋以類相從也。以上四句相錯成章，若順言之，本謂靈連蜷兮既留，蹇將憺兮壽宮。爛昭昭兮未央，與日月兮齊光也。

陳第曰：壽宮……光采與日月同。

黃文焕曰：將憺者，冀神之安於我而無他往也。

李陳玉曰：（憺）即觀者憺兮忘歸之憺。（與日月兮齊光）確是雲頌。

周拱辰曰：蹇將憺與穆愉一意。蹇，寬碩貌，言壽宮寬碩而寧謐也。

王遠曰：雲無定在，望其降而安於此也。雲能蔽日月，有時得日月而益絢爛。日月齊光，善於頌雲。

錢澄之曰：漢武帝置酒壽宮以禮神君，其後又置壽宮北宫，則凡禮神之處皆可名壽宫。日月齊光，冀神光之昭昭未央，同日月之久照也。

賀寬曰：將憺者，以靈之既留，而望其安居。

林雲銘曰：謇、蹇同。憺，悦也。壽宫，靈久居之處，即雲中也。舊注非。樂以其光，與日月之光相映射，所以留而不行。

方廷珪曰：雲既留而在下，與日月之光兩相激射，精彩四達，故齊其光。申上爛昭昭字。

徐焕龍曰：將憺，亦上篇將愉意。……既曰雲中，則無瓊宫玉殿可名，神居惟與天地同久，故以壽名之。舊解謂是供神之處，神且憺然安樂下其宫，將下龍駕翱遊，言不幾於錯雜無序乎？

蔣驥曰：憺，悦也。○又曰：此節（按，指浴蘭湯至齊光六句）序神降也。日月之光必麗於雲，是以日月普照，雲光亦萬方，日月貞明，雲光並千古，所謂齊也。

王邦采曰：將憺與將愉同一句法，壽宫指雲神，不敢斥言，猶上書者之稱記室云爾。

吴世尚曰：壽宫即神祠，此所謂連蜷既留者也。雲霞在天，無日夜而無之，映於日月，則更光華之燦爛也，此所謂昭昭未央者也。

屈復曰：壽宫者，神天上久居處。《尚書大傳·卿雲歌》亦以日月星辰並言之，以類相從也。

邱仰文曰：將者，未然之辭，豫期之也。此字忽過，下降爲複文矣。

奚禄詒曰：王注謂雲興而日月闇，雲散而日月明，則是掩光，而非齊光也。

劉夢鵬曰：蹇，不行貌。

余蕭客曰：將謂懷王安治國家，光明其德，與日月齊。

孫志祖曰：許云，吕子《知接》篇，蒙衣袂而絶乎壽宫。注，壽宫，寢堂也。

陳本禮曰：《爾雅》，壽星，角、亢也。角、亢爲東方之宿。壽宫者，謂雲神朝起於角、亢之次，而憺安於壽星之舍也。齊光者，即卿雲爛兮，糺縵縵兮，日月光華，旦復旦兮之意。

胡文英曰：壽宫，上壽之宫。

朱珔曰：《漢書·郊祀志》，武帝幸甘泉，置壽宫神君，又置壽宫北宫，張羽旗，設共具以禮神君。臣瓚注亦以壽宫爲奉神之宫，即引此語爲證。漢蓋效楚制矣。孫氏《補正》則引許説，謂吕子《知接》篇蒙衣袂而絶乎壽宫，注云壽宫，寢宫也。然此處正言祀神，仍以舊注爲允。

胡濬源曰：雲中直稱帝服，以前東皇直稱上皇，知前比懷，此比襄也。以後諸神則僅稱帝子、君、公子、汝、靈之類，無此稱者。日月齊光明，比懷王在秦，襄王新嗣位氣象。

梁章鉅曰：許氏宗彦曰，吕子《知接》篇，蒙衣袂而絶乎壽宫。注，壽宫，寢室也。

胡紹瑛曰：按，《御覽》五百五十二引作壽堂。

畢大琛曰：比王雖見留，而楚盛尚可爲，如歸而自振，可與日月齊光。

馬其昶曰：許慶宗曰，《吕覽注》，壽宫，寢堂也。

謹按：此寫雲神自稱將於祭壇安享祭品，焕發與日月相齊之輝光。此與上二句呼應，上二句乃群巫狀雲神之貌，此二句則爲主巫之自述。蹇，王逸、王遠、林雲銘釋爲語詞，其説可從。汪瑗引一説釋爲難詞，周拱辰釋爲寬碩貌，劉夢鵬釋爲不行貌，皆非。壽宫，王逸、錢澄之釋爲供神禮神之處，是也。林雲銘、徐焕龍、屈復釋爲靈久居之處，即雲中也。孫志祖釋爲寢堂。胡文英釋爲上壽之宫。王邦采謂壽宫即雲神，不敢斥言也。陳本禮釋爲雲神憺安於壽星之舍。以上五説皆非。與日月兮齊光，王逸釋爲雲神與日月争光，可參。又錢澄之釋爲雲神光明久長。林雲銘、方廷珪、吴世尚釋爲與日月之光相映射。蓋此三説，與日月齊光者皆爲雲神。又，余蕭客、畢大琛、胡濬源以爲雲神喻楚王，皆非。陳第又以爲此二句之主語乃壽宫，亦非是。

龍駕兮帝服，聊翱遊兮周章。

王逸曰：龍駕，言雲神駕龍也，故《易》曰，雲從龍。帝謂五方之帝也。言天尊雲神，使之乘龍，兼衣青黄五采之色，與五帝同服也。聊，且也。周章，猶周流也。言雲神居無常處，動則翱翔，周流往來，且遊戲也。

吕向曰：言神駕雲龍之車，爲五方帝服。翱游、周章，往來迅疾貌。

朱熹曰：龍駕，以龍引車也。帝，謂上帝也。

王觀國曰：屈平《九歌》曰，龍駕兮帝服，聊翺翔兮周章。五臣注《文選》曰，周章，往來迅疾也。左太沖《吴都賦》曰，輕禽狡獸，周章夷猶。五臣注《文選》曰，周章夷猶，恐懼不知所之也。王文考《魯靈光殿賦》曰，俯仰顧盼，東西周章。五臣注《文選》曰，顧盼、周章，驚視也。觀國按，五臣訓周章三説不同，然皆非也。周章者，周旋舒緩之意。蓋《九歌》有翺翔字，《吴都賦》有夷猶字，《靈光殿賦》有顧盼字，皆與周章文相屬，而翺翔、夷猶、顧盼亦皆優遊不迫之貌，則周章爲舒緩之意可知矣。《前漢·武帝紀》，元狩二年南越獻馴象。應劭注曰，馴者，教能拜起周章，從人意也。所謂拜起周章者，其舉止進退皆喻人意而不怖亂者也。而五臣注《文選》反以爲迅疾、恐懼、驚視，則誤矣。

汪瑗曰：帝服……蓋服莫盛於天帝，故擬之以極狀其盛也。……此二句又總承上數句，而本其始來之意。言雲中君駕龍車，服帝服，而聊爾降下，安留遊戲於此也。此段（按，指浴蘭湯至周章八句）蓋迎神之曲，故極其誇美之詞、欣幸之意也。舊説與分章俱非是。

黄文焕曰：周章者，神之亟於他遊而意緒倉皇也。

錢澄之曰：古者祠神皆用禺車、禺馬，謂之駕被具。龍駕、帝服，或亦此類。蓋神將去而戒駕與被也。聊翺遊者，婉詞以別主人，猶云且暫往周流一遊耳。

王夫之曰：龍駕、帝服，擬神之形容也。翺遊，言其停聚遲回而不下。周章，言其忽然因風駛行而不留。言己雖齋祓承祀，而神寓乎高玄曠杳之中，不即來降，思之切也。

賀寬曰：周章者，以靈之將安，而又周流不定也。

方廷珪曰：此句不是寫其威儀之盛，正是寫其變幻之境。忽然如飛龍之駕，蜿蜒不定；忽然如五帝之服，斑斕有章。全從雲想像而出，亦是雲與日月兩相激射，故有此象。……翺遊，謂暫翺翔而遊人間；周章，謂人與雲近，見其精彩周布章著也。

徐焕龍曰：周，遍；章，明也。言神憺然壽宮，光齊日月，故能隨鑑我之精意，來格不遲，駕飛龍之駕，服天帝之服，聊翺翔以遊于下地。下地之間，其光周遍章明矣。此神鑑之而降臨也。

李光地曰：使龍行雨，是龍駕也。爲章於天，是帝服也。翺遊周章，而膏澤將下於民矣。

蔣驥曰：帝服，即若英之服。周章，急遽貌。言神駕龍車，服衮衣，暫得翺遊祭所，而行色又甚急也。〇又曰：獐性善驚，故曰章皇。揚子雲《羽獵賦》，章皇周流。《論衡・道虛》篇，周章遠方。左太沖《吴都賦》，周章夷猶。東魏杜輔立《移梁檄》，周章向背。《説文》，睢睢，視周章貌。皆匆遽不定之意。

王邦采曰：與龍相從，如使之引車；彰施五采，如帝之作服。體之尊儼，何如氤氲變幻。翺翔空際，光周偏而章明矣。聊，且也，不敢必之詞。此冀神之鑒其精誠而來格也。

吴世尚曰：帝服，言其服飾之尊嚴也。翺遊周章，言其將周遊於此而不去也。

屈復曰：此節（按，指靈連蜷句至聊翺遊句）言神之靈貴如此，天上周流不易降也。

奚禄詒曰：周章，征營貌。營營，往來也。注誤。

劉夢鵬曰：服，乘也。周章，猶言徘徊。言神留昭昭其光，直可與日月相比，一旦龍駕帝服，神即從之，與共翺遊，徘徊周歷，不復在壽宮矣。

戴震曰：帝服，謂所服皆帝者之飾。此章言欲神安於壽宮，而神乃翺遊將去。〇又曰：周章，周流章布也。

孫志祖曰：聊翺遊兮周章，（李善）注，周章，猶周流也。〇又曰：王觀國《學林》曰，注非也，周章，周旋舒緩之意。

陳本禮曰：龍駕，《子華子》，雲，龍屬，故能以龍爲駕。帝服，形容雲之彩色，如帝服之絢爛也。《荀子》，雲五彩成文。葛洪曰，雲五色爲慶，三色爲矞。周章，怔營貌。聊翺遊者，謂其行止不定，又將營營他往也。

胡文英曰：龍駕，雕螭龍爲座也。帝服，如帝之藻火山龍也。迎神則不嫌用尊服。周章，急欲去而不能久留之貌。故下遂云既降而猋遠舉也。

朱琦曰：五臣注，周章，往來迅疾也。又注《吴都賦》，周章夷猶，云恐懼不知所之也。注《魯靈光殿賦》云，顧盼周章，驚視也。王氏《學林》曰，周章者，周旋舒緩之意，蓋《九歌》有翺翔字，《吴都賦》有夷猶字，《靈光殿賦》有顧盼字，皆與周章字相屬，亦優游不迫之貌。《前漢·武帝紀》，元狩二年，南越獻馴象。應劭注，馴者，教能拜起周章從人意也。所謂拜起周章者，其舉止進退，皆喻人意而不怖亂也。而五臣反以爲迅疾、恐懼、驚視，誤矣。余謂周章乃不定之意，觀此處王注可知矣。《吴都賦》劉注，周章，謂章皇周流也。《羽獵賦》章皇周流，李善注，章皇，猶傍徨也。劉又引《楚辭·湘君》篇君不行兮夷猶，王注，夷猶，猶豫也。太沖賦正言獵事，故曰輕禽狡獸，周章夷猶，狼跋乎紭中，更何得云舒緩？下文魂褫氣懾，即五臣恐懼之義。不知所之者，言其傍徨無定也。《靈光殿賦》俯仰顧盼，東西周章，蓋極狀殿之宏麗，上下左右驚視無定也。五臣語無不合，惟馴象拜起周章，似與舒緩義稍近，然亦言或拜或起，周旋進退，在在若解人意。原不指一事，但非恐懼、驚視，此則各隨文釋之，要其爲不定之意，固略同。王氏説殊未的。〇又曰：周章與譸張二字音並同，《爾雅》訓譸張，誑也。《尚書·無逸》譸張爲幻，蓋亦眩惑無定之意。譸張一作侜張，侜一作倜，又作輈。張，本書劉越石《答盧諶詩序》自頃輈張，注云，輈張，驚懼之貌也。此與五臣釋周章爲恐懼、爲驚視相合，則知其以同聲，義得通也。

梁章鉅曰：注，兼衣言青黄五采之色。《楚辭注》無言字，是也。此衍。

畢大琛曰：雖留於秦，亦聊以翺遊，不久當歸。

武延緒曰：按，帝疑爲虎之譌字，上文已言采衣，此不應，又稱帝服。虎服之服即《詩》兩服上襄之服也。存以俟考。此專言虎服，猶《河伯》章專言驂螭也。驂服二字可以分用，此其確證。

謹按：龍駕，龍車也，謂以龍引車，王逸、朱熹、王邦采皆主此説。胡文英則釋爲雕螭龍爲座，亦可參。帝服，諸家皆釋爲五帝之服飾，近是。獨劉夢鵬釋爲乘，戴震釋爲五帝之飾，恐非。周章，《文選》五臣注、蔣驥、黄文焕、胡文英釋爲往來迅疾貌，與下文雲神既降之後而又遽去相呼應，故此説較爲近是。而王逸、賀寬、朱玠釋爲雲神居無常處，王覲國釋爲周旋舒緩，奚禄詒、陳本禮釋爲倉皇征營，王夫之釋爲忽然因風而去，劉夢鵬、吴世尚釋爲徘徊不去，方廷珪、徐焕龍、王邦采則將二字分釋，周爲周布，章爲章著，皆非。又，以上四句乃飾爲雲中君之主巫獨唱之詞。

靈皇皇兮既降，猋遠舉兮雲中。

王逸曰：靈，謂雲神也。皇皇，美貌。降，下也。言雲神來下，其貌皇皇而美，有光明也。猋，去疾貌也。雲中，雲神所居也。言雲神往來急疾，飲食既飽，猋然遠舉，復還其處也。

洪興祖曰：猋，卑遥切，群犬走貌。《大人賦》曰，猋風涌而雲浮。李善引此作焱，其字從火，非也。

汪瑗曰：皇皇，猶煌煌，言雲神來下，煌煌而光明之盛也。此又承上章，本其初來而言，以見其將去也。上章言其來，乃先言既留，而後言翱遊。此章言其去，乃先言既降，而後言遠舉。此固立言之法，而亦相備互見也。猋，去疾貌。遠舉，猶言高飛也。雲中，猶言天際，以見其猋舉之高遠也。……如《東君》篇祀日，而又言靈之來兮蔽日，可見古人作文不拘拘避諱。……此二句言其神來之盛，而去之速也。

錢澄之曰：神降於巫爲靈，神去而祀者，追述其始降，即指靈爲神，故贊其皇皇。

王夫之曰：皇皇，盛大而遽也。

方廷珪曰：皇皇，猶洋洋。

徐焕龍曰：靈，前謂巫，此謂神，蓋既降之後，神即巫，巫即神矣。皇皇，即上龍駕帝服周章之觀。猋，疾發如烈火之炎也。

李光地曰：猋，風也。雲靈既降而猋風忽起，《離騷》屯其相離之意也。

蔣驥曰：靈皇皇兮既降，承上啓下之辭，言明明已見神之下，而倏忽之間，又遠舉雲中，不能測其所極也。〇又曰：靈皇皇兮既降，乃於去後追述之。《九歌》皆以神之去留不測爲言，而序雲神尤極絢爛飄忽，蓋狀雲之辭也。

王邦采曰：皇皇即上周章之觀，蓋至此方言神之降耳。乃一降即去，猋然遠舉，倏忽之間，真有不可度思者。

吴世尚曰：其來也，九天之雲下垂。……其去也，九萬里風斯在下矣。

屈復曰：言神一降則猋然遠舉，不久留也。

曹同春曰：靈，神之光靈也。

余蕭客曰：靈連蜷兮既留，靈皇皇兮既降，皆所謂初既與余成言也。猋遠舉兮雲中，所謂後悔遁而有他也。於文當先言降，次言留，今既降、猋舉連文，故先言留，而以文字顛倒狀神來恍惚。

陳本禮曰：甫降倏舉，此借雲以比懷王之狂惑也。

胡文英曰：皇皇，盛也。既降，蜕龍駕而入内也。靈既降位，而見其猋然遠舉至于雲中也。

許巽行曰：猋遠舉之猋，朱子本作猋，从三火。洪云，猋，群犬走貌。作猋，从火，非也。案《説文》，猋，犬走貌，从三犬，甫遥切。猋，火蕣也，从三火，以冉切。《爾雅》，扶摇謂之猋。郭云，暴風從下上也，必遥反，此言猋然遠舉，則亦如扶摇之義。

牟庭曰：猋，風也。既落矣，因風而復起也。

胡濬源曰：望襄王庶幾振作猋舉，則九州四海可横覽，故思之太息也。

畢大琛曰：果能歸楚而遠舉雲中，則修政自强，可以遠攝冀州，以及於四海。

謹按：此寫光明奕奕之雲神甫降未久，又迅疾高飛於雲中。皇皇，同煌煌，汪瑗釋爲光明貌，是也。而王逸釋爲美貌，王夫之、胡文英釋爲盛大，方廷珪釋爲洋洋，均可參。猋，本義爲群犬奔走之貌，引申而爲遽去之貌。王逸、汪瑗持此説，是也。而李光地、許巽行、牟庭釋爲風。

覽冀州兮有餘，横四海兮焉窮。

王逸曰：覽，望也。兩河之間曰冀州。餘，猶他也。言雲神所在高邈，乃望於冀州，尚復見他方也。窮，極也。言雲神出入奄忽，須臾之間，横行四海，安有窮極也。

吕延濟曰：言神所居高絶，下覽冀州，横望四海，皆有餘而無極。冀州，堯所都也，思有道之君，故覽之。

洪興祖曰：《淮南子》曰，正中冀州曰中土。注云，冀，大也，四方之主。又曰殺黑龍以濟冀州。注云，冀，九州中，謂今四海之内。《禮記》云，以横於天下。注云，横，充也。

朱熹曰：有餘，所望之遠不止一州也。

汪瑗曰：言雲神之覽。冀州，猶言中州，《淮南子》曰，正中冀州曰中土是也。蓋楚在極南，而冀在極北，楚指中州爲冀州，要其面之所極而言之也。……此句言雲光輝照臨之遠也。横，猶充也，放也。焉，安也。窮，極也。横布四海，無有窮極，言雲形勢彌漫之盛也。覽冀州句，專而直言之也。横四海句，統而横言之也。二句承遠舉雲中而言。

閔齊華曰：（神）既去而望之，見其布於冀州之外，而且横四海也。周章以上是迎其來，下是送其去。

陸時雍曰：覽，神覽之也。此神之既去而思也。與日月兮齊光，横四海兮焉窮，極贊嘆之，極景仰之，亦既無不罄之情矣。

王萌曰：冀爲九州之首，故先言冀州。有餘，猶言一覽無餘也。横，充也，充滿四海，無有窮極也。

王遠曰：按《路史》，中國總謂之冀州。覽冀州猶言覽中國也。正寫雲在天上居高俯視之態。李長吉云，遥望齊州九點煙，一泓海水杯中瀉，從此二語化出。

錢澄之曰：冀州，帝都所在，《禹貢》列九州，以冀州爲首。稱冀州者，覽從此始，其勢乃極於九州四海也。言神之倏忽萬里，應上章翱遊周章句。

王夫之曰：言鑒己之誠潔，或一來降格，而雲之爲神，本飄忽不定，則降未久而又將飈去，周覽中土，横絶四海，不可得而再邀也。

賀寬曰：靈既周章無定，勢不能憺然忘歸，乃不意一降而輒猋然高舉，徒望冀州而何在，即横絶四海而難求，不可再見矣。

方廷珪曰：覽是雲神既去，人自下覽之也。冀州極北，楚極南，言倏忽便可由極南而至極北。

有餘，謂冀州尚不足以限之。

徐焕龍曰：横，横行無阻礙也。○又曰：曰華采衣、曰壽宫、曰日月齊光、曰猋遠舉、曰横四海，語語雲中君，移向他神不得。

蔣驥曰：冀州，中國之總名。

王邦采曰：冀州，居天下之中；四海，極九州之遠；有餘、焉窮，極狀其周徧而章明也。

吴世尚曰：雲神遠舉高空，皆渺乎小矣。《莊子》曰，計中國之在海内，不似稊米之在太倉乎？所謂覽冀州兮有餘也。……《莊子》曰，計四海之在天地間也，不似礨空之在大澤乎？所謂四海兮焉窮也。

屈復曰：覽，望。兩河之間曰冀州。有餘，所望之遠，不止一州。窮，極言須臾之間横行四海，無有窮極，又翺遊周章也。○又曰：此節（按，指連靈皇皇兮既降，猋遠舉兮雲中二句）言神降之遲而去之速也。

夏大霖曰：考《廣輿》冀州，在七國時，燕、韓、趙、魏、齊各分有其地，是以冀州代五國字，以隱言合從也。横，横一之也，即連横之横。覽有餘，猶言一手制之，力有餘也，與横四海俱言君之侈心無窮極也。

余蕭客曰：所謂靈修浩蕩。

戴震曰：冀州，古帝都，因以爲王畿之通稱，《春秋傳》曰，鄭，同姓之國也，在乎冀州是也。又以爲中土之通稱，《九歌》覽冀州兮有餘是也。

胡文英曰，《五子之歌》，惟彼陶唐，有此冀方。冀爲九州之總名，有自來矣。二句言其德之所被者廣也。

張雲璈曰：《日知録》云，古之天子常居冀州，後人因之，遂以冀州爲中國之號。……屈子所謂遠舉雲中，豈僅覽冀州而已哉？猶云覽中國而有餘耳。

梁章鉅曰：顧氏炎武曰，古之天子常居冀州，後人因之，遂以冀州爲中國之號。

王闓運曰：冀州，京師之稱。《穀梁傳》曰，鄭在乎冀州。

謹按：此寫雲神遠離神壇，復歸天上，照常運行，而其居高望遠，横遊四海之貌尤可稱頌。冀州爲《禹貢》九州之首，古之天子常居於此，後人遂以其爲中國之號。方廷珪謂楚在極南，此句言雲神高居雲端，可覽者不限於中國，可由極南而望至極北之冀州，其説可參。横，王逸釋爲横行，是也。汪瑗、王萌釋爲充，亦可參。夏大霖則釋爲連横之横，恐非。

思夫君兮太息，極勞心兮𢥞𢥞。

王逸曰：君，謂雲神。𢥞𢥞，憂心貌。屈原見雲一動千里，周徧四海，想得隨從觀望四方，以忘己憂思，而念之終不可得，故太息而嘆，心中煩勞而忡忡也。或曰，君謂懷王也。屈原陳序雲神，文義略訖，愁思復至，哀念懷王暗昧不明，則太息增嘆，心每忡忡而不能已也。忡，一作忡。

劉良曰：夫君，謂靈神，以喻君也。言夫君所居高遠，下制有國，我之思君，終不可見，故嘆息而憂心也。

洪興祖曰：忡，敕中切。《説文》：忡，憂也。引《詩》，憂心忡忡。《楚詞》作忡。此章以雲神喻君，言君德與日月同明，故能周覽天下，横被六合，而懷王不能如此，故心憂也。

朱熹曰：忡忡，心動貌。

汪瑗曰：思者，言人思之也。夫君……猶言此君，如《論語》非夫人之慟而誰慟之夫字。舊引記曰，夫，夫也，亦通。勞心，猶言苦心，謂相思之苦也。忡忡，心動貌，心忡忡以見思之極也。此段（按，指靈皇皇以下六句）蓋送神之曲，故極其高遠之詞，思慕之意也。此篇上章首二句，蓋即其所設之像而贊其體服之盛。靈連蜷以下六句，蓋迎其來。靈皇皇以下六句，蓋送其去。相對看，以神而言也。舊説此篇言神既降而久留，與人親接，故既去而思之不忘也，足以見臣子慕君之深意。夫屈子忠君愛國之心，固無往不在，然如此諸篇，亦但如漢之樂歌及後世之樂府類耳，何必屑屑以慕君解之乎？或曰，然則豈漫然之作，而絶無所寓乎？曰，非也。屈原之作固爲後世樂府之類，蓋亦寫己之意而有所寄興焉者也。如爛昭昭兮未央，與日月兮齊光；覽冀州兮有餘，横四海兮焉窮數語，亦不爲無意。《悲回風》篇曰，眇遠志之所及兮，憐浮雲之相羊，此篇解作比己志節之高遠，亦可也。奚必慕君云乎哉？然篇中用字，亦頗竊雲字之意而用之，若荀卿子《雲賦》之作，其昉於此乎？讀者可並觀之。

李陳玉曰：右用女巫，竟以神爲夫君，奇。〇又曰：此章分兩段，自浴蘭句起，至周章句止，言雲中君衣服容貌之美；自靈皇皇句起至末，言雲中君降後便行，舉止軒軒之態，蓋雲神倏忽，故其去來急疾，此善于相體作文者，篇中不復言降神之禮，高甚，脱甚。

周拱辰曰：極勞心兮爞爞，晦翁謂心動貌，非是。王逸謂憂心貌，是也。从心，从虫，虫能食心，即所謂恙也。

王遠曰：夫君，謂神也。爞爞，心動貌。以其降之遲而去之速，故思之而至於勞也。前想其來時儀貌，此想其去後光彩也。

王夫之曰：夫，音扶，語助詞。稱夫君者，親之之詞，猶言阿翁阿母。……神不可以久留，則去後之思，勞心益切。前序其未見之切望，後言其嚮後之永懷，肫篤無已，以冀神之鑒孚。凡此類，或自寫其忠愛之惻悱，亦有意存焉，而要爲神言。舊注竟以夫君爲懷王，則舛雜而不通矣。

方廷珪曰：夫君雖指雲中君，實是寓意楚王……乃丈夫之通稱，不必執着。

徐焕龍曰：思，主祭者思之。爞爞，心若蟲飛之薨薨，不獲静休，而無所終薄也。……神之去來不測，廣大無邊若此，使我意欲留君，何法留？即欲送君，何處送？惟有思君而長太息，極勞我心，至于忡忡而已。此神既去而慕思之不置也。

李光地曰：雲之澤，可以覆冀州、被四海，今則屯而未降，是以懷思太息，至于勞心而忡忡也。

蔣驥曰：（龍駕至忡忡八句）言神去也。

王邦采曰：神之去來不測，廣大無邊，若此，留不能留，送無處送，惟有懷思長嘆，極勞我心至於忡忡而已。此神既去而思慕之不置也。

吴世尚曰：夫，助語詞。……屈原自傷人身有限，而又遭讒被放，故嘆其不能如雲神之高舉而徧覆也。

屈復曰：言竭誠敬以迎神，不久留而去，所以勞心無已也。

夏大霖曰：太息者，嘆眼前之非。勞心者，憂將來之局。通篇之意，言君之初鑒吾誠，而降心於我也。令吾頌祝聖明，將謂有可觀天下之勢，詎知以皇皇之盛明，猋然遠去，自入於雲霧昏蔽之中，心之侈也。謂力制侯邦有餘，不必從親，且將横一四海，以若所爲，盍有極哉？思之太息，莫知後圖矣。

劉夢鵬曰：忡忡……念賢達之得時，而憂己身之韁羈也。

戴震曰：言神之既降于是，忽猋然遠舉，極中國四海，在其覽觀横被之内，令人思之彌勞也。

鄭康成注《禮記》云，横，充也。

陳本禮曰：《易》曰，雲行雨施。夫雲之所以爲靈者，在乎膏我下土，其澤之所霑，望其沛冀一州而有餘，被四海而無窮也。今乃空具。此密雲之勢，亦猶楚徒恃其有方城、漢水之險，而不能養兵息民，惟務黷武。襄陵之役，圖得魏八邑，信張儀，約從伐秦，絶齊，貪得商於六百里地，卒致被欺，兵連禍結。此屈子之所以有思夫君兮太息，極勞心兮忡忡之嘆也。

胡文英曰：太息，神去之速而不可留也。勞心忡忡，祭者念神之德而不忘也。

梁章鉅曰：五臣，忡忡作忡忡。良注可證。

畢大琛曰：奈今尚未歸，故心憂之。

王闓運曰：夫君，喻楚王也。有廣大之地，而不能自强，故勞也。

馬其昶曰：雲日之神，九州所共，非楚所能私，故神既降而去，猶思之太息，恐神貺之不答，而禱祀之無靈也。

謹按：此寫雲神去後，群巫留戀不已而送之。君，汪瑗、王遠、王夫之釋爲雲神，是也。王逸引一説、洪興祖、方廷珪、夏大霖、王闓運皆釋爲楚王，皆出附會，汪瑗駁之甚當。以上六句乃群巫所唱之送神曲。

# 湘君

洪興祖曰：劉向《列女傳》，舜陟方，死於蒼梧，二妃死於江湘之間，俗謂之湘君。《禮記》，舜葬於蒼梧之野。蓋三妃未之從也。注云，《離騷》所歌湘夫人，舜妃也。韓退之《黄陵廟碑》云，湘旁有廟曰黄陵，自前古立以祠堯之二女、舜二妃者。秦博士對始皇帝云，湘君者，堯之二女，舜妃者也。劉向、鄭玄亦皆以二妃爲湘君。而《離騷》、《九歌》既有《湘君》，又有《湘夫人》。王逸以爲，湘君者，自其水神，而謂湘夫人，乃二妃也，從舜南征三苗，不及，道死沅湘之間。《山海經》曰，洞庭之山，帝之二女居之。郭璞疑二女者，帝舜之后，不當降小水爲其夫人，因以二女爲天帝之女。以余考之，璞與王逸俱失也。堯之長女娥皇，爲舜正妃，故曰君。其二女女英，自宜降曰夫人也。故《九歌》詞謂娥皇爲君，謂女英帝子，各以其盛者推言之也。《禮》有小君，君母明其正，自得稱君也。

朱熹曰：此篇蓋爲男主事陰神之詞，故其情意曲折尤多，皆以陰寓忠愛於君之意。而舊説之失爲尤甚，今皆正之。

黄伯思曰：《黄陵碑》引《山海經》云，洞庭之山，帝之二女居之。郭璞疑二女舜后，不當降小水爲其夫人，因以二女爲天帝之女。退之遂以璞爲失。殊不知《山海經》凡言帝者，皆謂天帝，如所謂帝之密都、帝之下都、帝之平圃與帝之二女，皆謂天帝也。至言帝俊、帝顓，則各兼稱其號，不但曰帝也。其論二女一篇，最爲詳確。據《列仙傳》江斐二女與《九歌·湘夫人》稱帝子者是矣。退之難之，非也。

吴曾曰：《樂府叙篇》云，洞庭之山，帝之二女居之。郭璞云，天帝之女，處江爲神，即《列仙傳》所謂江妃二女也。劉向《列女傳》，帝堯之二女，長曰娥皇，次曰女英，堯以妻舜於嬀汭。舜既爲天子，娥皇爲后，女英爲妃。舜死於蒼梧，二妃死於江湘之間，俗謂之湘君。《湘中記》曰，舜二妃死爲湘水神，故曰湘妃。韓愈《黄陵廟碑》曰，秦博士對始皇帝云，湘君者，堯之二女，舜妃者也。劉向、鄭康成亦皆以二妃爲湘君。而《離騷》、《九歌》既有湘君，又有湘夫人。王逸以爲湘君者，自其水神而言，湘夫人乃二妃。璞與逸俱失也。堯之長女娥皇爲舜正妃，故曰君。其次女女英自宜降曰夫人也。故《九歌》謂娥皇爲君。女英爲帝子，各以其盛者推言之也。《禮》有小君，明其正，自得稱君也。以上皆《樂府叙篇》。余嘗考之，若《叙篇》以郭璞、王逸爲失者，甚當。然《山海經》、《列仙傳》、《湘中記》、韓愈《碑》，亦未爲得。按《禮·檀弓》曰，舜葬於蒼梧之野，蓋三妃未之從也。故康成注曰，帝嚳立四妃，象后妃四星，其一明者爲正妃，餘三小者爲次妃。帝堯因焉。至舜不告而娶，不立正妃，但三妃而已，謂之三夫人。《離騷》所歌湘夫人，舜妃也，夏后氏增以三，三而九，合十二人。《春秋説》云，天子娶十二，即夏制也。凡康成之論，本取《帝王世紀》耳。《世紀》云，長妃娥皇無子，次妃女英生商均，次妃癸比生二女，霄明、燭光是也。乃知康成所注爲有據依。又按《秦紀》云，死而葬焉。今王逸乃以爲溺死，益非矣。諸人皆以爲二女當以《檀弓》、《世紀》有三妃爲正。

趙與旹曰：《山海經》，洞庭之山，帝之二女居之。郭氏注云，天帝之二女，而處江爲神，即《列仙傳》江妃二女也，《離騷》、《九歌》所謂湘夫人稱帝子者是也。而《河圖玉版》曰，湘夫人者，帝堯女也。秦始皇浮江至湘山，逢大風而問博士，湘君何神？博士曰，聞之堯二女，舜妃也，死而葬此。《列女傳》曰，二女死於江湘之間，俗謂爲湘君。鄭司農亦以舜妃爲湘君。説者皆以舜陟方而死，二妃從之，俱溺死於湘江，遂號爲湘夫人。按《九歌》湘君、湘夫人自是二神。江湘之有夫人，猶河洛之有虙妃也。此之爲靈與天地並矣，安得謂之堯女？且既謂之堯女，安得復總云湘君哉？何以考之？《禮記》曰，舜葬蒼梧，二妃不從，明二妃生不從征，死不從葬，義可知矣。即令從之，二女靈達鑑通，無方尚能以鳥工龍裳救井廩之難，豈當不能自免於風波，而有雙淪之患乎？假復如此，《傳》曰，生爲上公，死爲貴神。《禮》，五岳比三公，四瀆比諸侯。今湘川不及四瀆，無秩於命祀；而二女，帝者元后，配靈神祇，無緣當復下降小水而爲夫人也。參伍其義，義既混錯；錯綜其理，理無可據。斯不然矣！原其致謬之由，由乎俱以帝女爲名，名實相亂，莫矯其失，習非勝是，終古不悟，可悲矣！其説最近理，而古今傳《楚詞》者未嘗及之。書于此，以祛千載之惑。張華《博物志》多出於《山海經》，然末卷載湘夫人事，亦誤以爲堯女也。

高似孫曰：《山海經》曰，洞庭之山，帝之二女居之。郭璞疑二女者，舜后不當称爲其夫人，因以二女爲天帝之女。又曰，天帝之女處江爲神，即《列仙傳》所謂江妃二女也。劉向《列女傳》曰，帝堯之二女，長曰娥皇，次曰女英。堯以妻舜於嬀汭。舜既爲天子，娥皇爲后，女英爲妃。舜死於蒼梧之野，二妃死於江湘之間，俗謂之湘君。羅含《湘中記》曰，舜二妃死爲湘水神，故曰湘妃。韓愈《黄陵廟碑》曰，秦博士對始皇帝云，湘君者，堯之二女，舜妃者也。劉向、鄭康成亦皆以二妃爲湘君，而《離騷》、《九歌》既有湘君，又有湘夫人，王逸以爲湘君者，自其水神而謂湘夫人乃二妃。洪興祖曰，堯之長女娥皇爲正妃，故曰君，其二女女英自宜降曰夫人也。故《九歌》謂娥皇爲君，女英爲帝子。如《山海經》凡言帝者，皆爲天帝，如所謂帝之密都、帝之下都、帝之平圃。至言帝俊、帝顓，兼稱其號。其以娥皇、女英曰帝之二女者，其稱謂審矣。《九歌》所謂帝子者，亦本《山海經》言之。《禮》曰，舜葬於蒼梧之野，蓋三妃未之從也。鄭康成注曰，帝嚳立四妃，象后妃四星，其一明者爲正妃，餘三者爲次妃。帝堯因焉。至舜不告而娶，不立正妃，但三妃而已，謂之三夫人。《離騷》所歌湘夫人，舜妃也。夏后氏增以三，三而九，合十二人。《春秋説》曰，天子娶十二，即夏制也。康成之論本取《帝王世紀》耳。《世紀》曰，長妃娥皇無子，次妃女英生商均，次妃癸比生二女，宵明、燭光是也。乃知康成所注爲有據依。又按《秦紀》曰，死而葬焉。今王逸以爲溺死，非矣。

陳士元曰：《一統志》云，舜二妃墓在黄陵廟西。又云，黄陵廟乃漢荆州牧劉景昇（表）建，以祀舜二妃之神。昔舜南巡，崩，葬蒼梧。二妃娥皇、女英，堯二女也。尋舜不及，死沅湘間。國朝命有司以六月六日致祭焉。唐高千里（駢）詩云，帝舜南巡去不還，二妃幽怨水雲間。當時珠淚知多少，直到于今竹尚斑。劉文房（長卿）詩云，蒼梧在何處，斑竹自成林。點點留殘淚，枝枝寄此心。蓋長沙郡縣多斑竹，乃自宇宙生竹以來，本有種類若此，而世傳舜崩，二妃攀竹悲哀，淚滴竹上成斑，故高、劉詩意及之。然堯女舜妃之説，則始於秦博士妄對耳。《史記·秦本紀》，始皇二十六年，巡衡山南郡，浮江至湘山祠，逢大風，幾不得渡，問博士，湘君何神？博士對曰，聞堯女，舜之妻，葬此。於是始皇大怒，使刑徒三千人伐湘山樹，赭其山。而羅君章（含）、度博平（尚）並斷以黄陵爲堯女舜妃之墓。鄭康成、張茂先（華）、酈善長（道元）皆謂大舜南巡，二妃從征，溺死湘江，神遊洞庭之山，而出入乎瀟湘之浦，遂指《楚辭·湘君》、《湘夫人》以實之，何其不深研也！郭景純（璞）云，二女，帝者之后，配靈神祇，豈應下降小水而爲夫人？王叔遠（逸）、韓退之並有辯。沈存中（括）云，舜陟方時，二妃皆百餘歲，豈得俱存，猶稱二女哉？其説誠是，但未考黄陵舜妃墓及瀟湘二女之故。惟《路史》發揮，則以黄陵爲癸比氏之墓，瀟湘二女乃帝舜女也。癸比氏，帝舜第三妃。而二女皆癸比氏所生，一曰宵明，一曰燭光，汲簡及《世説》皆載之。《山海經》所謂洞庭之山，帝之二女居之，是也。若《九歌》之湘君、湘夫人，則又洞庭山神，豈謂帝女哉？《帝王世紀》云，舜三妃，娥皇無子，女英生商均。今女英墓在商州，蓋舜崩之後，女英隨子均徙於封所，故其卒葬在焉。而癸比氏則亦同二女徙於瀟湘之間，故其卒葬在此耳。《山海經》云，舜之二女處於大澤，光照百里。大澤者，洞庭也。光照者，威靈之所暨也。至今湘神分風送客，威靈暨於百里，與《山海經》之説相合，則湘祠爲祀舜二女，而黄陵墓爲癸比氏所葬，不有明徵乎？陸士規《黄陵廟詩》云，東風吹草緑離離，路入黄陵古廟西。帝子不知春又去，亂山無主鷓鴣啼。帝子者，蓋謂帝舜女也。而黄長睿（伯思）又謂帝女者，天帝之女。翁養源從其説，遂述於《湘江圖志》，斯失之遠矣。

汪瑗曰：此篇蓋託爲湘君以思湘夫人之詞。後篇又託爲湘夫人以思湘君之詞。此篇曰吾、曰余者，湘君自謂也。曰君、曰夫君、曰女、曰下女者，皆謂湘夫人也。後篇曰予、曰余者，湘夫人自謂也；曰帝子、曰公子、曰佳人、曰遠者，皆謂湘君也。湘君則捐玦遺佩而采杜若以遺夫人，夫人則捐袂遺襟而搴杜若以遺湘君，蓋男女各出其所有以通殷勤，而交相致其愛慕之意耳。二篇爲彼此贈答之詞無疑，然湘君者，蓋泛謂湘江之神，湘夫人者，即湘君之夫人，俱無所指其人也。或以爲堯之二女死於湘，有神奇相配焉。湘君謂奇相也，湘夫人謂二女也。或以爲湘君謂堯之長女娥皇，爲舜正妃，故稱君。湘夫人謂堯之次女女英，爲舜次妃，自宜降稱夫人。或以爲天帝之二女。俱非是也。○又曰：韓愈《黄陵廟碑》文於娥皇、女英事，亦終疑之而不信。《禮記·檀弓》曰，舜葬於蒼梧之野，蓋三妃未之從也。據此，則二妃從舜死於江、湘之説，可不必信矣。諸家不稽之，言又何足取哉？

來欽之曰：沈素先曰，此歌七章，句句本首句着想，望之切，思之深，極言其相睽之甚。至騁騖江皋，弭節北渚，逍遥容與，皆其不見答而聊以寫憂也。

閔齊華曰：湘君，湘水神。或云堯二女娥皇、女英從舜死於湘江，即爲其神。娥皇爲正妃，稱爲君；女英爲次妃，降稱夫人。或云二女死於湘，有神奇相配焉。湘君謂奇相，湘夫人謂二女也。然皆荒唐之語，祇泛言湘水神爲是。稱君稱夫人，亦當時有此稱名耳，不必實其人也。○又曰：通篇皆因神不來而極其往迎企望之意。

張萱曰：按《永州志》帝舜陵在九疑山，一名永陵。《禮記·檀弓》，舜葬蒼梧之野。司馬《史記》，舜南巡，崩於蒼梧之野，歸葬零陵之九疑。又載於《家語》、《皇覽》、《竹書》、《世紀》。岳之洞庭有君山，其上爲湘妃墓，古今相傳爲堯之二女以妻舜者。舜南巡，溺於湘江。二妃從征，偕溺而死，神遊洞庭之湖，故湖有黄陵廟以祀二妃。詳具秦博士之對始皇也。王逸《楚詞》亦遂以二妃爲湘君與湘夫人。而劉向、張華、酈道元、羅含諸人相承爲萬世不解之惑。及樂正子《寰宇記》、張叔範《零陵志》、楊廷秀《揮麈録》、吴格甫《九疑考古》並述之。楚靈王作章華之臺，壅漢水旋其下以象舜陵，而秦皇、漢武皆嘗望祀。宋置守陵五户，而國朝布在祀典，仍建廟簫韶峰下，二妃墓在黄陵廟西云，乃漢荆州牧劉表所建，國朝命有司以六月六日致祭焉。余按《尚書》，舜五月南巡狩至南岳，即衡山也；是歲八月復西巡狩矣。溺死之説，謬妄不足辨。獨怪孔氏《傳·舜典》陟方注亦曰，舜南巡狩，死於蒼梧之野而葬焉。尤足掩口。夫《尚書》所稱舜陟方乃死，是在受終文祖之後，而南巡狩，則堯未殂落而舜攝政之時，安得云舜以南巡狩而死於蒼梧耶？但舜葬蒼梧，又見《禮經》，與秦博士合。夫《尚書》，聖經也；《禮經》則出漢儒之手。秦始皇時，《尚書》猶在孔壁中，秦博士未之見也。豈其時始皇巡遊遍天下，百姓疲勞，而博士輩託言舜以巡遊溺死，警悟君心耶？抑《尚書》未出，而讖緯百家熒惑耳目，博士亦妄言傅會，故傳《禮》者又傅會博士耶？或爲之説曰，古者天子五載一巡狩，《尚書》所載舜巡狩在攝政時，安知受終文祖之後不復巡狩？故或復巡狩而溺死，亦未可知耳。余曰，否！否！巡狩，大典也。天子而溺死，大變也。受終復巡狩而溺死，《尚書》豈有不明言以紀之者？且舜年二十，以孝聞；三十，堯妻以二女；五十，攝行天子事；五十八，堯崩；六十一，踐位。故董鼎曰，舜巡四岳，朝諸侯，封山濬川。

考《禮》，正刑，汲汲不少暇，乃攝政時事；至踐位後，則惟責成於岳牧、九官，垂裳恭己而已。孔子曰，有天下而不與。此自舜踐位後言也。豈復出而巡狩耶？況《尚書》已明言，三十徵庸，三十在位，五十載陟方乃死。是舜之死，蓋百一十歲也，復巡狩而溺死耶？説者又以陟方爲巡狩。韓退之乃云，地傾東南，南巡非陟也。陟者，升也。方乃死者，釋陟爲死也。蘇子瞻云，陟方猶升遐，乃死爲章句。□□□□□故《汲書紀年》，帝王之死，皆曰陟。《書》云，在位五十載。陟者，紀舜之崩也，何謂南巡哉？他傳又云，舜伐苗民，崩於蒼梧。夫伐苗者，禹也。已竄三危矣，何得勞無爲之舜於耄期之時耶？都玄敬《聽雨紀談》乃疑舜冢在零陵之九疑。而九疑在南岳千有餘里；蒼梧在廣西域内，去九疑又數百里。《書》云，舜南巡狩，至於南岳。豈又幸九疑，遂崩而葬其地乎？《孟子》言，舜卒於鳴條。鳴條在東方夷服，今又不聞有舜陵。是玄敬亦有疑而不能祛者也。羅長源曰，象封有鼻，墓在始興。有鼻者，有庳也。即今道州九疑之墓，或象冢耳，不然，商均窆也。《大荒南經》，赤水之東，蒼梧之野，舜子商均所葬。元次山《九疑山圖記》亦謂商均窆其陰。豈商均徙此，因葬之，後世遂以爲舜陵耶？漢章帝時，零陵文學奚景於泠道舜祠下得笙、白玉之琯十二枚。《吕氏春秋》、戴延君《大戴禮》、伏子賤《尚書大傳》、許叔重《説文》、應仲遠《風俗通》、陳晉之《樂書》、范蔚宗《後漢書》皆言昔西王母獻舜玉琯。注云，西王母，神也。曾伯端《集仙録》亦云，舜在位，西王母使獻白玉琯以和八風。則白玉之琯爲舜之寶器，明矣。胡爲乎藏於零陵哉？無乃帝舜諸子分封巴陵、上虞、衡山、江華等國，各錫寶器，如成周錫封之制；而商均則得白玉之琯，遂傳流零陵耶？又按，舜陵載在《山海經》者非一説。《海内南經》，蒼梧山、帝舜葬其陽；又《大荒南經》，帝舜葬於岳山；又《海北經》有舜臺，臺即陵也。又《海内朝鮮記》，南方蒼梧之泉，其中有九疑山。舜之所葬，在長沙零陵界中。夫《山海經》世稱伯益作，而長沙零陵乃秦漢郡名，則知此書多後人附益。而九疑舜陵，渺不可信矣。又《寶櫝記》云，舜葬於蒼梧，有鳥自丹州而來吐氣，名曰馮霄。能銜土成丘墳。舜墓，鳥所營也。《集仙録》又云，舜瞑目端坐，乘空而至。南方之國，其中有九疑山焉。歷數既往，歸理兹山。《真源賦》云，舜因南巡，走馬逐鹿，同飛蒼梧，莫知所去。王仲任《論衡·書虚》篇云，舜葬蒼梧，象爲之耕。四説尤妄誕，不足辨。故朱晦庵《粤西舜祠記》業已疑之曰，舜死蒼梧，無明文可據。獨未爲之辯耳。司馬光有詩，虞舜在倦勤，薦禹爲天子。豈有復巡狩，迢迢渡湘水。似爲得之。是舜之不死於南巡狩與不葬蒼梧，明甚。彼洞庭又安得有二妃墓哉？嗟！嗟！禮有三不吊，水其一也。以大聖人而誣以不吊之災，萬世下卒有未辯白之者，不亦悲乎！若《山海經》云，洞庭之山，帝之二女居之。然亦曰帝之二女而已，未嘗明言誰之女也。豈以《堯典》有二女之文，遂以洞庭二女即《堯典》之二女耶？郭璞稍晰其妄曰，湘君、湘夫人，自是二神。且既謂之堯女，安得復稱湘君？因引《禮記》，舜葬蒼梧，二妃不從。此亦足爲考古一快。獨惜舜不葬於蒼梧，璞亦未之辯也。羅長源復曰，虞舜晚年已禪禹矣，南狩之舉，總之伯禹，則二妃必不從舜於蒼梧。沈存中繼其説，亦云，舜陟方之時，二妃皆百餘歲，豈宜復稱女？信若二説，是舜且未嘗南巡狩，則《尚書》亦不足據矣。景純又云，即令二女從舜，其靈達鑒通無方，尚能鳥工龍裳，救井廩之難，豈不能自免風波？況二女乃帝舜之配，不應降附小水爲夫人，故當以此二女爲天地之女。夫鳥工龍裳，乃迂怪之談，既不足據，而帝妃不可降於洞庭小水爲夫人，天地之女又可降於小水爲夫人乎？此王逸、韓愈所以力辯之，似得其情也。羅長源又爲之説，此二女者，當爲舜之第三妃癸比氏所生者。是舜之二女也，一曰宵明，一曰燭光。其説亦有所倣。《山海經》有言，舜妻癸比氏所生二女，處河大澤，其靈能照百里，然亦未明言處於洞庭也。長源又豈以河大澤可爲洞庭也耶？陳士元心叔亦該博者，其《江漢叢談》乃謂湘祠爲舜之二女，黄陵墓爲癸比氏所葬，而以《山海經》之言爲實，至引陸士規《黄陵廟》詩，帝子不知春可去，亂山無主鷓鴣啼。帝子者，謂舜女也。此又信《山海經》之過也。余按《竹書紀年》，舜即位三十年而后育卒。后育者，娥皇也，葬於渭。《帝王世紀》又云，舜三妃，娥皇無子，女英生均，舜崩之後，曾隨其子徙封於商，故曰商均。商州有女英冢，至唐時盜乃發之；今平陽府蒲州南十五里曰蒼陵谷者，亦有娥皇、女英冢；絳州鼓堆祠神爲婦人像，祠中石刻亦云舜之二妃。夫渭與商、與蒲、與絳三者必有一實，然皆非楚地，則岳之湘妃墓非女英之窆，明甚。獨盜所發女英冢，乃多得大珠、璆金、玉盌，又似與茅茨土階之風不協，則不能無疑者。《竹書》云，鳴條有蒼梧山，舜崩遂葬焉。按今山西平陽府即古河中地。解州安邑縣西北二十里有鳴條岡，一名鳴條陌，而舜墓具在。《孟子》曰，舜卒於鳴條，此萬世不易之定論也。鄭康成以鳴條爲南夷地，謬之謬矣！但古今地理諸志，鳴條之地並無蒼梧之山。豈古之河中地或有蒼梧？而世代綿邈，圖牒失真，寖不可考。記《禮》者或傅會《竹書》，與《竹書》之或傅會《禮》文，皆不可知也。余謂考古者，當以聖經爲正，信漢儒不如信吾孟軻氏，故舜既葬鳴條，則雖南巡矣，斷非崩於蒼梧。二妃一葬於渭，一葬於商，或葬於蒲。洞庭湘妃，豈得云舜之二妃？《楚辭》所稱湘君、湘夫人，信如景純所核，斷非舜妃，亦非舜女。近代撰楚通志者，皆博古君子也，亦未及詳考而是正之，故不得不爲之辯。

周拱辰曰：湘君、湘夫人皆湘川之神，猶水母、玄女、貝宫夫人之類。

陶晉英曰：三湘總之一湘江也。其源始海陽而北入洞庭，其流過永而瀟水入之，是謂瀟湘；過衡而蒸水入之，是謂蒸湘；過常而沅水入之，是謂沅湘。湘江，其初最清，百尺而毛髮可鑑。比會衆流，下洞庭始濁。湘君、湘夫人，古今以堯女舜妃當之。唐人用以爲怨思之詩。然計舜三十登庸，釐降二女于潙汭，即年二十。而舜以百十歲崩蒼梧，二女亦皆百歲人矣。黄陵啼鵑，湘妃竹淚，至今以爲口實，可笑也。

王萌曰：王逸注以湘君爲水神，湘夫人乃舜二妃。郭璞云，天帝之二女，處江爲神，江湘之有夫人，猶河洛之虙妃也。《禮》五嶽比三公，四瀆比諸侯。湘川不及四瀆，無秩於命祀，而堯二女乃帝者之后，配靈神祇，無緣下降小水而爲夫人也。韓退之《黄陵廟碑》以娥皇爲湘君，女英爲湘夫人，後世宗之。杜子美有《湘夫人祠詩》，命題蓋本王逸之説。合諸家考之，郭其近是耶？

顧炎武曰：《楚辭》湘君、湘夫人亦謂湘水之神有后有夫人也，初不言舜之二妃。（王逸《章句》始以湘君爲水神，湘夫人爲二妃。）《記》曰，舜葬於蒼梧之野。蓋三妃未之從也。《山海經》，洞庭之山，帝之二女居之。郭璞注曰，天帝之二女而處江爲神，即《列仙傳》江妃二女也。《九歌》所謂湘夫人稱帝子者是也。而《河圖玉版》曰，湘夫人者，帝堯女也。秦始皇浮江，至湘山，逢大風，而問博士，湘君何神？博士曰，聞之堯二女，舜妃也，死而葬此。《列女傳》曰，二女死於江湘之間，俗謂之湘君。鄭司農亦以舜妃爲湘君。説者皆以舜陟方而死，二妃從之，俱溺死於湘江，遂號爲湘夫人。按，《九歌》湘君、湘夫人自是二神。江湘之有夫人，猶河雒之有虙妃也。此之爲靈，與天地並，安得謂之堯女？且既謂之堯女，安得復總云湘君哉？何以考之？《禮記》云，舜葬蒼梧，二妃不從。明二妃生不從征，死不從葬。且《傳》曰，生爲上公，死爲貴神。《禮》，五嶽比三公，四瀆比諸侯。今湘川不及四瀆，無秩於命祀；而二女，帝者之后，配靈神祇，無緣復下降小水而爲夫人也。原其致謬之繇，繇乎俱以帝女爲名，名實相亂，莫矯其失，習非勝是，終古不悟，可悲矣。此辨甚正。又按《遠游》之文，上曰二女御九招歌，下曰湘靈鼓瑟，是則二女與湘靈固判然爲二。即屈子之作，可證其非舜妃矣。後之文人附會其説，以資諧諷，其瀆神而慢聖也，不亦甚乎！〇又曰：禹崩會稽，故山有禹廟。而《水經注》言廟有聖姑。《禮樂緯》云，禹治水畢，天賜神女聖姑。夫舜之湘妃，猶禹之聖姑也。〇又曰：甚矣，人之好言色也！太白，星也，而有妻。《甘氏星經》曰，太白上公妻曰女媊。女媊居南斗，食厲。天下祭之曰明星。河伯，水神也，而有妻。《龍魚河圖》曰，河伯姓吕名公子，夫人姓馮名夷。常儀，古占月之官也，而《淮南子》以爲羿妻竊藥而奔月，名曰常娥。霜，露之所爲；雪，水之所凝也。而《淮南子》云，青女乃出，以降霜雪。（高誘注，天神，青霄玉女。）巫山神女，宋玉之寓言也，而《水經注》以爲天帝之季女，名曰瑶姬。（李善《高唐賦注》引《襄陽耆舊傳》曰，赤帝女姚姬，未行而卒，葬於巫山之陽。）雒水宓妃，陳思王之寄興也，而如淳以爲伏羲氏之女。（《漢書音義》，伏羲氏之女，溺雒水爲神。）崙山，啟母，《天問》之雜説也，後人附以少姨，以爲啟母之妹。（今少室山有阿姨神。）而武后至封之爲玉京太后、金闕夫人。青溪小姑爲蔣子文之第三妹，則見於楊炯之碑。（楊炯《少姨廟碑》曰，蔣侯三妹，青溪之軌迹可尋。）并州妬女爲介之推之妹，則見於李諲之詩。（見下。）小孤山之訛爲小姑也（歐陽公《歸田録》），杜拾遺之訛爲十姨也（《黄氏日鈔》）。是皆湘君、夫人之類。而《九歌》之篇、《遠遊》之賦，且爲後世迷惑男女、瀆亂神人之祖也。或曰，《易》以《坤》以婦道，而《漢書》有媪神之文（《郊祀歌》，媪神蕃釐。張晏曰，媪者，老母之稱。坤爲母，故稱媪）。於是山川之主，必爲婦人以象之，非所以隆國典而昭民敬也已。

王夫之曰：王逸謂湘君，水神；湘夫人，舜之二妃。或又以娥皇爲湘君，女英爲湘夫人。其説始於秦博士對始皇之妄説。《九歌》中並無此意。《孟子》言舜卒於鳴條，則《檀弓》卒葬蒼梧之説，亦流傳失實。而九疑象田，湘山淚竹，皆不足採，安得堯女舜妻，爲湘水之神乎？蓋湘君者，湘水之神，而夫人其配也。《山海經》言洞庭之山，帝之二女居之。帝，天帝也。洞庭之山，吴太湖中山，非巴陵南湖。郭璞之疑近是。湘水出廣西興安縣之海陽山，北至湘陰。合八水爲洞庭，楚人南望而祀之。

林雲銘曰：舊注句句盡解作被放思君，不特章章可以移用，且上下文理竟成牛鬼蛇神，荒誕不通。此其第一謬也。次則如此章，吹參差認作自己吹，駕飛龍亦認作自己駕，夫既自吹矣，尚不知誰思而待問耶？舊謂不思湘君，而思誰又當添出蛇足矣。既自駕矣，邅於洞庭而不進，何爲也耶？舊謂念楚國而返故居，何時不可念，乃於迎神時而往，尤不誠矣。更可笑者，以女嬋媛認作屈原姊，不知嬋媛二字通言女之容，非嫛一人得專，且神之遇不遇，原尚不知，姊何由知之而太息？舊謂責原不改行從俗，是正直不能遇神，邪曲方能遇神，幾於慢神泄憤矣。余痛掃諸解，分出段落，而上下銜接，神情庶不爲筌蹄所掩。有識者，其許我乎？

方廷珪曰：此章大意是言王雖疏己，己總不忍自疏，文心如抽繭絲，緒緒相牽相引而出，而歸於交不忠之負罪引慝。其志切，其情哀，而和平敦厚，肆好其風。予斷以《九歌》作於見疏之時，《離騷》作於見替之時，合讀之自見其詞意之大不類也。〇又曰：此湘君乃湘水之神，如子建所賦之洛神也，故下篇有湘夫人以別之，自劉向《列女傳》指爲娥皇，其誤相沿不改。邯鄲淳《曹娥碑》云，配堯二女爲湘夫人。是湘夫人爲二女之總稱，不聞一爲湘君也。《補注》又云，娥皇爲正配，故稱君；女英爲次配，以別娥皇，故稱夫人。皆爲曲説。且湘君與湘夫人既是舜妻，便宜廟祀一處，不宜分而爲二，則湘君非舜妻可知矣。〇又曰：此合下篇，非祀神之樂章，乃《九歌》中之變體，因祀神而神不至，借以自達其眷懷無已之情。湘君是况楚君，湘夫人是况楚之才望大臣也。

徐焕龍曰：舜崩蒼梧，二妃哀思，卒於湘水之地。其神在湘，故號湘君，非死爲湘江水神。

徐文靖曰：按，《禮·檀弓》曰，舜葬於蒼梧之野，蓋三妃未之從也。鄭康成曰，三夫人，《離騷》所歌湘夫人，舜妃也。韓昌黎《黄陵廟碑》曰，《離騷·九歌》既有湘君，又有湘夫人。王逸注以湘君爲正妃之稱，則次妃自宜降爲夫人也。故《九歌》謂娥皇爲君，女英爲帝子。朱子《集注》本此。然案《山海經》，洞庭之山，帝之二女居之。郭璞曰，天帝之二女而處江爲神，即《列仙傳》江妃，《離騷》、《九歌》所謂湘夫人稱帝子者是也。《九歌》之有湘君、湘夫人，是二神。江湘之有夫人，猶河洛間之有虙妃也。此之爲神，與天地並矣，安得謂之堯女？《禮記》曰，舜葬蒼梧，二妃不從。明二妃生不從征，死不從葬，義可知矣。即令從之，二妃靈達，豈當不能自免於風波而有雙淪之患？假復如比，《禮》嶽視三公，瀆視諸侯，今湘川不及四瀆，無秩於命祀。而二女，帝者之后，配靈神祈，無緣當復下降小水而稱夫人也。《帝王世紀》曰，女英墓在商州，蓋舜崩之後，女英隨子均徙於封所，故卒葬在焉。《竹書紀年》曰，帝舜三十年，葬后育于渭。沈約注曰，后育，娥皇也。帝舜五十年，陟方乃死。后已死二十年矣，何從與女英溺於湘江，而改稱焉湘君耶？逸注以娥皇、女英墮湘水溺焉，妄矣。

蔣驥曰：辨舜葬事，後人異議頗多。主南巡者，鳴條紀市，皆以爲南方。（高誘《呂氏春秋注》，九嶷山下，亦有紀邑。鄭康成《檀弓注》，鳴條，南巡地。）辨其非者，蒼梧九疑，皆指爲北地。（沈休文《竹書注》，海州鳴條有蒼梧山。徐文長《青藤路史》云，今萊州府之膠州也。又云，九疑在臨晉縣北二十里，與鳴條皆在平陽府。方密之《通雅》云，鳴條在贛榆縣，有蒼梧山。）然揆之於理，證之《孟子》東夷之説，則南巡之言，固不足信，而湘江淚竹，皆附會之談也。二妃死葬江湘，説本秦博士。王叔師以湘君爲水神，夫人爲二妃。韓退之以湘君爲娥皇，夫人爲女英。羅願《爾雅翼》以湘君爲神奇相，二女死後之配，夫人即二女，二篇乃相贈答之辭。（按，《廣雅》，江神謂之奇相；郭璞《江賦》，奇相得道而宅神，乃協靈爽於湘娥。羅語似本此。然考《蜀檮杌》云，奇相，震蒙氏女，竊黄帝元珠泛江而死爲神。則奇相亦女子也。所謂協靈，第言均有神靈耳。羅乃突生嫚語，愚悖甚矣。）皆主其説者也，而韓説爲勝。郭景純以湘君夫人爲天帝二女，羅長源以湘之二女爲舜女霄明、燭光，而湘君、夫人又别爲水神。顧寧人以爲水神之后及妃，王薑齋以湘君爲水神，夫人爲水神之妻，皆辨其非者也，而王説似優。然王氏釋將以遺兮下女，謂湘君采芳以貽下土之人，則又迂滯難通，決非屈原之旨也。戰國時異説多矣，屈子固非經生以考據爲事者。濟沅湘以南征，就重華而陳辭，不以舜葬爲非，庸知不以從死爲是乎？然則謂二妃果爲湘神，與謂屈子之必不以二妃爲湘神，皆膠柱之見也。九嶷並迎，非無所指者，今詳文意，仍用韓解焉。

吴世尚曰：名山大川在封内者，諸侯皆得祭之。沅湘江漢，楚之望也。今楚人不祭江漢，而獨祭湘；又不祭湘，而祭舜之二妃曰湘君、湘夫人者以當之，此皆非祀典之正也。後又有河伯之祀，則愈僭妄不經矣。屈原之歌，止以事神喻事君，而明己意爾。

屈復曰：竭誠盡敬，望之不來，則亦已矣，而揚靈流涕，至云心不同，恩不甚，交不忠，期不信，不怨湘君而自咎責，終望其合。可想其忠愛無已之心矣。

夏大霖曰：按《廣輿記》，洞庭湖中有君山，上有十二峰，堯女湘君居此，墓在焉。《九歌》神鬼，惟此與湘夫人爲楚境之神，其他在天、在山、在隣境，不必楚也。總叙以爲比懷王之陰柔者，以原放沅湘之間，九疑之麓，在洞庭南，楚都郢在大江北，洞庭納沅湘汨羅諸水，北流而入大江。今屈原於放所北望，以企其君，則君山正當目前之嶂。有望郢而勿極者，則就湘君以比君，亦情有當然者。而篇中則言駕飛龍北征，望涔陽極浦，横大江揚靈，又揚靈兮未極，乃明指郢都。望郢都又望不到郢都，皆目前情之宛然，以翹企其君者。以湘君命篇，特眼前借境一虚影耳，又何必計其爲陽神，爲女神，而慮所比之不倫哉？

邱仰文曰：祀湘君，自始終説湘君。其寓意人君者自見。舊説直就人君説，豈非痴人説夢！朱注之屈曲詳到，直匪夷所思。〇又曰：纏綿悱惻，以《湘君》、《湘夫人》二篇爲第一。

劉夢鵬曰：以湘君比賢者也。原必嘗薦賢於王，而王不能用。原放在沅湘，故即近地之神爲比而興之，以諷曉王。〇又曰：按，湘君，洞庭山神，亦稱湘夫人，乃天帝之二女，處江爲神，即《列仙傳》所載江妃二女也。江湘之有夫人，猶河洛之有虙妃耳。鄭康成、劉向輩據秦博士對，謂二女爲堯女舜妃。郭璞曾非之矣。帝后不應降稱夫人，湘川無秩於命祀，帝后配靈神祇，又不當下爲小水之神。參互其義，義既混錯，錯綜其理，理無可據。斯不然也。《博物志》，洞庭君山，帝二女居之，曰湘夫人。則二女皆可稱夫人。《荆州圖經》，洞庭，湘君所遊，故曰君山。則二女又皆稱君。稱君、稱帝子，皆統稱之詞，乃一歌前後二篇耳。王逸正妃、次妃尊卑之説非是。

余蕭客曰：洞庭山天帝二女，長湘君，次湘夫人。詳《湘夫人》下。湘君、湘夫人並未嫁女，與《離騷》宓妃同，不與有娀、二姚同。但宓妃喻沮溺一流，知不可不爲，故違棄改求，其詞有古決絶之義。湘君、湘夫人喻謝安石一流，不起，如蒼生何，故時不可得，其詞有長相思之義。古人重男女之别，而視女則輕，堯以二女妻舜，秦以五女納重耳，古人文章假借，雖則鬼神，親之而不爲褻。

以賦言之，則言秣其馬、言秣其駒也。以比言之，則以永今朝、以永今夕也。淮南太史所謂好色而不淫，蓋未嫁女有求之之道，比於君子不可懷寶迷邦。

趙翼曰：湘君、湘夫人蓋楚俗所祀湘山神夫妻二人。如後世祀泰山府君、城隍神之類，必有一夫一妻，以及《蓼花洲閒録》所載杜拾遺訛爲杜十姨，而以之配伍子胥也。屈原《湘君》篇明言望夫君兮未來。夫君，即指湘君也。若女子則不應稱夫君也。下云揚靈兮未極，女嬋媛兮爲余太息，則原自言布精靈以求感格而尚未應，故姊嬃爲我太息，喻己之忠誠，不能悟君，而姊規之，非指湘君爲女也。……《天問》篇所述舜、禹、夷羿等事，鋪張最多。若以湘君、湘夫人爲堯女，則歌中必亦引用南巡蒼梧之事，以爲波瀾。乃兩篇中並無一字。以此知屈原本未指爲堯二女也。《山海經》云，洞庭之山，帝之二女居之。其曰帝女，亦謂天帝之女，並未指爲堯女也。曰居之，亦謂帝女之所居，而非以爲死而葬此也。《山海經》所附會舜事甚多，如蒼梧之山，帝舜葬於陽，帝丹朱葬於陰。又蒼梧之山，舜與叔均之所葬，以及娥皇生三身之國，爲姚姓之類，不一而足。使以堯二女爲葬於洞庭，必又有幾許鋪綴，而其書並無一字，則《山海經》亦尚無堯女葬洞庭之説也。自王叔師注《楚詞·湘君》、《湘夫人》，謂堯二女娥皇、女英妻於舜，舜往征有苗，二女從而不返，道死於沅湘之間。因而張華《博物志》等書皆承此説。湘君、湘夫人遂爲堯二女矣。（按，《博物志》但云舜二妃曰湘夫人，不言湘君也。）叔師之説蓋本於《史記》，秦始皇浮江至湘山，大風不得渡，問博士曰，湘君何神？ 對曰，堯之二女爲舜妃，死而葬此。 此叔師所由誤也。（郭璞引《河圖·玉版》，亦同此説。）而博士之説，蓋又本《檀弓》舜葬於蒼梧之野，三妃未之從之語，遂以爲舜妃從駕不及而死於此，爲湘山之神。 此又博士所由誤也。 殊不知《檀弓》所云，本謂古無夫妻合葬之制，如舜葬蒼梧而妃嬪不同葬，明乎合葬之制自周公始。 初不言二妃從舜不及而死於洞庭也。 況《檀弓》言三妃，而此以二妃當之，尤見其牽强不相合也。（劉向《諫起昌陵疏》亦云舜葬蒼梧，二妃不從，則訛三妃爲二妃，已久矣。）古來惟郭景純識其誤而未識其致誤之由，且亦以湘君爲女神，故特辨之。

阮葵生曰：亭林云，乾父坤母，山川之神多裝以女像。《漢書·郊祀志》有媼之神，是也。 而好事者遂指爲某之女、某之妻，則誕矣。《楚詞·湘君》、《湘夫人》，《山海經》洞庭之山，帝二女居之。 郭璞注曰，天帝之二女，處江爲神。 即《列女傳》江妃二女，或曰堯之女也。 蒼梧、九疑間有堯女祠焉。

陳本禮曰：洞庭君山上有湘妃墓，相傳爲堯之二女。 舜南巡，溺於湘江而神遊於洞庭之淵。考《竹書》帝舜即位三十年，后育卒。 后育者，娥皇也，葬於渭。 娥皇無子，女英生均，舜崩後，隨子封於商。 商有女英冢。 則岳之湘君、湘夫人，非堯女也明矣。《山海經》，洞庭之山，帝之二女居之。 郭璞注，天帝之女。 羅長源曰，此二女當爲舜之第三妃癸比氏所生宵明、燭光也。 按《史記》，始皇問，湘君何神？其下對曰，堯女，舜妻。則湘君、湘夫人又相傳爲堯女久矣，非宵明、燭光也。讀屈子所賦，殆湘水之神，楚俗之所祀者，然二篇亦皆自喻不得於其君之詞，非真詠二妃也。

胡文英曰：（湘君），湘山之神也。

張雲璈曰：湘君、湘夫人或傳堯二女娥皇、女英從舜死於湘江，因爲其神。娥皇爲正妃，稱君；女英爲次妃，降稱夫人。已屬不經。或云，二女死於湘，有神奇相配焉，湘君謂奇相，湘夫人謂二女，託黷尤甚。《淪注》謂汎言湘水之神，曰君曰夫人皆當時之稱，不必求其人以實之，最是。《日知録》云，《遠遊》之文，上曰二女御《九招》歌，下曰湘靈鼓瑟，是則二女與湘靈固判然爲二，即用屈子之文以相證，尤爲確切。

牟庭曰：湘君，迎神而未來，因託嬋媛之太息，抒不遇之積憂也。

胡濬源曰：生爲堯女舜后，死又配靈神祇，不通之甚。總之，郭説爲是，韓説爲通。究竟郭説雖荒渺，卻不可破。蓋謂二妃從舜征三苗，道死，則天子出征，斷無帝后從師之理，且近荒淫，何以爲聖人？若謂舜南巡，崩葬蒼梧，二妃從之不及，溺死，則舜陟年百有十歲，二妃釐降，已在舜三十登庸時，計觀型亦必二十上下，至舜百十歲，當亦百歲，或九十餘矣。如是老嫗，豈猶堪歌窈窕，配神祇，作湘水神乎？韓謂不可信，亦終不能解惑，不如郭謂天帝女較長。但二妃豈惟不應降小夫人，考魏景初元年，立郊社，以舜爲始祖，配皇皇帝天二妃；伊耆氏配皇皇后地，是已尊之之至。王逸在漢，固不及知。景純晉人，亦何未及引駁？况舜南巡崩，二妃從之之説出《禮記》及劉向《列女傳》，亦明非征苗時，不得謂二嫗之未老也。若唐范攄《雲溪友議》載李群玉事，則小説妖言，由讀《楚詞》不通故也，亦由注《楚辭》不通之罪。

梁章鉅曰：洪曰，劉向《列女傳》，舜陟方死於蒼梧，二妃死於江湘之間。俗謂之湘君。孫氏鑛曰，湘君、湘夫人皆泛言湘水之稱，不必求其人以實之。顧氏炎武曰，《遠游》之文，上曰二女御《九招歌》，下曰湘靈鼓瑟。是二女與湘靈判然爲二也。案，韓昌黎氏《黄陵廟碑》正郭璞之誤，辯王逸之失。且以舜未死於蒼梧，二妃安得有從死沅、湘之事？篇中立論甚明。

朱銘曰：《中山經》云，洞庭之山，帝之二女居之。郭注云，天帝之二女而處江爲神，所謂湘夫人稱帝子者是也。江湘之有夫人，猶河洛之有虙妃也。銘案，以堯二女爲湘君，始於秦博士，漢儒沿襲其説，而王逸此注又以爲湘夫人，皆非也。韓昌黎《黄陵廟碑》曰，舜死葬蒼梧，二妃從之不及而溺死，皆不可信。

王闓運曰：湘君，洞庭之神。

畢大琛曰：原知秦不放王歸，怨王誤信子蘭，不聽己諫也，賦《湘君》。○又曰：此章與《湘夫人》章，篇法句調大致相同，係原被放渡湘時有感而作也。

馬其昶曰：諸侯祭其境内名山大川，則楚祀湘水之神，禮也。故舉國之大事，正告於神。

謹按：湘君、湘夫人乃楚人心中湘水之配偶神，此二篇則楚人祀湘神之樂歌也。湘水之有神，蓋與虞舜神話密切相關。歷代《楚辭》注家皆以此釋《湘君》、《湘夫人》二篇之意旨。諸説大體一致，而於湘君、湘夫人二神之具體解釋又有小異。陸侃如《中國詩史》將此諸説歸爲九種，兹録於下：其一，以湘君爲舜之二妃，而不提及湘夫人，如《史記·始皇本紀》、劉向《列女傳》卷一；其二，以湘君爲水神，以湘夫人爲舜之二妃，如王逸《楚辭章句》；其三，以湘夫人爲舜之二妃，而不提及湘君，如《禮記·檀弓》鄭注、張華《博物志》卷八《史補》；其四，以湘夫人爲帝之二女，亦不提及湘君，如《博物志》卷六《地理考》；其五，以湘君爲娥皇，以湘夫人爲女英，見《昌黎先生集》卷三一《黄陵廟碑》；其六，以湘君爲湘水神，以湘夫人爲其配偶，如王夫之《楚辭通釋》、曹同春《楚辭約注》、陳本禮《屈辭精義》；其七，以湘君、湘夫人爲湘水神之后與夫人，如顧炎武《日知録》卷二五；其八，以湘君、湘夫人爲楚俗所祀湘山神夫婦二人，如趙翼《陔餘叢考》卷一九；其九，以湘君、湘夫人爲天帝之二女，如劉夢鵬《屈子章句》。今再補一則，羅願《爾雅翼》曰：「蓋二女死於湘，有神奇相配焉。奇相，湘君也；二女，湘夫人也。」以上諸説皆可參，而王逸、王夫之二説較爲允當。今觀《楚辭》之文，亦頗多内證可尋。《楚辭》篇内或曰洞庭，或曰九嶷，蓋以虞舜之傳聞而明著其地，此其一也。《湘君》有吹參差之文，參差，洞簫也。洪興祖引《風俗通》云舜作簫，其形參差，《湘君》此句蓋言吹簫而思舜也，此其二也。《九歌》中湘君稱君，湘夫人稱帝子。謂之君者，以舜有天下也；謂之帝子者，以二妃爲帝堯之女也，此其三也。故《九歌》之作者以虞舜之舊聞附會於此者，明矣。《湘君》、《湘夫人》二篇乃二神互表愛慕思戀之作也。《湘君》乃湘夫人言於湘君之詞，而《湘夫人》乃湘君言於湘夫人之詞。二篇亦可相爲印證。《湘君》篇中，歌者稱其所思戀者曰君，且其所想象之對方行止多有男性特徵，而述己之情事則頗具女性特徵，是可證《湘君》乃飾爲湘夫人之女巫之唱詞也。至於《湘夫人》，歌者稱其所思戀者曰帝子、曰佳人，爲思戀湘夫人無疑也，則《湘夫人》乃飾爲湘君之男巫之唱詞也。

君不行兮夷猶，蹇誰留兮中洲。

王逸曰：君謂湘君也。夷猶，猶豫也。言湘君所在，左沅湘，右大江，苞洞庭之波，方數百里，群鳥所集，魚鱉所聚，土地肥饒，又有險阻，故其神常安，不肯遊蕩。既設祭祀，使巫請呼之，尚復猶豫也。蹇，詞也。留，待也。中洲，洲中也。水中可居者曰洲。言湘君蹇然難行，誰留待於水中之洲乎？以爲堯用二女妻舜，有苗不服，舜往征之，二女從而不反，道死於沅湘之中，因爲湘夫人也。所留蓋謂此堯之二女也。

張銑曰：君，湘水神也。蹇，語辭也。言神樂其所居，猶豫不降於此，誰將留待於中洲乎？

欲神之速至也。

洪興祖曰：逸以湘君爲湘水神，而謂留湘君於中洲者，二女也。韓退之則以湘君爲娥皇，湘夫人爲女英。留，止也。

朱熹曰：君，謂湘君。堯之長女娥皇，爲舜正妃者也。

張鳳翼曰：夷猶，自得貌。蹇，偃蹇也。

孫鑛曰：此是事神女之辭，以男女之情道説，尤爲濃至。

郭正域曰：蹇，偃蹇也。留，滯也。中洲，水中可居者。言不知其爲誰而淹留於彼也。

汪瑗曰：君者，湘君，指湘夫人也。不行，猶不來也。不行，自離彼處而言；不來，自至此處而言耳。

方以智曰：夷猶，一作夷由。《楚辭》，君不行兮夷猶。《廣成頌》作夷由。《爾雅》，夷由爲鼯鼠名。

陸時雍曰：君不行兮夷猶，蹇誰留兮中州，似望見之而怪嘆之詞也。

王遠曰：此篇法又一變。望其來，開口偏説不來，真是等人易久，神理。

王夫之曰：夷猶，坦然自適而無行意也。此序迎神未至而慕望之意。

方廷珪曰：不行，不即行也。夷猶，舒緩也。言我享君，望君之至，今君何不即行，而舒緩如此乎？

徐焕龍曰：夷猶……義同猶豫。蹇亦語詞。

蔣驥曰：夷猶，如犬子之蹲踞也。

王邦采曰：言我祭祀既設，而君猶豫不行，將於誰而留連乎？其在水中之洲乎？溯遊從之，宛在水中央，同此意也。舊解謂不知爲何人而留，殤矣。

吴世尚曰：不行，不來也。夷，平行緩來也。猶，猶豫遲疑之意。神無方而不可測，雖當祭祀之時，人心竭誠盡慎，而其不行也，非人之所可必。其不行而又行也，非人之所可必。其又行而又遲疑也，非人之所可必。此一句真寫盡鬼神情理也。〇又曰：通篇總止寫此一句（按，指君不行兮夷猶一句）之意，……（下句）比原其所以不行之故也。《詩》云，何其處也，必有與也。正此意也。

夏大霖曰：夷，平夷。……言君何不行於平夷之道，而猶豫不決乎？足如蹇如艱行，有誰留君，而阻滯於中洲乎？

劉夢鵬曰：夷猶，舒徐貌。蹇，不行貌。

余蕭客曰：先遣巫道意，迎神而神不至。

朱銘曰：君，謂湘君也。夷猶，猶豫也。言湘君蹇然難行，誰留待於水中之洲乎？以爲堯二女妻舜，有苗不服，舜往征之，二女從而不反，道死於沅湘之中，因爲湘夫人也。所留，蓋謂此二女。

王闓運曰：君，喻懷王。

畢大琛曰：（此言）懷王如信己言，不往秦，誰能留之？○又曰：歌中稱君、稱夫君，指懷王也。有謂即湘夫人者，非是。

謹按：此言湘君猶豫不行，爲誰而留於中洲？張銑謂君爲湘水神，汪瑗釋爲湘夫人，王闓運則以爲喻懷王，皆非。當從王逸、朱銘之説，以君爲湘君也。不行，汪瑗、吳世尚釋爲不來，可從。方廷珪釋爲不即行，亦可參。夷猶，王逸、徐焕龍、朱銘釋爲猶豫，是也。張鳳翼釋爲自得貌，方廷珪、劉夢鵬釋爲舒緩，王夫之釋爲坦然自適而無行意，蔣驥釋爲如犬子蹲踞之貌，吳世尚、夏大霖則二字分釋，皆可備參。蹇，王逸、徐焕龍解作語詞，是也。張鳳翼、郭正域釋爲偃蹇，夏大霖、劉夢鵬、朱銘則釋爲不行貌，亦可參。誰留，郭正域釋爲爲誰而留也，此説是。而王逸、張銑、朱銘則釋爲誰留待於水中之洲，夏大霖釋爲有誰留君，亦可參。

美要眇兮宜修，沛吾乘兮桂舟。

王逸曰：要眇，好貌。修，修飾也。言二女之貌要眇而好，又宜修飾也。沛，行貌。舟，船也。

吾，屈原自謂也。言己雖在湖澤之中，猶乘桂木之船，沛然而行，常香浄也。

吕向曰：思神容儀美好，又宜修飾也，我復乘桂舟以迎神也。舟用桂者，取香潔之異。

洪興祖曰：要，於笑切。眇與妙同。《前漢·傳》曰，幼眇之聲亦音要妙。此言娥皇容德之美，以喻賢臣。《孟子》曰，如水之就下，沛然誰能禦之。沛，普賴切。桂舟，迎神之舟，屈原因以自喻。

朱熹曰：吾，爲主祭者之自吾也。欲乘桂舟以迎神，取香潔之意也。

汪瑗曰：美，美好也。要，精練之意。眇，微細之意。要眇，猶言精微也。宜修，謂修飾得宜也。皆贊湘夫人容飾之麗。此所以因其不來而起己慨慕之情也。沛，水流迅疾貌。吾，湘君自吾也。

閔齊華曰：桂舟以下，皆往迎之情景也。

周拱辰曰：要眇宜修，指迎神者言。人而欲一致其美於神，宜練要而修飾，所謂子慕予兮善窈窕也。

陸時雍曰：要眇，纖束貌。

王遠曰：要眇句贊嘆其美。沛吾乘，猶言爲我沛然乘桂舟而來。二句俱就神説。

王夫之曰：宜修，宜於收斂坦適無氾濫也。

林雲銘曰：沛，行貌，望其登所迎之舟而速行。

方廷珪曰：要眇，猶窈窕。修，修整也。……意君正在窈窕之妙年，宜修其容止，故如是不能遽行也。

洪若皋曰：桂舟，湘君乘桂舟以迎舜。夫君，蓋指舜也。○又曰：舊謂桂舟以迎湘君，則下文蓀橈蘭旌，桂棹蘭枻，上下不重複乎？

徐焕龍曰：美，謂女巫。祭者，湘君。巫亦用女。

李光地曰：我欲往迎之，而自修飾美好。

吴世尚曰：要眇，猶言幽閒貞静也。宜，善；修，長也。猶言碩人其頎也。此句（按，指美要眇兮宜修一句）正言湘君德容之美也。……留中洲則不行矣，乘桂舟則又行矣，正所謂夷也。

劉夢鵬曰：要眇，窈窕貌。宜之爲言稱也。……宜修，言其修飾停稱。皆極言湘君之美，以比賢人也。

余蕭客曰：美要眇然後宜修，則子夏禮後之旨也。此句原自謂既美又修，宜不爲神所棄。下桂舟蕙綢、荃橈蘭旌，皆修中所包。○又曰：此言祭者自往迎於南沅湘、北江水之間。

陳本禮曰：此（按，指美要眇句）指巫之容質既美，又善修飾，而能降神也。○又曰：開首便見是恍惚之詞。中洲句下應接望夫君二語，乃先插入美要眇四語，横空隔斷，以見巫之姣，舟之美，主人祭祀之誠，君之不行而夷猶者，胡爲耶？既怪之，又疑之，使下文望字乃躍然而出，章法之妙，獨有千古。

胡文英曰：要眇，窈窕倩盼之貌。修，靈修，謂神也。《山鬼》篇，留靈修兮憺忘歸，亦謂神也。承上句而言君之不行者，得毋復有所美要眇之人與靈修相宜，故留而不來乎？蓋因其遲來而生疑也。○又曰：未幾而見神沛然乘吾之桂舟矣。

王闓運曰：美，自謂也。

畢大琛曰：（此言）如不適秦，修政用賢以治楚。沛，發動也，比行善政。

謹按：此言己貌美且宜，乘舟疾行，以赴湘君之約。要眇，王逸釋爲好貌，殆簡潔可信。方廷珪、劉夢鵬釋爲窈窕貌，胡文英釋爲窈窕倩盼，吴世尚釋爲幽閑貞静，此三説更爲具體，皆可參。又陸時雍釋爲纖束貌，汪瑗則二字分釋。聞一多《九歌解詁》云：「《文選·海賦》『瞟眇蟬蜎』，要眇即瞟眇。《集韻》『瞟眇，遠視也』。《文選·海賦》『群妖遘迕，眇䁘冶夷』。注『眇䁘，視貌』。邪視者以目挑人，亦斂睫微視，如遠視之狀，故謂之眇䁘。要眇即眇䁘之倒。《類篇》謂瞟同䁘。要即瞟之省。」聞説可參。沛，水流迅疾之貌，此狀船行之速也。王逸、林雲銘釋爲行貌，失迅疾之義。畢大琛釋爲發動，比行善政，蓋以此篇喻政事，非也。修，王逸、方廷珪釋爲修飾，是也。而吴世尚以修爲長。胡文英則釋爲靈修，謂神也。吾，謂湘夫人也。汪瑗以吾爲湘君自謂也，蓋以《湘君》篇爲湘君之詞而致誤也。王逸以此爲屈原自謂，然《湘君》篇無涉屈原自身之遭際，此説非也。洪興祖言此句蓋以娥皇容德之美喻賢臣也，畢大琛則釋爲懷王如不適秦，修政用賢以治楚，蓋此二説一則以爲喻臣，一則以爲喻君，附會楚事，皆非。余蕭客以吾爲主祭者，徐焕龍、陳本禮則以吾爲女巫，此二説皆以《湘君》篇爲巫祭之唱詞也，亦非。

令沅湘兮無波，使江水兮安流。

王逸曰：沅湘，水名。言己乘船常恐危殆，願湘君令沅湘無波涌，使江水順徑徐流，則得安也。

李周翰曰：願神使波安流，而我不危殆也。沅、湘，二水名。

洪興祖曰：沅湘已見《騷經》。《水經》及《荆州記》云，江出岷山，其源若甕口，可以濫觴，潛行地底數里，至楚都，遂廣十里，名爲南江。初在犍爲，與青衣水、汶水合。東北至巴郡，與涪水、漢水、白水合。至長沙，與澧水、沅水、湘水合。至江夏，與沔水合。至潯陽，分爲九道。東會于彭澤，經蕪湖，名爲中江；東北至南徐州，名爲北江，而入海也。

黄文焕曰：波起而流不安，以此阻耶？吾嘗迅遣桂舟，勑戒水神，波俾之無，流俾之安，庶速其來乎。

陸時雍曰：令沅湘兮無波，使江水兮安流，恐驚其神也。

王遠曰：沅湘二句，祝願其平安之意。

王夫之曰：沅湘二水在江水上流。沅湘不漲，則大江不溢而亦安流，乘桂舟者皆沛然順下而無憂。此歎美湘君而稱其功德也。

林雲銘曰：望其沿途無阻而易到。

吴世尚曰：言其和悦徐行，故沅湘、江水皆無風浪之驚也。從來鬼神之動，數多暴風疾雨，此不然者，言湘君之德之盛也。

屈復曰：似欲來而猶未來也。

劉夢鵬曰：無波安流，則已得鼓櫂往迎矣。以喻己求賢爲國，欲致之王所也。

牟庭曰：沅湘，從神所在言也。河伯，且言登崑崙矣，亦原所不至也。

王闓運曰：洞庭所吞吐三水爲大，言己能安定楚也。

謹按：此句之主語及用意，諸家説解各異。王逸以爲主語乃湘君，無波安流之意在使己安也。黄文焕以爲主語乃湘夫人，意在使己速往赴會也。陸時雍以爲主語乃主祭者，意在安所祭之湘水神也。王夫之、吴世尚以此爲歎美湘君而稱其功德，則純爲頌詞也。劉夢鵬以此附會楚事，不可信。江，長江也。汪瑗釋爲上句之沅、湘，亦通。安流，平穩流動，王夫之謂沅、湘乃在上游，若沅、湘無波，則江水自可安流，其説可參。

# 望夫君兮未來，吹參差兮誰思。

王逸曰：君謂湘君。參差，洞簫也。言己供修祭祀，瞻望於君，而未肯來，則吹簫作樂，誠欲樂君，當復誰思念也？

劉良曰：夫君，神也。謂神肯來斯，而我作樂，吹聲參差，當復思誰？言思神之甚。

洪興祖曰：《風俗通》云，舜作簫，其形參差，象鳳翼參差不齊之貌。初簪、叉宜二切。此言因吹簫而思舜也。《洞簫賦》云，吹參差而入道德。洞簫，簫之無底者。篸差，竹貌。

朱熹曰：望湘君而未來，故吹簫以思之也。

汪瑗曰：誰思者，故爲問詰之詞，以見其思湘夫人，而非他人之思也。二句乃倒文，本謂吾之吹簫，果誰思乎？

李陳玉曰：夫君指舜。

周拱辰曰：蹇誰留兮中洲，吹參差兮誰思，誰思與誰留句相應。曰誰留，恐湘君自有眷注之人，而勿必屬意於我也。曰誰思，言湘君雖未來，我則舍湘君無思耳。參差雖簫屬，亦取不齊之義。我之思湘君，未能必湘君之顧我也。

陸時雍曰：望夫君兮未來，吹參差兮誰思，則自怨其徬徨之極，而神終不可見矣。吹參差者，一以迎神，一以自娱也。

王遠曰：望不來而吹參差，非夫君之思而誰思耶？

錢澄之曰：此章（按，指君不行至誰思八句）因君之遲遲其來，設此數疑，誰留中州，疑有見留而不來也。要眇宜修，疑其過爲修飾，久而不來也。沛吾乘，疑其舟楫阻滯，欲速舟以迫之也。令沅湘二句，疑爲波濤所阻也。吹參差，俟之久也。

林雲銘曰：言我望乎君，而君未來登吾舟，但吹舜所作之洞簫，將誰思乎？料必思舜而欲他往也。

方廷珪曰：此時已到沅湘矣。見湘君吹簫自娱，卻無行意。誰思者，意其意中思與偕之人，待之而不至耶？

徐煥龍曰：祭所張樂，獨舉參差者，賦中有比，比神意似與己參差。……乃望夫君而未見君來，徒然吹此參差，欲徼神聽，正不知君今何所，將於誰處思君耶？誰留、誰思，兩誰字皆不可度思之意，非自明衷曲，不思君而誰思之謂。

蔣驥曰：此（按，指君不行至誰思八句）迎神而未至之辭。〇又曰：吹參差，指湘君言。誰思與誰留、誰須同義。舊以參差爲主祭者自吹，則誰思字宜其迂曲難通也。王子年《拾遺記》云，洞庭山金堂數百間，帝女居之，匏管之清音徹於山杪。語雖近誣，然有以知其所自來矣。

王邦采曰：乃徒切瞻望，未肯來歆，吹此參差，欲徼神聽，能不鑒我云誰之思耶？……湘君爲舜妃，故舉（洞簫）以爲言，又以比神意似與己參差也。

吴世尚曰：乘桂舟則來矣，而又未來，正所謂猶也，盡首句神理。……（下句）言望湘君而未來，故吹洞簫而深致其思也。

屈復曰：望而未來，故吹簫以思之。言我之吹簫，非湘君之思而誰思乎？〇又曰：此節（按，指開篇至吹參差句）言極其誠敬以望之，而湘君不來也。

曹同春曰：于以瞻望湘君而猶未來，則吹簫作樂以待，誠欲樂君耳，又誰思乎？

劉夢鵬曰：夫，語辭。……言己方沛舟往迎，尚未即來，沿途迢望而吹參差，思湘君之至也。誰思云者，蓋思結於中，而爲自叩之詞云爾。

余蕭客曰：不行而疑留中洲，不來而如聞參差，皆神本不來，疑神如在之語。誰留、誰思，恐神不爲己留，不思己也。

戴震曰：《周官》凡以神仕者，在男曰覡，在女曰巫。巫亦通稱也。男巫事陽神，女巫事陰神。（按，此段初稿曰，古以巫致神，《周禮》有男巫、女巫，祭陽神以一男巫爲尸，祭陰神以一女巫爲尸，其餘皆令歌舞。）湘君、湘夫人並陰神，用女巫，明矣。二歌不陳享神之物，及主祭者之辭，以神不來，但使巫致之也。其非祠神所歌，於斯可決。此章（按，指君不行至誰思八句）託爲巫與神期約，而候之不至。

陳本禮曰：王世貞曰，日暮碧雲盡，佳人殊未來，本此。○又曰：此迎神未至之辭。

胡文英曰：言望君而君不來，則我之吹參差而俟者，實誰爲乎？神不可以不來也。

梁章鉅曰：《楚辭》本、六臣本，歸並作未。按，注未肯來之語，則作未是也。此恐傳寫誤。

馬其昶曰：誰思，言其何所憂思而吹洞簫。下文云云，皆其思之所寄也。

謹按：此言盼君而未來，吹奏以寄情思。夫君謂湘君，夫即彼也。劉夢鵬則釋夫爲語辭。又一説夫爲夫君之義，亦通。參差，古樂器，亦作篸篕，相傳乃虞舜所造。周拱辰因參差不齊取義，謂其可表情思，説亦可參。誰思，思誰也。周拱辰、屈復釋爲舍湘君無所思，近是。汪瑗謂思念對象爲湘夫人，王逸、劉良、戴震釋爲祭者或巫之言，皆非也。方廷珪、劉夢鵬、余蕭客、馬其昶之説亦恐非。

駕飛龍兮北征，邅吾道夫洞庭。

王逸曰：征，行也。屈原思神略畢，意念楚國，願駕飛龍北行，亟還歸故居也。邅，轉也。洞庭，太湖也。言己欲乘龍而歸，不敢隨從大道，願轉江湖之側、委曲之徑，欲急至也。

劉良曰：原思既畢，念反楚國，願駕飛龍北行，轉道於洞庭湖上而直歸也。

洪興祖曰：邅，池戰切，《文選》音陟連切。原欲歸而轉道於洞庭者，以湘君在焉故也。《山海經》曰，洞庭之山，帝之二女居之，是常游於江淵，澧沅之風交瀟湘之淵，出入多飄風暴雨。注云，言二女遊戲江之淵府，則能鼓動三江，令風波之氣共相交通。又曰，湘水出帝舜葬東，入洞庭下。注云，洞庭地穴在長沙、巴陵也。《水經》云，四水同注洞庭，北會大江，名之五渚。《戰國策》，秦與荆戰，大破之，取洞庭五渚是也。湖水廣員五百餘里，日月若出没於其中。湖中有君山，潛通吴之苞山。郭景純《江賦》云，苞山、洞庭、巴陵，地道潛陸旁通，幽岫窈窕者也。按，吴中太湖一名洞庭，而巴陵之洞庭，亦謂之太湖。逸云太湖，蓋指巴陵洞庭耳。

朱熹曰：駕龍者，以龍翼舟也。

張鳳翼曰：駕飛龍以下，皆指湘君而言，想望之辭也。舊注以爲屈原自叙，疑誤。

郭正域曰：駕龍，神之也。駕飛龍以下皆指湘君而言，想望之詞也。舊注以爲屈原自叙，疑誤。

汪瑗曰：北征，謂又復前進而往迎之也。

陳第曰：駕飛龍，言神。邅吾道，言迎神也。

閔齊華曰：飛龍以下，舊作屈子自叙之語，亦非也。總是設爲己往迎神之意也。

李陳玉曰：特降則不敢望，便道一降何妨。

周拱辰曰：駕龍北征，以迎神也。或曰，飛龍即龍舟，楚人名轉曰邅。《易》曰，迍如邅如。則亦邅迴不進貌。前曰沛吾乘，往之勇也；此曰邅吾道，已在道矣。而徐徐以進，吹盡參差，君竟不來，是以欲前未敢前耳。

王夫之曰：北征，言自湘而北來所祀之處。時原退居漢北。祀神者，漢北之人也。邅，遲行不進貌。湘水駛流至喬口入湖。水停凝不流，故其來遲。神未必爾，望之者疑其然也。

洪若皋曰：以下皆指虞舜而言。〇又曰：九疑在沅湘之南，故曰北征。九疑之水北注洞庭，故邅吾道於洞庭。

徐焕龍曰：駕飛龍句以神言，水行龍翼舟，陸行龍驂馭，神道固然耳。

蔣驥曰：飛龍，湘君所駕。北征，由沅湘而歷祭所也。邅，遲留貌。道，引也。神少遲留，而人慕之至洞庭也。〇又曰：《湘君》以飛龍桂舟對言，駕龍者神也，飛龍翩翩，蒙此而言；乘舟者人也，蓀橈桂櫂，蒙此而言。或以飛龍爲人駕者，誤。林氏知駕龍爲湘君矣，然以北征爲他往，又誤也。《離騷》剡剡揚靈，因巫咸之降而言也。如神已他往，下文何靈之可揚乎？且《九歌》無不降之神，使湘君絶不來祭所，則無恩與交可言，又何云不忠輕絶耶？《博物志》曰，洞庭君山，帝二女居之，曰湘夫人。夫山以帝女而名，意必建祠於上而人於此祠之。洞庭在沅湘之北，故神降有北征之言耳。王薑齋因此謂祀神者爲漢北之人，而證原《九歌》皆退居漢北所作，又刻舟之見也。○又曰：邅吾道兮洞庭，邅字小頓，與來吾道夫先路句法相似。

吴世尚曰：湘在楚南，自湘如楚，故云北征。未來則不行矣，北征則又行矣。洞庭湖……即《書》所謂九江孔殷者也。自湘而楚，必取道於洞庭而行也。

邱仰文曰：此承沛桂舟之意而言之。總言迎神之誠，欲其來格也。飛龍二句，謂往洞庭邀請也。

曹同春曰：駕龍以往，欲其速也；循湖而轉，不見其方也。

劉夢鵬曰：言已迎湘君，而湘君果來也。飛龍，湘君所乘之舟。湘水在洞庭西北，蓋湘君駕舟，將北泝湘沅，及見已之迎，遂轉向洞庭來也。

戴震曰：飛龍，舟名。自沅湘以望涔陽，故曰北征。洞庭在其中，道所邅回也。○又曰：洞庭，《春秋傳》所謂江南之夢，韓非書所謂五湖，《戰國策》所謂五渚。以湘、資、沅、微、澧五水之所會，故稱五矣。或謂之巴丘湖，或謂之重湖，在長沙下巂西北，今湖南岳州府巴陵縣西南也。

陳本禮曰：《山海經》，洞庭之山，帝之二女居之，是常遊於澧、沅、瀟、湘之淵。此蓋設祭祀於洞庭，冀其邅道而臨於祭所也。

胡文英曰：我正望神之來，而見神反駕飛龍而北征，何哉？蓋以洞庭之道多阻，神已邅繞遠吾道而不能遽至矣。

張雲璈曰：挂白鵠聯飛龍，薛注，飛龍，鳥名。雲璈按，飛龍謂馬也，古人以馬爲龍。《南都賦》云，駟飛龍兮騤騤。聯蓋聯騎之義，言鳥者恐非。

朱琦曰：吴之震澤别稱太湖，中雖有洞庭兩山，不得即以爲湖名，致混於楚之洞庭。觀下《湘夫人》篇，洞庭波兮木葉下，注但以爲湘水波，則知此處非遠及震澤矣。當是本云大湖也。古多以大爲太，傳寫遂作太耳。

牟庭曰：飛龍者，船之行駛者也。

梁章鉅曰：注，洞庭，太湖也。朱氏琦曰，吴之震澤，别稱太湖，中雖有洞庭兩山，不得以爲湖名，致混於楚之洞庭。觀下《湘夫人》篇洞庭波兮木葉下，注但以爲湘水波，則知此處非遠及震澤矣。太湖或是大湖之誤。

胡紹煐曰：《離騷》云爲余駕飛龍兮，又云邅吾道夫昆侖，句法與此同。上飛龍謂馬，故下句云雜瑶象以爲車，此轉道洞庭，舟名是也。

朱銘曰：《中山經》曰，洞庭之山，是在九江之間。郭注云，今長沙巴陵縣西。《離騷》曰，邅吾道兮洞庭，洞庭波兮木葉下，皆謂此也。王逸謂吴之太湖，非是。

王闓運曰：頃襄初立，召原謀反懷王，故駕飛龍也。當求賢草野，故邅道也。

謹按：飛龍，龍船也，即上文所言之桂舟。朱熹、徐焕龍釋爲以龍翼舟，可參。周拱辰釋爲龍舟，戴震、胡紹煐釋爲舟名，張雲傲釋爲馬，以馬爲龍，説皆非也。北征，北行也。戴震説可參。張鳳翼、劉夢鵬以駕飛龍以下六句爲湘夫人想望之詞，以北征者爲湘君。此説雖可參，然細玩文意，仍以湘夫人駕舟北去爲當。邅，楚語轉道也。王夫之、蔣驥釋爲遲行不進貌，恐非。洞庭，湖名，在長江南岸。按湘水于洞庭東南岸入湖。此處聯繫下文，即知湘夫人入湖後轉道西北，横渡洞庭，而後入長江。王逸釋爲太湖，恐爲大湖之誤。一説古洞庭乃水澤之地，陸多水少。聞一多《九歌解詁》云：「古洞庭蓋本藪澤，陸多水少。《莊子·至樂篇》：『黄帝張樂於洞庭之野。』《淮南子·本經訓》：『[羿]斷修蛇於洞庭，禽封豨於桑林。』是其地也。南方之洞庭初亦但爲㵎濚小水。……邅道者，蓋其地草木蘩生，水潦出没，邅轉紆回，擇平地，避水潦而行也。『邅吾道兮洞庭』與《離騷》『邅吾道夫崑崙』句法同。崑崙，山名。則洞庭非若今之汪洋巨浸，浩瀚黏天，日月出没其中者明矣。」録以備考。

薜荔柏兮蕙綢，蓀橈兮蘭旌。

王逸曰：薜荔，香草。柏，榑壁也。綢，縛束也，《詩》曰綢繆束楚是也。蓀，香草也。橈，船小楫也。屈原言己居家則以薜荔榑飾四壁，蕙草縛屋；乘船則以蓀爲楫櫂，蘭爲旌旗，動以香潔，自修飾也。蓀一作荃，旌一作旍。

張銑曰：薜、荔、蕙、荃、蘭，皆香草也。原言我居家，縛香草以搏四壁，亦以爲楫棹，亦以爲旌旗，芬芳潔清有如此也。

洪興祖曰：柏、拍並音博。綢，儔、叨二音。蓀、荃，見《騷經》。橈，而遥切。《方言》云，楫謂之橈，或謂之櫂。《周禮》云，析羽爲旌。《爾雅》云，注旄首曰旌。旍與旌同。諸本或云乘荃橈，乘一作承；或云采荃橈兮蘭旗，皆後人增改，或傳寫之誤耳。

吴仁傑曰：按《山海經》，小華之山，其草萆荔，狀如烏韭而生石上，亦緣木而生。

汪瑗曰：柏，舊以爲榑飾屋壁之稱，恐未是，當是櫂楫之類也。綢，束縛也。謂其柏既以薜荔繚繞，而復以蕙草縛束之，欲其固也。……橈，船楫也。今謂之檣，又謂之桅，蓋以蓀草而縛橈也。旌，旗屬，懸之於橈者也。蘭旌，謂以蘭草而飾旌也。或曰，蘭謂木蘭，蓋以木蘭而爲旌干也。

陳第曰：拍，《周禮·籩人》，豚拍魚醢，綢衾褥也。

周拱辰曰：拍，舟肩板，即《周禮·醢人》豚拍是也。綢，舟索也。旌，舟麾也。

王萌曰：拍，擘以爲繩索也……舟中所用繩索之類。薜荔言拍，蕙言綢，互文耳，總言其器物之芳。

王夫之曰：拍，橈下板以擊水者。綢，旗杠纏也。

徐煥龍曰：柏，行舟之楫。綢，所以縛柏於舟，便激揚者。……旌，建於舟上，以覘風者。

蔣驥曰：拍，《周禮·醢人》注，與膊同，肩也。又短袂衣亦曰膊，以護膊而名，猶以絡胸爲膺也。綢，束也。以薜荔爲短袂衣，而以蕙纏束之。或指駕舟之服也。○又曰：薜荔拍，或解拍爲舟肩板，按薜荔緣物蔓生，質幹輕微，非可爲板者，觀《湘夫人》罔以爲帷，《山鬼》被以爲服，應從衣飾解明甚。

夏大霖曰：拍，聚結也。薜荔，援墻壁密結而生，故曰搏壁也。

奚禄詒曰：拍，《周禮·籩人》豚拍魚醢，謂以薜荔實籩，而綢繆以蕙。

余蕭客曰：蓋言舟中搏薜荔爲壁，而縛之以蕙。

戴震曰：拍，王注云，搏壁也。劉成國《釋名》云，搏壁，以席搏著壁也。此謂舟之閤閭搏壁矣。綢，韜也。

陳本禮曰：（帕）舊訛拍，舟子抹額。（綢）襪胸。此即前所乘之桂舟，遥見神既駕龍北征，恐其路過不及，於是又裝點舟子，加以橈旌，命其鼓櫂，速發而迎之也。

胡文英曰：拍，舒張貌。以薜荔爲桂舟之蓋，而以蕙綢繆約之。蓀即蘭花所結之蘭蓀也。

梁章鉅曰：《楚辭》無承字，六臣本承作采，旌作旗。洪曰，諸本或云乘荃橈。乘，一作承，或云采，皆後人增，是也。因王注有乘舟船之語，誤添正文耳。

朱駿聲曰：拍，拊也。从手，百聲。字亦作拍。《廣雅·釋詁三》，拍，擊也。……《釋言》，拍，搏也。《考工》，搏埴之工，以搏爲之。《楚辭·湘君》，薜荔拍兮蕙綢。注，搏壁也。［轉注］《釋名·釋兵》，短刀曰拍髀，帶時拍髀旁也。又曰露拍，言露見也。［假借］爲膞。《周禮·醢人》，豚拍魚醢。［聲訓］《釋名·釋姿容》，拍，搏也。以手搏其上也。

胡紹煐曰：《補注》曰，諸本或云乘荃橈。乘，一本作承，皆後人增改。紹煐按，以下蘭櫂兮蘭枻例之。此句上不得有承字。

錢繹曰：《小爾雅》云，楫謂之橈。《玉篇》，橈，船小楫也。《楚辭·九歌》，蓀橈兮蘭槳。王逸注，橈，船小楫也。《後漢書·吴漢傳》，裝露橈船。李賢注，橈，短檝也。《吴越春秋》，得一橈而行歌道中。注，橈，小楫也。《衆經音義》卷十九云，江南櫂大於橈，而楫殊小。作橈者，面向船頭立撥之；作櫂者，面向船尾坐撥之。字亦作撓。《淮南·主術訓》，夫七尺之撓，而制船之左右者，以水爲資。高誘注，撓，刺船棹也。撓讀煩嬈之嬈也。撓與橈同。

王闓運曰：拍綢橈旌，謂以旌來招也。拍，蓋帛也。綢，綢杠也。橈，亦旒也。司馬相如賦曰，靡魚須之橈旃，注以拍爲搏壁，橈爲小楫。蓀不可爲楫，道上又無壁也。

畢大琛曰：柏，迫也，逼也。《周禮·春官》其柏席，逼地之席也。

謹按：拍，王逸、戴震釋爲以薜荔飾四壁，夏大霖釋爲聚結，王萌釋爲擘以爲繩索，畢大琛釋爲逼迫，胡文英釋爲舒張貌，此諸説皆以行爲狀貌之義作解。又汪瑗、徐焕龍釋爲櫂楫，王夫之釋爲橈下板以擊水者，蔣驥釋爲短袂衣，周拱辰釋爲舟肩板，王萌釋爲舟中繩索，陳本禮、王闓運釋爲帛或帕，此諸説皆以名物之義作解。衆説皆有可通之處，然證據皆嫌不足。王逸説最古，又經戴震之補益，似較合文意。然王逸又謂飾家之四壁，則非是，當爲飾船艙之四壁。綢，纏繞也。陳第釋爲衾褥，周拱辰釋爲舟索，王闓運釋爲旗杠，陳本禮釋爲襪胸。衆説皆以名物釋之，備參。蓀橈，即以蓀草爲曲柄，或以蓀草掛於曲柄之上。而王逸釋爲船小楫，此説雖可通，然橈與旌對文，當亦與旗有關，不如釋爲旗桿曲柄。又王闓運釋爲旒，恐未恰。

望涔陽兮極浦，横大江兮揚靈。

王逸曰：涔陽，江碕名，近附郢。極，遠也。浦，水涯也。靈，精誠也。屈原思念楚國，願乘輕舟，上望江之遠浦，下附郢之碕，以渫憂患，横度大江，揚己精誠，冀能感悟懷王，使還己也。

吕向曰：涔陽浦接於楚都。極，遠也。言我遠游此浦，將横絶大江，揚其精誠於君側，冀君感悟，復命我也。

洪興祖曰：涔，音岑。碕，音祈，曲岸也。今澧州有涔陽浦。《水經》云，涔水出漢中南縣東南旱山，北至沔陽縣，南入于沔。涔水即黄水也。《集韻》涔，郎丁切，水名，其字从令。引《楚辭》望涔陽兮極浦，未詳。《説文》云，浦，濱也。《風土記》，大水有小口，别通曰浦。横大江兮揚靈，以湘君在焉故也。

朱熹曰：揚靈者，揚其光靈，猶言舒發意氣也。

汪瑗曰：涔，地名，其南曰陽。《水經》云，涔水出漢中，入沔陽。今澧州有涔陽浦，或舊有此名，或後人因屈子所言而名之，不可考也。……浦，亦洲渚之别名。此蓋言登高而遠望也。横，謂舟横之也。大江，即今之楊子江，非前沅湘之江也。此蓋出洞庭而南渡大江也。

黄文焕曰：揚靈者，揚彼之靈也。神閟之以避我，我揚之以求神也。神之所在，光氣必有異也。

王萌曰：涔陽，江碕名，曲岸頭也。

王遠曰：此章（按，指駕飛龍至揚靈六句）亦想像遥擬之詞，就神説。飛龍當是舟名。邅吾道，言爲吾轉道也。洞庭、涔陽、大江，意中望君之行，摹擬其所經過道路也。

錢澄之曰：此章（按，指駕飛龍至揚靈六句）言候神既久，神不見顧，且駕言北征矣。迂道洞庭，蕙綢蘭旌，望涔陽横大江而去。揚靈，顯其威靈也。蓋初疑神之有阻不來，今乃知其揚靈於他所耳。

王夫之曰：涔水在漢北入漢，合於江。自洞庭下漢陽，西望涔陽，當横絶江水，入湖北之口而後至，道險且遠也。靈，當作𦩍。揚，鼓枻而行，如飛揚也。

林雲銘曰：（下句言）横截大江而發揚我之精誠以感格之，定不放其前去也。

方廷珪曰：夫桂舟中之芳如此而不我顧，意者誠有未竭乎？於是再將精神整頓一番，望於涔陽之極浦。涔陽，水名，即湘君北征所經歷者。極浦，浦之盡頭處。靈，精神也。揚靈者，再發揚其精神望之，上望涔陽，只從一處注目望，此横大江，更從四處張目望，皆是冀以精神自達於湘君者。

徐焕龍曰：極浦，浦盡際也。曰大江，則是江淮之江，更在洞庭之北，非復楚南諸江矣。○又曰：（駕飛龍以下六句）承上誰思而言，言意者君其駕飛龍而北征乎？則吾亦以迎君之桂舟，轉吾道於洞庭。……吾從涔陽望君，望至極浦，見彼大江之中，君方横肆以揚發其靈光，是以未及來而顧我耳。

李光地曰：揚靈，猶招魂也。望之未至，復前進以迎之……且臨大江而招揚之，冀神之感而來格也。

蔣驥曰：望涔陽兮極浦。余按《水經注》，澧水入作唐縣，左合涔水。涔水，出西天門郡，南流逕涔評屯，溉田數千頃，又東南流注澧水。作唐，今澧州安鄉縣。又《岳州府志》，涔水在澧州北七十里，會澧水入洞庭。唐盧子發詩所謂君夢涔陽月，中秋憶棹歌也。又《怨録·楚王子質秦歌》亦有洞庭木秋，涔陽草衰之句。洪注澧州涔陽浦是已。又引《水經》云，涔水出漢中南縣，南入於沔。此自漢中之涔，與此何涉，而自謬其説乎？王薑齋欲附漢北之説，乃云涔水在漢北，入漢合江，亦隔墻語。

王邦采曰：極目遥望，臨大江而發舒我之精誠，以冀神之感而來格也。

吴世尚曰：横蔽大江，流動充滿而至也。揚靈，言其威光有赫也。

夏大霖曰：揚靈，揚其光靈，若所謂神馳也。

邱仰文曰：涔陽二句，望之誠。

劉夢鵬曰：涔陽浦在江陵郢中，言湘君轉舟洞庭，將來郢而先望也。欲抵涔陽浦，故由洞庭入江。揚，發也。靈，靈爽。喻賢者發揚光輝之意。

余蕭客曰：御舟有蘭橈、荃橈。（泗水潛夫《武林舊事》四。案，此以《九歌》名御舟。沅湘不見，北至洞庭湘君所居之所，遂北至江，揚己之靈，冀與神遇。）

戴震曰：揚靈，巫自謂揚己之靈，欲以通於神也。〇又曰：涔水，胡朏明以爲即岷江之南派，會澧水注洞庭。禹時南派盛大，爲江之經流，故《禹貢》導江又東至于澧。戰國時則南流如帶，謂之涔水，而目北派爲大江。此由涔陽横大江是也。北派於《禹貢》爲荆州之沱。

段玉裁曰：（《説文》涔，漬也。）从水，岑聲。一曰涔陽渚在郢。屈原《九歌》望涔陽兮極浦，王逸曰，涔陽，江碕名，附近郢。按許曰在郢，王曰附近郢；許云渚名，王云江碕名，皆不云有涔水。謂近郢，濱大江之洲渚耳。近儒説未可信。

陳本禮曰：望者，遥睇涔陽，雲氣蔽空，似神之威靈焱焱，早已飛揚江上矣。○又曰：靈指神之威靈，不指主祭者之精誠言。王逸謂揚己精誠，冀感寤懷王使還己，謬説也。

王念孫曰：《説文》，浦，水瀕也。《大雅·常武》篇率彼淮浦，《毛傳》云，浦，厓也。《楚辭·九歌》云，望涔陽兮極浦。浦者，旁之轉聲，猶言水旁耳。

胡文英曰：極浦，近浦也。將近浦而後横大江，謂搶風而行也。横大江而揚靈，則神將鑒我之精誠而來矣。

朱珔曰：《説文》涔字，一曰涔陽渚，在郢。與王注合。段氏謂王、許皆不云有涔水，蓋謂近郢濱大江之洲渚耳。然既曰涔陽，自當以涔水之陽而名。《水經注》澧江入作唐縣，古合涔水。涔水出西天門郡，在今澧州安鄉縣北，與荆州府公安縣接壤。公安，漢孱陵縣地，而府治則楚郢都也。《方輿紀要》云，公安縣西南百里有涔陽鎮，即此，固與郢相近矣。○又曰：何氏謂涔陽，漢之陽也。引《史記》沱涔既道，涔即潛也。

梁章鉅曰：洪曰，今澧州有涔陽浦。何曰，涔陽者，漢之陽也。《史記》，沱涔既道。

朱銘曰：《説文》曰涔陽渚在郢。段氏曰，許云渚名，王云江碕名，皆不云有涔水，謂近郢濱大江之洲渚耳。

王闓運曰：涔陽，池涔之陽，洞庭之北也。靈，舲船也。

謹按：此言湘夫人横渡洞庭，經涔陽浦以入長江，顯神發光。涔陽，即涔陽浦。方廷珪以爲水名，梁章鉅引一説釋爲漢水之陽，皆非。横，横渡也。汪瑗釋爲以舟横之，吴世尚釋爲充滿，可參。揚靈，謂湘夫人顯神而發靈光。王逸、錢澄之、劉夢鵬、戴震分别以屈原、湘君、賢者、巫爲揚靈之主語，皆非。又王夫之、王闓運以爲靈當讀如艫，乃有窗之船。此説雖於此處可通，然《離騷》有「皇剡剡其揚靈」句，其揚靈二字僅能釋爲發揚靈光。李光地以揚靈爲招魂，恐未是。

揚靈兮未極，女嬋媛兮爲余太息。

王逸曰：極，已也。女謂女嬃，屈原姊也。嬋媛猶牽引也。言己遠揚精誠，雖欲自竭盡，終無從達，故女嬃牽引而責數之，爲己太息悲毒，欲使屈原改性易行，隨風俗也。

李周翰曰：女，謂屈平姊女嬃也。言我揚精誠未已，女嬃牽引時事，以爲不變節從俗，終不可，而爲我嘆息也。

洪興祖曰：嬋媛，已見《騷經》。

朱熹曰：未極，未得所止也。女嬋媛，指旁觀之人，蓋見其慕望之切，亦爲之眷戀而嗟嘆之也。

張鳳翼曰：女，謂湘君也。歎息，神爲人所感動也。

汪瑗曰：女，即後所言下女也。或曰，謂下女之能爲媒者。嬋媛，美女嬌態貌。

黄文焕曰：未極者，我尚未得極我之力。

閔齊華曰：女，即指神也，舊指女嬃，尤非。

李陳玉曰：衆女俯伏，候久不至。○又曰：女嬋媛，與祭衆女也。

周拱辰曰：揚靈，揚神之靈，即招神意。未極，極也。言豈揚神之靈未極懇切乎？女，即湘君之侍女，何以爲予太息？以閔我精誠極矣而不見諒也。天下儘有局中之人，本衷難撩，而旁觀之人隱腸信熱者。然則湘君不來，而侍女何以獨在乎？曰，有意中想像之湘君，斯有意中想像之侍女，潺湲之涕，意侍女之倍爲予惜也已。

陸時雍曰：女嬋媛兮太息，一似怳惚，一似夢寐甚矣。騷人之善託也。女，湘君之侍女也。

王萌曰：女，似指湘君侍女。

錢澄之曰：揚靈未極，則神無來意。女嬋媛，指女巫之降神者，神久不降，而向予太息。予，主祭者也。

王夫之曰：極，至也。女，音汝。謂神當念己之切望，而亦以不即至爲歎也。

方廷珪曰：女，湘君侍女未隨北征者，亦感大夫之忠誠，爲之太息，以喻近君之賢士。○又曰：自駕飛龍至此，是寓言。王之意雖别有所屬，己之志行未嘗少變，一片忠誠屬望之意未嘗少衰，欲王鑒其忠誠，仍與同舟共濟也。

徐焕龍曰：女，即要眇宜修之女，舊説屬之旁觀者。何獨言女？豈不突如其來？

蔣驥曰：女，湘君侍女。知神不能久留，憐祭者之誠而爲之歎息也。

王邦采曰：女，即要眇宜修之女。求者迫切，應者渺茫，惟彼女巫，代爲永歎。

吴世尚曰：北征、横江，則固行矣；揚靈未極，則又疑於不行矣。總止是首句神理。女，女巫也。女巫伺神而久不至，亦爲之太息而不已也。

奚禄詒曰：女，女巫也。嬋媛，美也。舊注謂屈原之姊，非也。此無嬃字，明矣。

劉夢鵬曰：極，盡也。揚靈未極而忽生悲慨者，蓋必有不合而思去，如下文所謂心不同、恩不甚者也。……不言湘君而言女者，猶不直稱其人，而稱其左右之意。

戴震曰：言揚己之靈，未至神所，恍若神之侍女爲己太息也。

孫志祖曰：《集注》云，女嬋媛，指旁觀之人，蓋見其慕望之切，亦爲之眷戀而嗟歎之也。

陳本禮曰：未極者，神在望而不降也。

胡濬源曰：女，即巫之同侣也。若《晉書》之章丹、陳珠二人，竝國色者也。指爲延神伺候之人，豈有當祭而帶侍女乎？

梁章鉅曰：按，此疑指湘君也。《九歌》本祭神之辭，嬋媛亦當作嬋娟解。

王闓運曰：女，喻賢士也。

畢大琛曰：靈，指懷王。揚，發揚也。王留於秦，久居鬱鬱，茲欲迎歸，俾王得發揚也。未至秦，知其不得歸，故太息。

謹按：此言湘夫人仍未能得見湘君，身旁之侍女亦爲之歎息。極，已也，止也。朱熹説是也。戴震、王夫之、陳本禮皆釋極爲至，可參。黄文焕以極爲極我之力，周拱辰以極爲極度，皆非。女，謂湘夫人之侍女。而王逸釋爲女嬃，朱熹釋爲旁觀之人，張鳳翼、閔齊華釋爲湘君，李陳玉釋爲與祭衆女，周拱辰、陸時雍、王萌、蔣驥釋爲湘君之侍女，錢澄之、吴世尚、奚禄詒釋爲女巫，胡濬源釋爲巫之同侣，徐焕龍、王邦采釋爲要眇宜修之女，方廷珪、王闓運以爲喻賢士，王夫之釋爲汝。由文意觀之，以上諸説皆非。嬋媛，楚語喘息之貌也。王逸釋爲牽引，汪瑗、奚禄詒釋爲美女嬌態，梁章鉅釋爲嬋娟，皆非。

横流涕兮潺湲，隱思君兮陫側。

王逸曰：潺湲，流貌。屈原感女嬃之言，外欲變節而意不能，故内自悲傷，涕泣横流也。君，謂懷王也。陫，陋也。言己雖見放棄，隱伏山野，猶從側陋之中思念君也。

劉良曰：潺湲，流貌。陫，陋也。感女嬃之言，泣涕横流，隱伏側陋，彌思君子。

洪興祖曰：潺，仕連、鉏山二切。湲，音爰。隱，痛也。《孟子》曰，惻隱之心。陫，符沸切，《説文》，隱也。

朱熹曰：側，不安也。

張鳳翼曰：（二句言）人爲神所感動也。

汪瑗曰：横流涕，謂流涕涌溢而出也。横字，去聲讀。或曰，人目横生，故曰横流涕也。横字，平聲讀。……君，亦謂湘夫人也。陫，隱也，一曰病也。……陫側，如《詩》展轉反側之意，言思之切也。

陳第曰：陫側，迫窄而反側也。

王萌曰：隱，痛。陫，隱。側，不安也。

王遠曰：此章（按，指揚靈至陫側四句）始言其望之不來也。女，似指延神伺候之人，侍女亦解嗟歎已，不禁其流涕陫惻矣。

錢澄之曰：流涕，自傷於神無緣也，而終不能已，故隱思而至陫側也。

王夫之曰：陫側，與悱惻同。欲言不得，而心不寧也。○又曰：此（按，指駕飛龍至陫側十句）言神將降而未至。望之極，故愈近而愈見其遲也。○又曰：靈之來也，乘龍舟，載旌旗鼓橈，東下而涉洞庭之波，絶大江之口，不能即至。兩心相念，望者徒勞矣。

賀寬曰：因神之不來而往迎之，始以爲留於中洲耳，廣求之洞庭涔陽，以至極浦大江，而終未得所止。我欲揚神之靈，而神閟之以避我，我自謂求之力未盡，而傍觀者且爲予太息矣。神實杳然，我懷徒戀，不敢顯言於人，惟有流涕隱痛，深長思而已。

徐焕龍曰：陫側，神魂顛倒貌。

李光地曰：陫側，疑與悱惻同。

蔣驥曰：陫，隱也。側，不安也。○又曰：此（按，指駕飛龍至陫惻十句）言神之降而不能久留也。

王邦采曰：涕泗横流，中情鬱結，望絶而悲，何能自已。陫惻，猶悱惻也。

屈復曰：遥望見其駕龍而北行矣，猶幸道經吾之洞庭，故蕙綢蓀橈以候之，又於江碕望之，横截大江，揚精誠感格之。我之精誠無盡，至於如此。湘君侍女乃嬋媛，而爲余太息，侍女鑒其精誠，而湘君不鑒，故思之而至于流涕也。○又曰：此節言竭精誠而不能感湘君來降也。

奚禄詒曰：陫，陋也。……憂悒思君，而伏於側陋之地也。

劉夢鵬曰：陫側，逼迫難安之貌。爲余太息，湘君不自悲而悲我，思君陫側，己不自悲而悲湘君，淪落之感，彼此同之者也。

余蕭客曰：湘君侍女感迎者之誠，至歎湘君之不答，於是始知湘君決意不來。涕泗横集，然其思念湘君不能自此而決。凡人彼我相念，或可明告於人，至於彼不思我，我乃思彼，人或知之，用相非笑。靈均思念湘君，乃至不敢復露，隱思不得，悱惻自傷。靈均引決似壯士，纏綿如美人，然其引決，乃復生於纏綿。

戴震曰：隱，痛也。

桂馥曰：隱也者，《釋言》文。《士虞禮》，幾在南厞用席。注云，厞，隱也。于厞隱之處，從其幽闇。《特牲饋食禮》，厞用筵。注云，厞，隱也。《喪大記》，甸人取徹廟之西北厞薪，用爨之。《正義》引熊氏云，厞，謂西北隅厞隱之處。《東京賦》，厞司旌。五臣注，厞，隱也，或作陫。《楚詞·九歌》，隱思君兮陫側。

孫志祖曰：《集注》云，君，湘君也；陫，隱也；側，不安也。

陳本禮曰：已上皆鑿空幻想，其實湘君何曾留？何曾吹？何曾駕飛龍而揚靈耶？作者一肚皮幽憤無以發洩，特假此自寫其縹緲之思，以見求君之難耳。其寫神之不測處，真得鬼神之情狀矣。

俞樾曰：隱思君兮陫側。注曰，陫，陋也。言己雖見放棄，隱伏山野，猶從側陋之中思念君也。愚按，王注以陫側爲側陋，此未得也。陫讀爲憤悱之悱，側讀爲惻隱之惻。陫側即悱惻，不以地言。

馬其昶曰：望神未來，而民情憤怨之端迫欲自陳也。

武延緒曰：按陫側當讀若悱惻，假借字，或古通也。

謹按：隱，憂也。王逸、劉良釋爲隱伏，恐非是。陫側，悲也。王逸、劉良、奚禄詒釋爲側陋之地，汪瑗、陳第釋爲輾轉反側，徐焕龍釋爲神魂顛倒貌，劉夢鵬釋爲逼迫難安之貌，王萌、蔣驥將二字分釋，諸説均可參。

桂櫂兮蘭枻，斲冰兮積雪。

王逸曰：櫂，楫也。枻，船旁板也。斲，斫也。言己乘船，遭天盛寒，舉其櫂楫，斲斫冰凍，紛然如積雪，言己勤苦也。一云斲曾冰。

張銑曰：櫂，楫也。栧，船傍板也。桂、蘭，取其香也。言志不通，猶乘舟值天盛寒，舉其楫棹，斲斫冰凍，紛如積雪，徒爲勤苦，而不得前。

張鳳翼曰：桂櫂以下，言勤苦潔清以候神也。

汪瑗曰：櫂者，篙槳之屬，今謂之棹。舊以爲楫者，非是。……枻，船旁板也。鼓櫂則恐其損船，故以枻護之。前言橈則曰旌，此言櫂則曰枻，亦各從其類也。……積雪，謂冰斫紛屑如積雪也。或曰，積雪直以雪言，與冰字皆承斲字言，亦通。二句言乘舟、舉櫂、鼓枻、斫冰而進，不懈辛苦往迎湘夫人也。此蓋實紀其時，非比興也。

黄文焕曰：桂櫂蘭枻，迎神之舟。

王萌曰：其櫂也桂，其枻也蘭，水擊有似鑿冰，水揚有似積雪，示芳示潔，寓意良妙。

王夫之曰：櫂，篙也。枻，槳類。

賀寬曰：桂櫂蘭枻，與前之桂舟、荔拍、蕙綢、蓀橈、蘭旌相掩映，備極芳馨，而徒以資斲冰積雪，總不能前，以比徒潔其身而罔濟也。

洪若臯曰：斲冰積雪，潔誠而往。

徐焕龍曰：斲冰積雪，若怨天；水中木末，若怨己；媒勞輕絶，若怨神。言之無倫，足見悱惻。

蔣驥曰：神已去矣，桂舟欲追而不及，如斲冰於積雪中也。

吴世尚曰：（桂櫂句以下）又因乘舟北征而遥揣其所以揚靈未極之故，可謂曲盡矣。斲冰，言其用力徒勞；積雪，言不能久存而固也。

余蕭客曰：桂櫂蘭枻，即上迎神所乘，迎神不得，如斲冰積雪，冰化雪消，如采陸草於水中，搴水花於木末，皆勞而無功之語。其原由于心不同，恩不甚。屈原於湘君無可言恩，蓋指所思之賢，昔曾薄作周旋，今則掉頭不顧。下交不忠兮怨長，期不信兮告余以不閒，並正文，不可以湘君之喻義通之。

段玉裁曰：（《説文》，抴，捈也。）厂下曰抴也。臾下曰束縛捽抴也。抴與曳音義皆同。《檀弓》，負手曳杖，《釋文》曳作抴。俗刻誤從木，非也。《九歌》，桂櫂兮蘭枻。王逸曰，櫂，楫也；抴，船旁板也。按《毛詩傳》云，楫所以擢舟也。故因謂楫爲擢，擢者引也。船旁板曳于水中，故因謂之抴。俗字作櫂、作枻，皆非是也。

胡文英曰：斲冰積雪，形容桂櫂蘭枻激水之易，宜其來也。

朱駿聲曰：抴，捈也。从手，世聲。與曳略同。俗作拽字。又作枻，作栧。《荀子·非相》，接人則用抴。注，牽引也。《楚辭·湘君》，桂櫂兮蘭抴。注，船旁板也。按舟抴之而後行，故所抴之具，即名抴，所謂轉注也。《子虛賦》，揚桂枻。注，船舷。《史記集解》，檝也。《漢書注》，柂也。《淮南·道應》，佽非謂枻船者曰。注，櫂也。《西京賦》，齊栧女。

王闓運曰：枻，曳船索也。冰雪，喻小人也。方斲冰而又積雪，讒諛盛也。

謹按：此言會湘君之難。桂櫂，以桂木爲長槳也。汪瑗、王夫之釋爲撐船竿。蘭枻，以木蘭爲短槳也。王逸、汪瑗釋枻爲船旁板，王闓運釋爲曳船索，皆可備考。斲冰積雪，蔣驥釋爲鑿冰於積雪中，是也。此外，王逸、張銑、汪瑗釋爲斲斫冰凍，紛然如積雪，汪瑗引一説釋爲即斲冰與雪，此二説皆可參考。按，下篇《湘夫人》言「嫋嫋兮秋風，洞庭波兮木葉下」，則二湘相會非在冰封積雪之時，此處並非實寫。王萌以爲冰雪乃用以喻芳潔，可參。吴世尚、余蕭客釋爲勞而無功，胡文英以之爲形容桂櫂蘭枻激水之易，王闓運以爲冰雪喻小人，皆非。

采薜荔兮水中，搴芙蓉兮木末。

王逸曰：薜荔之草，緣木而生。搴，采取也。芙蓉，荷華也，生水中。屈原言己執忠信之行以事於君，其志不合，猶入池涉水而求薜荔，登山緣木而采芙蓉，固不可得也。

洪與祖曰：搴，音蹇。

蔣之翹曰：采薜荔二語隋甚。

李陳玉曰：存誠凝望，久久遂成妄想。

王遠曰：此（按，指桂櫂至輕絶六句）與下章（按，指石瀨至不閒四句）乃作絶望之語。薜荔、芙蓉，反其所求，宜其不得也。

洪若皋曰：薜荔芙蓉，情乖路窮。

蔣驥曰：薜荔二語，喻所求之不得也。

桂馥曰：木上曰末者。《易·繫辭》，其初難知，其上易知，本末也。《楚詞·九歌》，搴芙蓉兮木末。

胡濬源曰：薜荔不可於水中采，芙蓉不能於木末搴，及下二句皆是謔語趣話，豈主祭之詞？

王闓運曰：薜荔、芙蓉，喻近臣也。《思美人》曰，令薜荔而爲理，因芙蓉而爲媒。

謹按：薜荔生于陸地而求之於水中，芙蓉生於水中而求之於木末。蓋此二句喻己欲見湘君而不可得，徒勞此行也。諸家所言皆近是。然王逸謂此二句旨在喻君臣不合，非也。

心不同兮媒勞，恩不甚兮輕絶。

王逸曰：言婚姻所好，心意不同，則媒人疲勞而無功也。屈原自喻行與君異，終不可合，亦疲勞而已也。○又曰：言人交接初淺，恩不甚篤，則輕相與離絶。言己與君同姓共祖，無離絶之義也。

李周翰曰：爲婚姻者，其心不同，徒使媒人勞苦。恩情不能甚厚者，則必輕易離絶。事君之道，亦類此焉。

朱熹曰：此章（按，指桂櫂至輕絶六句）比而又比也。蓋此篇本以求神而不答，比事君之不偶，而此章又別以事比求神而不答也。

張鳳翼曰：幽明道殊，故言不同。媒，喻巫也。不甚，不深也。

汪瑗曰：心不同而媒勞者，初議婚而未成也。恩不甚而輕絶者，議將成而終棄也。二句直以夫婦婚禮言之，非比體也，舊以末句爲結友而言，非是。

李陳玉曰：候久不至，反似怨望，所以激神也。卻是屈子借他人酒杯澆自己磊塊處。

周拱辰曰：媒勞、輕絶二語，千古殞涕。女子因媒而嫁，不因媒而親，媒亦不足憑，恩亦不足恃也。語曰，男懽不敝輪，女懽不敝席，古來忠臣棄婦，大率如斯矣。或者交淺言深，得毋愷悌新婦之疑乎？自怨自艾，似泣似訴，可以入離弦而譜參差，可以泣嫠婦而訴下女。

陸時雍曰：桂棹蘭枻，物非不芳；斲冰積雪，誠非不至，而何奈心不同而恩不甚也。世固有南威之貌，而不見答於其主；比干之忠，而不見禮於其君者。則心之不可强同，而恩之不可强納，非一日矣。

錢澄之曰：（桂櫂至輕絶六句）神既不降，乃思自往乘舟，辛苦以迎之，而終不獲遇，猶采荔搴芙蓉，費心無用之地，然後始知心之不同，而恩之不甚，求之終不應也。此二句，正是原忽然感發，自道其情事。

洪若皋曰：媒，喻巫也。

蔣驥曰：媒，蓋指太息之女言。

吴世尚曰：男女之心不同，雖行媒而不能懽合，是徒勞也。夫婦之恩不甚，雖懽合而不能要其終，故輕絶也。昏姻之交如此，君臣之交亦然。君臣之交如此，人神之交亦然。

奚禄詒曰：桂櫂四句以物情比，心不同二句以人情比，行文如連山斷嶺，暗中過峽，惟杜甫古詩能有此。

劉夢鵬曰：甚，至也。心不同，故恩不甚。媒，屈原自謂。媒勞輕絶，傷己迎致之徒勞，而湘君終於不偶也。

陳本禮曰：（媒）喻太息女巫。

謹按：此乃湘夫人自言其與湘君交往之事，汪瑗之説近是。諸説又多引申以爲喻詞。或以之喻君臣之交，如王逸、李周翰、李陳玉、劉夢鵬；或以之喻人神之交，如張鳳翼、洪若皋、陳本禮；或兼二者而有之，如吴世尚，其説皆非。

石瀨兮淺淺，飛龍兮翩翩。

王逸曰：瀨，湍也。淺淺，流疾貌。屈原憂愁，顦視川水，見石瀨淺淺，疾流而下，將有所至；仰見飛龍翩翩而上，將有所登，自傷棄在草野，終無所登至也。

吕延濟曰：瀨，湍水也。淺淺，流貌。原既憂怨，下視水石淺淺而流，仰觀飛龍翩翩而舉，物皆遂性，我獨不然也。

洪興祖曰：瀨，落蓋切。《説文》曰，水流沙上也。《文選注》云，石瀨，水激石間，則怒成湍。淺，音棧。

汪瑗曰：水流沙上曰瀨，亦謂之灘。石瀨者，謂灘上多石也。淺淺，水淺流疾貌。……翩翩，用力難進貌。灘瀨乃水淺之處，而又多石，則難進可知矣。以飛龍翼舟，且翩翩用力而難進，則石灘之險又可知矣。此蓋實紀湘君往迎湘夫人，不避道路之艱，舊以爲興體，非也。

閔齊華曰：石瀨二句，舟行不前，急於求進也。

李陳玉曰：水淺路曠，但不來耳，要來便來。

錢澄之曰：淺淺，言己之舟滯而不能進，上章所云斲冰積雪也。翩翩，言神之高馳，任其所之，上章所云駕飛龍北征也。

林雲銘曰：俯視己之舟路難進，仰視湘君之駕已過。

洪若皋曰：石瀨飛龍，船大水淺，寫出一種時事蹉跎，肝腸斷絶光景。妙絶難言。〇又曰：古來詠湘君者，無不寫其思虞舜一事。杜甫云，蒼梧恨不淺，染淚在叢筠。又曰，湘娥倚暮花。按，舜南巡，崩於蒼梧之野，歸葬於零陵之九疑山。二妃尋之不及，死於沅湘間。九疑山有九峰，每峰有一水，四水流灌於南海，五水北注於洞庭。其山麓有天湖砅水，青潤黄溪，又瀟水、沲水、舜源水，俱自九疑山發源，合注於湘。大抵自沅湘之間至九疑，一望水雲煙波無際。此唐詩九疑如黛隔湘川，又云帝子夢魂煙水闊，又云二妃幽怨水雲間，皆本《九歌·湘君》而爲之詞。乃後來解者，妄以望夫君、隱思君謂巫思神，心不同、恩不甚謂人求神而神不答，捐余玦、遺余珮謂人解玦珮以貽贈湘君。不惟意指悖謬，即文理何以貫通？至朱考亭，更謂女嬋媛之女，指旁觀之人代爲太息，愈屬支離。余細閱全篇，首二句言祀湘君而湘君之不至，將爲誰留，以起下文爲思舜而然也。美要眇兮宜修六句，正言湘君思舜，將乘桂舟以迎之。駕飛龍兮北征六句，恍見舜駕飛龍而北來。揚靈兮未極十四句，冀其來而未來，寫出一段瞻望徘徊，恍惚難見之狀。朝騁鶩兮江皋八句，言湘君揚玦遺珮，以寄其綢繆繾綣之懷。末二句正應首二句，言湘君正以時不可再得，所以聊逍遥而容與也。舊注糾纏，爲之頓釋。

李光地曰：石瀨之淺，宜飛龍所不顧，以興己之疏斥，宜爲人所棄也。

蔣驥曰：瀨，湍也。石瀨，己舟所由，淺淺則難行矣。飛龍，湘君所駕，翩翩則去遠矣。

吴世尚曰：石之瀨也，淺淺而下；龍之飛也，翩翩而上。言從此背違，兩不相涉也。

奚禄詒曰：言石湍之水淺淺而流，豈足容龍？故龍翩然而飛去，以比事神之禮微薄，而神不降也。

劉夢鵬曰：翩翩，舟遠逝貌。

戴震曰：瀨，《説文》云，水流沙上也。水淺則龍不居，情薄則望不至。

薛傳均曰：沈休文《早發定山詩》，出浦水濺濺。注，《楚辭》曰，石瀨兮淺淺，流疾貌也，音棧，是淺淺即濺濺也。左太沖《魏都賦》，石瀨湯湯，善注引《楚辭》作戔戔，蓋淺從戔字得聲，濺從賤字得聲，賤又从戔字得聲，故可通用。

段玉裁曰：（《説文》，瀨，水流沙上也。）《九歌》，石瀨兮淺淺。……按瀨之言瀮也，水在沙上，渧瀮而下滲也。《埤蒼》云，渧瀮，漉也。

朱珔曰：《説文》瀨，水流沙上也。湍，疾瀨也。是瀨本爲水流沙上，瀨之急者，則爲湍矣。前《吴都賦》，混濤并瀨，劉注瀨，急湍也。依《説文》，當云湍，急瀨也。《漢書·武帝紀》甲爲下瀨將軍。臣瓚注，瀨，湍也。蓋本此注。又云，吴越謂之瀨，中國謂之磧，磧亦沙磧也。《史記·南越傳》爲戈船下厲將軍，下厲即下瀨，厲與賴通也。淺淺即濺濺。《廣韻》，濺，疾流貌。《集韻·一先》，濺或作淺。濺又三十三綫。濺，水激也，或省作淺，通作湔。《説文》有湔無濺。

朱駿聲曰：瀨，水流沙上也，从水，賴聲。《楚辭·湘君》，石瀨兮淺淺。注，湍也。《淮南·本經》，抑減怒瀨。注，急流也。《漢書·武帝紀》，甲爲下瀨將軍。注，湍也。吴越謂之瀨，中國謂之磧。《司馬相如傳》，涖涖下瀨。注，疾流也。又北揭石瀨。注，石而淺水曰瀨。《吴都賦》，直衝濤而上瀨。注，水大波。《魏都賦》，石瀨湯湯。又《史記·南越傳》，爲戈船下厲將軍。以厲爲之。○又曰：淺，不深也，从水，戔聲。按謂水少。《楚辭・湘君》，石瀨兮淺淺。注，疾流貌，亦重言形況字。

李翹曰：按，《漢書・武帝紀》注引臣瓚曰，瀨，湍也，吴越謂之瀨，中國謂之磧。宋祁曰，吴越，舊本作吴楚。《衆經音義》卷一、卷十九、卷二十三並引《廣雅》，磧，瀨也。

王闓運曰：石瀨，喻國事阻難也。飛龍翩翩，懷王去而不反也。

馬其昶曰：淺瀨非飛龍所蟠。

謹按：淺淺，王逸、朱玠釋爲流疾貌，是也。薛傳均又讀如濺濺，可參。汪瑗釋爲水淺流疾，亦通。錢澄之之説則恐非。翩翩，輕疾貌也。汪瑗釋爲用力難進貌，劉夢鵬釋爲舟遠逝貌，亦可參。錢澄之以飛龍爲實指，非也。按，此二句爲湘夫人所自言，而諸家多以爲喻詞。王逸、吕延濟、李光地以爲此乃屈原自傷之詞；吴世尚釋爲石瀨、飛龍從此背遠；奚禄詒、戴震、馬其昶以爲喻禮薄無以降神；王闓運以爲喻國事艱難，懷王去而不返，皆非。

交不忠兮怨長，期不信兮告余以不閒。

王逸曰：交，友也。忠，厚也。言朋友相與不厚，則長相怨恨。言己執履忠信，雖獲罪過，不敢怨恨於衆人也。閒，暇也。言君嘗與己期，欲共爲治，後以讒言之故，更告我以不閒暇，遂以疏遠己也。

劉良曰：言君與臣下爲友，而臣爲不忠，則怨而責之；己爲不信，則以爲閑爾。疾其君初欲與己爲治，後遂相背焉。

洪興祖曰：此言朋友之交，忠則見信，不忠則生怨。臣忠於君，則君宜見信，而反告我以不閒，所謂羌中道而回畔兮，反既有此它志也。此原陳己之志於湘君也。閒，音閑。

汪瑗曰：曰交、曰期，凡五倫皆可以言之，不獨可施之朋友也。交不忠、期不信者，亦謂婚既成而中變者耳。所以責湘夫人也。怨長者，湘君之怨夫人也。告余以不閒者，湘夫人託故以辭湘君也。

陸時雍曰：交不忠兮怨長，偏交也；期不信兮告余以不閑，强結也。有情無耦，古今積患有如此矣。

錢澄之曰：交不忠，則處處皆招怨之端，故怨長。期不信，則本無來意，而託爲不得閒以見謝也。因神見棄，自咎自悔如此。

王夫之曰：此（按，指桂櫂至不閒十句）望之欲其即至，故疑其不肯降，而展轉以思其故。言彼豈斵櫂枻於冰雪之中邪？而遲回若是，令我求見而不得，如采薜荔於水中，搴芙蓉於木末邪？望石瀨之淺淺而不返，待飛龍之翩翩而不集，將無神之心不與我同，恩於我而不甚邪？抑我交不忠而致怨，故雖有期不信，而託言不閒以相拒邪？望之迫，疑之甚，自述其情，以冀神之鑒。凡此類皆原情重誼深，因事觸發，而其辭不覺其如此。固可想見忠愛篤至之情，而舊注直以爲思懷王之聽己，則不倫矣。

徐焕龍曰：交不忠二句，亦比詞。石瀨二句，則又興起此比詞。而飛龍則又以石瀨之形似言之。怨長不閒，則又因淺淺、翩翩觸及人世之情態。……怨長比己，不閒比神。

蔣驥曰：（桂櫂至不閒十句）神去而自嘆也。

吴世尚曰：締交而不忠，則相怨無已時；約期而不信，則詭告以不閒。朋友之交如此，君臣之交亦然；君臣之交如此，人神之交亦然。則意者余之求於神者，不同而不甚乎？不忠而不信乎？故我心勞而神絶我，我怨長而神告以不閒乎？不然，何其望來而又未極也？曲婉之甚。

屈復曰：（桂櫂兮蘭枻句至此）言乘舟遭盛寒，斲斫冰凍，紛如積雪，其難如此。薜荔緣木而今采之水中，芙蓉在水而今求之木末，其相左如此。心異則媒徒勞，恩不深則易絶，其不能强合又如此。我舟方在石瀨淺淺中，湘君已駕飛龍翩翩而去矣。乃歎凡交不以忠，則其怨必長；期不以信，則告我以不暇，宜乎湘君之不留也。○又曰：此節歎息而言其所以不留之故也。

奚禄詒曰：蓋人交神之道不忠誠，故怨慕長遠；期神之心不信確，故神亦告我以不閒。此反身自責之詞也。

劉夢鵬曰：湘君既去，反怨我之迎爲相欺，且責以所要之不信，而謝以有故，不得閒在此也。

陳本禮曰：（不閒）二字婉而多風。

牟庭曰：此（按，指横流涕至不閒）爲余太息之言也。

梁章鉅曰：六臣本余作我。

王闓運曰：期，約反王也。《抽思》曰，昔君與我誠言兮，曰黄昏以爲期。又曰，與余言而不信。

馬其昶曰：秦使張儀來詐楚絶齊，賂以商於地六百里。懷王信之，使一將軍西受地。張儀稱病不出，三月地不可得。懷王曰，儀以吾絶齊尚薄邪？乃使勇士辱齊王。齊王大怒，折楚符，儀乃起朝，謂楚將軍曰，何不受地，從某至某六里。懷王大怒伐秦，自是兵連禍結，旋和旋戰，卒以亡國，所謂恩不甚而輕絶也。交不忠謂絶齊，期不信謂張儀稱病不出。此蓋述其事，以求神之聽直也。

謹按：此乃湘夫人之怨詞。王逸、洪興祖以上句指朋友之交，以下句指君臣之交。王夫之、奚禄詒以爲人對神之責辭，劉夢鵬以爲神對人之責詞，皆遠文義。王闓運、馬其昶直解以懷王事，更屬不倫。獨汪瑗釋爲婚姻之事，較爲近是。然汪氏以此爲湘君責湘夫人之詞，則非也。

鼂騁騖兮江皋，夕弭節兮北渚。

王逸曰：鼂，以喻盛明也。澤曲曰皋，言己願及鼂，明己年盛時，任重馳驅，以行道德也。弭，安也。渚，水涯也。夕以喻衰，言日夕將暮，己已衰老，弭情安意，終志草壄也。

張銑曰：夕，喻衰也。喻己盛少之時，願驅馳於君前，及衰謝之日，反安意於草野，自嘆之辭也。騁騖，疾行也。弭節，安意也。

洪興祖曰：鼂，陟遥切，早也。騁音逞，騖音務。《説文》曰，騁，直馳也。騖，亂馳也。騁騖弭節，不出江皋北渚之間，自傷不得居朝廷也。渚，沚也。《爾雅》，小洲曰陼。《韓詩章句》，水一溢而爲渚。

張鳳翼曰：言神之翺翔，若或見之也。

汪瑗曰：江皋猶言江岸也。……弭，止也。節，旌節也。……前言北征，此言北渚，當時必有所指也。

錢澄之曰：騁騖二句，言其候神之返，往來盼望，或行或止，不自寧也。

林雲銘曰：絶望而行且歸。

徐焕龍曰：自君不行至揚靈未極，是以舟迎神，神不來。自嬋媛至告余不閒，是神不答而反復嗟嘆。沛吾乘、邅吾道、望涔陽，皆以迎神之舟言，其身則在祭所。此則身往水濱，求神之在，而希得其影響。朝，謂候神不至之來朝。然皆意想結成之幻象，而非實有其事也。并下捐玦遺珮亦然。……騁騖江皋，求之急矣；弭節北渚，索之詳矣；自朝至夕，求索久於其時矣。

李光地曰：朝而騁騖，志欲有行；夕而弭節，退焉休罷。

蔣驥曰：神已越江北去，而慕戀無已。朝馳夕宿，不敢暫離江上也。○又曰：弭節北渚，即後帝子所降之處，蓋猶眷戀不釋於江邊也。作歸休解，誤。

吴世尚曰：朝發江皋，則行矣；夕至北渚，則來矣。上文反覆，皆言其不行而夷猶，以見神之不可度至。此則言湘君鑒余忱，而有以歆余祀也。

劉夢鵬曰：騁騖弭節，湘君去而游息自休之意。

戴震曰：皋，《春秋傳》所謂隰皋，杜元凱注云，水崖下溼是也。北渚，洞庭之北。《韓詩》云，一溢一否曰渚。

朱珔曰：《水經·湘水》篇注云，營水西逕營道縣，馮水注之。馮水帶約衆流，渾成一川，謂之北渚。是北渚實有其地，屈子所言殆即此與？

王闓運曰：北渚，今沙市地也。聞召而喜，故騁騖。近郢而事變，故弭節。

謹按：此爲湘夫人自敘行程，言己爲尋湘君而疲於奔波。江皋，江邊之水澤地，與下句北渚相對爲文。北渚指水中陸地，爲一天行程之終點；江皋則爲一天行程之起點。弭節指停船，舊説頗多疑義。王逸釋爲徐步，汪瑗釋節爲旌節，蔣驥釋節爲行車進退之節，汪説是也，其餘諸説均録以備考。北渚，連下文觀之，疑指近洞庭北岸之小洲，湘夫人途中歇息之地也。朱珔以爲實有其地，王闓運則指爲今湖北沙市，亦可參。按，此二句謂湘夫人朝自江皋啓程，夕至北渚而止。又王逸、張銑、李光地以爲鼂夕喻屈原年之盛衰，附會屈原事，非也。

鳥次兮屋上，水周兮堂下。

王逸曰：次，舍也。再宿曰信，過信曰次。周，旋也。言己所居，在湖澤之中，衆鳥舍止我之屋上，流水周旋己之堂下，自傷與鳥獸魚鱉同爲伍也。

洪興祖曰：下音户。

朱熹曰：此（按，指鼂騁至堂下四句）言神既不來，則我亦退而遊息，以自休耳。

張鳳翼曰：言望神不至而俯仰所見如此。

汪瑗曰：鳥次二句蓋即北渚所見之景而賦之，而比興之意亦在其中，猶言徘徊北渚之上，祇見鳥飛止乎屋上而已矣，水旋繞乎堂下而已矣，而湘夫人則不見其來也。其思望之意不言可知矣。

李陳玉曰：候神非一朝夕，鳥經幾宿，水經數長。

王遠曰：此（按，指鼂騁騖至堂下四句）言其候神之久也。朝非一朝，夕非一夕，鳥次水周，惟見景況之淒涼耳。

錢澄之曰：鳥次屋上，水周堂下，正弭節處所見無聊之情事也。

王夫之曰：此（按，指鼂騁騖至堂下四句）言神之來至也。朝在江皋，夕即至乎北渚，喜其來則見其速也。望之見爲遲，而已至則見爲速，情之至者，其心然也。鳥不期而次於屋上，水不期而周於堂下，喻無所待而安集之意。

林雲銘曰：杳不見神，惟淒寂之景現前矣。

徐焕龍曰：但見日之已夕，鳥倦飛而次於屋上，舟莫行而水周堂下，神之影響，茫無睹也。余將奈之何哉？

李光地曰：鳥次屋上，則自高棲；水周堂下，則自卑逝。以興盛衰殊候，升沈異勢。

蔣驥曰：鳥次水周，江邊寥落之景。

吳世尚曰：神之來格，物無不樂，所謂花迎喜氣皆知笑，鳥識歡心亦解歌，其意象正如此也。

夏大霖曰：周，旋繞也。……鳥次二句，獨居無聊之況而字法中有憂讒不測之虞。瞻鳥爰止於誰之屋，鳥次屋上之意也。其何能淑，載胥及溺，水周堂下之意也。

劉夢鵬曰：鳥次屋上，水周堂下，則江皋北渚，闃静無人之景也。

余蕭客曰：屋上非鳥巢，堂下非水道，然猶可暫止暫留。原自喻不得於君，或得於友，牢落之餘，殷勤慰藉，心猶得依以粗安。今恩絶而交不忠，曾不若鳥次水周，猶爲得所。

戴震曰：前三章皆離憂之辭，此章（按，指朝騁騖至堂下四句）承上横大江言之，故曰騁騖江皋也。終朝往來，至夕而止於北渚，但見鳥與水而已。

陳本禮曰：此（按，指鼂騁至堂下四句）追述前此迎神之誠敬也。鳥次水周，寫北渚幽潔而僻静，正享神祭祀之所，君胡爲不降，空令人作綢繆想也？

王闓運曰：失所止也，居不安也。

謹按：蔣驥謂此乃湘夫人於歇息之處所見之淒切景象，以寄其寂寞無聊之情，是也。而持君臣説者以此爲屈原自傷之詞，如王逸、余蕭客。持人神説者或以此爲神未至之象，如林雲銘、徐焕龍、朱熹、張鳳翼、王遠；或以此爲神已至之象，如王夫之、吴世尚。又李光地以盛衰之意釋之，皆牽强過甚，不關文義。

捐余玦兮江中，遺余佩兮醴浦。

王逸曰：玦，玉佩也。先王所以命臣之瑞，故與環即還，與玦即去也。遺，離也。佩，瓊琚之屬也。言己雖見放逐，常思念君，設欲遠去，猶捐玦佩，置於水涯，冀君求己，示有還意。

呂延濟曰：捐、遺，皆置也。玦、佩，皆朝服之飾。置於江、澧二水之涯者，冀君命己，猶可以用也。

洪興祖曰：捐音沿。玦，古穴切，如環而有缺。《左傳》曰，佩以金玦，棄其衷也。《荀子》曰，絶人以玦，皆取棄絶之義。《莊子》曰，緩佩玦者，事至而斷。《史記》曰，舉佩玦以示之。皆取決斷之義。捐玦遺佩以詒湘君，與《騷經》解佩纕以結言同意，喻求賢也。遺，平聲。《方言注》云，澧水今在長沙。《水經》云，澧水出武陵充縣，注于洞庭。按《禹貢》曰，又東至于澧。《史記》作醴，孔安國、馬融、王肅皆以醴爲水名。鄭玄曰，醴，陵名也。長沙有醴陵縣。澧、醴古書通用。今澧州有佩浦，因《楚詞》爲名也。

張鳳翼曰：與環即還，與玦即絶。捐玦者，不欲神之我絶也。遺佩以要之也。

陳士元曰：仁卿問，江妃解佩。答曰，劉子政《列仙傳》云，鄭交甫遊漢江，見二女，皆麗服華粧，佩兩明珠，大如荆鷄之卵，交甫見而悦之，不知爲神人也。謂其僕曰，我欲下請其佩。僕曰，此地士女皆習於辭，不得佩，恐罹悔。交甫不聽，遂下，與之言曰，二女勞矣。二女曰，子有勞，妾何勞焉。交甫曰，願請子佩。二女遂解佩以與交甫，交甫受而懷之，既趨而去，行數十步視之，空懷無珠，二女忽不見。《一統志》，湘妃解佩渚，在襄陽城西十里。宋顔堯詩云，爽籟盡成鳴鳳曲，遊人多是弄珠仙。蓋以解佩事爲實也。余謂江湘神女，杳冥恍惚，變幻無恒，交甫奚足以識之？

屈原《九歌》稱《雲中君》、《湘君》、《湘夫人》，其辭曰，捐余玦兮江中，遺余佩兮澧浦。時不可兮再得，聊逍遥兮容與。此雖靈均思君之懷，託以寄興，而《雲中君》、《湘君》、《湘夫人》之名，亦必有所繇起，豈楚人重巫好鬼，自三代已然耶？

汪瑗曰：捐、遺，皆棄也。……佩，雜佩也。

閔齊華曰：捐玦遺珮，並以杜若遺之者，冀以此邀其來也。舊注謂君之於臣，與環即還，與玦即去，故捐玦，冀君復用之意，殊爲牽合。

錢澄之曰：待久不至，乃捐玦遺佩爲記，使知吾之至而久俟也。

王夫之曰：余，代湘君自稱，述湘君之意。言已捐玦遺佩，速於來降，非期不信而遲留也。澧水，見下章。

李光地曰：棄遺玦珮，不自修飾以見於世。

吴世尚曰：玦如環而缺，人臣有罪，君賜環則還，賜玦則絶。今捐玦於江中，則不相絶矣。遺，贈遺也。佩，珩璜之屬，雜佩贈之，永以爲好也。

夏大霖曰：《左傳》金寒玦離，古逐臣待命於境，賜環則反，賜玦則絶。玦，君賜也。捐玦江中，示不願離絶也。佩，己芳也。遺佩澧浦，示將靖獻之意。

奚禄詒曰：言己朝馳騖以尋，夕弭節以待，不見神來，但見鳥獸魚鼈而已。比小人也，求之不已，乃捐玦遺佩以結言於江澧之中，冀神之或取也。

劉夢鵬曰：捐，謂投而贈之也。……澧浦，即北渚，君騁江皋，我將投玦；君弭北渚，我將遺佩。惜其別而贈之也。

余蕭客曰：盛飾迎神，神不答禮，飾將無用，故捐棄之。

戴震曰：澧浦，《水經注》云，澧水流注於洞庭湖，俗謂之曰澧江口。是其地在今湖南岳州府華容縣南，漢長沙下雋之西北境。

桂馥曰：袖也者，《廣雅》同字苑，袂，褾也，衣袖也。《釋名》，袂，掣也。掣，開也，開張之以受臂屈伸也。《五音集韻》引《字林》，袂，複襦也。按《方言》，複襦，或謂之筩褹。郭注，褹，即袂字耳。《易·歸妹》六五，其君之袂，不如其娣之袂良。王云，袂，衣袖，所以爲禮容者也。宣十四年《左傳》，投袂而起。杜云，袂，袖也。《楚詞·九歌》，捐余袂兮江中。注云，袂，衣袖也。〇又曰：《漢書·雋不疑傳》，佩環玦。顔注，環，玉環也。玦，即玉佩之玦也。帶環而又著玉佩也。馥案，或以金爲之。閔二年《左傳》，佩之金玦。又云，金寒玦離。

陳本禮曰：玦、佩，擬以贄見於湘君者。

胡文英曰：捐余玦，遺余佩，皆設想期望之辭。言苟能如此，則我將采芳洲之杜若以遺下女，而道我之忱矣。……杜若，其根名當歸。古詩，客行雖云樂，不如早旋歸。古人多以客行喻失性，還歸爲返本，則遺之當歸，亦望君改過之意耳。

胡濬源曰：舊同氣同輩諸賢，望當及時圖國，時不可再也。如黄歇、昭睢諫王毋入秦，及陳軫獨弔之流。下女與《離騷》篇下女同。

朱駿聲曰：玦，玉佩也，从玉，夬聲。《左・閔二傳》，金寒玦離。注，如環而缺不連。《漢書・五行志》，佩之金玦。注，半環曰玦。《楚辭・湘君》，捐余玦兮湘中。《荀子・大略》，絶人以玦，還人以環。

王闓運曰：大夫見放，得玦則去，不欲去，故捐玦也。雖知心不同，猶望有濟。〇又曰：遺，詒也。澧浦，由江入沅之道。詒之佩者，自放所召之。

謹按：捐、遺，棄也。王逸、吕延濟以捐、遺爲置，恐非。此二句之意，舊説紛然。王夫之以爲此乃湘君之詞。王逸、吴世尚、夏大霖、王闓運以爲此喻屈原之事，乃屈原冀君求己也。洪興祖謂楚王求賢。張鳳翼以人神之交解之。李光地以爲，捐玦遺佩乃不自修飾。奚禄詒以之比小人。胡文英釋爲設想期望之詞。游國恩《讀楚辭隨筆四則》云：「玦與佩，男子之事也；袂與褋，女子之事也。《湘君》之詞既爲湘夫人語氣，何以不曰捐袂遺褋？《湘夫人》之詞既爲湘君語氣，何以不曰捐玦遺佩，而必顛倒言之？曰，玦也，佩也，男子之所贈也；袂也，褋也，女子之所贈也。夫彼此既心不同而輕絶矣，故各棄其前此相詒之物，以示訣絶之意。」按此説是，據此，則此二句寫湘夫人因失望氣憤而抛棄湘君所贈之佩飾。

采芳洲兮杜若，將以遺兮下女。

王逸曰：芳洲，香草藂生水中之處。遺，與也。女，陰也，以喻臣，謂己之儔匹。言己願往芬芳絶異之洲，采取杜若，以與貞正之人，思與同志，終不變更也。

劉良曰：芳洲，多生香草也，故於此采杜若焉。下女，喻賢臣也。欲將己之美投於賢臣者，思與同志，復爲治道。

洪興祖曰：藂，音叢。遺，去聲。既詒湘君以佩玦，又遺下女以杜若，好賢不已也。《騷經》曰，相下女之可詒。

朱熹曰：杜若，葉似薑而有文理，味辛。

吴仁傑曰：《本草》，杜若亦名杜衡，一名杜連，一名白連，一名白芩，一名若芝。陶隱居云，今處處有之，葉似薑而有文理，根似高良薑而細，味辛香。……《嘉祐圖經》云，此草一名杜衡，而中品自有杜衡條，杜衡，《爾雅》所謂土鹵者也。杜若，《廣雅》所謂楚衡者也。其類自别。

謝翱曰：杜若一名杜衡，苗似山薑，花黄赤，子大如棘。《九歌·湘君》曰，采芳洲兮杜若，將以遺兮下女。《湘夫人》云，搴汀洲兮杜若，將以遺兮遠者。杜若之爲物，令人不忘，搴采而贈之，以明其不相忘也。

張鳳翼曰：下女，湘君之從也。不敢指言湘君而託之下女，猶云下執事也。

汪瑗曰：遺、貽同。下女，謂湘夫人之侍女，蓋託侍女以指湘夫人也。

王遠曰：五臣云，捐、遺皆置也。玦、佩，朝服之飾，本極貴重，用以禮神，正古人沈璧於河之意。又采杜若以佐之也。遺下女者，不敢稱遺湘君，猶云獻從者云爾。

錢澄之曰：又采芳以遺下女，使爲通吾之情，斯可以返矣。

王夫之曰：女，音汝。下女，下土之人也。遺，去聲。采芳相遺，神貺以福也。

方廷珪曰：下女，即上太息之女。

李光地曰：猶采杜若將遺下女者，猶《離騷》哀高丘之無女，相下女之可詒。既朝廷之無合志，庶山澤之有同心，義緣湘君，故終以下女也。

蔣驥曰：下女，即前太息之女。

吴世尚曰：下女，在下之侍從者。言湘君鑒余之誠，不惟不絕我也，而且有以贈我；不惟有以贈我也，而更推恩及於余之侍從之人。蓋原以湘君喻懷王，而作此或然之想。太史公所謂冀幸君之一悟，俗之一改，其存君興國，而欲反覆之，一篇之中三致意焉者，於此尤可以見矣。讀者其致思焉。

夏大霖曰：采芳杜若，示益加修之意。女，應前太息之女。……然當爲余太息時，未及遺之，至此時計及則又晚矣。故云時不可再得，逍遥容與，且待後時相有可遺之下女也。

劉夢鵬曰：下女，湘君侍女。既贈湘君，又遺下女，欲致其情且寄語。

余蕭客曰：（杜若）即今高良薑，後人别出高良薑條，又取高良薑中小者爲杜若，又用北地山薑爲杜若。杜若，古人以爲香草。北地山薑何嘗有香？高良薑，花成穗，芳華可愛，土人用鹽梅汁淹以爲菹。南人亦謂山薑花，又曰豆蔻花，其子乃紅蔻。（《補筆談》下。）貞觀中，尚藥求杜若，敕下，度支省郎判送坊州貢之，本州曹官判云，坊州不出杜若，應讀謝朓詩誤。郎官如此判事，豈不畏二十八宿笑人？予觀《九歌》曰，采芳洲兮杜若，謝朓詩用《九歌》。《晉書·天文志》，郎位十五星，在帝座東北，依烏郎府是也。曹官知謝朓詩，不知《九歌》，知朗官上應列宿，不知非二十八宿。（《韻語陽秋》五。）《湘君》、《湘夫人》，杜若用物同，而所贈異，學者莫能説，蓋二女死於湘，有神奇相配焉。奇相，湘君也。二女，湘夫人也。《湘君》歌稱夫君，美稱也。其言女與下女，謂湘夫人也。《湘夫人》歌帝子，美稱也。其言公子佳人遠者，謂湘君也。湘君采杜若遺夫人，夫人搴杜若遺湘君，此則相歡之義。（《爾雅翼》二。）案，湘夫人爲堯二女，豈得復稱下女？羅願此條，良由誤讀郭璞《江賦》所致，辨詳《江賦》。）魏泰《東軒筆録》，古詞，芳洲漸生杜若，謂芳香之洲渚生此香草。宋天聖間，朝旨下坊州取杜若。雖一時文移之誤，亦宰相不學故也。（《元一統志》

五百四十五。案，《隋唐嘉話》中卷、劉賓客《嘉話》並載爲唐太宗時魏泰，恐出傳聞之誤。）○又曰：下女即女嬋媛之女，爲原太息，故采杜若相贈。

戴震曰：杜若，今之高良薑，其實謂之紅豆蔻。

桂馥曰：一曰下妻也者。《廣雅》妻謂之嬬。荀爽《易》歸妹以嬬。陸績云，嬬，妾也。襄二十三年《左傳》，下妾不得與郊弔。杜注，下，猶賤也。昭八年《傳》，二妃生公子留，下妃生公子勝。《漢書·王莽傳》，立國將軍建奏，言不知何一男子，遮臣建車前，自稱漢氏劉子輿，成帝下妻子也。《後漢書·光武紀》，吏人遭饑亂，及爲青、徐賊所略，爲奴婢下妻，欲去留者，恣聽之。《唐書·楊慎矜傳》，御史崔器索讖書於慎矜下妻卧内得之。《楚詞·九歌·湘君》曰，采芳洲兮杜若，將以遺兮下女。馥案，下女謂湘夫人。

陳本禮曰：捐玦江中，遺佩澧浦，猶恐誠不上達，更采杜若以遺下女，冀其鑒微忱而上達也。

王闓運曰：杜，土衡。凡草可采者爲若，采杜若者，欲且連衡也。下女，嗣王也。

謹按：此言湘夫人雖棄湘君之所贈，然終未能釋然，故又采芳草，欲假湘君之侍女傳贈之，以表己之情誼。朱熹則釋爲湘夫人置芳草於水濱，以待湘君自取，亦可參。下女，謂湘君之侍女。此乃湘夫人不敢指言湘君而遺之下女。張鳳翼、汪瑗、王遠、劉夢鵬之説是也。方廷珪、蔣驥、夏大霖、余蕭客釋爲太息之女，恐非是。王逸、劉良以下女喻臣，王夫之釋爲下土之人，吴世尚釋爲祭者侍從，桂馥、羅願釋爲湘夫人，王闓運釋爲嗣王，皆非。

時不可兮再得，聊逍遥兮容與。

王逸曰：言日不再中，年不再盛也。逍遥，遊戲也。詩曰，狐裘逍遥。言天時不再至，人年不再盛，已年既老矣，不遇於時，聊且逍遥而遊，容與而戲，以待天命之至也。

張銑曰：自言憂愁，欲以決死。死不再生，何由復遇？逍遥容與，待君之命，冀得盡其誠心焉。

劉辰翁曰：幽情密意，字字撩人。

張鳳翼曰：時不可得，即今夕何夕得與同舟之意。逍遥容與，欲神之少留也。

汪瑗曰：逍遥、容與，皆從容遊戲之貌。

閔齊華曰：通篇無神來之意，至時不再得一語，神宛然在矣。以其邀之之難，故云不可再得也。逍遥容與，願其少留也。

李陳玉曰：到底要求一降，從容以俟，可謂心堅力定。○又曰：此章極力描寫思神來而得來之狀，又思其來時光景，將來不來時徯首望幸之態。捐玦遺佩，神究不來，已到盡頭矣。末二句時不可乎再得，聊逍遥乎容與，畢竟要等到神來方休，以前都是反語。水窮山盡，忽然出此一路想頭，體格可謂絶奇。蓋湘君與湘夫人皆陰神，故極難降，而詞亦鄭重帶激，鬼神之家有用激請者，屈子可謂博通天人之情矣。末後竟不言神降後事，可謂高脱中更復高脱。

陸時雍曰：時不可兮再得，聊逍遥兮容與。此何時乎？湘君無聞，下女無見，當前者，但有水石淺淺而已。然流涕潺湲，斲冰積雪，幾爲竭悃，以至於斯，故不能遽去，而爲之聊寄於斯須也。曲終人不見，江上數峰青，則此數峰正是可惜耳。凡人之相與，一求之而觀其禮，再求之而觀其意，三求之而觀其決，遇與不遇，亦可知矣。原之於君，何若是其不可已乎？心一往而不他，心九死而靡悔，直非此無以解憂，此《離騷》所以作也。

王遠曰：末二句言神即不來，猶欲久待之也。

錢澄之曰：猶不肯遽離其地，逍遥容與以希萬一之遇焉。

王夫之曰：己之望神也，如此其至。神之貺己也，如此其厚。而所用醻酢者，一日也。故祝神且從容而歆享之。

林雲銘曰：（上句言）奈吾已歸，未得用此策，時既失矣，今復何及。（下句）容與，暢適也。此時怨亦無益，思亦無益，且自排遣目前，正是無聊之極也。

方廷珪曰：聊且歸而逍遥自適，以待後此之親而已，深致其屬望無已之情。自朝騁節至此，寓言君雖不與己親，己總欲積誠以孚於君也。

徐焕龍曰：（時）謂所卜祭日。求神並無影響，不得已捐玦江中、遺佩澧浦……以冀神之或者收之，然神未必遂知其意，則又采芳洲之杜若，將以遺神之侍女，托其達意於神。曰吉日良辰，一歲有幾，君其可聊逍遥以容與乎？蓋不敢直請其來歆我祀也。舊説神不見答，聊自逍遥容與，所以謬。〇又曰：楚俗淫祀，湘君、湘夫人功德不相照臨，精意無從感召，祭非其鬼，焉得來歆？所以二篇之歌，皆以神不見答，勞心無益爲詞。是爲中倫之言，未必借此慨君不答己。蓋《九歌》非《離騷》諸篇比，諸篇自寫憂思，無所不可寓言者。《九歌》神將聽之，而專以鳴其不平，是即慢神。三閭未必出此，但忠愛血腸，遭此放廢，出口便成哀怨，似言言寓慨耳。不然，《東皇》、《雲中》篇何又絶無感慨耶？

李光地曰：言盛期難再，優遊没身而已。

吴世尚曰：神之來不可必，神之去不可留，故曰不可再得也。逍遥容與，言懇其稍爲遲延而毋遽，然竟去也。此皆無可奈何之詞，明知事之所必無，而中情繾綣不能自已。原至此，真是淚亦不能爲之墮，聲亦不能爲之哀矣。

屈復曰：此言神既不來，則我亦退而游息，惟見鳥次水流而已。然湘君既不可見，而捐玦江中，遺佩澧浦，將採杜若以遺下女，尚欲求合於萬一。而今日之遇，道經洞庭，尚有可合之意。此時一失，不可再得，惟有從容待時，或可復合也。〇又曰：此節終望其合也。

奚禄詒曰：逍遥，遨遊也。容與，閒適也。

劉夢鵬曰：時難再得，聊自逍遥可已。

余蕭客曰：前者未知輕絶，故爲今日之來，今恩既絶，心雖隱思，跡不可得再至。義山曰，郎君官貴施行馬，東閣無因得再窺。郎君不可得見，郎君之東閣，容與逍遥，亦未可更期之他日。詩家總愛西崑好，只恨無人作鄭箋。義山其靈均之鄭箋歟？

陳本禮曰：上句失望之詞，下句聊以自解也。○又曰：奈下女亦隨湘君去遠，不及遺，故曰時不可兮再得。逍遥容與者，悼湘君已往，尚冀夫人之降臨，姑少緩以待之也。○又曰：羅願《爾雅翼》以湘君爲神奇相死後之配，夫人即二女。按《廣雅》，江神謂之奇相。《蜀檮杌》，奇相，震蒙氏女，竊黄帝玄珠，泛江而死，爲神。則奇相亦女子也，焉得爲湘君之配，此荒誕之説也。

王闓運曰：嗣君初立，内外改觀，彊弱在此時，不可輕舉也。

謹按：此寫湘夫人逍遥漫步以遣愁思。陸時雍、林雲銘之解較爲通達。時，謂相會之機也。王逸、李光地釋爲人之盛年，張鳳翼釋爲同舟相會之時，徐焕龍釋爲所卜祭日，屈復釋爲今日之遇，王闓運釋爲嗣王初立之時，皆非。

# 湘夫人

樓昉曰：此篇情意與《湘君》同。

汪瑗曰：此篇乃湘夫人答湘君之詞。……文體相類，而所贈之物有異有同。蓋玦與佩，乃男子之所有事者也；袂與褋，乃女子之所被服者也。各隨其所有而贈之，此其所以異也。至若杜若之香草，乃洲中之所生，而湘君、湘夫人皆爲湘江之神，故彼此俱有而所贈之同也。羅鄂州《爾雅翼》曰，《楚辭》所用物，各自有旨，不可一概以香草言之。二湘相贈，同用杜若，杜若之爲物，令人不忘，搴采而贈之，以明其不相忘也。

閔齊華曰：此與前《湘君》篇，愚合諸家注而參輯之，去其附會之説，而求其直捷之解云爾。近有《集解》云，《湘君》一篇，則湘君之召夫人者也；《湘夫人》一篇，則夫人之答湘君者也。前以男召女，故稱女，稱下女；後以女答男，故稱帝子，稱公子，稱遠者。其中或稱君，或稱佳人，或稱夫君，則彼此相語之辭也。以男遺女，故無玦有珮，此男子之所有事也；以女遺男，則有袂有褋，此女子之所有事也。其於彼此酬答之際，一一相應，亦或有見，故并録於此。

陸時雍曰：古之事神者，或頌之，或饗之，或祝之。《九歌》深於離合，《湘君》、《湘夫人》、《少司命》語何昵也，《山鬼》則又幾於妖矣。屈原伊鬱愁苦，無所發攄，隨事撰情，深其思慕，《騷》變而《歌》，《歌》變而《問》，蓋不知其所至矣。而王叔師、朱晦翁謂因俗祠更定其詞，殆不然與？殆不然與？

錢澄之曰：《九歌》皆有迎神送神之詞，惟二妃神皆不降，故無迎送。竊疑降神者，必陰神附陽，陽神附陰，二女陰神，故不言降，明非男巫之所敢降，皆原之所更定也。一迎之而不降，一赴之而已去，使祀者託諸想像而不獲親接，所以尊正神、肅淫祀也。

方廷珪曰：此湘夫人，大夫意中定有所屬之才望大臣，乃平日意氣相合，可與共修美政者。觀《騷》中責黨人以干進務入，是大夫既疏後，愛身似玉，必不肯夤緣以求進用，但其生平志行，上官大夫雖忌之，才望大臣未始不憐之，則爲暴其志行以啟王心，其能無惓惓於廷臣之賢者乎？但此意只可彼此相照，豈容形之口舌之間，所云思公子未敢言者，此也。故始則望其來，既而不來，則欲就之以結鄰，蓋欲隱動其人，以中央中坻之思，默觸其君以溯洄溯游之想，則始與之結鄰於葭蒼露白之間，終與之結鄰於爲旱作霖之會，此則大夫之微意也。

徐焕龍曰：夫人，降於君之稱，并從其生前之位號。

屈復曰：此篇大旨與前篇同。前篇四不字句，自咎責之意。此篇四何字句，自疑怪之詞。其不敢遂絶而終望其合之心，則一也。

夏大霖曰：意以湘夫人比鄭袖也。……當時黨人之能誤其君，實由鄭袖之庇黨人，使鄭袖回心不庇黨人，則挽回君心亦易易耳。故《離騷》有求女之言，而《九歌》亦不能不致望於夫人也。

余蕭客曰：洞庭之山，帝之二女居之。天帝二女處江爲神，即《列仙傳》江妃二女。《離騷》、《九歌》所謂湘夫人稱帝子者是。説者皆以舜陟方而死，二妃從之，俱溺死湘江，號爲湘夫人。按《九歌》湘君、湘夫人自楚二神，江湘有夫人，猶河洛有宓妃。《禮記》曰，舜葬蒼梧，二妃不從。明二妃生不從征，死不從葬。《傳》曰，生爲上公，死爲貴神。湘川不及四瀆，無秩於命祀。二女，帝者之后，配靈神祇，無縁下降小水而爲夫人。原其致誤之由，由乎俱以帝女爲名。名實相亂，莫矯其失。（郭璞《山海經注》五。）《山海經》，洞庭山二帝女。郭注最爲近理。而古今傳《楚辭》者，未嘗及之。（《賓退録》五。案，郭注固近理，然以天帝二女爲湘夫人，而湘君别爲一神，又不指何神，義不得於《九歌》，今微改之，以合《九歌》二女。）

胡文英曰：王逸以湘君爲水神，湘夫人爲二妃。韓昌黎以湘君爲娥皇，湘夫人爲女英，皆誤也。以余觀之，有山即有神，有神即不能無配。而分而爲二者，土俗于二處致祭也。玩《湘君》歌中横大江兮揚靈，《湘夫人》歌中靈之來兮如雲，即此二句，亦可以想味二神之分位矣。

牟庭曰：湘夫人迎神水次，而忽有沉流之想，亦猶從彭咸之思也。

梁章鉅曰：洪曰，娥皇爲正妃，故曰君，女英自宜降曰夫人。《九歌》謂娥皇爲君，謂女英帝子，各以其盛者推言之。徐氏文靖曰，按《帝王世紀》，女英墓在商州。蓋舜崩之後，女英隨子均徙於封所。故卒葬在焉。《竹書紀年》，帝舜三十年葬后育於渭。沈約注，后育，娥皇也。是更先死，何從與女英俱溺於湘水耶？

王闓運曰：湘夫人蓋洞庭西湖神，所謂青草湖也。北受枝江，東通岳鄂，故以配湘。湘以出九疑，爲舜靈，號湘君。以二妃嘗至君山，爲湘夫人焉。

畢大琛曰：懷王誤於嬖妾鄭袖，原不能直言，乃託湘夫人，隱約其詞以寫怨，賦《湘夫人》。

謹按：此篇之意與《湘君》篇相類，乃湘君答湘夫人之語，然汪瑗、閔齊華等皆以其爲湘夫人答湘君之詞，非也。又夏大霖、畢大琛謂此篇以湘夫人比鄭袖，方廷珪謂湘夫人乃比屈原意中所屬之能臣，蓋以楚國政事立意，皆非。

帝子降兮北渚，目眇眇兮愁予。

王逸曰：帝子，謂堯女也。降，下也。言堯二女娥皇、女英隨舜不反，没於湘水之渚，因爲湘夫人。眇眇，好貌。予，屈原自謂也。言堯二女儀德美好，眇然絶異，又配帝舜，而乃没命水中。

屈原自傷不遭値堯舜，而遇闇君，亦將沈身湘流，故曰愁我也。

吕向曰：其神儀德美好，愁我失志。

洪興祖曰：此言帝子之神降於北渚，來享其祀也。帝子，以喻賢臣。眇眇，微貌。言神之降，望而不見，使我愁也。以況思賢而不得見也。予音與。

顔師古曰：鄭玄注《曲禮》下篇，予，古余字。因鄭此説，近代學者遂皆讀予爲余。案《爾雅》云，卬、吾、台、予、朕、身、甫、余、言，我也。此則予之與余，義皆訓我，明非同字。許慎《説文》，予，相推予也；余，詞之舒也。既各有音義，本非古今字别。……《楚辭》云，帝子降兮北渚，目眇眇兮愁予，嫋嫋兮秋風，洞庭波兮木葉下。又曰，君回翔兮以下，踰空桑兮從女，紛總總兮九州，何壽夭兮在予。又曰，秋蘭兮蘼蕪，羅生兮堂下，緑葉兮素枝，芳菲菲兮襲予，夫人自有兮美子，蓀何以兮愁苦。歷觀詞賦，予無余音，若以《書》云予一人，《禮》云余一人，便欲通之以爲古今字，至如《夏書》云，非台小子敢行稱亂，豈得便言台、余古今字耶？《邶詩》云，人涉卬否，卬須我友，豈得又言卬、我古今字乎？

汪瑗曰：帝子，湘夫人指湘君也。……前篇湘君言弭節北渚，故此言帝子降于北渚，亦相應也。目，猶視也。眇眇，猶杳杳也。予，湘夫人自謂也。二句湘夫人言湘君降于北渚以迎己，而己視之杳杳然，遠莫能見，故中心愁悶也。

黄文焕曰：眇眇者，含睇而遠望之也。

李陳玉曰：眇字較望眼欲穿四字更深。

陸時雍曰：帝子降耶？結想然耶？何目眇眇而愁予也。……眇眇，長細貌，迎人遠望，則半睫而眇眇然也。望而不來則愁。

王萌曰：眇眇，細小貌，微蹙其目以望神也。

錢澄之曰：此迎神而神不至，乃降於北渚也。

王夫之曰：帝子，尊貴之稱，山川之神皆天所子也。艮、坎，乾坤之六子。此幾幸其來之辭，言帝子其將降于北渚乎？眇眇，視而不見貌。

林雲銘曰：堯次女自九嶷降，故曰北。人遠視，則半睫而目若小。知余見斥，有悲憐之意，此怳忽中無端癡想，而知其如此。

方廷珪曰：此是未降時而望其降，故下句目眇眇屬大夫。舊注誤作已降，而以目眇眇屬帝子，以下文義，俱難通矣。

洪若皋曰：眇眇，好貌。予，亦指湘夫人。

徐焕龍曰：眇眇，斂目以望遠也。

蔣驥曰：神雖降而在北渚，則未臨乎祭所也。眇眇愁予，見神之遠立凝視，其目纖長，有情無情，皆未可測，故其心振蕩而不怡也。

王邦采曰：前篇弭節北渚，此即遥承而言。

吴世尚曰：此承上篇夕弭節兮北渚而言。湘君自江皋而至北渚，則湘夫人亦必與之俱來，而降於北渚也。眇眇，斜目而微盼也。喜其來，故盼而待之；又恐其不來，故眉蹙而愁也。通篇總止寫此一句。

屈復曰：目眇眇，目盡也。愁予者，爲主祭者言。望之而目盡不見，使我愁也。一篇主句。

劉夢鵬曰：帝子，湘君也。……承前篇言湘君弭節北渚，若回顧而愁予也。

余蕭客曰：湘君不可見，湘夫人則見其降矣。所處地遠，又極尊貴，不敢正視，眇眇視之，而使余愁也。

陳本禮曰：（上句）頂前篇夕弭節句來。〇又曰：目眇眇三字，寫帝子降如見。

許巽行曰：注明作予字，今誤爲余，非也。《説文》，余，語之舒也，从人，舍省聲，以諸切。予，推予也，象相予之形，余吕切。《爾雅》，卬、吾、台、予、朕、身、甫、余、言，我也。予、余雖並訓我，然徧檢音韻諸書，無有以余字入語韻者。康成注《曲禮》云，余、予，古今字。然予爲余吕切，余爲以諸切，則不可混也。

朱銘曰：帝子謂堯女也。帝子説見上《湘君》。《水經·湘水》注云，資水、沅水、微水、澧水，凡此四水同注洞庭北，名之五渚。

王闓運曰：北渚，渚宫，在洞庭之北，堵江而居，今沙市是也。○又曰：頃襄初立，郢受蜀下流，故遠望而愁。

謹按：此言湘君望湘夫人而不得，遂生愁悶。帝子，汪瑗、劉夢鵬謂此乃湘夫人，是也。王逸、朱銘又以湘夫人爲堯女，亦近是。而洪興祖謂帝子喻賢臣，則誤矣。目眇眇，目乃動詞，視也。眇眇即遠望而不可見。汪瑗釋眇眇爲杳杳，亦近於此。而一説謂目當爲名詞，則眇眇即目之狀貌：陸時雍、王萌、林雲銘、徐焕龍、蔣驥釋爲眯眼，黄文焕、吴世尚釋爲斜視，屈復釋爲目盡，皆可參。王夫之釋爲視而不見，洪若皋釋爲好貌，則非也。

嫋嫋兮秋風，洞庭波兮木葉下。

王逸曰：嫋嫋，秋風摇木貌。言秋風疾則草木摇，湘水波而樹葉落矣。以言君政急則衆民愁，而賢者傷矣。或曰屈原見秋風起而木葉墮，悲歲徂盡、年衰老也。

李周翰曰：洞庭，湖名。言秋風疾則草木摇落，江湖生波，喻小人用事，則君子棄逐。

洪興祖曰：嫋，長弱貌，奴鳥切。《淮南》云，見一葉落而知歲之將暮。又曰，桑葉落而長年悲。

朱熹曰：秋風起，則洞庭生波而木葉下矣。蓋記其時也。

孫鑛曰：《月賦》得洞庭一句，遂令一篇增色，可見《楚辭》寫景之妙。

汪瑗曰：前言斫冰積雪，此言嫋嫋秋風，自冬至秋，歲一週矣。其思望愁苦之情，當何如耶？

陸時雍曰：嫋嫋兮秋風，洞庭波兮木葉下，非增愁之時物耶？

王遠曰：此（按，指帝子至木葉下四句）亦神未來而想望之，與《湘君》首章微别而實同。前言不行，此偏言降，其實北渚之降止是懸空摹擬，與中洲之留無異也。目眇眇屬己，既擬其將降，遂含睇而遠望之也。前篇願無波安流，所以遲夫君之來。此以木落風生，知帝子之不降，意同而文法變換如此。

林雲銘曰：波因風生，木因風落，又值難堪之時景，亦知余之必愁而代爲愁，可以因其情而與之期矣。

徐焕龍曰：忽見裊裊然摇曳以來者，心疑其爲帝子來也，而特秋風也。風起而波生洞庭，下飄木葉也。○又曰：秋風上加裊裊，非止狀風，並湖波落葉中有許多疑鬼疑神，而句樸情深，較《蒹葭》白露更覺悲涼。

張詩曰：當此之時，嫋嫋乎秋風之弱而長也，蓋洞庭生波，而木葉將脱矣。

屈復曰：記時也，言不見帝子，但見秋風木葉，洞庭洪波耳。

余蕭客曰：文字有江湖之思，起於《楚辭》。嫋嫋兮秋風，洞庭波兮木葉下。摹想無窮之趣，如在目前。後人多倣之者。杜子美云，蒹葭離披去，大水相與永。意近似而語亦老。陳止齋《送葉正則赴吴幕》云，秋水能隔人，白蘋況連空。意尤遠而語加活。水心《送王成叟姪》云，林黄橘柚重，渚白蒹葭輕。意含蓄而詞不費。（《吴氏詩話》上。案，《湘君》曰，邅吾道兮洞庭。《湘夫人》曰，洞庭波兮木葉下。此二神爲洞庭所居天帝二女之明證。）

桂馥曰：嫋也者，《玉篇》，㚟、嫋，長也。《廣韻》，嫋，長弱貌。《廣雅》，嫋，嫋弱也。《楚詞·九歌》嫋嫋兮秋風。鮑照詩，嫋嫋柳垂條。傅毅《舞賦》，蜲蛇㚟嫋。或作嬝。李白詩，花腰呈嬝娜。

陳本禮曰：二妃同時並祀湘君，既揚靈不顧，不應帝子獨降此，故爲恍惚之筆，以起下文無端之幻想也。眇眇愁予，望之但覺嫋嫋然摇曳而來者，心疑其爲帝子降而特非也，蓋洞庭風起波生而飄木葉也。

胡文英曰：言時已甚暮，可以來矣，而未來，故愁也。

張雲璈曰：言洞庭者始見於靈均此文，然詳玩辭意，似屬微波淺瀨可以眺玩，故有秋風嫋嫋木葉下之語。當是洞庭山下小水，因山得名，非如今曰浩渺之狀，故但言洞庭，而未有湖稱。

王闓運曰：洞庭波，國不寧也。木葉下，危將隕也。

謹按：此二句以洞庭之秋景襯湘君愁苦之思，而王逸、李周翰、王闓運附會以楚國政事，非也。嫋嫋，微風吹拂之貌也。又徐焕龍謂此非止狀風，亦並湖波落葉而言。洪興祖又釋爲長弱貌。皆備考。

白薠兮騁望，與佳期兮夕張。

王逸曰：薠草秋生，今南方湖澤皆有之。騁，平也。佳，謂湘夫人也。不敢指斥尊者，故言佳也。張，施也。言己願以始秋薠草初生平望之時，修設祭具，夕早灑掃，張施帷帳，與夫人期，歆饗之也。一本佳下有人字。

劉良曰：言己願以此夕設祭祀，張帷帳，冀夫人之神來此歆饗，以喻張設忠信以待君命。

洪興祖曰：薠，音煩。《淮南子》云，路無莎薠。注云，薠狀如葴。葴，音針，見《爾雅》。又《説文》云，青薠似莎者。司馬相如賦注云，似莎而大，生江湖，鴈所食。《説文》云，佳，善也。《廣雅》云，佳，好也。張，音帳，陳設也。《周禮》曰，凡邦之張事。《漢書》曰，供張東都門外。言夕張者，猶黄昏以爲期之意。

吴仁傑曰：《山海經》，陰山，其草多茆蕃。郭璞注，蕃音煩，青蕃似莎而大。蓋蕃即薠也。蘋、薠字相近易亂，故白蘋兮騁望，一作薠，此薠、蘅文亦或作蘋。按，莎草莖葉都似三棱，生下田；蘋葉似荇菜，生水中，與莎不類。似莎者，薠也。

李時珍曰：《别録》止云莎草，不言用苗用根。後世皆用其根，名香附子，而不知莎草之名也。其草可爲笠及雨衣，疏而不沾，故字從草從沙，亦作蓑字。因其爲衣，垂緌如孝子衰衣之狀，故又從衰也。《爾雅》云，薃音浩，侯莎，其實緹是也。又云薹，夫須也。薹乃笠名，賤夫所須也。其根相附，連續而生，可以合香，故謂之香附子。上古謂之雀頭香。按《江表傳》云，魏文帝遣使于吴，求雀頭香，即此。其葉似三稜及巴戟而生下濕地，故有水三稜、水巴戟之名。俗人呼爲雷公頭。《金光明經》謂之月萃。《哆記事珠》謂之抱靈居士。○又曰：《别録》曰，莎草生田野，二月、八月采。弘景曰，方藥不復用，古人爲詩多用之，而無識者乃有鼠莎療體，異此。恭曰，此草根名香附子，一名雀頭香，所在有之。莖葉都似三稜，合和香用之。頌曰，今處處有之。苗葉如薤而瘦，根如筯頭大。謹按，唐玄宗《天寶單方圖》載水香稜，功狀與此相類云。水香稜，原生博平郡池澤中，苗名香稜，根名莎結，亦名草附子。河南及淮南下濕地即有，名水莎。隴西謂之地薠根，蜀郡名續根草，亦名水巴戟。今涪都最饒，名三稜草，用莖作鞋履，所在皆有，采苗及花與根療病。宗奭曰，香附子，今人多用，雖生於莎草根，然根上或有或無，有薄皵皮，紫黑色，非多毛也。刮去皮，則色白，若便以根爲之，則誤矣。時珍曰，莎葉如老韭葉而硬，光澤，有劍脊稜，五、六月中抽一莖，三稜中空，莖端復出數葉，開青花，成穗如黍，中有細子，其根有鬚，鬚下結子一二枚，轉相延生，子上有細黑毛，大者如羊棗而兩頭尖，采得，燎去毛，暴乾貨之，此乃近時日用要藥，而陶氏不識，諸注亦略，乃知古今藥物興廢不同如此，則《本草》諸藥，亦不可以今之不識，便廢棄不收，安知異時不爲要藥如香附者乎？

汪瑗曰：薠草，名芳於秋者也。蓋生於洲渚之上，故曰登白薠也。……佳期，猶言吉日良辰也，詩曰如此良夜何是也。……此湘夫人言己與湘君曾約以佳期，而爲夕張之歡也。此追思之詞。

陳第曰：佳期，與佳人期。夕張，設帷幄以待夕。

閔齊華曰：佳期，即吉日良辰之謂。

周拱辰曰：佳期夕張，張即蕙櫋既張之張。張蕙櫋而望神之來也。而乖張、分張之意，即寓其中，所謂黄昏以爲期，中道而改路者也。鳥蘋罾木亦何冀乎？

陸時雍曰：佳期夕張，祇秋風木葉之與共耳。

錢澄之曰：白薠騁望，望北渚也。北渚迎神，與我所卜之佳期適同，同時夕張，而神偏降於彼也。

王夫之曰：與，如《禮記》生與來日之與，數也。張音漲，設也。目極白蘋之浦，而望神之降，因豫數吉日，夙夕供張以迎致。

林雲銘曰：欲迎而享之，意之所至，非與面訂也。

徐焕龍曰：陸地望帝子，杳無所見，更涉廣川，借白薠以托足，登而騁目望之，姑從空際，暗與佳期，吾夕將祇灑掃、施幄帳以待佳也。一則與期，一則自忖。

張詩曰：夫薠生於秋，長于洲渚之上，故登白薠以騁望，庶幾得良晤之佳期，向夕張設帷帳以慰吾望乎？

王邦采曰：夕張，猶黄昏以爲期之意。

吴世尚曰：期，即所筮之吉日也。夕，祭日之前夜也。……此四句（按：指連及嫋嫋兮秋風二句）即所謂眇眇者也。言帝子來降，其時秋風正興，洞庭波動，木葉盡脱，薠草齊生，卜吉而脩祀，先期而供張，夫人來格來歆，故目眇眇然而望也。

屈復曰：薠草秋生，今南方湖澤皆有之，似莎而大，雁所食也。騁望，縱目。佳，佳人，謂夫人。張，陳設。言向夕灑掃而張施帷幄也。

夏大霖曰：佳期，即《離騷》黄昏爲期，中道改路意。

曹同春曰：白薠曰登，則白薠或地名也。

劉夢鵬曰：蘋，藻類，古人用以祭者。……夕，暮祭；張，設祭品也。承上文言帝子既去，猶愁念己，而己亦無日不思帝子，於是登蘋於俎，陳祭於夕，復與帝子爲期。

胡文英曰：薠草有青、白二種。青薠草似香附，生楚北平地；白薠草似蘼草，生楚南湖濱。○又曰：張，如《前漢書・王尊傳》供張如法而辨之張，謂陳設其帷帟諸物也。

許巽行曰：蘋，王作薠。案《説文》，蕡，大蓱也。《爾雅》，苹，蓱，其大者蘋，符真切。《説文》，薠，青薠似莎者，附袁切。蓱浮於水，不可登，亦不可張。細尋注義，知作蘋者非也。

胡濬源曰：惟女巫語方不成打諢。若是主祭語，則女神而佳期夕張，幾逼枕席，成何話。

梁章鉅曰：六臣本無登字。五臣蘋作薠，良注可證。

朱駿聲曰：騁……[假借]爲坪。《楚辭・湘夫人》，登白蘋兮騁望。注，平也。

胡紹煐曰：《注》王逸曰，蘋草秋生。騁，平也。《楚辭》蘋作薠。《補注》曰，薠或作蘋。一本此句有登字，皆非也。紹煐按，登字當有。後人因薠誤爲蘋，疑登字不合，刪之。騁望謂極望，《小雅・節南山》，蹙蹙靡所騁。《傳》，騁，極也。○又曰：此亦當作薠。五臣作蘋。濟注，蘋，水草也。誤。

朱銘曰：《爾雅》曰，萍，蓱，其大者蘋。吴斗南云，宋玉《風賦》，起於青蘋之末，此云白蘋者，邱光庭謂入夏有花，其花正白，故云。

王闓運曰：蘋，苹之大者，一曰馬帚，蒲類也。葉背白，水瀕所在有之，結爲席以禮神，故登之也。《禮》所謂苄蒻編以爲器，則謂之筓矣。夕張者，所謂指曛黄以爲期，言密謀反懷王。

武延緒曰：按注（按，指朱熹《集注》）薠，一作蘋，非是。王船山曰，有登者非是，薠草似莎而大，然青而不白，疑蘋字之譌。二説不同如此。愚意薠與蘩音同，疑古通或假借。《詩》，于以采蘩，于沼于沚。《玉篇》，白蒿也。《爾雅·釋草》，蘩，皤蒿。皆與白字義合。登，王疑衍文。按，《集韻》丁鄧反，履也。本文登即作履解，登與蹬通。《博雅》，蹬，履也。

謹按：此言盼湘夫人之至。當據洪興祖引一本於「白薠」上補「登」字。白薠，即薠草，秋季生長，形似莎草而較大，洪興祖、胡文英已有詳考，可參。騁望，極目遠望也。而王逸釋爲平望，非也。與佳期，若以佳爲佳人，即湘夫人，則與爲介詞，期爲約會，王逸、劉良、陳第、屈復皆持此説，是也；又一説將佳期二字連讀，釋爲良辰吉日，汪瑗、閔齊華、吴世尚持此説，非也。王夫之又釋與爲數，蓋因佳期釋爲良辰吉日而誤也。張，諸説釋爲陳設，是也。洪興祖讀張爲帳。郭沫若《屈原賦今譯》譯作：「等人人不至，日已黄昏。」似將張釋爲至。此二説疑均非是。又王闓運釋爲密謀反懷王，大謬。

鳥萃兮蘋中，罾何爲兮木上。

王逸曰：萃，集。罾，魚網也。夫鳥當集木巔而言草中，罾當在水中而言木上，以喻所願不得，失其所也。

呂延濟曰：蘋，水草也。鳥當集木上，今在水中；罾宜置水中，今在木上，以喻己志反覆失所也。

洪興祖曰：萃，音遂。罾，音增。

張鳳翼曰：鳥當集木顛而言草中，罾當在水中而言木上，以喻神之不可度思也。

李時珍曰：蘋，本作薲。《左傳》蘋蘩蘊藻之菜，可薦於鬼神，可羞於王公。則薲有賓之之義，故字從賓。其草四葉相合，中折十字，故俗呼爲四葉菜、田字草、破銅錢，皆象形也。諸家《本草》皆以蘋注水萍，蓋由蘋、萍二字音相近也。按，韻書蘋在真韻，蒲真切；萍在庚韻，蒲經切。切脚不同，爲物亦異，今依吴普《本草》，别出於此。○又曰：普曰，水萍，一名水廉，生池澤水上，葉圓小，一莖一葉，根入水底，五月白花，三月采，日乾之。弘景曰，水中大萍，五月有花，白色，非溝渠所生之萍，乃楚王渡江所得，即斯實也。恭曰，萍有三種：大者名蘋，中者名荇，葉皆相似而圓，其小者，即水上浮萍也。藏器曰，萍葉圓闊寸許，葉下有一點如水沫，一名芣菜，曝乾可入藥用。小萍是溝渠間者。禹錫按，《爾雅》云，萍，蓱也。其大者曰蘋。又《詩》云，于以采蘩，于澗之濱。陸機注云，其粗大者謂之蘋，小者爲萍，季春始生，可糁蒸爲茹，又可以苦酒淹之。按酒，今醫家少用此蘋，惟用小萍耳。時珍曰，蘋乃四葉菜也。葉浮水面，根連水底，其莖細於蓴莕，其葉大如指頂，面青背紫，有細紋，頗似馬蹄、決明之葉，四葉合成，中折十字，夏秋開小白花，故稱白蘋，其葉攢簇如萍，故《爾雅》謂大者如蘋也。《吕氏春秋》云，菜之美者，有崑崙之蘋，即此。《韓詩外傳》謂浮者爲藻，沈者爲蘋。臞仙謂白花者爲蘋，黄花者爲莕，即金蓮也。蘇恭謂大者爲蘋，小者爲莕。楊慎《卮言》謂四葉菜爲莕。陶弘景謂楚王所得者爲蘋，皆無一定之言。蓋未深加體審，惟據紙上猜度而已。時珍一一采視，頗得其真云。其葉徑一二寸，有一缺而形圓如馬蹄者，蓴也。似蓴而稍尖長者，莕也。其花並有黄、白二色，葉徑四五寸，如小荷葉而黄花，結實如小角黍者。萍，蓬草也。楚王所得萍實，乃此萍之實也。四葉合成一葉如田字形者，蘋也。如此分别，自然明白。又項氏言白蘋生水中，青蘋生陸地。按，今之田字草有水、陸二種。陸生者多在稻田沮洳之處，其葉四片合一，與白蘋一樣。但莖生地上，高三四寸，不可食，方士取以煆硫、結砂、煮汞，謂之水田翁。項氏所謂青蘋，蓋即此也。或以青蘋爲水草，誤矣。

李陳玉曰：鳥萃蘋中，鳥亦迎候矣。罾掛木上，居民都棄業以候矣。

陸時雍曰：鳥何萃兮蘋中，罾何爲兮木上，此綱羅者之自苦耳，而於事無益也。

王遠曰：佳期，即言神降之期。想望之極，一似恍惚，一似夢寐，若有與之以期者。神降多以夜，故夕張以候之，乃鳥自集蘋，罾自掛木，而帝子何在耶？

錢澄之曰：鳥萃蘋中，言非所萃也。罾施木上，言空施也。怪神之不宜降北渚，而虚我之夕張也。

徐焕龍曰：蘋不棲鳥，鳥何萃兮蘋中？緣木無魚，罾何爲兮木上？以比己之夕張，如以蘋徼鳥，設罾于木，雖期而佳豈能來？

蔣驥曰：鳥不棲蘋，罾不施木，比神意之乖，必不能來也。

王邦采曰：（登白蘋至木上四句）言遥望帝子，杳無所見，更借白蘋以託足一縱目焉。欲與期約，迎而享之，而中情自忖，鳥必不萃於蘋中，罾必不施於木上，疑與期者，止成虚願耳。

吴世尚曰：此二句言愁也。……緣木求魚，不可得也。此又言其未必來也。

屈復曰：兩何字，怪異之詞。言既與佳期夕張矣，所見之物皆失其所，何也？○又曰：此節（按，指首句至罾何爲兮木上）言目盡夕張，不見其來，自生疑怪也。

夏大霖曰：鳥萃蘋中，乃自陷其身於非地之比。罾爲木上，乃背理貪求於無得之喻。……以時事測語意，散從絶齊而與秦，猶鳥萃蘋中；貪秦商於之地六百里，猶罾爲木上。言登於不畏秋風之地而長望者，以曾許我有黄昏之期，而願與此良晤也。何爲中道改悔，致萃非所萃，而求非所求乎？

奚禄詒曰：言我於白蘋初生之時，約帝子爲佳期，乃夕設祭具，而施帷帳以候之。不料佳期爽然，令我失所，有如鳥萃蘋中，罾掛木上，與二物之失所同也。

余蕭客曰：夫人既降，原則徙倚騁望，爲佳期張具。然原數奇不偶，佳期乃非所當，當湘夫人降於湘君不來之後，喜過其望，還念平昔，恐當復有他故，而觸目所見，遂多齟齬，鳥乃在蘋，罾反在木也。

陳本禮曰：蘋上豈能騁望，登蘋而望，悉屬空中設想，且妄思盛設帷幄，欲與帝子盟訂夕約，豈非鳥萃蘋中，罾掛木上，空作營巢獲魚之想，此自嘲自解之辭。

許巽行曰：鳥萃兮蘋中，此是浮水之蘋。鳥下脱何字。

梁章鉅曰：《楚辭》本萃上有何字。洪曰，一本有何字。案，此蘋字，五臣亦當作蘋。上又登白蘋，《招魂》菉蘋齊葉可證。

王闓運曰：此蘋字當作萍。萃蘋者，水鳥也。罾，即網也。取鳥者當於木，然取水鳥於木，則誤也。

武延緒曰：按，上讀平聲，《詩·大雅》明明在下章可證。

謹按：當從洪興祖引一本於「萃」字上補「何」字。鳥當集於木巔而言蘋中，罾當置於水中而言木上，以此發抒失望之意也，王逸、徐焕龍之説皆近是。諸説或謂夫人不來，或謂神靈不降，亦此類也。而夏大霖以絶齊與秦、貪商於之地等楚事附會之，非也。

沅有茝兮醴有蘭，思公子兮未敢言。

王逸曰：言沅水之中有盛茂之茝，澧水之内有芬芳之蘭，異於衆草，以興湘夫人美好，亦異於衆人也。公子，謂湘夫人也。重以卑説尊，故變言公子也。言己想若舜之遇二女，二女雖死，猶思其神。所以不敢達言者，士當須介，女當須媒也。

張銑曰：芷、蘭，皆香草也。喻己之善也。公子，謂夫人，喻君也。未敢言者，欲待賢主。

洪興祖曰：《水經》云，澧水又東南注于沅水，曰澧口，蓋其枝瀆耳。引沅有芷兮澧有蘭。或曰，澧州有蘭江，因此爲名。諸侯之子稱公子，謂子椒、子蘭也。思椒、蘭宜有蘭、茝之芬芳。未敢言者，恐逢彼之怒耳。此原陳己之志於湘夫人也。《山鬼》云，思公子兮徒離憂。

吴仁傑曰：芳草固多異名，白芷一物而《離騷》異其名者四：曰芷曰芳曰茝曰藥。按《本草》，朱字，《神農本經》云，白芷一名芳香。此固不疑。至黑字，云一名藚，一名苻離，葉名蒚麻，乃諸醫以《爾雅》文傅益者也，是豈足據哉？郭璞注《爾雅》，莞，苻離，其上蒚。云今西方人呼蒲爲莞蒲，江東謂之苻離，用之爲席，其上臺，别名蒚。《説文》茝字解云藚也，藚字解云楚謂之爲蘺，晉謂之藚，齊謂之茝。又《山海經》，號山草多藥藚，崍山草多藥。郭璞注，藥即藚，蓋謂之蘺者，苻離也。藚、茝特齊晉方言之異，而藥與蒻、藚，文有詳略耳。如芢一名芪芢，苕，一名陵苕也，則知《離騷》所謂茝藥者，指莞蒲言之，非白芷别名審矣。

汪瑗曰：公子，亦指湘君也。

閔齊華曰：公子，亦指夫人，不敢斥言，故變言之也。

李陳玉曰：（上句）聞香思佳人，（下句）古者呼君女爲女公子。稱帝子，尊之也；稱公子，親之也。未敢言三字，有數十字在内。

周拱辰曰：思公子兮未敢言，含情無盡，欲翹然而不能，欲進前而不敢也。

陸時雍曰：情長則語短，思不敢言，思之至也。愛之、重之、秘之、惜之而不敢言也。

王遠曰：沅芷澧蘭，總是企仰贊歎之詞。未敢言，較懷佳人兮不能忘，思公子兮徒離憂，更深更切。

錢澄之曰：不敢言思公子，思其地之蘭芷而已。

王夫之曰：澧水出巒中，入洞庭。或作醴，未是。醴水在長沙南，去沅遠矣。……沅則有茝，澧則有蘭，方將以其芳香邀留公子，而不聽人之迎致，故思之切，而不敢顯言。

方廷珪曰：見帝子志行芳潔，同沅芷澧蘭。己之志行，亦猶是矣，故思之不已。但人各有心，不能强作之合，故但以思默結之於心，不敢顯露之於口，期兩心相照而已。

洪若皋曰：沅芷澧蘭，幽情密緒，睹物興懷，注謂比湘夫人之美，可醜可笑。〇又曰：余謂前篇寫湘君思舜，觀此篇而愈信。按，梁樂府載王僧孺《湘夫人》篇云，桂棟承薜帷，眇眇川之湄，白蘋徒可望，綠芷竟空滋，日暮思公子，銜意嘿無辭。此全用《九歌·湘夫人》語，篇中所云思公子兮不敢言，不敢敵正妃也。《楚辭》之妙如此。宋儒以公子指湘夫人，帝子而又曰公子者，猶秦已稱皇帝，而男女猶稱公子公主。古人質也，真堪笑倒。

徐焕龍曰：既帝子又公子者，堯雖奄有四海，起自侯服，如秦既稱皇帝，其子猶號公子也。言己之心志齊潔，品味芬芳，如沅之有芷，澧之有蘭。思公子而欲薦其馨，惟恐瀆神，輒未敢以芳潔告耳。承上夕張之期，揆諸理而弗當，故未敢言也。

吴世尚曰：沅茝澧蘭，物各有所，此又言其理宜來也。……思公子所以眇眇未敢言，所以愁也。

屈復曰：芷、蘭，香草，興也。……其起興之例，正猶《越人之歌》所謂山有木兮木有枝，心悦君兮君不知。而以芷叶子，以蘭叶言，又隔句用韻法也。

夏大霖曰：芷蘭，原以自況身在沅澧之間。

奚禄詒曰：言我薦之而公子不來，令我思君而不敢言。

劉夢鵬曰：公子，泛指所思賢者，蓋原必有所思之人，故上方以湘君寓言，而於此又質言之曰思公子也未敢言。

余蕭客曰：公子，帝子也。沅則有芷，澧則有蘭。心思公子，未測公子意指所向，不敢致言，而恍惚之間，公子已失。遠望，徒觀流水潺湲而已。

陳本禮曰：此又設言公子若來，沅則有芷矣，澧則有蘭矣，芳香之薦，豈無足以當公子之一盼耶？然思而不敢言者，特恐未必肯來，徒作惠然之想。

胡文英曰：未敢言，未知公子之意何如也。古人稱女子亦爲公子，《左傳》莊三十二年，女公子觀之。

王闓運曰：芷蘭，喻賢材也。沅澧，言幽僻也。上之求賢乖方，故隱僻之賢，雖思君而不敢進。

馬其昶曰：鳥萃二句明事與願違，欲言於公子而又未敢倉卒也。所言之事蓋即前篇所陳者，故不復述。

謹按：王逸謂此句以茝蘭喻湘夫人之美好，是也。錢澄之以爲不敢思公子而但言茝蘭，可參。張銑、徐焕龍以爲喻己之善，亦通。又王闓運釋爲喻賢才。公子，即帝子，謂湘夫人也。按古代君王、諸侯之女亦可稱公子，《左傳》桓公三年：「凡公女嫁於敵國，姊妹則上卿送之，以禮先於君；公子則下卿送之。」杜預注云：「公子，公女。」汪瑗以爲此指湘君，張銑則以爲喻楚君，洪興祖以爲喻子椒、子蘭，皆謬矣。

荒忽兮遠望，觀流水兮潺湲。

王逸曰：言鬼神荒忽，往來無形。近而視之，仿佛若存；遠而望之，但見水流而潺湲也。

吕向曰：慌忽，無形貌。言遠望不見，但睹流水潺湲。

洪興祖曰：慌，《釋文》、《文選》並音荒。此言遠望楚國，若有若無，但見流水之潺湲耳。荒忽，不分明之貌。

朱熹曰：此章（按，指沅有茝至潺湲四句）興也。澧，水名，見《禹貢》。公子，謂湘夫人也。帝子而又曰公子，猶秦已稱皇帝，其男女猶曰公子、公主，古人質也。思之而未敢言者，尊而神之，懼其瀆也。所謂興者，蓋曰沅則有芷矣，澧則有蘭矣，何我之思公子而獨未敢言邪？思之之切，至於荒忽而起望，則又但見流水之潺湲而已。其起興之例，正猶《越人之歌》所謂山有木兮木有枝，心悦君兮君不知。

汪瑗曰：慌惚，猶渺茫，言望之遠而視不諦也，即前目眇眇之意。

陸時雍曰：荒忽遠望，流水潺湲，則溅溅者流，而誰與之俱乎？

蔣之翹曰：情景相生，摹寫曲至，澹蕩中疊出無限煙波。

王萌曰：遠望而徒有潺湲之觀，亦猶前歌鳥次水周之意。

王遠曰：荒忽遠望，不知所在也。流水潺湲，水之外無所見也。思慕之情，于此爲至矣。

錢澄之曰：遠望，即上文騁望也。騁望夕張，荒忽不真，惟見北渚之流水潺湲，增其寂寞耳。

王夫之曰：荒與怳同，雖不敢言而念之切，泝洞庭之遠以南望之。

賀寬曰：思公子未敢言，猶之吹參差兮誰思，思而不敢言，其思爲何如深耶？至於荒忽遠望，但見流水潺湲，其猶古詩河大水深之意乎？

林雲銘曰：水之外别無所見。

王邦采曰：（沅有茝至潺湲四句）心志如此其齊潔，品味如此其芬芳，乃結而爲思，未敢瀆告，徒令我中情荒忽，遠望增悲，言與淚俱有如流水矣。

吴世尚曰：或來或不來，皆荒忽而不可以必。遠而望之，但見流水之潺湲而已，此其所以愈眇眇而愈愁，不能自已。

奚禄詒曰：慌惚神昏而不明也。神情慌惚，遠而望之，但見湘流之水潺湲而已。

陳本禮曰：恍惚遠望，惟有觀渚水之潺湲而已。

許巽行曰：當作荒忽。

梁章鉅曰：慌當作荒。洪曰，荒，一作慌；忽，一作惚。

謹按：此言不見湘夫人，而但見流水不絶，徒增寂寥之感。荒忽，通恍惚，隱約不清之貌，吕向、洪興祖、汪瑗之説是也。奚禄詒釋爲神昏不明，恐非是。

麋何食兮庭中，蛟何爲兮水裔。

王逸曰：麋，獸名，似鹿也。蛟，龍類也。麋當在山林而在庭中，蛟當在深淵而在水涯，以言小人宜在山野而陞朝廷，賢者當居尊官而爲僕隸也。

李周翰曰：麋當在山野，今在庭中；蛟當在深泉，今在水際，以喻君子小人翻覆失所也。裔，際也。

洪興祖曰：麋音眉。《月令》曰，麋角解。《疏》云，麋，陰獸，情淫而遊澤。裔，邊也，末也。蛟在水裔，猶所謂神龍失水而陸居也。

張鳳翼曰：喻神之所在不測也。

李時珍曰：《別録》曰，麋生南山山谷及淮海邊，十月取之。弘景曰，今海陵間最多，千百爲群，多牝少牡。時珍曰，麋，鹿屬也。牡者有角。鹿喜山而屬陽，故夏至解角。麋喜澤而屬陰，故冬至解角。麋似鹿而色青黑，大如小牛，肉蹄，目下有二竅，爲夜目。故《淮南子》云，孕女見麋，而子四目也。《博物志》云，南方麋千百爲群，食澤草，踐處成泥，名曰麋，畯人因耕獲之，其鹿所息處，謂之鹿場也。今獵人多不分别，往往以麋爲鹿，牡者猶可以角退爲辨，牝者通目爲麀鹿矣。〇又曰：按，任昉《述異記》云，蛟乃龍屬，其眉交生，故謂之蛟。有鱗曰蛟龍，有翼曰應龍，有角曰虬龍，無角曰螭龍也。梵書名宫毗羅。〇又曰：按裴淵《廣州記》云，蛟長丈餘，似蛇而四足，形廣如楯。小頭細頸，頸有白嬰，胸前赭色，背上青斑，脇邊若錦，尾有肉環，大者數圍，其卵亦大，能率魚飛，得鱉可免。王子年《拾遺録》云，漢昭帝釣於渭水，得白蛟若蛇，無鱗甲，頭有軟角，牙出唇外，命大官作鮓食甚美，骨青而肉紫。據此，則蛟亦可食也。

汪瑗曰：水裔，水之涯也。麋當在山林而反在庭中，蛟當在深淵而反在水裔，亦爲己與湘君不得會合失所之比也。

李陳玉曰：麋蛟是所設迎神儀從，解者憒憒。

周拱辰曰：舊訓麋當在山，蛟當居淵，非是。按《白虎通》，麋性惑，故諸侯射麋。師曠《獸經》，麋性喜澤。麋，水獸也。蛟，龍屬，然不能致雨，而能裂山，蓋龍居水，蛟居山也。麋水獸而來庭，蛟山蟲而泳水，失其居矣。雖然，漸鴻翠狗，鸂鶒鵁鶄，水亦有鳥也。魶魚緣木，鮧魚登竹，木亦有魚也。靈囿濯濯，齊囿設禁，庭亦有麋也。蛟食鯊虎，虬卵淵伏，濬亦有蛟也。緣木求魚不得魚，亦道其常耳。冀幸之意溢于言外。

陸時雍曰：鳥何萃兮蘋中，罾何爲兮木上，若自懊之，若自解之。麋何爲兮庭中，蛟何爲兮水裔，則决其神之不來，而絶望之矣。

王遠曰：此望遠所見也。庭中忽有麋，水裔忽有蛟，疑夫人之將降也。

錢澄之曰：神不易降，如蛟在淵，如麋在山，不可得而見。而麋胡爲兮庭中，蛟胡爲兮水裔，言神已降於此北渚也，獨不我顧，何耶？

王夫之曰：麋馴養於苑囿，則何食乎？食於堂下矣。蛟何在乎？則居水之涯矣。物各就其所安。夕張具，思望切，神當就己而安也。

方廷珪曰：二句反言以明其終不至。……言帝子若至，則必麋遁迹，蛟潛形，今庭中水裔，何爲乎有此，則無人可知。

蔣驥曰：麋來庭中，蛟出水裔，比神意又似與人相親者，以起下佳人召予之意，欲親之則遠引，絶望矣而忽來，蓋美人之情狀也。○又曰：舊解麋何爲二語，謂麋不在山而在庭中，蛟不在淵而在水裔，皆失所宜，與鳥何萃二語大略相同，複直無味。下文佳人召予，亦嫌突接，且麋鹿固園囿訓畜之物，而蛟在水際，尤理之常，安得比而同之？

王邦采曰：上鳥何萃二句比神，此麋何爲二句比己，以興朝馳夕濟之徒勞耳。

夏大霖曰：外獸不可令之入庭，入庭則不祥。……蛟龍不可離淵，離淵則遇害，何爲乎縱不祥之人爲冒害之行？

劉夢鵬曰：麋在庭中，比小人在朝……蛟在水裔，比君子失所。

余蕭客曰：喻公子已去，己不當復在所降地相守。

陳本禮曰：庭中何曾有麋，水裔何曾是蛟？皆從上怳惚二字生出心中幻想，遂眼若有見麋食蛟來。

胡文英曰：二句皆借喻之辭。麋至于庭中，則以神不來而虚無人焉故也。蛟滯于水裔，則以神不惠而莫能興雲雨也。昔伍員歎麋鹿遊姑蘇之臺，楚何爲而蹈其覆轍？蛟龍失水，則蟻能苦之，何爲而罹此不祥？感慨無端，非一言之可盡，亦觸緒以增怨而已。

梁章鉅曰：六臣本爲作食。《楚辭》作食。

王闓運曰：麋之言迷也，食亦爲也。言執政在廷迷惑也。蛟龍類鄰國君象也。水裔，水邊，言遠不相及，喻合從不成也。

謹按：蛟，居於深淵，能發洪水，而周拱辰謂居於深山，備考。此二句乃湘君自問之語，未必實寫，其意當從王邦采説，喻朝馳夕濟之徒勞也。汪瑗釋爲湘君、湘夫人不得會，亦可參。王遠、蔣驥釋爲夫人將降，王逸、李周翰、劉夢鵬以爲喻君子小人失其位，陸時雍、方廷珪、胡文英釋爲神不來，張鳳翼釋爲神所在不測，王闓運謂此喻楚之政事，余蕭客釋爲己不當守於此處，陳本禮以之爲神智恍惚所見之幻象，皆非文意。

朝馳余馬兮江皋，夕濟兮西澨。

王逸曰：濟，渡也。澨，水涯也。自傷驅馳不出湘潭之間。

吕延濟曰：澤畔曰皋。澨，水涯也。言朝夕往來不出於湖澤之間。

洪興祖曰：澨，音逝。《説文》曰，澨埤增水邊，土人所居者。

張鳳翼曰：言朝夕往來，不出於湖澤之間以候神也。

汪瑗曰：澨，亦水涯也。帝子在北渚，而此言西澨者，蓋從西而轉道於北渚也。此二句乃湘夫人思慕之餘，欲水陸並進，往從湘君之迎。下章所謂將騰駕兮偕逝是也。……或曰，朝馳江皋，夕濟西澨，亦湘夫人叙己始來於西之意。帝子在北渚，而已在西澨，此其所以不相值而相違，彼此思慕之情不容已也，亦通。

王遠曰：江皋西澨，求之於此而復求之於彼也。〇又曰：崇叔曰，末二句似當就夫人説，朝馳夕濟，遥計其程也。余字不必死煞作解，喜其將至而親之之詞也。

錢澄之曰：朝馳夕濟，水陸並行以往迎之。

吴世尚曰：朝騁江皋，夕渡西澨，所謂無恒處也。此四句（按，指連及麋何食二句）總以形容求神者於彼不可、於此不可之意，而起下文二句之詞也。

屈復曰：朝馳二句當在麋何爲二句上，此倒叙法，嫌與登蘋四句複也。兩次遠望所見皆失其所，疑其無來意也。〇又曰：此節（按，指沅有芷四句至夕濟句）言思之至於荒忽，及往迎之而所見又失所，愈生疑怪也。

夏大霖曰：朝發江皋，夕至西澨，絶無思患之防，此誰與君期而乃有此行也？按時事，此應指張儀至楚及王入武關事。余馬余字，如《春秋》於魯稱我，親詞也。

劉夢鵬曰：朝馳夕濟，即行吟澤畔之意。

余蕭客曰：承上言己朝馳夕濟，不離湘夫人所降之地。果聞來召，許余以騰駕偕逝。下十四句爲湘夫人來降，盡飾也。

陳本禮曰：疑神見鬼，恍似夫人之騶從已至，故朝馳馬於江皋而迎之，夕泛舟於西澨而速之也。

王闓運曰：西澨，三澨最西，入秦之道，言君召己則當先謀入秦迎王。

謹按：王遠謂江皋西澨，求之於此而復求之於彼，合於文意。王逸以爲屈原自喻，王闓運又附會楚之政事，皆非。汪瑗引一説謂二湘所至之處不同，故未能相會；張鳳翼、余蕭客謂湘君静候湘夫人之至，二説亦可參。

聞佳人兮召予，將騰駕兮偕逝。

王逸曰：予，屈原自謂也。偕，俱也。逝，往也。屈原幽居草澤，思神念鬼，冀湘夫人有命召呼，則願命駕騰馳而往，不待侶偶也。

劉良曰：佳人，謂湘夫人也。冀聞夫人召我，將騰馳車馬，與使者俱往。喻有君命，亦將然矣。

洪興祖曰：佳人，以喻賢人，與己同志者。

汪瑗曰：佳人，亦謂湘君也。湘君而亦謂之佳人者，佳者，贊美之通稱，如言佳士、佳賓，不獨美女可以謂之佳人也。召予，湘夫人謂湘君而召己也。騰駕，欲赴之速也。上章朝馳夕濟是也。偕，俱也。逝，往也。言與召己之使者俱往也。一曰，言與湘君俱往居於水中也，亦通。

王萌曰：本無聞而如聞其召，以幻爲確，與《詩·皇矣》帝謂文王，同一思理。

錢澄之曰：聞佳人召者，妄想生妄聽也。騰駕偕逝，言隨召者飛騰而去，喜極欲速至也。

王夫之曰：此（按，指朝騁至偕逝四句）代神言，感其誠而來降也。湘水北流，漢在其西，故曰西澨。逝，行也。偕也，夫人與湘君偕。

林雲銘曰：（上句言）因思極而恍忽中又無端癡想而聞其如此。（下句言）即將所駝之馬躍而應召，與來召者同行，蓋喜出望外，恐有愆期，情之切也。

徐焕龍曰：曰聞曰將，總是積思所幻，幻出妄聞，因設妄想。

蔣驥曰：言朝馳夕濟，不敢憚勞，蓋欲乘佳人之召，與之同往夕張之所也。

王邦采曰：與佳期，空中結想也。聞佳召，積思所幻也。二語與九嶷繽二語對照。

吴世尚曰：一聞召命，即往從之，所謂父召無諾，君命召不俟駕。原之盼望乎懷王，不可言喻矣。

夏大霖曰：此追叙佳人先曾見召之初計也，言向也諸失未行之先，曾蒙佳人召予矣。予聞召急駕，即與召者偕行。

邱仰文曰：（此二句言）太史公所謂冀君之一悟也。

劉夢鵬曰：佳人，謂湘君也。言已行吟澤畔，忽聞佳人相召。

陳本禮曰：尊之曰帝子，親之曰公子，美之曰佳人。〇又曰：將騰偕逝，謂夫人將邀湘君偕逝，而臨於夕張之所也。佳人一召，業已喜出望外，又聞與湘君偕逝，更夢想所不及。前是眼中幻像，此乃耳中空音，一聞字，一將字，全於空中著色。

牟庭曰：佳人者，夫人侍從也。

王闓運曰：騰駕偕逝，六國合謀也。《離騷經》曰，騰衆車使徑待。

馬其昶曰：此（按，指朝馳以下四句）言己之馳馬江皋，冀聞夫人之召而不可得，亦猶麋處庭中，蛟居水裔，既失其所，安能有獲，故以下復言脩飾祠宫以候神。

謹按：佳人，湘夫人也，牟庭釋爲湘夫人侍從，非也。偕逝，與湘夫人同往也，而劉良、汪瑗、錢澄之、夏大霖謂與召己之使者同往，亦可參。王闓運又謂騰駕偕逝乃喻六國合謀，非也。

築室兮水中，葺之兮荷蓋。

王逸曰：屈原困於世，願築室水中，託附神明而居處也。

張銑曰：葺，茨也。自傷困於世上，願築室結茨於水底，用荷葉蓋之，務以清潔託附於神而居也。

洪興祖曰：築，版築也。葺，七入切，《説文》，茨也。

汪瑗曰：築室水中者，二湘俱水神也。葺者，集也，補綴之意。蓋，覆也，承上室字而言，謂以荷葺而蓋之也。

金兆清曰：築室，欲託神明而處。

王萌曰：築室水中，亦與《詩·蒹葭》所謂伊人，在水一方，同一縹緲可想。

錢澄之曰：未至之時，便思從神久居，作許多布置，空中樓閣，何所不極？

王夫之曰：築室水中，就洲渚爲祠宫，如洞庭龍堆之類是也。

林雲銘曰：即往北渚而營供神之處。

吴世尚曰：築室水中，言願依事夫人以終身也。……忠臣被放，貞婦見棄，一旦素心暴白而召回信用，言聽諫行，其爲喜慰，豈忍有須臾之間哉？築室水中，真寫盡衷懷之眷眷也。

夏大霖曰：謂蛟之必不可向水裔而一至西澨也。吾楚本澤國，但於澤國作萬全之計而後可，當處蛟宫，於水中築室，恐其露而爲所窺也，則於上種荷，而葺荷以蓋之，則外不得而窺矣。蛟在水中築室且然，而可近水裔乎？

陳本禮曰：二語總冒貫下。○又曰：此因聞湘君有偕逝之語，故於夕張之地又相地築室，加意修飾，以冀其降臨也。

梁章鉅曰：六臣本葺下有之字。○又曰：六臣本兮下有以字。

俞樾曰：葺之兮荷蓋。愚按，此當作芷葺兮荷蓋，芷字闕壞，僅存下半止字，誤作之字，文不成義，因移葺字於之字之上，使成文義耳。《説文·艸部》，葺，茨也。蓋，苫也。葺、蓋兩篆相連，知古人恒以葺蓋并言。葺之義爲茨，茨者，《説文》云，以茅葦蓋屋也。《考工記·匠人》曰，葺屋三分，瓦屋四分。疏曰，葺屋謂草屋。此葺字之義也。蓋之義爲苫，《爾雅·釋器》曰，蓋謂之苫。《釋文》引李巡曰，編菅茅以覆屋曰苫。是葺也、蓋也，皆草屋之名，以芷爲葺，以荷爲蓋，極言其清潔也。下文云芷葺兮荷屋，與此文法相同，可據以訂正此句之誤矣。

王闓運曰：水中築室，其事難成，而已以荷蓋葺之，喻不辟難，終冀可成也。

謹按：此以下乃湘君幻想日後與湘夫人生活之美景也。蓋，葉也，「葺之兮荷蓋」，即以荷葉爲屋頂。張銑、汪瑗釋爲覆蓋之蓋，俞樾釋爲苫，草屋之名，恐未必是。

蓀壁兮紫壇，匊芳椒兮成堂。

王逸曰：以蓀草飾室壁，累紫貝爲室壇，布香椒於堂上。

洪興祖曰：《荀子》曰，東海則有紫紶魚鹽焉。紫，紫貝也。《相貝經》曰，赤電黑雲謂之紫貝。郭璞曰，今之紫貝以紫爲質，黑爲文點。陸機云，紫貝其白質如玉，紫點爲文。《本草》云，貝類極多，而紫貝尤爲世所貴重。《淮南子》曰，腐鼠在壇。注云，楚人謂中庭爲壇。《七諫》曰，鷄鶩滿堂壇兮。注云，高殿敞陽爲堂，平場廣坦爲壇，音善。

吴仁傑曰：紫壇之紫，蓋紫草也。《山海經》，勞山多茈草。注云，一名茈莀，中染紫。《爾雅》，藐，一名茈草，根可以染紫。

汪瑗曰：壇，中庭也。一曰臺榭之類。

周拱辰曰：紫壇非紫貝所築，漢行宫用紫泥爲壇。齊梁《郊祀歌》亦有紫壇，即此也。

王夫之曰：紫，舊注以爲紫貝，與上下文不相類。或紫莀草也。壇，庭砌也。囷，聚也。

蔣驥曰：紫，紫莀草。

吴世尚曰：言其依神以居，則無往而不致其芳潔，以喻得君而事，則無往而不致其忠藎也。

余蕭客曰：王逸注，紫貝爲室壇，與上下文荷室、椒堂、桂棟、蘭橑不類。《九歌》魚鱗屋兮龍堂，紫貝闕兮珠宫。於此用紫貝則宜。

段玉裁曰：（《説文》，𢽾，古文番。）按，《九歌》⿵冂米芳椒兮成堂。王注，布香椒於堂上也。⿵冂米，一作播。丁度、洪興祖皆云，⿵冂米，古播字。按播以番爲聲，此屈賦假番爲播也。

桂馥曰：穜也者，《書・益稷》，暨稷播，奏庶艱食鮮食。《傳》云，教民播種之。《吕刑》，稷降播種，農殖嘉穀。《大誥》，厥父菑，厥子乃弗肯播，矧肯穫。《傳》云，其父已菑耕其田，子乃不肯播種，況肯收穫之乎？《詩・七月》，其始播百穀。……《箋》云，播，猶種也。《孟子》，播種而耰之。郭璞《木禾贊》，爰有嘉穀，號曰木禾。匪稙匪蓺，自然靈播。或作⿵冂米。《楚詞・九歌》，匊芳椒兮成堂。洪注，匊，古播字。或作⿵冂米。馥案，《朱龜碑》，□⿵冂米徽馨。一曰布也者。《舜典》，播時百穀。《傳》云，播，布也。《盤庚》，王播告之修。《傳》云：王布告人以所修之政。布穀鳥，亦稱播穀。

胡文英曰：紫，紫草，可爲絳燭。以下合百草之句觀之，則非紫貝可知。蓋此段除玉鎮之外，皆草木芳馨之物。

張雲璈曰：盧學士云，按字書不見有⿵冂米字，似當作⿴丑米，从丑，象舉手之形，四點，米之象也。

朱珔曰：吴氏《草木疏》曰，《山海經》，闞澤多茈蠃。注云，紫色螺也。然與上下文所云不類，《河伯》篇魚鱗屋兮龍堂，紫貝闕兮珠宫。用紫貝，則宜紫壇之紫，蓋紫草也。《山海經》，勞山多茈草。注云，一名茈莀，中染紫。《本草》紫草條云，一名紫丹，一名紫芙苗，似蘭，香，莖赤節青，二月有花，紫白色，秋實白，生碭山及楚地。又紫石華條云，紫一作茈，古紫、茈通。余謂此處鋪叙堂室皆草木之類，惟白玉爲鎮，乃坐席，故不嫌異。下文云，合百草兮實庭，建芳馨兮廡門，正謂此也。且《河伯》篇明稱紫貝，而此單言紫，亦有别。吴氏以紫草當之，義自可通，茈莀已見前《上林賦》。〇又曰：播，朱子《集注》本作匊，云古播字。案，洪興祖云，字本作⿱釆丑。盧氏文弨曰，似當作⿶丑米，从丑，象舉手之形，四點，米之象也。《漢幽州刺史朱君碑》，⿶丑米芳馨。《魏横海將軍吕君碑》，遂⿶丑米聲方表。皆即播字。見《説文》菊、鞠等字從之。余謂播字古文作𢿱，若⿶丑米則在采部，爲番之古文。獸足謂之番，从采田，象其掌。⿶丑米亦當象獸足之形。段氏謂播以番爲聲，屈賦蓋假番爲播，是也。盧説非許義。

李翹曰：按壇音善。《淮南子·説林訓》，腐鼠在壇。高注，楚人謂中庭爲壇。

梁章鉅曰：《楚辭》播作匊。洪曰，匊，古播字，本作⿶丑米。

朱駿聲曰：番……[假借]爲播。《楚辭·九歌》，⿶丑米芳椒兮成堂。

胡紹煐曰：戴氏震曰，高誘注云，楚人謂中庭爲壇，是也。紹煐按，見《淮南·説林訓》腐鼠在壇，注，《楚辭·謬練》滿堂壇兮，謂滿堂庭也。又《荀子·儒效篇》言有壇宇，即庭宇。雖楚言，亦通語也。

朱銘曰：荃壁兮紫壇，注以荃草飾室壁，累紫貝爲壇。吴斗南云，紫貝與上下文所云荷室、椒堂、桂棟、蘭橑不類，蓋紫草也。《山海經》勞山多茈草。注云，中染紫。《本草綱目》云，一名紫丹苗，似蘭香，莖赤節青，二月開花，紫白色，秋實白色，生碭山及楚地。杭氏世駿《續方言》云，楚人謂中庭爲壇。

王闓運曰：言葺荷屋則用此衆芳，喻任己則當薦衆賢也。

謹按：蓀，香草名，即溪蓀，俗名石菖蒲，亦名荃。蓀壁，謂以蓀草飾屋壁。一説謂蓀壁乃帷幄之類。紫，王逸、洪興祖釋爲紫貝，吴仁傑、王夫之、蔣驥、胡文英、朱琦釋爲紫草，周拱辰釋爲紫泥，王、洪之説是也，他説亦可參。壇，洪興祖、汪瑗釋爲中庭，是也。紫壇，即以紫貝飾中庭。又聞一多《九歌解詁》云：「用紫色物鋪地謂之紫壇。《漢武内傳》：帝登延陵之臺，設座殿一紫羅薦地。所用者乃絲織物。《東觀漢記》：祀黄老於濯龍中，以文罽爲壇。所用者又是毛織物。」此説僅備參考。成，通盛，引申爲盛滿之意，成堂即滿堂。洪興祖、朱熹皆引一本作盈，訓爲滿，意與成同。一説謂此句指以椒泥飾壁，畢而成堂。聞一多《楚辭校補》云：「按成猶飾也。《儀禮·士喪禮》，獻素，獻成亦如之。注曰，飾治畢爲成。按成與素對舉，未飾者曰素，已飾者曰成也。堊飾室壁亦謂之成。《周禮·掌蜃》，共白盛爲蜃。注曰，盛猶成也，謂飾牆使白之蜃也。《考工記·匠人》，白盛，注曰，盛之言成也，以蜃灰堊牆，所以飾成宫室。匊芳椒兮成堂者，以椒入泥，用飾堂壁也。」按，成不訓爲飾，注云「飾治畢爲成」，重在以畢訓成，則亦可通。

桂棟兮蘭橑，辛夷楣兮葯房。

王逸曰：以桂木爲屋棟，以木蘭爲榱也。辛夷香草以作户楣。葯，白芷也。房，室也。

李周翰曰：桂，香木。蘭、辛夷、葯，香草也。橑，椽也。楣，門楣也。又以馨香爲房之飾。

洪興祖曰：《爾雅》，棟謂之桴。注，屋檼也。橑音老，《説文》，椽也。一曰星橑，簷前木。《爾雅》曰，桷謂之榱。《本草》云，辛夷，樹大連合抱，高數仞。此花初發如筆，北人呼爲木筆。其花最早，南人呼爲迎春。逸云香草，非也。楣音眉，《説文》云，秦名屋櫋聯也。《爾雅》楣謂之梁。注云，門户上横梁。《本草》，白芷，楚人謂之葯。《博雅》曰，芷，其葉謂之葯，渥、約二音。

王觀國曰：橑者，椽也；楣者，門楣也；蘭橑者，以木蘭爲橑也；辛夷楣者，以辛夷木爲楣也；桂棟者，以桂木爲棟。凡此皆謂以木之有香者爲屋室也。五臣乃以蘭、辛夷爲香草，則誤矣。《九歌》又曰，桂櫂兮蘭枻。蓋枻者，船傍板也，以桂木爲櫂，以木蘭爲枻者也。《離騷》、《九歌》言蕙蘭、石蘭、椒蘭、幽蘭，皆蘭草也，惟蘭橑，蘭枻爲木蘭，而辛夷亦是木。《離騷》曰朝搴阰之木蘭兮，又曰朝飲木蘭之墜露兮，此正言木蘭也。揚子雲《甘泉賦》曰，列辛夷于林薄。五臣注《文選》曰，辛夷，香草也。亦誤矣。杜子美《偪仄行》曰，辛夷始花亦已落。韓退之《感春》詩曰，辛夷花高最先開，又曰辛夷花房忽全開。王荆公詩曰，回首辛夷木下行。古人用辛夷爲文著矣，非香草也。

吴仁傑曰：按《本草》，辛夷一名辛矧，一名侯桃，一名房木。……陳藏器云，此花江南地暖，正月開；北地寒，二月開，初發如筆，北人呼爲木筆花，其花最早南人呼爲迎春掌。

李時珍曰：夷者，荑也。其苞初生如荑而味辛也。揚雄《甘泉賦》云，列辛雉于林薄。服虔注云，即辛夷、雉夷，聲相近也。今《本草》作辛矧，傳寫之誤矣。藏器曰，辛夷花未發時，苞如小桃子，有毛，故名侯桃。初發如筆頭，北人呼爲木筆，其花最早，南人呼爲迎春。〇又曰：《别録》曰，辛夷生漢中、魏興、梁州川谷，其樹似杜仲，高丈餘，子似冬桃而小，九月采實暴乾，去心及外毛。毛射人肺，令人欬。弘景曰，今出丹陽近道，形如桃子，小時氣味辛香。恭曰，此是樹，花未開時收之，正月、二月好采。云九月采實者，恐誤也。保昇曰，其樹大連合抱，高數仞，葉似柿葉而狹長。正月、二月，花似有毛小桃，色白而帶紫，花落而無子。夏杪復著花，如小筆。又有一種，花葉皆同，但三月花開，四月花落，子赤，似相思子。二種，所在山谷皆有。禹錫曰，今苑中有樹，高三四丈，其枝繁茂，正、二月花開，紫白色，花落乃生葉，夏初復生花，經伏歷冬，葉花漸大，如有毛小桃，至來年正、二月始開。初是興元府進來，樹纔三四尺，有花無子，經二十餘年，方結實。蓋年淺者無子，非有二種也。其花開早晚，各隨方土節氣爾。宗奭曰，辛夷處處有之，人家園亭亦多種植，先花後葉，即木筆花也。其花未開時，苞上有毛，尖長如筆，故取象而名花。有桃紅、紫色二種，入藥當用紫者。須未開時收之，已開者不佳。時珍曰，辛夷花初出枝頭，苞長半寸而尖鋭，儼如筆頭重重。有青黄茸毛順鋪，長半分許，及開則似蓮花而小如盞，紫苞紅焰，作蓮及蘭花香。亦有白色者，人呼爲玉蘭。又有千葉者，諸家言苞似小桃者，比類欠當。

汪瑗曰：橑，椽頭之横板也，今俗亦謂之橑簷。……辛夷，木名。楣，門户上小横梁也，今俗謂之門枋。葯，香草名。

王夫之曰：辛夷，一名木蘭，春開白花，紫暈，香聞數里，亦謂之玉蘭。

邱仰文曰：辛夷，北人謂木筆，南人謂迎春。

劉夢鵬曰：楣，棟下横木。

段玉裁曰：（《説文》，橑，椽也。）《九歌》曰，桂棟兮蘭橑。王云，以木蘭爲榱也。按，《西都賦》，列棼橑以布翼。下又云，裁金壁以飾當。《魏都賦》，棼橑複結。下又云，朱桷森布而支離。《西京賦》，結棼橑以相接。下又云，飾華榱與璧當。橑必與棼連言，而别于榱桷，則榱桷爲屋椽，橑爲複屋之椽可知。櫓霤在複屋，故《廣韻》曰，屋橑櫓前木。此櫽、橑二篆相屬，亦此意也。當是本作橑，櫽椽也，謂屬于櫽之椽。（《説文》，櫽，棼也。）《林部》曰，棼，複屋棟也。

許巽行曰：辛夷，注，香草。案，北人呼爲木筆，非香草也。

朱琦曰：（王逸）注云，葯，白芷也。案，白芷一物，《離騷》異其名者四：曰芷，曰芳，曰茝，曰葯。吴氏《草木疏》以芳爲芷，以葯爲茝，兩者各别，據《淮南書》云，舞者如秋葯之被風，則葯至秋猶茂。今白芷立秋後即枯，故東方朔《七諫》云，捐芷葯與杜衡。王褒《九懷》云，芷室兮葯房。芷、葯並舉，其爲二物明甚。然《廣雅》云，白芷其葉謂之葯，王氏《疏證》謂芷即茝也。《内則》婦或賜之茝蘭。《釋文》，茝，本又作芷。蘇頌《圖經》云，白芷根長尺餘，白色，粗細不等，春生葉，相對婆娑，紫色。是白芷根與葉殊色，故以白芷名其根，别以葯名其葉也。若然則《九歌》云，辛夷楣兮葯房，芷葺兮荷屋，及《七諫》、《九懷》當並是根葉分舉，但究爲一草，故《西山經》號山多葯，與《淮南·俶務訓》之秋葯，郭璞、高誘注並與王逸同也。《名醫别録》云，白芷一名白茝，一名囂，一名莞，一名苻蘺，葉名蒚麻，蓋即以爲《爾雅》之莞，苻蘺其上蒚矣。余謂如王説則吴氏《疏》所稱皆不得爲芷、葯分别之確證，至莞爲小蒲，而《疏》亦以茝當之，與芷、茝、莞合爲一者，疑皆非。莞已見《南都賦》。

胡紹煐曰：《注》王逸曰，辛夷，香草，以作户楣。戴氏震曰，古者堂室南北五架，正中曰棟，次棟曰楣，北楣以北爲室與房。紹煐按，楣之言眉也；北楣對北言之，亦謂之楣。楣在北，以北爲房，故與房對舉。注以爲門楣，則與下廡門義複。

王闓運曰：蘭橑，《玉篇》引作欄橑。欄橑，古今字。橑，椽也。

謹按：辛夷，花樹名，又名木筆、迎春，王逸釋爲香草名，洪興祖引《本草》，辯辛夷非香草，乃香木之謂，王觀國亦有辯，吴仁傑、李時珍並詳言辛夷木性，則辛夷爲木確然矣。

罔薜荔兮爲帷，擗蕙櫋兮既張。

王逸曰：罔，結也，言結薜荔爲帷帳。擗，拼也，以栟蕙覆櫋屋。

呂延濟曰：櫋，屋聯也。荔薜、蕙，皆香草，罔結以爲帷帳，擗析以爲屋聯，盡張設於中也。

洪興祖曰：罔，讀若網，在旁曰帷。

汪瑗曰：罔、網同。……擗、劈同，析也。櫋，施帷帳之柱也。張，施布之意。謂結薜荔以爲帷帳，而又析蕙草以束櫋而張之，使其帷之高敞。

王萌曰：析蕙亦以爲網，張於櫋屋之上也。

王夫之曰：櫋，簷際木。析蕙懸之簷際，如今結綵然。

戴震曰：櫋，屋櫋聯也，或謂之檐，或謂之屋梠，《禮注》謂之承壁材。

段玉裁曰：（《説文》，梠，楣也。……櫋，屋櫋聯也。）《釋名》曰，梠，或謂之櫋。櫋，綿也。綿，連榱頭使齊平也。上入曰爵頭，形似爵頭也。按，郭云，雀梠即爵頭也。《九歌》曰，擘蕙櫋兮既張。

桂馥曰：屋櫋聯也者。《廣韻》引同。又云，棉屋聯棉。徐鍇《韻譜》作屋聯櫋。《楚詞・九歌》，擗蕙櫋兮既張。《淮南・本經訓》，縣聯房植。高云，縣聯，聯受雀頭箸桷者。《釋名》，梠，或謂之櫋。櫋，緜也。緜連榱頭，使齊平也。上入曰爵頭，形似爵頭也。〇又曰：搗也者，《玉篇》，擘，裂也。《内則》，塗皆乾，擘之。《少儀》，羞濡魚者進尾。注云，擗之由後，鯁肉易離也。乾魚進首，擗之由前，理易折也。《楚詞・九歌》，擗蕙櫋兮既張。注云，擗，析也。《韓詩外傳》，伯牙擗琴絶弦；劉劭《趙都賦》，割擗纖理，通作辟。《孟子》，妻辟纑。皇甫謐《高士傳》作擗。《喪大記》，絞一幅爲三，不辟。《正義》，古字假借，讀辟爲擘也。○又曰：《楚詞・九歌》，擗蕙櫋兮既張。《説文》，櫋，屋櫋聯也。《文選・西京賦》，鏤檻文榌。李善引《聲類》，榌，屋連綿也。馥謂連綿即櫋聯。《廣韻》，榌，屋聯榌是也。《淮南・本經訓》，縣聯房植。高注，縣聯，聯受雀頭箸桷者。《釋名》，梠，或謂之櫋，櫋，綿也，縣連榱頭，使齊平也。上入曰爵頭，形似爵頭也。《通鑑》，陳起三閣，縣楣闌檻皆以沈檀爲之。胡注，縣楣，横木施於前後兩楹之間，下不裝構。今人謂之掛楣。馥謂縣楣即縣聯也。

胡紹煐曰：《注》王逸曰，以折蕙覆櫋屋。戴氏震曰，櫋屋，櫋聯也。或謂之檐，或謂之屋梠。《禮注》謂之承壁材。

王闓運曰：楣、櫋，皆屋宇也，横者曰楣，直者曰櫋。擗，當爲擘，分也。

謹按：櫋，王逸、王夫之、戴震、桂馥釋爲屋檐板，是也。又汪瑗釋爲施帳帷之柱，可參。聞一多云：「擗與辟通。《禮記・玉藻》：素帶終辟。注曰，辟謂以繒采飾其側。《淮南子・本經訓》：乃至夏屋宫架，縣聯房植。高誘注云，縣聯，聯受雀頭著桷者，一曰辟帶也。凡此皆謂辟之爲言禈也，有所增加也。櫋一作棉，棉、緜同。《説文》楣，秦名屋櫋聯也。是櫋聯即緜聯，蓋辟帶也。辟帶即花邊。此言以蕙草爲花邊，加於帷上，一齊張掛起來。」可備參考。

白玉兮爲鎮，疏石蘭兮爲芳。

王逸曰：以白玉鎮坐席也。石蘭，香草。疏，布陳也。

劉良曰：以玉鎮坐席也。石蘭，香草。疏，布其芳氣。

吴仁傑曰：石蘭，即山蘭也。

汪瑗曰：復以白玉爲鎮而墜之四陲，使其帷之不飄揚也。或曰，薜荔蔓延於木，有帷之象，故取義焉。疏，布陳而栽蒔之也。

王夫之曰：鎮，柱礎也。疏石蘭，疏刻砌石爲蘭草。爲芳，取芳香之義也。

蔣驥曰：石蘭即山蘭，爲芳，爲供具也。

胡文英曰：石蘭樹，高二三丈，葉似槐，七八月開小白花，甚香。郢中東山産。又有草石蘭，頗似苦祥草。

朱琦曰：《楚辭》有春蘭、秋蘭、石蘭，王逸皆云香草，不分别。吴氏《疏》云，石蘭即山蘭也。蘭生水旁及澤中，而此生山側。《荀子》所謂幽蘭生於深林者，自應是一種，故《離騷》以石蘭别之。洪興祖曰，山蘭似劉寄奴，葉無椏，不對生，花心微黄赤。（説本陳藏器《本草注》。）余謂如《疏》説，正近世之蘭花，但與石蘭是一是二，初無明據。

梁章鉅曰：《楚辭》以作兮。六臣本兮、以兩有。

胡紹煐曰：《注》王逸曰，以玉鎮坐席。按，鎮，飾也。本書《江賦》，金精瑱其裏。注謂文采相雜。《華嚴經音義》四引《漢書訓纂》曰，瑱，謂珠玉壓座爲飾。瑱與鎮同。《補注》云，鎮，一本作瑱。是也。此以白玉飾屋櫋。蓋即《上林賦》所謂壁瑺。注以爲鎮坐席，當涉《東皇太一》瑶席兮玉瑱句而誤。

王闓運曰：鎮，柱礎，防渠甃。

謹按：鎮，王逸釋爲以白玉鎮坐席，是也。而汪瑗釋爲以白玉爲鎮墜於帷之四陲，王夫之、王闓運釋爲柱礎，胡紹煐釋爲飾，皆可參。疏，分布也。汪瑗釋爲布陳而栽蒔之，殆以爲所疏之物爲植物，故有栽種之意，恐非確詁。芳，此處作名詞，發芳香之室内陳設也。蔣驥釋爲供具，並無據。而王夫之徑釋爲芳香，王闓運釋爲渠甃，皆可參。聞一多《楚辭校補》疑芳當爲防，指屏風，亦可參。

芷葺兮荷屋，繚之兮杜衡。

王逸曰：葺，蓋屋也。繚，縛束也。杜衡，香草。

張銑曰：芷、杜蘅，皆香草也。以芷草及荷葉葺以蓋屋，又束縛杜蘅置於水中。

洪興祖曰：繚音了，纏也。謂以荷爲屋，以芷覆之，又以杜衡繚之也。五臣云，束縛杜衡，置於水中，非是。

吳仁傑曰：按《本草》，白芷名芳香，又名澤芬。……《嘉祐圖經》云，今所在皆有之，吳地尤多。根長尺餘，白色，枝幹去地五寸以上。春生葉，相對婆娑，紫色，闊三指許。花白微黄，入伏後結子，立秋後苗枯。又曰：按《山海經》，天帝之山，有草，狀似葵，臭如蘼蕪，名曰杜蘅。《爾雅》，杜，一名土鹵，郭璞云杜蘅也。《本草》，杜蘅，香人衣體，三月採根。

汪瑗曰：前曰荷蓋，此曰荷屋，互文以見意也。

王夫之曰：芷葺，荷屋又加葺以芷，皆言其飾簷宇之形。如今瓦外甋瓴爲花草紋。繚，四圍縈繞之也。

林雲銘曰：屋，俎也。《字彙》謂夏屋爲大俎。以荷爲之，覆之以芷。

蔣驥曰：謂前荷蓋之屋復葺以芷，而四圍又以杜衡縈束之也。

王邦采曰：屋，俎也。《詩》，夏屋渠渠。注，夏，大也。渠渠，俎深廣貌。

余蕭客曰：白芷一物而《離騷》異其名者四，曰芷、曰芳、曰茝、曰葯。（《離騷草木疏》一。）《楚辭》所詠香草，曰蘭、曰蓀、曰茝、曰藥、曰繭、曰荃、曰芷、曰蕙、曰薰、曰蘼蕪、曰江蘺、曰杜若、曰杜衡、曰揭車、曰留夷。蘭以澤蘭爲芷，蓀則今石菖蒲。蒞、藥、繭、芷，雖有四名，止是一物，今白芷是也。蕙即零陵香。……惟荃與揭車終莫能識。余他日當徧求其本，列植欄楯間，以爲楚香亭。

謹按：荷屋，荷葉所爲之屋頂也，蔣驥謂前荷蓋之屋復葺以芷，此説是。而林雲銘、王邦采釋屋爲俎，非也。聞一多《九歌解詁》云：「屋本幄字，荷屋即荷幄，猶華蓋也。垂於屋上，狀如荷葉，故曰荷幄。」亦可參。

合百草兮實庭，建芳馨兮廡門。

王逸曰：合百草之華以實庭中。馨，香之遠聞者，積之以爲門廡也。屈原生遭濁世，憂愁困極，意欲隨從鬼神，築室水中，與湘夫人比鄰而處，然猶積聚衆芳以爲殿堂，修飾彌盛，行善彌高也。

吕向曰：百草，皆香草；實，滿也。建，樹；馨，香；廡，屋也。言又以爲門屋矣。所築室於此者，欲與夫人爲鄰也。

洪興祖曰：廡音武，《説文》曰，堂下周屋也。廡門，謂廡與門也。

張鳳翼曰：建，樹也。

汪瑗曰：百草，泛指芳草而言，上所言者，亦在其中矣。……建，植立之意。……築室以下十四句，言湘君築水中之室，其美麗芳潔如此，而將召己以居之，此己之所以騰駕而偕逝也。其所言貝玉衆芳，大約多水中之物，雖不盡然，然讀者固不可拘，亦不可不知此意也。

王萌曰：廡，蕃廡也。

王夫之曰：建，樹也。廡門，廊。○又曰：此（按，指築室至廡門十四句）言修飾祠宫，盛設夕張，極其芳潔以候神，神來斯安也。

蔣驥曰：廡，廊也。葯房以上言築室之具。罔薜荔四句，言室中所陳，芷葺以下，又言室上下内外之裝束也。○又曰：此極序夕張之盛也。

屈復曰：總見水中之室芳潔如是，所謂夕張也。

陳本禮曰：二語總束結上。○又曰：已上備極芳香幽潔，意湘君與夫人憐其竭誠盡致，必騰駕而至矣。其鋪叙衆芳處凡十二種，其説玉處只一句，蓋借玉自比，而以衆芳喻平昔所樹滋之蘭蕙，與留夷、揭車等欲共聚之於一堂也。有此衆芳築室，何患君不三后，臣不皋、夔，明良喜起，不難再見於今日矣。

王闓運曰：廡，覆也。門在外以喻國四境也。言賢人充庭則國勢外强。

畢大琛曰：以下十六句（按，指聞佳人至廡門）言王若用己，將集衆賢治楚，以安王於楚國，故以衆芳比之，意在隱約間而措辭綺麗莊重，真《三百篇》之遺。

武延緒曰：按《韻會》，建，置也。《易》，先王以建萬國、親諸侯，是也。又《集韻》，覆也。建作覆解，尤與幠義相近，又與鍵通。《禮·樂記》，倒載干戈，包之以虎皮，名之曰建櫜。注，建，讀爲鍵，鍵與門義亦近，而不若訓覆爲確。《説文》，廡，堂下周屋。此注之所本。《釋名》，大屋曰廡。廡，幠也。幠，覆也。此即注以廡其門之義也。

謹按：百草，王逸釋爲百草之華，乃增字爲訓，當從吕向、汪瑗釋爲衆香草。廡門，當指此建築之總體。洪興祖釋爲廡與門，亦通。王夫之、蔣驥釋爲廊，王闓運、武延緒釋爲覆，恐未是。「建芳馨兮廡門」，謂建一芳香四溢之門庭，王逸釋爲積馨香之物以爲廡門，亦通。

九嶷繽兮並迎，靈之來兮如雲。

王逸曰：九嶷，山名，舜所葬也。言舜使九嶷之山神繽然來迎二女，則百神侍送衆多如雲也。

洪興祖曰：《詩》云，有女如雲，言衆多也。

汪瑗曰：繽，盛貌。並迎，謂湘君既築室，而使九疑之神而來迎己也。靈亦指湘君也，一曰即指九疑之神，亦通。……上言聞湘君而召己，此二句實言湘君而來迎己，文勢亦相應也。此承上章，言己之所以朝馳夕濟欲去之速者，蓋因湘君降於北渚，候己之久，今聞其召我，故騰駕欲赴之速如此也。

周拱辰曰：（按，指聞佳人至如雲十八句）聞召耳，非真召也。思慕之極，若或召我者。遽爾築室水中，不太蚤計乎？種種蓋、壁、壇、堂、楝、橑、帷、櫋、鎮、屋、庭、實、廡門，非築室水中，乃築室於意中耳，而更無如意中之九嶷。何正欲經始接帝子之芳鄰，有從如雲，挈公子而徑去？扼腕又何如哉？

陶晉英曰：九疑山乃南龍大幹，行龍之地，其峰有九，參差互映，望而疑之，故名九疑。蓋山有九水：四水陽流，注於南海；五水陰流，注於洞庭。五水者，瀟、湘、舜源水、陁水、砅水等也。九峰謂朱明、石城、石樓、娥皇、女英、舜源、蕭韶、桂林、杞林，大舜陵在其中。太史公所謂舜崩蒼梧之野，葬於零陵之九疑者，是也。今不知其處，惟於蕭韶峰下立廟祭之。秦皇、漢武，皆以道阻，不得過江漢，而望祭焉。宋置陵户，禁樵採。

王遠曰：二句正言神之降也，皆從荒忽之中摹擬如此。《離騷》九疑繽其並迎，明言神降，何於此獨言迎之以去又不得見？總緣諸解以神不見答，況原之不得於君，故曲爲之解，竊以爲未安也。

錢澄之曰：築室之妄想甫畢，九嶷之迎使已至，幸而值之，亦竟不一降。如雲，狀其倏忽而過也。則所謂佳人之召，皆妄也。

王夫之曰：九疑山在湘南，神自彼繽紛而來，我合湘君並迎之，其侍從如雲，處荷屋，就蘭堂，以慰望釋愁，共歆喜也。

王邦采曰：玩並迎兩字，兩篇如一篇明矣。

吴世尚曰：靈，謂湘夫人也。如雲，言侍從者衆也。遥接前文荒忽遠望，則疑其不來，此則言其來，而相從者且不一人也。

屈復曰：此節言忽聞召予，喜而過望，將築室水中，以迎湘夫人，而舜復迎之以去，則又不得見也。

劉夢鵬曰：自佳人召予至此，皆言己往從湘君，築室建芳，並迎群神，相聚一堂，以自娱憂也，皆設爲無聊之語耳。原蓋以群神比高蹈之賢，騰逝爲偕隱之喻。嗚呼！豈原之所敢出哉！故終不往，而仍遺遠者，勸其俟時，如下文云云也。

余蕭客曰：九嶷，舜所葬，娥皇、女英、癸比三妃之神所依。三妃與湘君、湘夫人俱女神，地又相接。此時湘夫人本欲降祭所，適三妃遣九疑山神迎湘夫人去，恍惚不可致詰，所以寓意於良友之欲合，而終爲他人所間也。

陳本禮曰：（繽）狀巫舞之衣繽紛五彩，如九嶷之雲也。（迎）意其將降，故帥群巫而迎之也。○又曰：曰如者，則所見乃雲，非靈，蓋由心中幻想，眼花亂飛，遂真以爲二妃降矣。《楚辭》

凡説雲處皆曰九嶷，漢《郊祀歌》亦然，不必泥舜説。

胡文英曰：言余既有此衆芳，規模成就，庶幾九嶷之神助我相迎，而佳人之來，且如雲之盛乎？

朱駿聲曰：九嶷山，舜所葬，在零陵營道，从山，疑聲，在今湖南永州府寧遠縣之南、桂陽州藍山縣之西南。《海内經》，蒼梧之淵，其中有九嶷。注，其山九谿皆相似，故云九疑。古者總名其地爲蒼梧也。《水經·湘水》注，羅巖九舉，異嶺同勢，遊者疑焉，故曰九疑山。按，皆以兒爲訓。疑、兒雙聲，酈以嶺言，郭以谿言，傳聞異辭，知非確詁也。

王闓運曰：九疑，舜巡之地。並迎者，迎其來也。喻懷王客秦，當合衆材迎其還楚。

謹按：此言九嶷諸神來臨，共迎湘夫人。而王闓運以爲喻懷王客秦，當合衆賢才迎其還楚，非也。繽，紛紛然也，神靈衆多貌。陳本禮釋爲狀巫舞之衣繽紛多彩，可參。又聞一多《九歌解詁》云：「《書·皋陶謨》『虞賓在位』。《大傳》『舜爲賓客，而禹爲主人』。鄭注『舜既使禹攝天子之事，於祭祀，避之，居賓客之位，獻酒則爲亞獻也』。《漢書·禮樂志·郊祀歌》『九疑賓，夔龍舞』。如淳注云：『言以舜爲賓客也，夔典樂，龍管納言，皆隨舜而來舞以樂神。』凡隨舜自九疑而來者皆曰九嶷賓。」此説讀繽爲賓，九嶷賓即自九嶷山而來之賓客，録以備考。靈，謂九嶷山諸神也。而汪瑗以爲指湘君，吴世尚以爲指湘夫人，恐皆不合原詩之意。若以此句爲想象之詞，湘君幻想其與湘夫人相會，則亦有可參之處。

捐余袂兮江中，遺余褋兮醴浦。

王逸曰：袂，衣袖也。褋，襜襦也。屈原託與湘夫人共鄰而處，舜復迎之而去，窮困無所依，故欲捐棄衣物，裸身而行，將適九夷也。

劉良曰：褋，《禮》，襜袖襦也，皆事神所用也。今夫人既去，君復背己，無所用也，故棄遺之。

洪興祖曰：袂，彌蔽切。遺，平聲。褋音牒。《方言》曰，襌衣，江、淮、南楚之間謂之褋。捐袂遺褋，與捐玦遺佩同意。玦、珮，貴之也；袂、褋，親之也。

金兆清曰：即捐玦遺佩之意，然玦佩貴之，而袂褋親之也。遠者謂侍女。

王夫之曰：袂當作玦。褋當作韘。《詩》，童子佩韘。

徐煥龍曰：袂褋稍次於玦佩，君與夫人之別耳。

王邦采曰：褋，襌衣。

夏大霖曰：袂，衣袖。前捐玦思環也，此投袂言去也。……捐袂入江中，遺切身所被服，留記與後人也。亦從彭咸之言也。

劉夢鵬曰：捐袂遺褋，謂投贈衣襦，以誌相依之意也。

戴震曰：《方言》，襌衣，江、淮、南楚之間謂之褋，關之東西謂之襌衣。

段玉裁曰：（《説文》，褋，南楚謂襌衣曰褋。）《九歌》曰，遺余褋兮醴浦。《方言》曰，襌衣，江、淮、南楚之間謂之褋；關之東西謂之襌衣。

桂馥曰：南楚謂襌衣曰褋者，字或作褋。按，屈原賦當用南楚語，王逸云襜襦，殆非也。《方言》，襌衣，江、淮、南楚之間謂之褋，關之東西謂之襌衣。《楚詞·九歌》遺余褋兮澧浦，王注，褋，襜襦也。又借緤字。《廣雅》，緤，襌衣也。

孫志祖曰：金云，自此以下六句與《湘君》歌捐袂遺佩一律，只是古詩重疊章法。前用玦佩，注以爲冀君還己之意，固無所不可；此云湘夫人去，而屈原遂欲裸身狂走，殊欠雅馴。且九夷之説無因，與末四句亦不合。

朱琦曰：孫氏《補正》引金云，自此以下六句，與《湘君》歌一律，只是古詩重疊章法，注所云殊欠雅馴。且九夷之説無因，與末四句亦不合。余謂朱子《集注》於前篇云，欲解玦佩以爲贈，而又不敢顯然致之，以當其身，故但委之水濱，若捐棄而遺失之者，以陰寄我意，而冀其或將取之，如《聘禮》，賓將行，而於館堂楹間釋四皮束帛，賓不致，而主不拜也。〇又曰：《韓詩外傳》，孔子適楚，至阿谷之隧，有處子佩瑱而浣者。孔子曰，彼婦子其可與言矣乎？抽絺紘五兩，授子貢曰，善爲之辭，以觀其語。子貢曰，吾北鄙之人也，將南之楚，於此有絺紘五兩，吾不敢以當子身，敢置之水浦。可爲此處二語之證。〇又曰：注又云，褋，襜襦也。案，褋，《説文》作褋，云南楚謂襌衣曰褋。《方言》曰，禪衣，江淮南楚之間謂之褋，古謂之深衣。又《説文》褕字云，一曰直裾謂之襜褕。《方言》曰，襜褕，江、淮、南楚之間謂之褈褣。《廣雅》亦云，褈褣，襜褕也。襜襦，即襜褕，則與禪衣有别。屈原楚人，當用楚語。褋爲禪衣，故段氏以王注言襜襦爲非。惟《釋名》云，荆州謂禪衣曰布襹，亦曰襜褕，言其襜襜宏裕也，是以兩者爲一耳。

胡濬源曰：舊同氣後輩諸賢，當俟時有爲，不必驟不得志而恝也。驟，急速也。頂遠者，遠者猶言他日後輩，如莊辛及弟子宋玉之流。○又曰：二篇皆以女巫媚女神，故情致纏綿，末皆有持贈，語不嫌褻，然寓意諷色荒也。曹植作《雒神賦》以諷丕，倣此。

朱駿聲曰：南楚謂禪衣曰褋，從衣，枼聲。……《楚辭·湘夫人》，遺余褋兮醴浦。注，襜襦也。按，此字鮑刊宋本從葉聲。

胡紹煐曰：《注》王逸曰，褋，襜褕也。段氏玉裁曰，《説文》，南楚謂禪衣曰褋。《方言》，禪衣，南楚之間謂之褋。東關之西謂之禪衣。屈平當用南楚語。王逸以爲襜褕，殆非。紹煐按，禪衣謂之褋，亦謂之襜褕。《釋名》，荆州謂禪衣曰布襹，亦曰襜褕。《説文》，褕，一曰直裾謂之襜褕。師古《急就篇注》云，直裾，禪衣也。然則襜褕正以注褋字。舊注爲勝。

李翹曰：按，《方言》四，禪衣，江淮南楚之間謂之褋。郭注引《楚辭》曰，遺余褋兮澧浦，正合。

王闓運曰：捐袂，投袂起赴難也。褋，褻衣也。貽褋者，喻密謀。

謹按：袂，衣袖也，此以衣袖代指上衣。王夫之釋爲玦，高亨《楚辭選》釋爲袂，即婦女所佩之小囊，均可參。褋，單衣也。王逸釋爲複襦，王闓運釋爲褻衣。

搴汀洲兮杜若，將以遺兮遠者。

王逸曰：汀，平也。遠者，謂高賢隱士也。言己雖欲之九夷絶域之外，猶求高賢之士，平洲香草以遺之，與共修道德也。

吕延濟曰：搴，取也。杜若，以喻誠信。遠者，神及君也。

洪興祖曰：汀，它丁切，水際平地。遺，去聲。既詒湘夫人以袂、褋，又遺遠者以杜若，好賢不已也。舊本者音渚，《集韻》者有覩音。

朱熹曰：遠者，亦謂夫人之侍女，以其既遠去而名之也。

汪瑗曰：汀洲，渚之别名也。遠者，託從者而言，亦謂湘君也。湘君遠來迎已，而在中途，故曰遠者，猶今人相稱曰從者、侍者之意也。

李陳玉曰：湘君侍人，上女不敢遺，但遺下女而已。湘夫人侍人，近者不敢遺，但遺遠者而已。猶古人曰敢以犒君下執事也。可謂恭敬之至矣。

周拱辰曰：湘君之女與湘夫人之女，一也。一曰女，而一曰遠者，何？一嬋媛爲余太息，何多情也。一紛兮並迎，迎夫人而徑去，若漠不爲予憐惜者然，故曰遠也。……贈二湘之女，同用杜若，不似他處概以香草泛言。杜若之爲物，服之令人不忘，搴采而贈之，以明其不相忘也。如《伯兮》安得萱草，爰樹之背。是又欲思之而不可得也與？

王遠曰：遠者，言不敢遺近者，但遺遠者而已。

王夫之曰：遠者謂祭主，神自九疑而來，故謂主人爲遠者。

徐焕龍曰：遠者，即下女，因其隨夫人而遠去九嶷也。

蔣驥曰：遠者，兼指並迎之神言。

吴世尚曰：遠者，侍從之疏下者也。……下女，則擇其用事者；遠者，則罔不徧及矣。

夏大霖曰：遠者謂後人也。後人至久遠終能知我，由我今日有以遺之也。

劉夢鵬曰：遠者，指湘君，以其遠去，故稱遠者。蓋以聞召欲往，而義終不可，故不往而問遺湘君，勉其從容俟時也。

余蕭客曰：遠者謂湘夫人，夫人爲九疑神迎去，故稱遠者。湘君不降，而下女太息，故杜若但得贈下女。湘夫人親降，而爲他人迎去，故杜若得直贈夫人。

杜馥曰：平也者。《集韻》引同。又云，謂水際平也。《玉篇》，江水際平沙也。《文字集略》，江水際平地。《楚辭·九歌》，搴汀洲兮杜若。注云，汀，平也。

孫志祖曰：《集注》云，遠者，亦謂夫人之侍女，以其既遠去而名之也。

謹按：遠者，湘夫人也。朱熹、徐煥龍、金兆清釋爲湘夫人之侍女，可參。而王逸釋爲隱士，吕延濟釋爲神及君，汪瑗、劉夢鵬釋爲湘君，王夫之釋爲祭主，蔣驥釋爲諸神，夏大霖釋爲後人，皆非。

時不可兮驟得，聊逍遥兮容與。

王逸曰：言富貴有命，天時難值，不可數得，聊且遊戲以盡年壽也。

張銑曰：驟，數也。

洪興祖曰：不可再得，則已矣；不可驟得，猶冀其一遇焉。

张鳳翼曰：驟，遽也。不可驟得，言不可匆遽而得之也。

汪瑗曰：驟，猶頻也。前言再得，此言驟得，意同而小異。湘君捐玦遺佩而采杜若以贈之，湘夫人亦捐袂遺褋而搴杜若以答之。而愛芳惜時之意，則彼此皆同，而相契之深，固不待其形之會合而已，神交於千里之外矣。而凡君臣之遭逢、夫婦之配偶、朋友之交結，其類皆如此。而志乖道違，中道棄捐者，可不知所鑒於此哉？此盖屈子寓言以垂戒者也。舊註指娥皇、女英之事，固甚謬，而又獨以君臣爲言，亦非也。

陳第曰：此亦前章之意。

王夫之曰：驟，屢也。

林雲銘曰：驟字，跟篇首與佳期句來，較前不同。言以夫人之貴，豈是這般容易邀致，至去後，方知前此之輕妄。思之無可思，望之無處望，只得留爲有待自己排遣，亦前篇無可奈何之意也。

蔣驥曰：驟，疾也。不可驟得，則非不可再得也，然情弗能待也。

屈復曰：不可驟得，自寬之詞，言豈能一拍即合，正無聊之極思也。○又曰：此節（按，指捐余袂句至此二句）不敢以迎之不來而遂絶望也。

陳本禮曰：前章時不可再得，惜之也；此章時不可驟得，幸之也。前所不可得者，今幸而驟得之矣。逍遥、容與，則祝其少留而勿去也，與前《湘君》章詞若重複，意實迥别。一篇水月鏡花文字，使後世讀者從何摸索？

胡濬源曰：驟，急速也。

胡文英曰：《湘君》歌不可再得，是絶望之意；此云不可驟得，是徐俟之意。

王闓運曰：驟，遽也。王不能遽返，當待可而後發。

馬其昶曰：時不可失，一再言之者，蓋速神之來既，且諷君之及時以修政耳。

謹按：驟，屢次也。又胡濬源釋爲急速，張鳳翼、王闓運釋爲遽，亦可參。以上數句與《湘君》

篇大致相同。袂與褋，女子之事也，此當爲湘夫人贈湘君之物。袂，王逸曰，衣袖也。按衣袖非贈人之物，此蓋以袂代指上衣。又《方言》四，複襦，江湘之間謂之襎，或謂之筩褹。注，褹即袂字耳。一説據此謂袂即複襦，指有絮之衣，説亦可參。褋，即單衣。《方言》四，褌衣，江淮南楚謂之褋。汀洲，水中小平地。杜若，香草也。汪瑗曰，至若杜若之香草，乃洲中之所生，而湘君湘夫人皆爲湘江之神，故彼此俱有而所贈之同也。……二湘相贈，同用杜若，杜若之爲物，令人不忘，搴采而贈之，以明其不相忘也。説可參。遠者，謂湘夫人，又朱熹曰，遠者亦謂夫人之侍女，以其遠去而名之也。亦通。不可驟得，言約會時機不可屢屢得之也。此數句言湘君從幻想中醒悟，隨即捐袂遺褋，以示離訣，而後又於心不捨，乃復搴杜若以待夫人。

# 大司命

洪興祖曰：《周禮・大宗伯》，以槱燎祀司中司命。疏引《星傳》云，三台上台司命爲太尉。又文昌宮第四曰司命。按《史記・天官書》，文昌六星，四曰司命。《晉書・天文志》，三台六星，兩兩而居，西近文昌二星，曰上台，爲司命，主壽。然則有兩司命也。《祭法》，王立七祀，諸侯立五祀，皆有司命。疏云，司命，宫中小神，而《漢書・郊祀志》荆巫有司命，説者曰，文昌第四星也。五臣云，司命，星名，主知生死，輔天行化，誅惡護善也。《大司命》云，乘清氣兮御陰陽。《少司命》云，登九天兮撫彗星。其非宫中少神明矣。

張綸曰：《楚辭・九歌・大司命》一篇，朱子極稱其善。蓋嘗因是言之，以爲人物之命，雖各稟於有生之初，而不可移。然君子行法俟命，正義明道，如《易・剥》之六三、《復》之六四，而未嘗以吉、凶、悔、吝易其所守也。屈遭讒放逐之際，不忍宗國淪喪，披歷忠悃，聲之歌賦，冀其君之感悟，而其君終不寤也。於是捐身赴淵，視死如歸，其必有見於此，宜朱子之深歎而重許之也。

陳仁子曰：迂齋樓氏曰，原非徼福於司命也，所謂順受其正者。

汪瑗曰：司，主也；命，吾人死生之命也。按《晉書·天文志》，三台六星……上台爲司命，主壽。又《史記·天官書》，文昌六星，第四亦曰司命，故有兩司命也。曰大司命者，固爲上台之星，而曰少司命者，則爲文昌第四星歟？……屈子之作，亦託爲二司彼此贈答之詞，思慕之意。……此篇乃大司命贈少司命者也。凡曰吾、曰予、曰余者，皆大司命自謂也。曰君、曰汝者，皆大司命謂少司命也。篇中不復重出，讀者詳之。

陸時雍曰：令飄風兮先驅，使涷雨兮灑塵。大司命力能然。君迴翔兮以下，踰空桑兮從汝。勞祭者之言，閔其誠而下，則神既降矣。古之祭者，求神於陰，求神於陽。祭大司命者，必升高以求之，故詔其迴翔以下也。紛總總兮九州，何壽夭兮在予。親而與之語也。一陰兮一陽，衆莫知兮余所爲。語之深也。神親其人，欲挾之與俱，以縱觀其所往，故曰吾與君兮齊速，道帝之兮九阬。答其誠也，古者神人雜處，相與酬應往來。《左傳》，神降於莘。漢武帝時，神降上林，人與言語飲食。則原之此言，非徒托也。古人貽言，必有所將，踈麻瑤華所以衷，後人采蘭梅，亦此遺意。

王夫之曰：舊説謂文昌第四星爲司命，出鄭康成《周禮注》，乃讖緯家之言也。篇內乘清氣，御陰陽，以造化生物之神化言之，豈一星之謂乎？大司命統司人之生死，而少司命則司人子嗣之有無。以其所司者嬰稚，故曰少。大則統攝之辭也。古者臣子爲君親祈永命，徧禱於群祀，無司命之適主而弗無子者祀高禖。大司命、少司命，皆楚俗爲之名而祀之。

林雲銘曰：舊注以原與司命同操陰陽之柄。導帝爲人壽夭。果爾，則原自可造命，何待他求？且認離居作隱士，原自遺以神麻，試問隱士何預於原，原亦惡得而遺之耶？殊不知離居即《離騷》篇所謂離别之説，以其見疏於君，塊然獨處也。司命見憐，則原亦在内，或可望其再合，但不早圖，恐年老不能待，所以有愈疏之慮。而司命竟去不顧，故以離合非可力致結之。文甚明顯，且與上文壽夭二字相顧，極其有情。若作隱士，則上下文皆説不去，安得不辯？

徐焕龍曰：司命在天，非開天門不降。……天色玄，車亦尚玄，以合其德。

李光地曰：此章喻昔日同輔政者，意尤明顯。言昔者及爾同寮，上引其君，下制天下；今老大而相疏，故自悲而相恤，相恤而不相絶，厚之至也。自悲而又自廣，可謂知命矣。

徐文靖曰：按《祭法》，王爲群姓立七祀，曰司命、中霤、國門、國行、泰厲、户、竈。王自爲立七祀。諸侯爲國立五祀，五祀無司命、泰厲。則是天子之泰厲稱泰，其司命亦應稱泰。諸侯五祀有公厲，不得稱泰，則司命亦不得稱泰，可知矣。《元命包》曰，三能西近文昌二星曰上台，司命主壽。次二星曰中台，司中主宗室。東二星曰下台，司禄主兵。又《論語讖》曰，上台上星主兖、豫，下星主荆、揚。中台上星主梁、雍，下星主冀州。下台上星主青州，下星主徐州。又《祭法》鄭氏注曰，司命主督察三命，故《九歌·太司命》曰，紛總總兮九州，何壽夭兮在予，謂此也。此惟天子得祀之。楚祀大司命，僭也。少司命者，甘氏曰，司命二星在虛北。又曰，司命繼嗣移正朔。故《九歌·少司命》曰夫人自有兮美子，又曰聳長劍兮擁幼艾，謂此也。此則楚所舊祀者，先代之制，不得而棄之。故雖僭祀太司命，又兼祀少司命也。《周禮·肆師》曰，立大祀，用玉帛牲牷；立小祀，用牲。鄭司農曰，小祀，司命以下則從司命，以上者得用玉帛牲牷。其爲大祀稱太可知矣。若文昌四星，亦爲司命。《黄帝占》曰，主賞功進賢。則此乃主司王命，非主壽命者也。

蔣驥曰：《集注》以《周禮疏》兩司命之説，因以大司命爲上台，少司命爲文昌第四星。然按《隋志》，虛北二星亦曰司命，主舉過行罰，滅不祥，故在六宗之祀，則司命非徒有兩而已。《集注》言近鑿空。

吴世尚曰：此篇前段託爲大司命語少司命之詞，後段則屈原安命順受之詞也。蓋兩司命同時而祀，故託爲之詞。曰天門開矣，玄雲駕矣，風伯清塵，雨師灑道，君自天迴翔而下，余以踰空桑之野，從汝而偕行焉。下視九州，林林總總，不可數計。生有所乎來，死有所乎歸，其來無迹，其往無崖，而世人皆以壽夭之柄，予實司之，夫壽夭而豈余之所能爲哉？死生，命也；短長，數也。天道無私，高居物表。帝運不已，獨特化權。無極二五，妙合交感，變化無窮。乘清氣，御陰陽，天之道也，命之所以流行也。吾與君齊戒以奉之，迅速以承之，導揚帝命，而宣行布散於九州焉耳。故雖服命服、佩玉佩，日在帝之左右，而陰陽迭運，萬物皆往資焉而不匱。前不見其始之合，後不見其終之離，余之所爲，莫非承天而時行者也。而愚者不達，莫不貪生惡死，樂壽哀夭。究之生死如夜旦，世豈有生而不死之人？亦豈有夜而不旦之理？服藥求仙，延年卻老，吾即折疏麻之瑶華以贈之，曰，汝既少而不能不壯，壯而不能不老，已往者如此，將來者可知。今老冉冉而既極矣，則其愈近於死而愈遠於生者，乃必然之理矣。由是觀之，天亦非有心以生人，亦非有心以死人，乃其一陰一陽之道，自然而如是者也。而顧謂壽夭其在予之所爲哉？大司命之言如此，於是乘龍而去，反於天宫，而余手結桂枝，竚立以望，而愈增人之愁思，而不能已矣。其所以愁人者，奈何也？大司命司人之壽夭，今既鑒予忱而歆余祀，則但願俾予常若今日而永無虧折耳。既又自思，人之受命，或壽或夭，固有一定也。孰有離合生死而可以人力爲之者乎？則予亦唯順受其正而已矣。噫，原之不忍忘君，不求苟活如此，君子曰知命。

屈復曰：迎神神至，方從之遊，而忽去不顧，老已至矣，安得不悲？然前云何壽夭在予，結云孰離合可爲，其知安命矣。

夏大霖曰：愚按《星傳》司命則有二，大小則無分，此以大小言之者，靈均别有意也。就本文以求之，此開口説天，是謂上天賦畀之司命。下篇都説人之離合，全與天星造化之司命無涉。予故曰大司命言天命，小司命言君爲民司命也。惟天爲大君，對天其稱小，固宜也。

劉夢鵬曰：《湘君》，告在野者也。《司命》，告在朝者也。原雖在放，而一時舊人猶有未盡廢替者，故託於司命起興，瑶華秋蘭爲比，以諷朝賢焉。○《司命》亦一歌二篇，與《湘君》同。舊大司命、少司命一屬上臺星，一屬文昌宫者，謬。

余蕭客曰：今民間祀司命，刻木長尺二寸爲人像，行者擔篋中，居者别作小屋，皆祠以臘，率以春秋之月。（《風俗通》八。案，大司命爲三臺星上臺，喻懷王。少司命爲文昌宫第四星，喻頃襄。）

段玉裁曰：《祭法》注曰，司命小神，居人之間，司察小過作譴告者，主督察三命。今時民家或春秋祀司命。《風俗通義》曰，《周禮》，司命，文昌也。今民間祀司命，刻木長尺二寸，爲人像，行者擔篋中，居者别作小屋，齊地大尊重之，汝南餘郡亦多有，皆祠以睹，率以春秋之月。案睹同豬，許所謂豚也。應説司命爲文昌，鄭説人間小神，未知許意何居也。

陳本禮曰：《湘君》、《湘夫人》兩篇，章法蟬遞，而下分之爲兩篇，合之實一篇也。此篇《大司命》與《少司命》兩篇並序，則合傳體也。

胡文英曰：《晉書·天文志》，三台六星，兩兩而居，西近文昌二星曰上台，爲司命，主壽。此大司命也，歌中壽夭在予，即此意也。《史記》，斗魁戴匡六星，曰文昌宫。

牟庭曰：司命，喻其君也。我昔得君以有爲，今失君而將老死。其得君，如迎神來也；其失君，如送神去也。原既傷命之不猶，長言而不足，歌凡二章，因以大少分題，非有兩司命也。

胡濬源曰：比當國執政者也。

朱銘曰：《楚辭》有《大司命》、《少司命》二篇。王逸注皆以爲主壽命。《晉書·天文志》曰，三台六星，兩兩而居，三公之位也。西近文昌二星曰上台，爲司命，主壽。又云，文昌六星在斗魁前，五曰司命，主滅咎。《封禪書》云，晉巫祠司命。荆巫祠堂下司命。《索隱》於堂下司命引鄭衆云，司命文昌四星。然則上台之星，三公位尊，當爲大司命，則少司命者，文昌四星也。《漢志》云，四曰司命，五曰司禄。《晉志》恐誤。

王闓運曰：大司命，王七祀之神。

畢大琛曰：原既被讒，憂其老而不得近王以救楚亂，思壽夭主於大司命也，賦《大司命》。○又曰：大司命指懷王。

謹按：大司命乃掌人生死壽夭之神。司命有二，一爲大司命，一爲少司命，舊注皆以星名當之。《周禮·大宗伯》：「以槱燎祀司中、司命。」鄭玄注：「司中、司命，文昌第五、第四星。」洪興祖引《史記·天官書》曰大司命爲文昌宫第四星，又引《晉書·天文志》曰大司命爲上台之星，有兩司命也。王闓運又以王七祀之神爲大司命。畢大琛、余蕭客又謂大司命喻懷王。王夫之又曰司命非星名，而爲乃楚俗所特祀之神，言非星名，似有可參，然言楚俗特祀，恐非確論。《齊侯壺》：

「辭誓于大司命，用璧、兩壺、八鼎。」是齊人亦有司命之祀。有大司命，則有少司命，二者曰大曰少者，何也？王夫之謂大司命掌人之生死，少司命掌人子嗣之有無，此說近是。汪瑗以正副別之，朱銘以二星別之，徐文靖以王侯別之，黄文焕以父子別之，夏大霖以天與君別之，余蕭客以懷王、頃襄別之，牟庭則謂《司命》歌凡兩篇，以大小名之，並無兩司命也，此諸説皆不足信。舊説多謂大司命爲男性神，以其於篇中之威嚴形象故也，較爲可信。此篇乃飾爲大司命之主巫與代表世人之群巫對唱之詞。汪瑗以爲此篇乃大司命贈少司命之詞。吴世尚以爲前段固如此，然則後段當爲屈原自述。郭沫若以爲此乃大司命言於雲中君之語。此三説皆爲誤讀。又有張綸、畢大琛、李光地、劉夢鵬、牟庭、胡濬源等人以楚之政事比附此篇，亦非。

廣開兮天門，紛吾乘兮玄雲。

王逸曰：吾，謂大司命也。言天尊重司命，將出遊戲，則爲大開禁門，使乘玄雲而行。

洪興祖曰：漢樂歌云，天門開，詄蕩蕩。《淮南子注》云，天門，上帝所居，紫微宫門也。漢樂歌云，靈之車，結玄雲。

朱熹曰：吾，主祭者之自稱也。大司命陽神而尊，故但爲主祭者之詞。乘玄雲者，知神將降而往迎之也。

汪瑗曰：紛，盛貌。天玄而地黄，司命本天神，故曰乘玄雲也。

王遠曰：紛吾乘，亦指神言，《楚辭》余字、吾字多有代人稱者。《補》引漢樂歌云，靈之車，結玄雲，是也。此言神之將降。

錢澄之曰：天門開，神將降也。乘玄雲，巫往迎也。司命，天上星神，其來也自天，其去也沖天。篇中兩君字指神，兩吾字皆巫自稱。

林雲銘曰：以雲爲車迎之，風雨將作，雲色必玄。

李光地曰：乘北方之氣，故曰玄雲。

吴世尚曰：鬼神之來，必有黑雲護之，疾風暴雨從之。此以下皆爲大司命語少司命之詞也。

屈復曰：天玄而地黄，大司命天神，故乘玄雲。

夏大霖曰：首句言天道之廣生也。吾者，概謂吾人也。乘者，吾人之所乘也。玄雲者，氤氳之水氣也。

劉夢鵬曰：吾乘，猶《詩》所謂我車、我馬、我旟之類，指司命車乘而言。

陳本禮曰：太極垣九門，曰端門、左掖、東華、東中華、太陽、右掖、西華、西中華、太陰。

胡文英曰：大司命，天之貴神，主人間之壽夭，故大闢天門以俟其出也。（下句言）紛紛然駕吾乘，若玄雲之多以迎神。

謹按：此言大司命乘雲而降。吾，大司命自指也，王逸所言是矣。朱熹以爲主祭者自稱，錢澄之以爲巫之自稱，夏大霖以吾人釋吾，皆非。乘，駕也。玄，謂高空之深青色。《易・坤・文言》：「夫玄黄者，天地之雜也，天玄而地黄。」玄雲，猶言青雲。吴世尚釋爲黑，非也。劉夢鵬以爲吾乘之乘乃車乘之乘，胡文英進而謂玄雲喻吾乘之多，此二説亦可參。

令飄風兮先驅，使涷雨兮灑塵。

王逸曰：迴風爲飄。暴雨爲涷雨。言司命爵位尊高，出則風伯、雨師先驅爲軾路也。

洪興祖曰：涷音東。《爾雅注》云，今江東呼夏月暴雨爲涷雨。灑，所買切。《淮南子》曰，令雨師灑道，風伯掃塵。自此已上皆喻君也。

汪瑗曰：先驅，猶言前導也，亦使之掃除氛埃之意。……言天門廣開，而已乘雲出入於其中，驅使風雨以從己，以見己爲帝所寵，而威權之盛也。

李陳玉曰：爲神先驅，作巫者語，亦有身分。

錢澄之曰：先驅清道，皆作巫語，所以迎神也。乘與使令，皆觀想中事。

徐焕龍曰：涷雨，雨涷成珠，墜地則化水，而塵不起。○又曰：雲乘非風不速，風塵必雨清之。

李光地曰：《周禮》司中、司命在風師、雨師之上，故可以驅箕畢而役使之。

王邦采曰：即雨師灑道，風伯掃塵之意。

屈復曰：此節初迎神也。

夏大霖曰：風者，陽之先施者也。雨，謂天一之生，地六之成者也。灑塵者，得一以清寧也。皆借比字法而寓言。此吾人先天之氣化，形氣之初凝，皆司命爲之主宰，形氣賦而理亦寓焉者也。

邱仰文曰：起四句莊皇之甚。迎大司命，特作風雨驟至之筆。

劉夢鵬曰：飄風先驅，涷雨灑塵，言司命命駕辟除也。

胡文英曰：《爾雅》，暴雨謂之涷。飄風先驅，所以蕩滌邪穢；暴雨灑塵，所以導迎清氣。

王闓運曰：飄，疾風。涷，暴雨。喻疾急也。

謹按：此進言大司命之威赫，其出行則命飄風、涷雨爲之先導，掃除氛埃。飄風即旋風，涷雨即暴雨，王逸言司命爵位尊高，出則風伯、雨師先驅爲之軾路也，其説甚是。錢澄之以此爲巫之所爲，非文義也。洪興祖又謂此句喻君，亦非。

君迴翔兮以下，踰空桑兮從女。

王逸曰：迴，運也。言司命行有節度，雖乘風雨，然徐迴運而來下也。空桑，山名，司命所經。屈原修履忠貞之行，而身放棄，將愬神明、陳己之冤結，故欲踰空桑之山而要司命也。

洪興祖曰：迴翔，猶翺翔也。《山海經》云，東曰空桑之山。注云，此山出琴瑟材。《周禮》空桑之琴瑟是也。《淮南》曰，舜之時，共工振滔洪水，以薄空桑。注云，空桑，地名，在魯也。女讀作汝，親之之詞。喻欲從君也。

朱熹曰：君與女皆指神，君尊而女親也。回翔，盤旋也。

汪瑗曰：空桑，地名。《山海經》曰，東曰空桑之山。按《天文》，大司命三台星，在文昌少司命之東，故借以爲言也。從，隨也。欲少司命之降下，而己轉踰空桑以相隨，庶得以共治而分憂也。曰君者，尊之之詞。

李陳玉曰：女乃巫代神向主祭者言，女不可不感神恩。蓋空桑之生，不由父母，神之力也。今來從女，過于空桑。可謂善于佞神矣。

錢澄之曰：女字如字，凡巫之降神，類以女。迴翔以下，言其徐也。踰空桑以從，言其速也。空桑生子，知其無女，故踰而從女，陽神從陰也。

王夫之曰：稱吾稱君，皆神也。自歌者言之稱君，述神之意稱吾。女謂承祭之主人。錯舉互見意。故釋者多惑焉。

徐焕龍曰：空桑，山名，取太極無始之義。命自太極無始來，非踰空桑不能從司命，亦寓言。

李光地曰：空桑，伊尹所生也。神既來下，我則如伊尹釋耕，出空桑而從汝。

吴世尚曰：空桑，東方生氣之地也。從，隨也。君與汝，指少司命而言也。

夏大霖曰：迴翔，謂二氣氤氲融結也。下，人降生也。言司命之氣化融結成形，以降生也。

奚禄詒曰：按《吕氏春秋》有侁氏女采嬰兒於空桑，居伊水。《括地志》載，空桑澗在嵩縣，即生伊尹處，是空桑在中州明矣。大司命乃中宫三能星之首，正殷伊洛之間，故原欲過空桑而要大司命也。

劉夢鵬曰：下，謂自帝所來雲際也。從女，謂己欲從司命至帝所也。

戴震曰：空桑，山在古有華之地，伊尹所生。漢陳留故畢國也。

陳本禮曰：（君）指少司命。少司命在紫微垣文昌宫。回翔以下者，謂從文昌宫而下也。桑乃箕星之精，東方七宿之一。踰者，歷箕津而下臨祭所也。從女，神降於巫身也。〇又曰：下章明明有吾與君兮齊速語，則知此君字斷指少司命無疑。空桑，人皆誤作山名，玩《大招》有魂乎歸來，定空桑只，注，空桑，琴瑟名，又豈可以作山名解耶？

胡文英曰：君若能迴翔而下，則我將不憚辛苦，而踰空桑以從汝矣。《爾雅》，北戴斗極爲空桐。空桑，疑即空桐也。人命係於北斗，故踰以從之。

王闓運曰：女，斥君也。空桑，伊尹所居，喻輔嗣君之意。

謹按：君，指大司命，女即汝，指群巫。吴世尚以爲皆指少司命，陳本禮謂君只少司命，劉夢鵬謂女指司命，皆非。此乃主祭之巫稱大司命已降附己身，臨壇受祭，故曰君也。迴翔，徐徐盤旋翱翔也。王逸釋爲運，朱熹釋爲盤旋，洪興祖釋爲翱翔，皆近是。夏大霖釋爲二氣氤氲融結，非也。空桑，乃神話中之山名。《山海經・東山經》云：「《東次二經》之首曰空桑之山，北臨食水，東望沮吴，南望沙陵，西望湣澤。」戴震曰空桑乃山東古有莘之地，伊尹所生。奚禄詒、李光地亦以生伊尹之地當之，此自傳説之演進也。然此處之空桑，不當以實地解之。

紛總總兮九州，何壽夭兮在予。

王逸曰：總總，衆貌。予，謂司命。言普天之下，九州之民誠甚衆多，其壽老夭折，皆自施行所致，天誅加之，不在於我也。

洪興祖曰：堯時九州見《禹貢》，商九州見《爾雅》，周九州見《周禮》。鄒衍云，赤縣神州内自有九州。中國外如赤縣神州者九，乃所謂九州也。《淮南》曰，天地之間九州，東南神州曰農土，正南次州曰沃土，西南戎州曰滔土，正西弇州曰并土，正中冀州曰中土，西北台州曰肥土，正北濟州曰成土，東北薄州曰隱土，正東陽州曰申土。此言九州之大，生民之衆，或壽或夭，何以皆在於我？以我爲司命故也。言人君制生殺與奪之命也。

朱熹曰：予者，贊神而爲其自謂之稱也。言見神既降，而遂往從之，因歎其威權之盛，曰九州人民之衆如此，何其壽夭之命皆在於己也。○又曰：何壽夭兮在予，舊説人之壽夭皆其自取，何在於我，已失文意。或又以爲喻人主制生殺之柄，尤無意謂。

汪瑗曰：何者，嘆之之詞。二句見己職任之隆也。此章言己威權之盛，職任之隆，不能以獨擅，故要少司命以共謀也。

李陳玉曰：此又巫者代神自詡。

王遠曰：女，贊神者，指下土言。言神踰空桑而從女，下土之人遂代神之言曰，女九州之衆，壽考夭折，皆其作善作惡自取，何在於我也？

錢澄之曰：紛總總二句，巫作神語，自詡其威權之盛也。

林雲銘曰：何，何故也。壽夭即生死，因從司命之後，故代司命稱之曰予，猶俗言我們，連人己俱在内也。下倣此。

李光地曰：九州之衆，孰壽孰夭，其柄皆在於我。

王邦采曰：言君之功化。君雖不言，獨不曰此總總繁盛者，九州人民之衆也。何壽何夭，有不惟予是主者乎？在予而已。

吴世尚曰：何壽夭兮在予，司命不自居功之言也。

屈復曰：總總，衆貌。予者，贊神而爲其自謂之稱也。○又曰：此節言神既降而遂往從之，因歎其威權之盛，操天下生死也。九州人民之衆如此，何其壽夭之命皆在於己也？

邱仰文曰：言壽夭皆爾自爲，非予所爲。

奚禄詒曰：予，屈原自謂也，言我將過空桑要汝而詰之，人之壽考夭折，皆大司命施行，而予獨有何壽夭哉？即壽夭不貳之意也。

劉夢鵬曰：言己若得從，替襄司命，總總九州，何壽何夭，在予而已，此原自任之重也。《隋巢子》曰，司命益年，而民不夭，故以壽夭爲言。

陳本禮曰：言與少司命同治九州生命，不專在予一人也。

胡文英曰：言九州之人雖衆，何人之壽夭不在司命？暗喻己若得君，則可爲蒼生立命也。

王闓運曰：九州方亂，民命在王一人也。

馬其昶曰：壽夭之柄，司命且不能操，故欲與之適九阬，以縱觀陰陽氣化，皆莫之爲而爲。司命雖欲折麻相遺，無能爲助，老之將至，司命與己不近而愈疏，是以愁也。

謹按：九州，或謂乃《禹貢》之九州，或謂乃《淮南子·墬形訓》所謂之大九州：「東南神州曰農土，正南次州曰沃土，西南戎州曰滔土，正西弇州曰並土，正中冀州曰中土，西北台州曰肥土，正北泲州曰成土，東北薄州曰隱土，正東揚州曰申土。」大司命主管人之死生，其權限不止於中國，故此處九州當指全天下，後説是也。予，大司命自稱也。奚禄詒釋爲屈原所自謂，非也。此句之意，當從王逸之説，爲大司命自謙之語。洪興祖以爲此乃大司命自詡之詞，亦可參。又，以上八句乃飾爲大司命之主巫獨唱之詞。前四句乃大司命乘風駕雲而降，無甚分歧。後四句，一説以爲「君迴翔」二句爲群巫之詞，「紛總總」二句則爲主巫之詞，此説於「君」字之説解較爲順暢，可備參考，然以「女」爲尊上之稱，古無此例，又破韻分段，不免支離。而朱熹、李陳玉以爲後四句皆爲群巫之詞，則更爲牽强。

高飛兮安翔，乘清氣兮御陰陽。

王逸曰：言司命執持天政，不以人言易其則度，復徐飛高翔而行。陰主殺，陽主生，言司命常乘天清明之氣，御持萬民死生之命也。

洪興祖曰：《易》云，時乘六龍以御天。《莊子》曰，乘天地之正，御六氣之辨。乘猶乘車，御猶御馬也。

汪瑗曰：安翔，從容而翺翔也。……陰陽，則並清濁變化而言也。或曰，參錯成文，本謂乘御陰陽之清氣也。

周拱辰曰：安翔，非安舒之安，即何所集之意，暗指下九坑言。

錢澄之曰：高飛安翔，登天也。巫自矜與神同登也。

王夫之曰：超形器之上曰高飛。善屈伸之用曰安翔。清氣，沖和之氣，理陰陽以立性命者也。

李光地曰：夫壽夭者，陰陽之所爲也。乘清氣以御陰陽，則陽不蕩而陰不傷矣。

吴世尚曰：高飛，獨立物表也。安翔，穩執化機也。……清氣，大初之元氣也。……陰陽，陰陽會合沖和之氣也。

邱仰文曰：（高飛四句）喻得君行道，調和陰陽也。

陳本禮曰：瞬降即逝，蓋道帝心急，不敢久留人間也。（吾）大司命自謂。

胡文英曰：高飛，則無卑近之爲；安翔，則無勞苦之迹。乘清氣，則所行無濁亂之事；調陰陽，則萬物無夭札之虞。

王闓運曰：清氣，喻初政當清明也。

謹按：此乃群巫贊頌大司命之詞，亦狀主巫之舞姿。安翔，汪瑗釋爲從容而翱翔，是也。錢澄之、吴世尚之説亦近是。獨周拱辰釋安爲何，恐非。清氣，太空中清明之氣，即天地間之正氣。又王夫之釋爲沖和之氣。陰陽，古人以爲陰陽二氣參合乃生萬物，但因大司命主人之死生，故此陰陽專指人之命運變化，王逸之説得之。

吾與君兮齋速，導帝之兮九坑。

王逸曰：吾，屈原自謂也。齋，戒也。速，疾也。言己願修飾，急疾齋戒，侍從於君，導迎天帝出入九州之山，冀得陳己情也。

洪興祖曰：齋速者，齋戒以自敕也。之，適也。坑音岡，山脊也。《周禮・職方氏》，九州山鎮曰會稽、衡山、華山、沂山、岱山、嶽山、醫無閭、霍山、恒山也。《淮南》曰，天地之間，九州八極，土有九山，山有九塞。何謂九山？會稽、泰山、王屋、首山、太華、岐山、太行、羊腸、孟門也。原言司命代天操生殺之柄，人君亦代天制一國之命，故欲與司命導帝適九州之山，以觀四方之風俗，天下之治亂。

朱熹曰：齊速，整齊而疾速也。此言己得從明神，登天極，奉至尊，而周宇内也。

汪瑗曰：齊速，齊整而疾速也。一曰，齊，並也，亦通。……九坑，猶言九垓，謂九州也。言己與少司命御氣飛翱，敬奉天帝，而遍察九州之衆，以制壽夭之命也。

李陳玉曰：九州謂九坑，可知都在坑穽中；無帝誰育，無神誰爲帝育。

周拱辰曰：導者，導以降己之地，而已得致其親也。

王遠曰：此（按，指高飛至九坑四句）言神之來也。……吾，亦贊神者自稱。言與司命導帝，遍觀九州風土人情，而施其福善禍淫之權也。

錢澄之曰：司命雖司賞罰，掌壽夭，然必奉帝命以行。祀者祈神，神必上秉於帝，導帝以周察九州，應壽應夭，然後可下而施福於人。上文何壽夭兮在予，明不在予也。

王夫之曰：吾，代司命自稱。君，謂人也。齋，偕也。速，言化之倏忽也。帝之，猶言帝所。帝之所在，天也。九坑，地也。人之生也，受魂於天，受魄於地。其死也，魂升於天，魄降於地，皆司命導之，合萬彙而化之速也。

徐焕龍曰：王者時巡方嶽，則知天帝亦時臨九坑。言似誕而非誣。

李光地曰：齋戒檢束，以導上帝而臨九州，乘清氣之極也。

蔣驥曰：坑，崗同。今荆州府松滋縣及長沙府益陽縣皆有九崗山，又常德府有九崗冲，皆屬楚地。未知孰指。

王邦采曰：齊速蒙上從女句來。

吴世尚曰：吾，司命自謂。君，指少司命也。齋速，戒飭也。導，先路也。……言群生壽夭皆自然之理，乃上帝所主持，吾與君不過導揚帝命，而布於九州耳。

夏大霖曰：九坑，猶九泉，死歸之地，與司命之理通，則死歸九坑，而此理在天地之間常存不泯，是吾導司命之道同歸也。此原始要終，全而歸之也。

劉夢鵬曰：與猶從也，即上文所謂從女。

桂馥曰：炊餔疾也者，餔當爲釜，《玉篇》作釜。《離騷》，反信讒而齎怒。王注，齎，疾也。案《九歌》，吾與君兮齋速，借齋爲齎，注訓齋戒，非是。

陳本禮曰：（吾乃）大司命自謂，（君指）少司命。○又曰，斗爲帝車，運行天上。九阬，九宫也。三台司命，隨車運轉，飛歷九宫，宣道帝命，而施福善禍淫之政焉。天上九宫應地下九州，故曰九阬。齊速，有感必應，無所留滯也。

胡文英曰：與君齊速，暗喻君臣交勉，恐美人之遲暮，故願導夫先路。帝以主宰言，亦謂神也。九坑，九州之坑坎也。是時民皆陷溺，列國之君，不知民間疾苦，故欲與覿而拯之也。

俞樾曰：吾與君兮齋速。注曰，齋，戒也。速，疾也。又曰，言己願修飾急疾齋戒。愚按，此未達古義，齋、速二字連文，即齊遫也。《禮記·玉藻篇》，君子之容舒遲，見所尊者齊遫。鄭注曰，謙慤貌也。遫，猶蹙蹙也。《正義》曰，齊謂齊，齊遫謂蹙蹙。言自斂持，不敢自寬奢，故注云謙慤貌也。詳鄭、孔之説，非急疾齊戒之謂。古書或作齊肅，《國語·楚語》故齊肅以承之，是也。或作齊宿，《孟子·公孫丑篇》弟子齊宿而後敢言，是也。並字異而義同。皇氏解《禮》齊遫，謂裳下蹙斂。趙氏解《孟子》齊宿，謂素持敬心，蓋古語之失傳也久矣。

以歸。

王闓運曰：齋遬，敬疾也。帝，謂懷王也。阬，虛也。九阬，九州空虛之地，欲道王從間道

馬其昶曰：張文虎曰，齊速即齊遬。《玉藻》，君子之容舒遲，見所尊者齊遬。《述聞》云，《爾雅》，齊，疾也。齊遬與舒遲對文，二字同義。

武延緒曰：按《詩》既齊既稷，既匡既敕，即本文所出也。速，疑讀敕。注，速，《禮記》作遬，遬、敕古分。或曰，《詩》稷訓速，此之齊速，即彼之齊稷也。按若讀齊爲齋，則當讀速爲敕；齊讀如字，則速當讀遬，明矣。《石鼓》麀鹿速速，籀正作遬。

謹按：此言主巫、群巫合舞之容。吾，群巫自指，王遠之説是也。王逸釋爲屈原自謂，王夫之、吴世尚、陳本禮釋爲司命自稱，皆非。君與帝皆指大司命，而帝乃尊稱也。王夫之釋君爲人，吴世尚、陳本禮釋君爲少司命。王闓運釋帝爲懷王，非也；錢澄之釋爲上帝，則别出一上帝，實乃節外生枝；胡文英釋帝爲主宰世間之神，可通。齋速，當從朱熹本作齊，朱熹、汪瑗、王夫之皆釋爲整齊而疾速也，甚是。王逸釋齋爲戒飭，速爲疾速。洪興祖、吴世尚則謂齋、速皆戒飭也。王、洪、吴之説皆以齋字立説，恐非文義。桂馥又謂齋、速皆疾速也，此説可參。俞樾則謂齋、速皆謙慤也。又今人郭在貽《楚辭解詁》云：「今謂齊速實即聯綿詞趑趄一聲之轉。聲轉又爲躊躇、踟蹰、首鼠、首施、首攝、嫡孎等等，均爲同一語根所分化之同族詞。以言行動，則爲趑趄不前；以表

情態，則爲謙愨謹畏；以狀心理，則爲躊躇不決；以喻女德，則爲嫡孎。然則《大司命》「吾與君兮齋速，導帝之兮九坑」之齊速，當即謹畏虔敬之貌，意謂：我與君（指大司命）謹畏虔敬地迎接上帝降臨於九坑。」此説雖可參，然終不若朱説之通達。且於大司命之外别出一上帝，亦不合《九歌》之祭祀體制。九坑，王逸、洪興祖釋爲九州之山，汪瑗釋爲九州，王夫之釋爲地，説雖不同，義可相通，皆言九州大地。又夏大霖釋爲九泉，陳本禮釋爲九宫。蔣驥釋爲楚中某地，恐非是。胡文英、王闓運釋爲九州中坑坎空虚之處，亦非是。又，以上四句乃群巫之詞。

靈衣兮被被，玉佩兮陸離。

王逸曰：被被，長貌。言己得依隨司命，被服神衣，被被而長；玉佩衆多，陸離而美也。

洪興祖曰：被與披同。

汪瑗曰：靈衣玉佩，指天帝之所服者。被被，美好貌。或以爲大司命自謂，或以爲指少司命。恐未是。

錢澄之曰：靈，指神之附於巫而言。衣與佩，即在巫身者是也。被被，衣奔趨而欲解也。……陸離，佩動摇而成色也。承上章登天導帝，上下勤渠，故衣佩皆如此。

王夫之曰：被被，猶言翩翩。陸離，文采貌。狀神之容，在若有若無之間。紛綸旁薄，摶合陰陽，分劑各得，以立生人之壽命於無所爲之中，而人莫能知也。此言大司命所以操九州生民壽夭之故，而極贊其功德之盛如此。

徐焕龍曰：二句可作司命洋洋如在之相，亦可作天帝垂衣佩玉之容。

李光地曰：衣佩從容，以制天下之命。一刑一德，而莫知爲之者，御陰陽之效也。

吴世尚曰：靈衣，猶言命服也。

劉夢鵬曰：靈衣被被，謂司命也。玉佩陸離，原自謂。皆齊速導帝時衣佩然也。

陳本禮曰：靈衣玉佩，道帝之服，此神將道帝他往。

胡文英曰：言方行時，見神之佩服安翔如是。

王闓運曰：衣佩，見於外者也。披離，不檢束之意。《哀郢》曰，妒被離而障之。

謹按：此贊大司命之裝束也。劉夢鵬謂上句指司命，下句指屈原，非也。靈，當從《太平御覽》及《北堂書鈔》作雲，指大司命所服之衣以雲紋爲飾，或以雲爲衣，均可通。按，《九歌》中惟有群巫稱主巫爲靈，無主巫自稱爲靈者，此處乃主巫獨唱之詞，不當以靈自稱。聞一多《楚辭校補》云：「靈當爲雲字之誤也。俗書靈作霊，與雲形近易混。雲衣與玉佩對文。《東·君》曰：青雲衣兮白霓裳，亦云雲衣。《九歎·遠逝》曰：服雲衣之披披，則全襲此文。」此説是。被被，翩然飄動貌。又王逸釋爲長貌，汪瑗釋爲美好貌，錢澄之釋爲衣奔趨而欲解，皆可參。陸離，光彩閃爍貌，王夫之釋爲文采貌，錢澄之釋爲摇動而成色，亦近是。

## 壹陰兮壹陽，衆莫知兮余所爲。

王逸曰：陰，晦也。陽，明也。屈原言己得配神俱行，出陰入陽，一晦一明，衆人無緣知我所爲作也。

洪興祖曰：此言司命開闔變化，能制萬民之命，人君亦當如此也。

朱熹曰：壹陰壹陽，言其變化循環，無有窮已也。

汪瑗曰：一陰一陽，言一陰而又一陽，一陽而又一陰，其變化循環無有窮已也。其語意如《易》一陰一陽之謂道之一陰一陽也。衆，指九州總總之人民也。莫知，猶言不測也。謂使之壽或使之夭也。

陳第曰：一陰一陽，言死生禍福之倚伏。

李陳玉曰：描寫神降威光，造化隨身，鑪錘在手。

王遠曰：余，猶己也。言司命開闔變化，制萬民之命，實民自取，衆人乃不知爲己之所爲也。

錢澄之曰：一陰一陽，《易》所謂陰陽不測之謂神也。壽夭在予，與莫知予所爲二予字，皆巫代神自稱。巫自以神陽巫陰，陰陽相合而有爲，欲分功於神也。

林雲銘曰：九州中或生或死，皆司命所御之陰陽二氣爲之，而人莫之知，是人受氣以後，數已定矣。

徐焕龍曰：惟此時，巡九坑之帝，但見其靈衣被被，垂衣裳而端拱；玉佩陸離，鏘鳴佩以無爲。何以一陰一陽之變化，鼓鑄萬物於無外，循環千古而有餘？蓋實有司之者。舉世之衆，曾莫知其余所爲也。○又曰：贊歎凡三，屢進而微。何壽夭，莫外之功；乘清氣，神功之本。一陰一陽，則生生之妙。

蔣驥曰：余，祭者自謂。言司命憑神御氣，不疾而速，而從之者常與之齊，須臾之間則見神已宣導帝命，至於九崗，因引之來祭所，而容飾精氣，儼然如在焉。衆人但知神之降，而豈知求之者若即若離，極所爲之妙而能然乎。

吴世尚曰：一陰一陽，迭運不已，萬物雖多，無不出於陰陽之變，此造化之所以爲妙。而衆莫知其何以然而然者也，此則余之所爲也。而豈余爲壽夭哉？

屈復曰：此節言已得從神明登天，極奉至尊，須臾間而周宇内，但見神之靈衣玉佩威儀甚都，而衆卒莫測其陰陽所爲也。

夏大霖曰：賦命之理者，其所佩服皆莊嚴貴重以立體。其事爲，皆合乎陰陽。以利用不同流俗，衆又烏知予哉？此合上二節而申言之，皆靈均自謂也。

奚禄詒曰：至於内美，則一陰一陽之道，循環無已，重之以修能也。此予之所爲，而衆莫之知也。即上壽夭不貳意。

劉夢鵬曰：一陰一陽，調燮和同，使無愆伏，斯夭札不作，此壽世之事，其功微妙，故衆莫知己所爲也。

戴震曰：此又言陰陽循環，司命所爲，衆人莫知也。

陳本禮曰：一陰一陽者，言人之壽命莫不本乎陰陽。我雖主之，亦惟有順帝之命，代天宣化耳，何能與造物分其權，故曰衆莫知予所爲。此臨去諭祭者之無益也。○又曰：已上皆大司命之語。

胡文英曰：壹陰壹陽，言或有默而運之者，或有顯而布之者，衆人豈能知其功用之所存哉？

王闓運曰：壹，猶專也。陰隱陽見，專任其意，言己謀策，不求諒於衆，故有私黨之疑。

謹按：此乃大司命自詡之詞，與前「乘清氣兮御陰陽」相應，謂其掌人之陰陽生死，而衆人皆不知也。王逸謂此乃屈原自述，蔣驥曰此乃祭者自謂，皆非。壹陰兮壹陽，謂掌生死之變化也。朱熹、汪瑗、陳第、吴世尚則釋爲陰陽變化循環無已，林雲銘又謂生死乃司命所御之陰陽二氣，二説可參。

折疏麻兮瑶華，將以遺兮離居。

王逸曰：疏麻，神麻也。瑶華，玉華也。離居，謂隱者也。言己雖出陰入陽，涉歷殊方，猶思離居隱士，將折神麻，采玉華以遺與之，明己行度如玉，不以苦樂易其志也。

洪興祖曰：謝靈運詩云，折麻心莫展。又云，瑶華未敢折。説者云，瑶華，麻花也，其色白，故比於瑶。此花香，服食可致長壽，故以爲美，將以贈遠。江淹《雜擬詩》云，雜珮雖可贈，疏華竟無陳。李善云，疏華，瑶華也。遺，去聲。離居，猶遠者也。自此以下，屈原陳己之志於司命也。

李時珍曰：苧麻，舊不著所出州土，今閩蜀江浙多有之。剥其皮，可以績布。苗高七八尺，葉如楮葉而無叉，面青背白，有短毛，夏秋間着細穗，青花，其根黄白而輕虚，二月、八月采。按陸璣《草木疏》云，苧，一科數十莖，宿根在土中，至春自生，不須栽種。荆揚間歲三刈，諸園種之，歲再刈，便剥取其皮，以竹刮其表，厚處自脱，得裹如筋者，煮之用緝布，今江浙閩中尚復如此。宗奭曰，苧如蕁麻，花如白楊而長。成穗，每一朵凡數十穗，青白色。時珍曰，苧，家苧也。又有山苧、野苧也。有紫苧，葉面紫；白苧，葉面青，其背皆白，可刮洗煮食救荒，味甘美，其子茶褐色。九月收之，二月可種，宿根亦自生。

汪瑗曰：此章極叙己與少司命離别之嘆、衰老之苦也。麻，穀名也，其生扶疏，故曰疏麻。……瑶華，猶曰瓊芳，贊美之詞耳。離居，彼此分處也，故折疏麻之瑶華以贈之，而慰此離别之情也。

一曰，麻華香，服食可致長年，故以爲美，將以贈遠。然服食延年之説，又與二司掌人壽夭之説，及下句老冉冉之説相合，意頗新奇，未知是否。

陳第曰：言欲以此二物（按，指疏麻、瑶華）以遺所離居之人，謂君也。不然老之將至，不寖近而益疏矣，此忠愛無極之意也。

周拱辰曰：《南越志》，疏麻，大二圍，四時結實，無衰落，華色香白，服食可致延年，故以爲美，以贈尊者。遺兮離居，離人世而宸居，高不可攀之人也。

王萌曰：離居，即指神也。

錢澄之曰：離居，神將去而與巫離。疏麻瑶華，所以識别意也。

王夫之曰：離居，謂主人與神異處，故曰離居。神折瑶華以遺人，所以延其壽命。

張詩曰：言吾折此扶疏之麻，摘其瑶華，將以遺乎離别而索居者。

李光地曰：（折疏麻以下各句言）前則同遊，今則離居，日月逝矣，不近以疏，故彼則乘龍以高馳，我則結芳而延竚，安得不爲斯人而愁哉。愁之何？心願其自今以往，與我無虧耳。又自念或離或合，蓋有冥冥之命存焉，固非人之所能爲也。此孔、孟、臧倉、伯寮之意。

吴世尚曰：疏麻，神麻也，其花色白，故曰瑶華，食之可以長壽。……離居，謂將離去此世而不居，乃死之别名也。

夏大霖曰：離居，不合於君，不偕於俗，與原類者。

奚禄詒曰：疏麻即胡麻。……王注曰神麻，卻無所考。惟胡麻一名巨勝，陶弘景云仙家所服。漢明帝時，天台二女子以胡麻飯劉晨、阮肇。劉禹錫《圖經》曰，胡麻若夫婦同種，其熟必茂。《本事詩》曰，胡麻好種無人種，正待歸時君不歸。即此推之，則贈離別正當用此，其爲胡麻無疑。

胡文英曰：疏麻，莖葉俱似紫蘇而青，花青白色，蜀中遍産之。離居，離群索居也。蓋上文本皆意想之境，未嘗實得如是，故于此欲折瑶華以結離居之心，如下文所云，不寖近恐愈自疏也。

王闓運曰：疏麻可書，言將通問懷王。

謹按：此言大司命離别衆人時，贈物與之也。疏麻，王逸注釋爲神麻，奚禄詒釋爲胡麻。聞一多《九歌解詁》云：「神升聲近，疑神麻即升麻。本草『升麻産於溪澗陰地，以蜀中出者爲勝。莖高二三尺，夏開白花，根紫黑色，多鬚，可入藥』。升麻白花與瑶華白色正合。葛立方《韻語陽秋》卷十六『瑶華謂麻之華白也』是其證。疏麻花白色，似玉，故謂之瑶華。疏，《韻語陽秋》引作疎，駱賓王《思家詩》『離恨折疎麻』。蓋疏麻是隱語，借草名中的疏字以暗示行將分散之意。」二説雖不同，然皆謂贈疏麻有離别之意，可參。瑶華，乃疏麻之花也，色白如玉，故稱瑶華。洪興祖引謝靈運詩考之，可參。按大司命主人之壽夭，以疏麻之花贈人，乃長壽之吉兆。王逸釋爲玉華，以此與疏麻爲二物，非也。汪瑗謂瑶華猶瓊芳，美稱耳，亦恐非。離居，謂離别遠居之人，指世人也。因大司命將别衆人，故稱後者爲離居。而陳第釋爲與君離，王萌釋爲與神離，錢澄之釋爲神與巫離，皆非。又王逸、胡文英釋離居爲離群索居之隱者，吴世尚釋爲離去此世而死也，夏大霖釋爲不合於君，亦非。

老冉冉兮既極，不寖近兮愈疏。

王逸曰：極，窮也。寖，稍也。疏，遠也。言履行忠信，從小至老，命將窮矣。而君猶疑之，不稍親近，而日以疏遠也。

汪瑗曰：既極者，深嘆其衰老之詞也。

李陳玉曰：此又屈原自澆磊塊處。不近愈疏，吾于吾君，用此老矣，神又何敢。

錢澄之曰：巫因神之惜别，而悲己之漸老，後會之無期也。不近則疏，所謂日遠日疏也。神折疏麻，亦寓此義。

王夫之曰：極，至也。老冉冉其將至矣，非承神貺而親近之，則神將去己，日以疏遠，而生理不足以存，故欣其來而唯恐其去也。

徐焕龍曰：此（按，指折疏麻以下四句）追述其積誠之愫，無路可通於神。今幸神臨，可以漸近，蓋唯恐其速去，而哀籲以留之。言我向者折疏麻與瑶華，將以遺君。奈天人路隔，君居於穆之鄉，我囿形骸之內，其居實離，欲遺無從。光陰冉冉，我今老且既極，而不及君之降，一寖近君，覿面失之，則我之所以疏君者，較離居之疏愈甚矣。君其爲我少留，假我片時寖近之緣乎。

蔣驥曰：此（按，指折疏麻至愈疏四句）向神自訴之辭。……知其不可久留，故自言折此麻華，將以備別後之遺，以其年既老，不及時與神相近，恐死期將及，而益以疏闊也，蓋訴而寓祈之意。

吴世尚曰：言人之有生，而必有死也，乃天地自然之常理，非人之所能爲也。故我將折此疏麻之瑶華，用以贈彼辭居此世之人。而謂之曰老冉冉而既至矣，豈有不漸近於死，而反愈遠於死者乎？雖疏麻之瑶華，日餐之，可奈何？此又示之以生死原尋常事也。

劉夢鵬曰：言己志潔行芳，將欲持贈而放廢離居，年既老而不得近也。因上文借從司命爲言，而忽自嘆其如此。

陳本禮曰：此（按，指折疏麻至愈疏四句）留神之語。疏麻瑶華皆極難購之品，將以遺者，言别離在即，囑其少爲居此，以待其從容而往折也。老冉冉者，悼光陰易過，恐一去而欲遺無從，若不及君之降臨一寖近君，則我之疏君愈甚矣。〇又曰：以下皆主祭者之詞。疏麻喻芳，離居寓君，只此四語，露思君正意。

胡文英曰：極，至也。老既至而不自親于君，諺所謂日遠日疏也。此亦古人寧乞憐于君父之意也。

王闓運曰：老，謂懷王已傳國也。將愈疏於臣民，故當近之。

謹按：此乃大司命自歎之詞，以抒離别之慨。李陳玉以爲此乃屈原自述之詞，錢澄之釋爲巫之語，蔣驥、陳本禮釋爲人對神之語，皆非。又，以上八句乃飾爲大司命之主巫獨唱之詞。

乘龍兮轔轔，高駝兮沖天。

王逸曰：轔轔，車聲，《詩》云有車轔轔也。言己雖見疏遠，執志彌堅，想乘神龍，轔轔然而有節度，抗志高行，沖天而驅，不以貧困有枉橈也。

洪興祖曰：今《詩》作鄰。《史記》云，一飛沖天。沖，持弓切，直上飛也。《集韻》作翀，與沖通。此言司命高馳而去，不復留也。

吴世尚曰：此以下，則大司命既去，而屈原致思之詞也。……言司命乘龍沖天，反於高空，而我結桂枝以久立，愈愁思而不能已也。

胡文英曰：乘龍，驂駕也。轔轔，如車轔轔，衆多之意。此承迴翔以下而言，神竟不相顧而去矣。神本未嘗下，而今忽見其去，猶君未嘗近而忽若可近。君本自昔而然，而忽若自今而奪其愛者，忠臣愛君之忱所必至也。

王闓運曰：乘龍者，嗣王也。轔轔難進，馳則沖天，言但欲自尊立。

謹按：此言大司命之去也。王闓運謂乘龍者乃嗣王，非也。

結桂枝兮延竚，羌愈思兮愁人。

王逸曰：延，長也。竚，立也。《詩》曰，竚立以泣。言己乘龍沖天，非心所樂，猶結木爲誓，長立而望，想念楚國，愁且思也。

洪興祖曰：竚，久立也，直吕切。此言司命既去，猶結桂枝以延望，喻君捨己不顧，益憂思也。

汪瑗曰：思者，愁苦之情思也。言己乘龍高馳，結桂延佇，而不見少司命迴翔以下來此，己之所以愁思而愈甚也。愁人，亦大司命自謂也。

王夫之曰：言神不寢近則愈疏，若既去之後，乘龍上天，則雖懷芳延佇，不可得而再見，唯愁思永結而已。

徐焕龍曰：結桂枝者，結速多枝，聚其香於祭所也。桂香神所歆，故降神以桂酒。既祭神去，何敢復灌以要再降？但結桂枝，希幸神之聞馨回顧耳。

屈復曰：此節言神靈既去而不留，人壽幾何，河清難俟。故使己延望而怨思，如《雲中君》卒章之意也。

夏大霖曰：言愈疏如此，固吾命也。吾亦乘陽高舉，以從上天之司命耳。若結芳香延待於此，則撫念生愁，不可堪也。

奚禄詒曰：言大司命乘龍駕車衝天而去，已乃結桂枝以繫維之，願與己遷延竚立，少留其時，一去而令我愈加思慕愁苦矣。

陳本禮曰：此（按，指乘龍至愁人四句）悵神去太疾，不及待其折疏麻瑶華矣。結桂延竚，是於急不待緩之時，又思所以暫挽之術。無如高駝沖天，留既不能，贈又不及，所以愈思而愈愁也。

胡文英曰：延竚，望君已去而能來也。迨久而不至，則愈思而愈足愁矣。

王闓運曰：桂木赤心，以自喻也。

武延緒曰：按愈與愉通。《爾雅·釋詁》，愉，勞也。《詩·小雅》，憂心愈愈。蘇氏曰，愈愈，益甚之意。按益甚，則勞之謂也。

謹按：此寫大司命已去，而衆人之思未盡。結桂枝，聞一多《離騷解詁》云：「蓋楚俗男女相慕，欲致其意，則解其所佩之芳草，束結爲記，以詒之其人。結佩以寄意，蓋上世結繩以記事之遺。己所欲言，皆寓結中，故謂之結言。……《九歌·大司命篇》曰：結桂枝兮延佇，亦猶此類。」謂此乃束結爲記，寄寓情思，説亦可參，然此處所寄者顯非男女相慕之情。延竚，王逸、洪興祖釋爲久立，而段玉裁謂古書中之延佇、延竚皆當釋爲長望，無站立之意，其説可參。

愁人兮奈何，願若今兮無虧。

王逸曰：虧，歇也。言己愁思安可奈何乎？願身行善，常若於今，無有歇也。

朱熹曰：無虧，保守志行，無損缺也。

汪瑗曰：愁人奈何，故設爲詰之之詞。無虧，謂無離别之嘆與衰老之情也。

陳第曰：虧，缺也。願固守其節，無有虧缺，此在我可必者，若禀命有當然之分，一離一合，豈人之所能乎？此順受正命之意也。〇又曰：此篇其意精妙，可與《列子·力命》並觀。

李陳玉曰：但能謹身，即是事神。

周拱辰曰：願若今兮無虧，言願今後永以爲好，無相虧蔽也。

錢澄之曰：若今無虧，言謹守此身以待神之再降，此從老冉冉既極又轉一想也。

蔣驥曰：若今無虧，因老之既極而言。年已邁矣，感今别之易，慮後會之難，故愈思愈愁。而祈其自今以往，長得與神相遇於承祭之時，無有虧損也。

吴世尚曰：若今無虧，言常如今日而更不老也。

陳本禮曰：此從無可奈何中想出一解愁之方，並以釋不寖近而愈疏之惑。唯昭質未虧，前大夫已言之矣，此又曰無虧者，益加自勉也。

胡文英曰：願若今無虧，臣請改事于君，而君亦可以亡羊而補牢也。

王闓運曰：祝懷王無死，己則誓死也。

畢大琛曰：（此言）願常如今日之康强，無所虧損，方可救楚亂。

馬其昶曰：若，猶及也。

謹按：若今，王逸釋爲若於今，是也。周拱辰、蔣驥釋爲今之後，馬其昶釋若爲及，皆非。無虧，謂盡禮無虧也，蔣驥説較爲近是，然其釋無虧之義又過於籠統。王逸釋虧爲歇，朱熹、陳第釋爲保守志行無有虧損，皆謂無虧即望己行善不輟，堅守志行，此二説似嫌迂曲。汪瑗釋爲無離别、衰老之歎，畢大琛釋爲身體康强，皆可參。

固人命兮有當，孰離合兮可爲。

王逸曰：言人受命而生，有當貴賤貧富者，是天禄也。己獨放逐離别，不復會合，不可爲思也。

洪興祖曰：君子之仕也，去就有義，用捨有命。屈子於同姓事君之義盡矣，其不見用，則有命焉，或離或合，神實司之，非人所能爲也。一云孰離合兮不可爲。

汪瑗曰：人命，壽夭之命也。有當，言有一定之數也。孰離合可爲，言人之或離或合，而非人力之所可爲也。……或曰，大司命既與少司命爲同寮，奚有離居之歎？又以爲壽夭在己，奚有衰老之嗟？曰，吾固謂《九歌》之作如今之樂府然也。屈子不過借此題目寓人事於天道，以寫己之意耳。讀者不以詞害意可也。或曰，天文三台星與文昌星，實東西相望而不相比，故致離居之意也。亦通。

李陳玉曰：既有大司命在，吾與君離合皆有命在，豈合怨人？〇又曰：此章寫其從天門下人間一段，威神而絕無所求，亦無所訴，此是屈子最高處。

周拱辰曰：孰離合兮可爲，人固有命焉，孰離合也而可爲乎？言離合莫非命也。正是含愁冀倖語，非安命語。

陸時雍曰：大司命何其贊嘆之至也？以其尊而不可近，無可奈何而安之若命，非忘情焉者也。固人命兮有當，孰離合兮可爲，可謂冷語熱衷矣。

王萌曰：章首曰何壽夭兮在予，繼曰衆莫知兮余所爲，以影言命非人所能爲也。卒乃正言之，而先矢之以無虧。《魯論》曰，不知命無以爲君子也。《莊子》曰，知其不可奈何而安之若命，安命而後可以守死，守死而後可以立名。懷沙之人，胸中本領固不同矣。《九歌》諸章，初無一字漫及於理，獨此處云云者，正以其爲大司命，禍福理數皆於是出，可以伸吾正氣之談也。

王遠曰：此自信堅決之詞。言人命各有所當，離合非吾可爲，惟當順受其正而已。

錢澄之曰：合，指神之附於身也。離，神去而離巫，上所謂離居也。言神之來去，皆人命壽夭所關，其離合，非人所能爲也。

賀寬曰：結桂枝兮延佇，猶之結幽蘭而延佇也。然無可奈何之中，求一遣愁之法，惟有保吾素守，令其無虧，猶之昭質其猶未虧也。人命各有所當，孰離孰合，非吾可爲，若順受其正，則固吾所可爲也。

林雲銘曰：命之所在，實統於帝，或離或合，即司命亦不能以私意轉移。此乃不可爲者，思之無益也。

徐焕龍曰：至於人生之命，固各有應當。夫孰一離一合，可以人力爲之者乎？語該一切生死窮通，然亦就神之去來倏分離合爲言。

蔣驥曰：當，主也。人命至大而神主之，其尊甚矣。其離與合，人孰敢參預其間哉？○又曰：（乘龍至可爲八句）言神去也。

吴世尚曰：當，猶定也。離則死，合則生。爲，人力也。承上言，愁人者果何事也？但願使我長如今日而更無虧損耳。既又自思，人之受命，原有定分而不可易者，孰有離合生死而可以人力爲之者乎？此亦與上文司命所言同一意也。

屈復曰：此節言人受命而生，貧富貴賤各有所當，孰可爲者？或離或合，帝實主之，亦非大司命所能爲，而况人乎？但順受其正而已。

夏大霖曰：此（按，指愁人至可爲四句）言今日之事壤已定，無可復追，若君臣離合之故，亦已如此，愁人亦奈之何哉？豈知予所愁者，若僅若今之壤，予不愁矣。誠恐無所抵止，而心願其常保若今，再無虧損耳。若予一身之通塞，則人之司命有一定之當然者，予又何以君臣離合之故爲予愁哉。

曹同春曰：人命固有定期，離合亦有定數。離合尚不可必，何論壽夭哉？屈子以死自矢，此司命所無如何者也。

奚禄詒曰：夫命之壽夭，固視人之所當得，然在人之自爲，孰有或離乎天命，或合乎天命而可任其所爲者哉？必當有所以立命者也。

劉夢鵬曰：當，猶受也。言己雖愁苦，其奈之何哉？惟自守其常，無虧其素而已。至遇合與否，乃壽夭所關，天下民命實受之，行止非人所能爲也。安之而已，又何怨乎？此則質言以結之。

戴震曰：即此離合之不偶，固命有當然，非人所得爲。

陳本禮曰：語云，不知命無以爲君子也。《莊子》曰，知其不可而安之若命。屈子亦惟自盡其所當然而已，離之未必遽殀，合之未必能壽也。況司命陰陽之語，已寓有命在而有當之説，原於生死之際，固已早了然於心矣。注家紛紛泥壽殀之説，失其旨矣。

胡文英曰：極吾忱悃而不得爲蒼生請命，則必下民有應受此陷溺之苦，而非人可謀其離合者矣。《孟子》，夫天未欲平治天下也。行止非人之所能爲，語雖不同，而意實相類。夫聖賢忠義之士，豈僅爲身謀其顯晦哉？

馬其昶曰：一篇之中，兩用爲字，分陰陽舒斂，以爲聲韻。懷王欲事神邀福，此言命不可爲，其因事納忠，懇懇如此。

武延緒曰：按當，疑當爲常。

謹按：人命，謂人之生死壽夭也。或曰謂人之命運，亦通。有當，猶言有定，汪瑗、吴世尚説是也。蔣驥釋爲有主，武延緒釋爲有常，劉夢鵬釋爲有受，均可參。離合，司命與世人之離別、聚合也。錢澄之釋爲司命之神或附或離於巫者之身，吴世尚則釋爲生死，亦可參。又，以上八句乃群巫所唱之送神曲。

# 少司命

羅願曰：少司命，主人子孫者也。

朱熹曰：按前篇注説有兩司命，則彼固爲上台，而此則文昌第四星歟？

汪瑗曰：此篇乃少司命答大司命之詞。……曰予、曰余者，皆少司命自謂也。曰君、曰汝、曰蓀、曰嬀人者，皆少司命謂大司命者也。篇内不復重出，讀者詳之。

陸時雍曰：芳與芳宜，何爲愁苦？徒多愁苦者，祇心勞也。滿堂兮美人，獨與余目成，何多幸乎？蓀其美之最至者乎，如此别離，如此相知，宜其須於雲之際。所云目成，有情無言，心與而未能把臂也。晞髮山阿徜徉，已罄己懷，慕之而贊歎之，若不能以其身往，不能以其肝附。大抵愛人者，固自以爲己愛，思人者，因自以爲己思，此鍾情者所必至也。

錢澄之曰：同一司命，以其少也，而聚滿堂之美人以要之，楚之淫俗也。神棄而不顧，而於所應降者，亦若遠若近，守正如此，宜爲民正者也。要皆原之改訂而後有此，先時蓋必如河伯娶婦之俗，極其褻狎矣。

林雲銘曰：舊注以爲女巫之言。愁苦指巫求于神，目成指神降於巫，與起興語意了無交涉。不知少司命與大司命均屬陽神，何以見其必當用女巫，不用男覡也？且句句説到思君上去，全不理論本題正旨，杜撰扭捏，生出無數葛藤，以致上下文血脈不貫，末段又把幼艾解作美女，試問擁美女之人有何善行可以爲民正耶？而王注以爲比賢臣，如《離騷》求女之説，豈知求女以保厥美，而改求其意不在美耶？細讀《離騷》本文自知。

方廷珪曰：司命主人生死，是人才之長養夭折，皆司命主之，故借之以況君。通篇關心在忽與予目成句，蓋大夫時雖見疏，未嘗不朝夕進見，王雖一時入上官之讒，未必無悔悟之心，但左徒之位未復，不如向日委任之專耳。……且今日所稱爲美人，即後所變爲蕭艾，今日所望爲民正，即後所怨爲浩蕩，此猶目之爲美人，期之爲民正，詞意纏綿和厚，《騷》中所謂恕己量人是也。文義明白易曉，無用穿鑿附會，則疏與替是兩截事，《歌》與《騷》是兩時事，《歌》先而《騷》後也，苟起龍門而問之，當不河漢予言乎！

徐焕龍曰：天無二命，有大司，復有少司，亦《祭統》、《祭義》之無可確證者。其神或有或無，或來或不來，皆未可知。是以一篇之中，但借男女之相思相憶，比神人之乍合乍離，而不若上篇之惟以司命形容贊歎，只結語略言其概，卻又少司命之詞。

蔣驥曰：《大司命》之辭肅，《少司命》之辭昵，尊卑之等也，其寓意則一而已。〇又曰：大司命主壽，故以壽夭壯老爲言；少司命主緣，故以男女離合爲説，殆月老之類也。夫君臣遇合之間，其緣亦大矣，故於此三致意云。

屈復曰：前篇以安命結，此篇以安命始。本無非分之想，忽而親好，忽而别離，悦兮浩歌，亦復何益？惟望其登天之後，不負目成之好耳。

夏大霖曰：此篇中曰美子、曰忽目成、曰新相知、曰沐、曰晞髮、曰撫彗星、擁幼艾，皆新君初立，屈子冀望除舊布新，休息生聚字法。

桂馥曰：以豚祠司命者。《春秋佐助期》，司命神，名滅黨，長八尺，小鼻，望羊，多髭，癯瘦，通於命運期度。本書，從又，持肉以給祠祀。《風俗通》，謹按《詩》云，芃芃棫樸，薪之槱之。《周禮》，槱燎祀司中、司命。司命，文昌也。槱者，積薪燔柴也。今民間祀司命，刻木長尺二寸，爲人像，行者擔篋中，居則作小屋。汝南餘郡亦多有，皆祠以豬，率以春秋之月。錢君大昭曰，《祭法》，王立七祀，一曰司命。皇侃以爲文昌第四星，非也。司命有二，《楚辭》有《大司命》、《少司命》。七祀之司命，乃少司命也。《星經》云，在虛北。《史記·封禪書》所云荆巫祠司命，及《漢律》所言祠祉司命，皆謂少司命也。

戴震曰：三台上台曰司命，主壽夭，《九歌》之大司命也。文昌宫四曰司命，主災祥，《九歌》之少司命也。

陳本禮曰：《史記·天官書》，文昌六星在斗魁前，四曰司命。《晉書·天文志》，三台六星，兩兩而居，西近文昌二星曰上台，爲司命。朱子以上台爲大司命，第四星爲少司命。

胡文英曰：孔穎達曰，武陵太守《星傳》云，三台，一名天柱，上台司命爲太尉。太尉掌兵，故《歌》曰登九天兮撫彗星。蓋大司命主生，少司命主死，合廟分祭也。

牟庭曰：（《少司命》）亦喻其君也。《大司命》傷己之不得於君，《少司命》念君側之無良臣。

胡濬源曰：少司命，比當時寵任者也。

梁章鉅曰：六臣本此卷《少司命》、《山鬼》及《涉江》三標題在每篇後。姜氏皋曰，大司命當是《元命包》及《晉書》所言西近文昌二星曰上台司命，主壽者也。其少司命，《史記·天官書》，危東六星，兩兩相比曰司空。《正義》曰，危東兩兩相比者，是司命等星也。司空唯一星，又不在危東，恐命字誤爲空也。司命二星在虛北。《甘氏星經》同此。或是少司命耳。

王闓運曰：群姓七祀之神，或者楚都邑同諸侯五祀。

畢大琛曰：壽夭，司命主之；用舍，王主之。原望襄王之復用己也，賦《少司命》。〇又曰：少司命指頃襄王。

謹按：少司命，掌人之子嗣之神也。此説最早見於宋羅願《爾雅翼》：「少司命，主人子孫者也。」王夫之又進而敷暢其説。據本篇大意，此説是也。朱熹、戴震謂少司命乃文昌第四星，戴氏又指其爲主災祥之星。方廷珪謂其掌人之生死。蔣驥以爲少司命掌男女姻緣。胡文英又曰，大司命掌生，少司命掌死。錢澄之以爲並無二司命，少司命乃司命之少也。此諸説皆非。夏大霖、牟庭、畢大琛謂少司命喻楚王，胡濬源以爲喻當時寵任者，皆附會楚事，實屬不倫。説者多言此篇乃敘神人相戀之情，或謂少司命乃男性神，則此篇爲其與衆女巫之對唱；或謂少司命乃女性神，則此篇爲其與男巫之對唱。實則，自此篇文意觀之，少司命當爲一女性神，此篇乃其與衆女巫對唱之詞，因其掌人之子嗣，故與女性交往甚厚。此篇所誦亦並非相戀，而乃神人之交也。又汪瑗謂此篇乃少司命言於大司命之詞，非也。

秋蘭兮麋蕪，羅生兮堂下。

王逸曰：言己供神之室空閑清浄，衆香之草又環其堂下，羅列而生，誠司命君所宜幸集也。

洪興祖曰：《爾雅》曰，蘄茝，蘪蕪。郭璞云，香草，葉小如萎狀。《山海經》云，臭如蘪蕪。《本草》云，芎藭，其葉名蘼蕪，似蛇牀而香，騷人借以爲譬。其苗四五月間生，葉作叢而莖細。其葉倍香，或蒔於園庭，則芬香滿徑，七、八月開白花。《管子》曰，五沃之土生蘼蕪。相如賦云，穹藭昌蒲，江離蘪蕪。師古云，蘪蕪，即穹藭苗也。下音户。

羅願曰：蘭有國香，人服媚之，古以爲生子之祥。而蘼蕪之根主婦人無子，故《少司命》引之。

吴仁傑曰：《山海經》，洞庭之山，其草多蘼蕪，號山其草多芎藭。《本草》，芎藭一名胡藭，一名香果，其葉名蘼蕪，似蛇牀而香。……又蘼蕪條云，一名薇蕪，一名江蘺，芎藭苗也。

謝翱曰：芎藭之苗，葉爲蘼蕪，似蛇牀而香。……故《少司命》曰，秋蘭兮蘼蕪，羅生兮堂下；緑葉兮素枝，芳菲菲兮襲予。古詩有云，采蘼蕪。

汪瑗曰：蘭芳於秋者曰秋蘭。麋蕪，香草名，即芎藭之葉也。一説，二司命主人子孫者也。蘭有國香，人服媚之，古以爲生子之祥，而蘪蕪之根主婦人無子，故少司命首言之，未知是否。……堂，指大司命之堂也。蓋當時二司之祀必有供神之處，故言之也。

周拱辰曰：按《本草》蘭爲國香，人媚服之，古以爲生子之祥。麋蕪之根主婦人無子。少司命主人子孫者也。憎宗子而愛庶孽，斥嫡胤而取螟蛉，夫人兮自有美子，伯奇所以流離，申生所以血碧也，故秋蘭麋蕪兩引之以起興。滿堂兮美人，忽獨與予目成，言稠人之中，神獨注意於我也。目成，凝睇貌，亦心許貌。眼光注射，形未親而神親也。

王夫之曰：蘪蕪，當歸苗，芳草。生於堂下，喻人之有佳子孫。晉人言芝蘭玉樹，欲其生於庭砌，語本於此。

方廷珪曰：麋蕪，靡弱不能自振貌。此以蘭之始生，比人才之始生。

蔣驥曰：《爾雅翼》云，芎藭有二種，一種大葉似芹，名江離；一種小葉如蛇牀，名麋蕪。

劉夢鵬曰：秋蘭、麋蕪、蓀，皆以芳草比在野諸同志也。

余蕭客曰：《騷經》懷王時作，言衆芳盡化不芳。《九歌》頃襄時作，言秋蘭、蘼蕪羅生者，懷王信讒，則盡化不芳；頃襄如能用賢，則不仁者遠。衆芳本自羅生。

陳本禮曰：（秋蘭兮麋蕪）興神突然而起。（堂）祀神之堂。

王念孫曰：（《廣雅》曰，羅，列也。）《楚辭・九歌》云，羅生兮堂下。揚雄《甘泉賦》云，駢羅列布，鱗以雜沓兮。

胡文英曰：按麋蕪有二種。古詩，上山采麋蕪，山上所生也。《爾雅》，麋從水生，此水邊所生也。水邊麋蕪與蘭相似，一名香附。又《中山經》、《子虛賦》，麋蕪、芎藭並列，明屬兩物，而邢昺以麋蕪爲芎藭葉，其説誤矣。此言秋蘭亦如麋蕪之多，繞堂堦而生，則爲芳易矣。喻國家教化盛行，則薰陶漸染，成就人材亦易，蓋懷王承威王之烈，始固全盛也。

謹按：秋蘭、麋蕪，皆香草之名。羅願、王夫之謂此二草皆關乎生子之事，即少司命之所職也，故陳於堂下以迎少司命也，其説甚是。而方廷珪謂此二草比人之始生，柔弱不能自振。劉夢鵬謂其喻在野諸同志。余蕭客則以爲喻楚之賢才。此三説皆非也。舊注皆云麋蕪乃芎藭，唐顔師古《漢書注》云：「麋蕪，即芎藭苗也。」洪興祖有詳考。而胡文英則以爲此乃二物，其説可參。

緑葉兮素枝，芳菲菲兮襲予。

王逸曰：襲，及也。予，我也。言芳草茂盛，吐葉垂華，芳香菲菲，上及我也。

吕向曰：菲菲，香氣。（以上四句）皆喻懷忠潔也。

汪瑗曰：緑葉素枝，承上二物而言。……此少司命言已至大司命之堂，而香草羅生，其氣之菲菲然而及乎己也。

閔齊華曰：起言供神之室，芳香襲人，神宜降也。

李陳玉曰：（以上四句）言神在衆香國中。

方廷珪曰：蘪蕪則未必有華，此則蘪蕪中之間出者。人生七歲入家塾，十五以下，皆是蘪蕪之秋蘭，而其中天資穎異，離類出衆，則爲蘪蕪中之素華。此皆大夫在國所培植者，故以襲予微示其意，即《騷》中所云滋蘭之九畹也。

洪若皋曰：俱指司命所處之樂。

徐焕龍曰：予只作凡人自稱，不必主祭者自予。

邱仰文曰：予，主祭者自予。〇又曰：芳襲予，謂迎神香氣掩至也。

余蕭客曰：鄭康成注《曲禮》云，予，古余字。因鄭此説，學者遂皆讀予爲余。案，《爾雅》云，卬、吾、台、予、朕、身、甫、余、言，我也。此則予與余義皆訓我，明非同字。《詩》云，迨天之未陰雨，徹彼桑土，綢繆牖户，今此下民，或敢侮予。又曰，將恐將懼，惟予與女；將安將樂，女轉棄予。《楚辭》云，帝子降兮北渚，目渺渺兮愁予。嫋嫋兮秋風，洞庭波兮木葉下。又曰，君徊翔兮來下，踰空桑兮從女。紛總總兮九州，何壽夭兮在予。又曰，緑葉兮素枝，芳菲菲兮襲予。夫人自有兮美子，蓀何以兮愁苦。歷觀詞賦，予無余音。（《匡謬正俗》三。）

陳本禮曰：巫自謂芳菲襲人，興神之將降。

胡文英曰：緑葉素枝，指秋蘭言。芳菲襲，喻我所得力如此也。

梁章鉅曰：六臣本華作枝。《楚辭》本云，枝亦作華。

謹按：枝，當從洪興祖所引一本作華。予乃群巫自謂也。汪瑗釋爲少司命，徐焕龍釋爲凡人，邱仰文釋爲主祭者，皆非。吕向謂以上四句皆喻屈原懷忠潔也，大謬。此四句言備秋蘭、麋蕪以俟少司命。

夫人自有兮美子，蓀何以兮愁苦。

王逸曰：夫人，謂萬民也。一云夫人兮自有美子。蓀，謂司命也。言天下萬民，人人自有子孫，司命何爲主握其年命，而用思愁苦也。

李周翰曰：夫，凡也。蓀，香草，謂司命也。言凡人各自有美愛臣子，司命何爲愁苦而司主之，蓋自傷也。司命，星名，主知生元，輔天行化，誅惡護善也。

洪興祖曰：夫音扶。《考工記》曰，夫人而能爲鎛也。夫人，猶言凡人也。此言愛其子者，人之常情，非司命所憂，猶恐不得其所。原於君有同姓之恩，而懷王曾莫之恤也。蓀亦喻君。《騷經》曰荃不察余之中情是也。

朱熹曰：夫人，猶言彼人，如《左傳》之言不能見夫人也。美子，所美之人也。蓀，猶汝也，蓋爲巫之自汝也。言彼神之心自有所美而好之者矣，汝何爲愁苦而必求其合也？〇又曰：夫人兮自有美子，衆説皆未論辭之本指得失如何，但於其説中已自不成文理，不知何故如此讀書也？

張鳳翼曰：蓀，指巫也。言凡人皆有所權，而巫獨愁苦者，以望神不至也。舊注謂蓀爲神，未妥。

汪瑗曰：夫人，猶言凡人也，指九州之衆人而言。……美子，謂賢子孫也。司命既主人之壽夭，則有生殺之權，而亦掌人之子孫矣。前篇大司命，惓惓以九州之壽夭在己，衆莫知己之所爲，及思慕少司命之意。……此少司命安慰大司命之詞，言九州之人自有賢美之子孫，而吾大司命也，何故愁苦之若是乎？

陳第曰：言凡民皆有所權，而神何獨愁苦耶？含擁衛下民意，與章末相應。

黄文焕曰：夫人，隱指大司命也。美子，隱指少司命也。少司命者，繼大司命之志，事職業者也。則是大司命爲之父，少司命爲之子也。

閔齊華曰：言凡人自有子孫，何預司命事，而用思愁苦也？此詰問之意。

李陳玉曰：言神在長春國中，絶不知人間有愁苦事。不曰美人曰美子，奇。○又曰：夫人兮自有美子，言爲神之夫人自有美女子也。

陸時雍曰：蓀，迎神者之自稱也。

王萌曰：夫人，即指神。……蓀，亦即指夫人，言其不與己合，何爲以我而愁苦也。朱謂巫自稱，非是。

王遠曰：此篇似有望於楚之賢者，如《離騷》所謂蘭爲可恃者也。蘭蕪羅生，即滋蘭九畹，樹蕙百畮之意，此本其初而言之，言君有賢臣，亦何至於愁苦也？

錢澄之曰：神之附巫，必於心所好者。美子，女之未適人，下文所云幼艾也。蓀，尊神之稱。夫人，指衆女。言神徘徊不降，蓋始至愁不得其人也。故指示諸女，謂彼人中自有美子如蓀意者，不必愁苦也。

王夫之曰：言人皆有美子，如芳草之生於庭。而翳我獨無，蓀何使我而愁苦乎？此述祈子者之情。

林雲銘曰：言人人所生，自有善者，如芳草之枝葉也。司命何故愁苦其不美，而必以命賦之耶？此慰勞之詞也。

方廷珪曰：言人自有美子如蘭，由是培之植之，由葉而華，則遂司命育才之心。國家任使有人，司命何爲對之而愁苦乎？

洪若皋曰：夫人、蓀，俱指司命也。

徐焕龍曰：蓀，猶曰汝，美其人而蓀之，亦楚俗相謂之通稱。夫人與蓀，非真有人可指，泛指人世男女未相見而相思者，以夫人比神，蓀比巫也。此神未降而信其必來歆祭，必降巫身，用以慰巫之語。……美子又不必煞定指巫，巫之信姱，固神所美，主祭誠潔，亦神所美。如此活看，下與余目成可比神降巫身，亦可比來歆已祭，詞旨方不即不離，而別離相知脈脈俱貫。

李光地曰：蓀，自謂也。言致其芳馨以交於神，彼自有所美好之人，汝何以愁苦思念如此哉？

蔣驥曰：夫人，猶言人人，見《考工記》。美子，言種類之善者，指下滿堂之美人言。……言人人之中，各有善類，任君之取，不煩憂慮也。

王邦采曰：蓀，亦香草，以喻善者。以，猶用也。《大司命》篇只是形容贊歎，此篇即承上篇結句離合兩字落想，開口便以芳氣之襲人，興善類之蒙佑。蓋人受天地之氣以生，莫非陰陽之變化，倏而聚，倏而散，盈虚消息之故，雖莫知其然而然，然而福善禍淫，天之命也。君子無造命之方，而有立命之學。立命之學，學爲善人，若今無虧而已。善人者，天必佑之，何用愁苦憂其不來合汝乎？慰之之詞。

吴世尚曰：夫人，猶言人人也。自有美子，言人受天地之中以生，年命嗣代各有不同也。蓀，指少司命也。愁苦，言獨任其責而爲之愁思不已也。

屈復曰：以，用。○又曰：此節（按，指首句至蓀何以句）以秋蘭兮起興，而言人當安命也。

夏大霖曰：此段夫人二句，諸解互殊，上下行文神理俱不能順。愚按《本傳》，懷王客死，襄王立，國人咎子蘭。襄王能不一念原之諫乎？則目成之言，應指襄王之動念也。子蘭聞之大怒，使上官短原，王怒，乃遷之。則可想襄王非上官再讒，則不怒也。必使上官再讒，可知慮襄之用原也。則此篇寓意屬襄王，文之神理乃得而順矣，意承上篇愁人、奈何二句來，言欲得若今無虧，斷不可棄衆芳。由今觀之，芳香未遠，秋蘭麋蕪，羅生堂下，色香相襲，曾遠乎哉？夫人之事，壞在美子能幹蠱，若夫人兮而自有美子，則爾何用愈思愁人以自苦耶？則夫人乃指懷王，蓀乃自指。

曹同春曰：夫人，指司命也。言彼神之心，自有所好而美之者矣。蓀，亦指司命也。蓀何以兮愁苦，言何用爲蓀而愁苦也。倒句耳。

奚禄詒曰：我有心事，欲以問君：夫天下之民自有美子，不必皆惡，君何爲而不降臨之，令之愁苦也？

劉夢鵬曰：夫人泛指斯人，美子猶云美人。承前篇愁思而言。天下民命，宜有賢達者任其事，凡我同志，何自愁苦爲也？

余蕭客曰：夫人，衆人也。美子，羅生之衆芳也。蓀，謂少司命，實頃襄也。頃襄初即位，地削兵喪，不能無愁苦，故言衆人中自有賢人，王能用賢，則楚猶有爲，秦不足懼，王何以愁苦？

戴震曰：此歌以問答起，筆法又一變。

陳本禮曰：（子）才四切，與字育之字同。誠能感神自蒙福祐。愁字，遥接前篇羌愈思愁人句來，此巫慰主祭者之詞。○又曰：自有美子，即人各有命在之意。秋蘭蘪蕪，生於堂下，亦各有命，其芳菲襲人者，得天全也。蓀何以兮愁苦，則所遇有幸有不幸，要知亦由命也。《少司命》篇不言命，然開首數語卻句句是言命。○又曰：《環濟要略》，子，猶孳也，恤下之稱。注家將美子二字作子孫講，且謂少司命主人子孫，何荒誕穿鑿之甚！

胡文英曰：夫人，與祭之人也。此原暗以自喻，言善後事宜，皆所素裕，君何用爲我憂乎？

許巽行曰：朱本云，夫人兮自有美子。細諷音節，兮字在有下爲勝。

梁章鉅曰：蔣氏驥《楚辭餘論》，兮字在人字下。可從。六臣本以作爲。《楚辭》本云，以，一作爲。

王闓運曰：蓀，草之抽心重發者，以自喻也。舊以荃蓀爲一字，荃以擬君，詞不可若此，非也。美子，嗣君也。父子恩親，己不宜與其慝也。

畢大琛曰：美子，自謂可以救楚。（蓀）指王。

馬其昶曰：蓀，謂君也。巫祝言君若有美子，則不愁苦矣。

謹按：此衆巫頌少司命之詞也。夫人，謂衆人、萬民也，王逸、洪興祖、汪瑗、蔣驥、吴世尚、余蕭客皆持此説。朱熹釋爲彼人，劉夢鵬釋爲斯人，黄文焕釋爲大司命，李陳玉釋爲神之妻室，王萌、徐焕龍、洪若皋、曹同春釋爲司命之神，錢澄之釋爲衆女，胡文英釋爲與祭之人，皆非。美子，當從汪瑗，釋爲賢子孫。朱熹釋爲所美之人，黄文焕釋爲少司命，李陳玉釋爲美女子以爲神之夫人，錢澄之釋爲未嫁之女，蔣驥釋爲下文之滿堂美人，余蕭客釋爲羅生之衆芳，王闓運釋爲嗣王，畢大琛釋爲屈原自謂，皆非。蓀，香草也，即溪蓀，俗名石菖蒲，此處借指少司命，乃尊稱也。按《離騷》言「荃不察余之中情」，《抽思》言「數惟蓀之多怒」、「願蓀美之可完」，荃、蓀皆指楚王，可見其例爲尊者之稱。而洪興祖、余蕭客、畢大琛、馬其昶釋爲喻楚王，朱熹、張鳳翼釋爲巫之自稱，王萌釋爲夫人，陸時雍釋爲近神者，徐焕龍釋爲汝，王邦采釋爲喻善者，皆非。又，以上六句乃群巫所唱之迎神曲。

秋蘭兮青青，緑葉兮紫莖。

王逸曰：言己事神崇敬，重種芳草，莖葉五色，芳香益暢也。

洪興祖曰：《詩》云，緑竹青青。青青，茂盛也，音菁。

錢澄之曰：迎神者用蘭菊傳芭以代舞，所以媚之也。既稱其羅生，又稱其青青芳香滿室，神寧有不降乎？

方廷珪曰：紫莖則挺然秀出，凡葉中皆有華，與素華之間出一二者不同。

徐焕龍曰：紫莖，葉中所發花莖。

胡文英曰：前言其多，此言其盛也。

王闓運曰：美人，喻君也。滿堂者，言宗室子皆可立，然已受懷王恩厚，獨異於衆，故以反王爲己任，終不能自已。專言秋蘭者，明芳菲襲予者即己同列，己自比蘭蓀也。

謹按：此少司命目中所見祭堂之景，亦有秋蘭、緑葉，與前段之秋蘭、緑葉云云相呼應，以示少司命之來也。青青，同菁菁，洪興祖、胡文英釋爲茂盛貌，是也。

滿堂兮美人，忽獨與余兮目成。

王逸曰：言萬民衆多，美人並會，盈滿於堂，而司命獨與我睨而相視，成爲親親也。

吕延濟曰：滿堂，喻天下也。謂天下亦有善人，而司命獨與我相目結成親親者，爲我修道德爾。謂初與己善時。

朱熹曰：至此則神降於巫，而非復前章之意矣。

郭正域曰：成，助也。此言神已至也。精誠感動，若見神之助我。

汪瑗曰：美人，泛指其寮寀也。此蓋以蘭之盛，而興同寮之衆也。司命之官，固不止二人而已。目成，謂以目而通其情好之私也。此少司命言同寮者衆矣，而大司命獨留情於己焉，蓋推恩於大司命之見愛，而私致欣喜幸慶之詞也。

陳第曰：此言命與己合，譬始之得君也。

李陳玉曰：以情語逗之，此乃女巫自家賣弄處。

王萌曰：神靈充溢於堂下，是謂滿堂美人也。以美人比神與以美人比君，皆當作一例解，不應更移之他人，以爲指巫與衆人。末又謂巫自指，及《河伯》章亦然，大無謂。相視成好，故曰目成。迎神者衆集，而注目者惟余，故曰獨也。

王遠曰：美人，即上所謂美子，喻楚諸大臣也。與余目成，所謂與余成言，以譬始之得君也。

錢澄之曰：目成，猶云以目定情也。神降於巫，猶所謂有神儀之儀，猶匹也。以衆女邀之，而聽其自擇，此巫獨矜其得神意也。

王夫之曰：此下言神之來，下歆其祀，而相眷顧也。芳草盈望，美人滿堂，人皆致其芳潔以事神，而己獨邀靈睞。目成，以目睇視而情定也。

方廷珪曰：以上二截皆興而比之體。亦是因祭司命之地，蘭草叢生，就物取類，作歌以侑神，見乍合倏離之不可解。

洪若皋曰：（美人）指司命，有洋洋如在之意，言當乎神意也。余，祭者自謂。

徐焕龍曰：美人及余、及與余，皆無確指，泛指男女之忽相見而心相許者。以滿堂美人，比舉世之未獲神眷；以與余目成，比神之歆己祭，降於巫也。此（按，指秋蘭以下四句）神降而不勝欣幸之詞。言此青青之蘭，緑葉雖繁，其精神芳氣則獨鍾於紫莖。此滿堂之人，誰非美者，乃夫人忽然相視莫逆，口不言而目訂婚姻之約，則獨與余目成。

李光地曰：自答前文意也。雖有美人滿堂，而彼獨屬意於我，故我亦愁苦而思念之不忘爾。

王邦采曰：目成，以目定情也。

吴世尚曰：滿堂美人，以喻朝臣之衆也。目成，謂以目相視而心相許也。此承上篇願若今兮無虧而言，少司命於衆人之中而獨陰厚於我，默錫之以長年之筭也。

屈復曰：結上文自有美子、何以愁苦二句。○又曰：言神之獨予親好也。

夏大霖曰：此緊接上文一氣滚説。……秋蘭青青……緑葉紫莖……此美子也。於滿堂美人之中，若以余爲秋蘭也者，雖未出諸口，而心傳於目，獨垂注盼，欲相與有成焉。果何用愁苦其虧也哉？此二節乃下文之反襯，亦懷死褰立，其心中目中應有之情事，故文亦揣度聲口。

奚禄詒曰：篇中兩美人皆指司命……言神降於堂，如在上下左右，故曰滿堂。忽然獨與我相顧而目成。成，善也。

劉夢鵬曰：目成，謂注目視之。上言不獨己愁，而同志亦愁。此言不獨己欲從往，而同志亦與己同注目於司命也。

余蕭客曰：言王與衆賢中獨能親己，則綱舉而衆目斯張，衆賢各得所用。忽者，不可得而得之之詞也。於少司命爲幸詞，於頃襄爲望辭，皆非實録。

陳本禮曰：（美人）喻神。○又曰：此（按，指秋蘭至目成四句）以蘭興神作指點語也。原之愁苦非愁壽夭，愁姱修不見答於君也。故巫即以堂下之芳譬曉之。言以爾之視堂下青青者，蘭也；緑葉紫莖者，蘼蕪也。然以我觀之，則滿堂皆美人也。忽獨者，見神於衆芳中獨與余顧盼而以目定情，此固有命在焉。○又曰：以下皆巫語。

胡文英曰：（美人），以迎神美人喻衆賢士。與余目成，言神之眷我獨摯，喻君昔日之曾信己而甚任之也。

胡濬源曰：滿堂美人獨與余目成，即此便是女巫語氣，若是主祭，如此嬉謾，何以祀神？

馬其昶曰：此言祀神者多，惟君獨得神之眷睞。余者，巫祝代君自稱。

謹按：滿堂，吕延濟以爲喻天下，奚禄詒釋爲堂之上下左右，皆不可從。美人，指群巫。吕延濟釋爲善人，汪瑗釋爲少司命之同僚，王萌、洪若皋、陳本禮釋爲神靈，王遠、吴世尚以爲喻楚大臣，胡文英以爲喻衆賢士，皆非。目成，眉目傳情也，汪瑗、王萌、錢澄之、王夫之、王邦采持此説。郭正域釋成爲助，目成則爲見神之助我；奚禄詒釋成爲善，皆非。又一説據《廣雅·釋詁》「成，重也」，謂目成猶目重也。「忽獨喻余兮目成」，謂衆人目光專注於我。劉夢鵬釋爲注目視之，與此説近，可參。按，此二句爲理解全詩之關鍵，乃飾爲少司命之主巫所言，謂群巫皆與己相親。而王逸、吕延濟、王萌、王夫之、吴世尚、奚禄詒、胡文英皆謂此乃司命獨親群巫中之一人，遂使目成一詞顛倒爲用。錢澄之則以爲此乃楚之淫俗，則厚誣古人矣。徐焕龍釋爲男女相許之詞，李陳玉以此二句爲女巫情語，此則舊注相沿之習，蓋以少司命爲男神之故也。汪瑗釋爲大司命獨親少司命。陳第釋爲楚君獨親屈原。按此數説皆非。

入不言兮出不辭，乘回風兮載雲旗。

王逸曰：言神往來奄忽，入不語言，出不訣辭，其志難知。言司命之去，乘風載雲，其形貌不可得見。

劉良曰：司命神初與己善，後乃往來飄忽，出入不言不辭，乘風載雲以離於我，喻君之心與我相背也。

汪瑗曰：回風雲旗，以見乘載之簡，而捷於出入也。

陳第曰：此言命與己離，譬君之疑己也，而悲樂之感係之矣。

李陳玉曰：天人出有入無，不可窺測，十四字中道盡。

王夫之曰：雲旗，雲卷舒如旗。

林雲銘曰：入乎堂中，不聞其聲；出乎堂外，不見其形。以風雲爲車旗，任其所往，可以不辭，所謂生別離也。神忽而逝矣。

方廷珪曰：承上，既目成，則宜入有慰藉之語，出有留戀之情，或同己偕逝，或另訂後期，今卻不然。○又曰：迴風，言其去之疾。雲旗，言其行之速。上目成似有意於大夫，此二句又似無意於大夫者。

洪若皋曰：入不言兮以下，俱指司命若來若往，不可形容之狀。

吴世尚曰：入不言、出不辭，言目成之後，相信之至，不在形跡之間也。乘回風、載雲旗，言相須之殷，彼此如一，猶所謂雲從龍而風從虎者也。

劉夢鵬曰：辭，亦言也。

余蕭客曰：司命淵默，喻頃襄不能有爲。

陳本禮曰：此怪之之詞。既與目成，莫逆於心，自不應入不言而出不辭矣；今既乘風載雲，則是神將去矣。雖有目成之好，其如不能久何？甚言君不可恃之意。

胡文英曰：入不言，出不辭，言神之忽欲去，喻君之受讒而疏己也。回風，旋風也。雲旗，以雲爲旗也。此言神將發駕，故下以悲樂二語挽其心也。

王闓運曰：喻懷王見欺而去，己不及與謀。

謹按：此言少司命匆匆而來，未及言語，忽又不辭而去，遠上天際。乘回風，林雲銘釋爲以回風謂車駕，亦通。劉良、陳第、余蕭客、陳本禮、胡文英、王闓運皆附會楚事，非也。

悲莫悲兮生別離，樂莫樂兮新相知。

王逸曰：屈原思神略畢，憂愁復出，乃長歎曰，人居世間，悲哀莫痛與妻子生別離，傷己當之也。○又曰：言天下之樂，莫大於男女始相知之時也。屈原言己無新相知之樂，而有生別離之憂也。

張銑曰：喻己初近君而樂，後去君而悲也。

洪興祖曰：樂府有生別離，出於此。

朱熹曰：此（按，指入不言至新相知四句）爲巫言。司命初與己善，後乃往來飄忽，不言不辭，乘風載雲以離於我，適相知而遽相别，悲莫甚焉，於是乃復追念始者相知之樂也。

張鳳翼曰：此爲巫言。司命若降於己而不言不辭，乘風載雲，離合不常，故既有相知之樂，而復有離别之悲也。

周拱辰曰：悲樂二語，側重别離而言，然二語合看，纔見言情之苦。以爲已别離矣，而昨日之相知尚新；以爲相知伊始耳，而生離隨繼。夫相知而别離，不如不相知之愈也，而況新相知乎？一日之内，忽新忽故，忽聚忽散，無限啼笑無憑之感，所謂今宵剩把銀釭照，猶恐相逢是夢中也。含情寫恨，嘆聲壓雲。

汪瑗曰：别離固可悲，而生别離尤可悲也。相知固可樂，而新相知尤可樂也。少司命之與大司命非新相知者，特言此以見生别離之甚可悲耳。

王萌曰：生别離句，當思其寓意之妙，前章曰離居、曰不寢近兮愈疏，離合之際，固古人所深感也，況屈子當年情事乎？

王遠曰：回風雲旗，以比讒人。末二語（按，指悲莫悲二句）見其志意睽離而長歎之也。于離後追想目成之日，倍覺難堪。

錢澄之曰：此（按，指入不言至新相知四句）神欲降而終不降，故雖與女目成未交一言，忽然而去，於是悵然自失，而以人世之悲歡離合，喻此情也。

王夫之曰：以別離之悲，知新知之樂。神降而與余目成，喜可知矣。此敘其欣幸得事神之情。

林雲銘曰：死別離乃一訣暫痛，生別離則歷久彌思，故尤悲；舊相知乃視爲固然，新相知則喜出望外，故尤樂。二句以當此之悲，又追前此之樂，不忍其去已，是上下文過脈處。

方廷珪曰：二句因其去已，而深致其思，有生別離之人，則必有新相知之人。……蓋大夫既疏，王於國事自有委任之人，故曰新相知。

徐焕龍曰：此（按，指入不言以下四句）神去而不勝嗟歎之詞。生別離、新相知，亦承上目成，而以男女之悲歡離合比。言神之入也，不通一言，相視莫逆；及其出也，亦不致辭，絶無繾綣。乘回風之疾，載雲旗以馳，纔與目成，便相抛撇，方之人世，如生別離，人事之悲，莫悲於此，於此別離，於彼其有相知矣。彼新相知者，何樂如之？……蓋因神之去已，意其他有眷顧也。舊説追念始者相知之樂，誤矣。惟此句一誤，故下文多支離錯解。

蔣驥曰：《家語》，孔子聞哭聲甚悲，顔子曰，此非但爲死者而已，又有生離別焉。悲莫悲兮生別離，蓋用其語。杜詩，死別已吞聲，生別常惻惻，其注脚也。一説，生謂生熟之生，言未及相熟而先別也，與杜詩暮婚晨告別，無乃太匆忙意同，對新相知似較警切。

王邦采曰：（入不言至新相知四句言）入乎堂中，不通一言；出乎堂外，不致一辭。乘風載雲，往來飄忽，鬼神之情狀，亦目成之情狀也。因歎人居世間，悲樂之故，莫有過於生別新知。今也幸徼神眷，樂莫甚焉，已而悲樂並舉者，神之去來不測，恐其速去而使我心悲，望其久留而長保此樂也。舊解謂神忽逝而生悲，追念前此之樂，失之矣。又或以於此別離，意其他有眷顧爲解，竟説向倚門獻笑一流，尤堪大噱也。

吴世尚曰：悲樂不平，乃以上一句形下一句也。言余有願壽之意，而司命獨目成於我，使我無生別離之悲而有新相知之樂，其樂不可名言也。以比余欲效忠懷王，而懷王獨信用我，使我生別離之悲變爲新相知之樂，不可言喻也。

屈復曰：言方目成而遽去也。

劉夢鵬曰：別離，指放流而言。上句原自謂，下句謂在朝者。

余蕭客曰：懷王不返，頃襄即位，始未嘗無父子之情、家國之念，故曰蓀何以兮愁苦。即位稍安，秦兵已去，則入不言而出不辭，言不愁不苦也。及其稍久，黨人以事懷王者事頃襄聲色之樂有餘，君臣之交已固，靈均目頃襄新知之樂，念懷王別離之苦，故曰，悲莫悲兮生別離，樂莫樂兮新相知。

陳本禮曰：此悵神欲去，而作別離之感也。新知之樂，目成也。

胡文英曰：神人道隔，别離則有之矣。何以曰生，蓋其言屬司命，而神注靈脩，念念不忘，不覺自然流露也。（下句言）神至未久，故曰新相知，喻君之任己猶未久也。

張雲璈曰：《水經注》引《琴操》云，杞殖死，妻援琴作歌曰，樂莫樂於新相知，悲莫悲於生别離，然則此二句乃杞梁妻琴歌，而屈子用之。

王闓運曰：與君生離，誠可悲也；而衆立新主，又方甚樂。

馬其昶曰：以上巫述君之喜得事神，而又悲神去之速也。以下巫述神之䀹君。

謹按：此乃飾爲少司命之主巫之詞，言少司命與衆人新近相知而成知己，欣喜之甚，然相識未久，輒又離去，令人心悲。而張鳳翼、馬其昶謂此乃巫之言，誤矣。汪瑗謂此乃少司命言於大司命，亦非也。王逸、張銑、余蕭客、胡文英均謂此乃屈原自比之詞，則又殊爲不倫。生，副詞，當譯爲生生地。而林雲銘、蔣驥釋爲生死之生，亦通。蔣驥引一説釋爲生熟之生，非也。又，以上八句乃飾爲少司命之主巫獨唱之詞。

荷衣兮蕙帶，儵而來兮忽而逝。

王逸曰：言司命被服香浄，往來奄忽，難當值也。

吕向曰：言神被服香潔，倏忽往來，終不可逢，以喻君。

洪興祖曰：《莊子疏》曰，儵爲有，忽爲無。

汪瑗曰：荷衣蕙帶，以見被服之輕，而便於往來也。倏、忽，皆迅速之詞。……倏而來者，即入不言也。忽而逝者，即出不辭也。

陳第曰：此言欲親命而命不可親。

李陳玉曰：（上句）畫出風流樣子；（下句言）來去不測。

錢澄之曰：神雖不降，亦未決絶徑去，倏來忽逝，似猶有所眷也。

王夫之曰：此追述其望神不至意。待之久，望之深，則神來而目成，樂莫樂矣。儵來忽逝，疑其未果來也。

劉夢鵬曰：荷衣蕙帶，指秋蘭之屬言也。儵來忽逝，言此輩高潔自尚，致之甚難，一不得當，即去之矣。與《湘君》歌石瀨兮淺淺數句同意。

余蕭客曰：東平呂球多才美貌，乘船至曲阿湖，值風不得行，泊菰際。見一小女，乘舟采菱，舉體皆衣荷葉。因問曰，汝非鬼耶？衣服何至如此？女有媿色，答曰，子不聞荷衣兮蕙帶，倏而來兮忽而逝？然有懼色。迴舟理棹，逡巡而去。球遥射之，即獲一獺。向者之船，皆是蘋蘩藴藻之葉，見老獺立岸側，如有所候望，見船過，因問曰，君來不見湖中采菱女耶？球答云，在後。尋射，獲老獺焉。或云，湖中嘗有采菱女，容色過人。有時至人家，結好者甚衆。

胡文英曰：荷衣蕙帶，言其芳潔。倏來忽逝，言其會少離多。二句亦指神言。

王闓運曰：荷蕙，喻己放在野也。來逝倏忽，言召己未久，仍見疑也。

武延緒曰：按儵而，猶忽而也。

謹按：此言少司命之裝束及其往來飄忽之貌。儵、忽，當從汪瑗説，皆迅疾也，而洪興祖釋儵爲有，釋忽爲無。逝，去也，言少司命忽然而來，亦忽然而去。汪瑗謂此句與「入不言」等句呼應，可參。吕向、王闓運或謂喻君，或謂屈原自喻，皆附於楚事，謬也。

夕宿兮帝郊，君誰須兮雲之際。

王逸曰：帝謂天帝。言司命之去，暮宿於天帝之郊，誰待於雲之際乎？幸其有意而顧己。

李周翰曰：須，待也。謂神宿於天帝之郊、青雲之際，將誰待乎？冀君猶待己而命之。

朱熹曰：此（按，指荷衣至雲之際四句）亦爲巫言。

汪瑗曰：野外謂之郊。前篇言導帝之九坑，此言夕宿於帝郊，亦互見也。……誰須雲之際，故設爲不知之詞，以見大司命乃待天帝而宿於郊也。二句倒語，本謂君誰須兮雲之際，乃夕宿於帝郊也。

陳第曰：言司命宿於天帝之郊，若有所待於雲際，謂命本於天也。

李陳玉曰：作妒語，妙。

王遠曰：言向之目成獨我耳，今則誰須耶？ 似悲似妬，二章本其繼而言。

錢澄之曰：夕宿帝郊，未遽反天門也，君誰需兮？ 幾幸其需己也。

蔣驥曰：曰誰須者，妒之又幸之也。

王邦采曰：至此方説神之去耳，而宿於帝郊，須於雲際，意者猶有顧予之意乎？ 戀慕之無已也。

吴世尚曰：此下二節（按，連及上荷衣二句），則爲祀神者相謂之詞也。言司命被服香浄，往來不可測。其夕而宿也，於上帝之郊，君當於誰所而須之乎？ 九霄雲際或庶幾其相遇焉耳。

屈復曰：此節言神之方親好而忽别離，猶望其復合也。

陳本禮曰：此（按，指荷衣至雲之際四句）又疑之之詞。以司命之尊，則當靈衣玉珮，不應荷衣蕙帶而效姱修者之服，豈神亦愛芳，與製芰荷爲衣，集芙蓉爲裳者有同心之好耶？ 不然胡爲儵來又逝，且不遥逝，復宿於帝郊，須乎雲際，默窺君意，豈憐其抑鬱失所而然歟？ 雖然，感君回翔天門，遠踰空桑，目成一盼，依依不捨，我其何以報君耶？

胡文英曰：帝郊，大司命所治之外。誰須雲際，言可以降而不必有所待也。

王闓運曰：帝郊，郢都。雲際，言客秦也。至國而不見君，則悲難自已。

畢大琛曰：（上句言）至放所。（下句言）棄己不用，將須誰而治楚耶？

馬其昶曰：此君謂神。下文曰女、曰美人，皆目楚君。

謹按：此二句乃群巫關切少司命之語，而李陳玉、王遠、蔣驥、徐焕龍因囿於男女情愛之説，故釋此二句爲嫉妒之詞，則曲解文意矣。王逸、李周翰、錢澄之、王邦采之説可參。帝郊，天國之郊野，而胡文英釋爲大司命所治之外，王闓運則徑釋爲郢都，皆非。誰須，謂須誰也，而王逸未察其倒裝之意，徑以誰須作解。又，以上四句乃群巫合唱之問詞。

與女遊兮九河，衝風至兮水揚波。

吕延濟曰：汝，謂司命神也。九河，天河也。衝飈，暴風也。

洪興祖曰：王逸無注。古本無此二句。此二句，《河伯》章中語也。

陶晉英曰：《禹貢》，九江孔殷。釋之者云，即洞庭也。沅、漸、元、辰、溆、酉、豐、資、湘九水皆合於此，故名九江。又九江，沅、濆、湘最大，皆自南而入荆江，自北而過洞庭，瀦其間，名五瀦。《戰國策》云，秦與荆戰，大破之，取洞庭五瀦，是也。每歲六、七月間，岷峨雪消，江水暴漲，自荆江逆入洞庭，清流爲之改色。

方廷珪曰：河能潤物，九河則潤物極遠，楚境之三江七澤不足以域之，喻設施至大。衝飈，急風也，喻風聲四布。揚波，喻膏澤下流。……後人疑爲《河伯》章誤入者，以《騷》多以四句爲章法，此多二句。但以文義求之，極貫串，非誤入也。且起處亦以六句爲一章。

余蕭客曰：（九河）天河也。漢世去古未遠，河堤都尉許商言，九河故道，謂徒駭在成平；胡蘇在東光；鬲津在鬲縣；曰太史、曰馬頰、曰覆釜，在東光之北，成平之南；曰簡、曰潔、曰鉤盤，在東光之南，鬲縣之北。斯言簡而近實，後世圖志雖詳，反見淆亂。欽嘗往來燕齊，西道河間，東履清滄，熟訪九河故道。蓋昔北流，衡漳注之，河既東徙，漳自入海，安知北流之漳非古徒駭河歟？踰漳而南，清、滄二州之間，有古河堤岸數重，地皆沮洳沙鹵，太史等河當在其地。滄州之南，有大連澱，西踰東光，東至海，此非胡蘇河歟？澱南至西無棣縣百餘里間，有曰大河，曰沙河，皆瀕古隄，縣北，地名八會口，縣城南枕無棣溝，玆非簡、潔等河歟？東無棣縣北，有陷河，闊數里，西通德棣，東至海，玆非鉤盤河歟？濱州北有士傷河，西踰德棣，東至海，玆非鬲津河歟？士傷河最南，比他河差狹，是爲鬲津無疑也。蔡氏《書傳》乃曰，自漢以來，講求九河，皆無依據。祖王橫之言，引碣石爲證，謂九河已淪於海。欽按，《禹貢》文，北過洚水，至於大陸，又北播爲九河，同爲逆河，入於海。大陸在邢、趙、深三州之地，《爾雅》之廣河澤也，去海岸已數百里；又東至海中，始叙九河，則大陸與九河相離千里之遠，絶無表志，不合《禹貢》，不可信一也。王横謂海溢出浸數百里，青、兖、營、平郡邑不聞有漂没處，而獨浸九河，不可信二也。今迤北清滄之間，城邑相望，而地形河勢往往可尋，但禹初爲九，厥後或三或五，變遷多寡不同，必欲按名而索，故致後儒紛紛之論，不得不辨。（《齊乘》二。）又曰：與汝遊兮九河，衝風起兮水揚波，謂秦楚搆患，頃襄爲質於齊，陟歷險難，不爲不深。

朱珔曰：《楚辭》多重出語，二句在此文法亦順，然古本無之，自是錯簡。此外如《騷經》，世幽昧以眩曜兮，孰云察余之善惡。《集注》云，善惡一作中情，非是，上文別有此句，此章韻不叶也。《九章・惜誦》篇亦同。據此知《楚辭》固有傳寫譌舛者。然則《騷經》長太息以掩涕兮二句，亦以韻叶之而謂其誤倒，未爲不可矣。

梁章鉅曰：何曰，洪興祖謂此二句《河伯》章中語，王逸無注，古本無此二句。陳同。按，濟注有解九河衝飈之語，則五臣有之。

謹按：此二句洪興祖以爲乃《河伯》篇之詞竄入本篇，當删。而方廷珪以文意求之，謂並無竄亂。吕延濟、余蕭客釋九河爲天河，陶晉英則釋爲洞庭，以九水合於洞庭故也。

與女沐兮咸池，晞女髮兮陽之阿。

王逸曰：咸池，星名，蓋天池也。晞，乾也。《詩》曰，匪陽不晞。阿，曲隅，日所行也。言己願託司命，俱沐咸池，乾髮陽阿，齋戒潔己，冀蒙天祐也。

呂延濟曰：喻己與君俱行政教於國。

洪興祖曰：咸池，見《騷經》。晞，音希。《淮南》曰，日出湯谷，浴于咸池，拂于扶桑，是謂晨明。登于扶桑，是謂朏明。至于曲阿，是謂旦明。《遠游》曰，朝濯髮於湯谷兮，夕晞余身兮九陽。

張鳳翼曰：（此二句）言使巫齋沐潔己以候神也。

李陳玉曰：上天下地，長願相隨。

錢澄之曰：巫疑神之去而宿於帝郊也，將有所需。神則謂，吾所需者，女也，需女同沐晞髮也。

王夫之曰：與女沐者，巫與主人也。咸池，喻水之盛滿潔清者。陽之阿，初日所照之地。待之既久，沐而晞髮，而神尚未至，臨風浩歌，望之切也。

方廷珪曰：既沐又晞，喻穢政既去，治化光輝明顯。

徐焕龍曰：咸池，日浴處，則池畔即陽之阿。夕宿朝必沐，既沐髮必晞，語皆相承而下。……言君須雲際，必將於其所須者眷愛之曰，須汝之來，與女沐於咸池，益潔汝容；晞汝髮於陽阿，益華汝髮。其能來沐來晞也，新知之樂何如？倘下地之民遲遲各方，望美人而未來，君無乃臨風怳然浩歌於雲際乎？

余蕭客曰：謂頃襄涉歷險難，而得登位，則當沐浴自新，朝陽晞髮。

陳本禮曰：二語根夕宿句來，宿起必沐首理髮。○又曰：（此二句）囑其少留，欲致其慇懃之意。

胡文英曰：沐咸池，濯之潔；晞陽阿，曝之乾。進于此境，甚易處而綦可樂也。奈何孅人不來，而徒使我臨風浩歌哉？此亦謂神而喻于君也。

牟庭曰：汝，謂君所近也。私暱而已，不足論也。

張雲璈曰：《屈宋古音義》，池音沱。徐鉉曰，池沼之池，古通作沱，今别作池，非是。

王闓運曰：晞髮自新，以結交於齊，結齊以攻秦也。

畢大琛曰：（此言）如復用，則能相王以安王身。

謹按：此二句乃少司命言於群巫之詞，願與其共沐浴也，錢澄之之説可從。王夫之釋爲群女之詞，非也。吕延濟、方廷珪、余蕭客、王闓運附會以楚事，亦非也。咸池，神話中之天池，王夫之以爲喻水之盛滿潔清者，非也。陽之阿，向陽之山灣也。王逸、王夫之釋爲神話中日所行之處，即曲阿也，其説亦通。徐焕龍則釋爲咸池之畔。

望美人兮未來，臨風怳兮浩歌。

王逸曰：美人，謂司命。怳，失意貌。言己思望司命而未肯來，臨疾風而大歌，冀神聞之而來至也。

劉良曰：美人，神也。以喻望君之使未來，臨風怳然而大歌也。浩，大也。

洪興祖曰：怳，惝怳也，許往切。

朱熹曰：此（按，指與女沐兮咸池至浩歌四句）復爲神語以命巫者。女及美人，皆指巫也。言欲與女沐於咸池，而望汝不至，遂怳然而浩歌也。

張鳳翼曰：上言似至，而此終未至也。

汪瑗曰：媺者，美女之稱。媺人，猶言美人也。……此承上章，言大司命别己而去，思得與之遊戲沐髮以共樂，而望之不來，故臨風怳然而浩歌，以舒其鬱陶之思也。

李陳玉曰：寫神悵望多情之致。

周拱辰曰：與女沐，晞女髮，非必真也。人生聚散不常，前已生離矣，離而何不可復合乎？蓋依然冀倖新相知之樂焉，其如望媺人而未來，何也？

王遠曰：此留神之辭，因其來去無定，而與之期也。望之未來，始恍然自失，不禁臨風而浩歌也。此雖知其與己暌離，而猶無絶望之意，故有末章云云也。

錢澄之曰：媺人，即滿堂之美人而目成者也。望久不來，乃無聊而浩歌，巫託爲神之繾綣，以此自解於衆也。

徐焕龍曰：自此（按，指荷衣句）至臨風浩歌，皆悲思所結。意擬神將别眷，如覺其有須待新知之踪影，如聞其有愛慕新知之話言，如見其有未遂新知之悵望，忘卻己之憶神，但揣神之他憶，文情飄渺已極。後人不解，或謂君誰須爲意其須己，或謂須巫；或以望嬍人爲神望巫，或以爲己望神之復來，皆謬。言我自目成而後，想此荷衣蕙帶，清芳絶世之儀，既已倏然而來，曷又忽然而逝，定非無故，必有鍾情，今夕何聊，豈歸天闕，想當宿帝之郊，有所須於雲際，正不知君果誰須耶？與《湘君》篇誰留中洲意相倣。

李光地曰：（入不言以下各句言）昔日目成，今則變化，是以傷今之别離，而懷昔者之相知。雖彼已宿於帝郊，而我猶相須於雲際，念其當日遊從之盛。望之而不來，臨風怳然，歌以哀之也。

蔣驥曰：女、嬍人，皆指司命。……言欲上天下地，與之相逐，以極新知之樂，而神卒不來，故失意而悲歌也。

王邦采曰：（與女至浩歌四句所言）女及美人，皆指神也。言君果有顧予之意，益願從君俱沐咸池，晞髮陽阿，潔整其儀容，以徼神盼。而臨風遥望，怳然浩歌，其竟不來邪？抑尚未來邪？終不作絶望之詞。

吴世尚曰：相待於雲際，良久良久，而司命未之來也。於是與汝沐髮於咸池之河，而又晞髮於曲阿之日，則自未明至於旦明，久之而又久矣，而所望之美人仍然未之來也。臨風慟怳，浩然清歌，言不能爲情之甚也。

屈復曰：此節始猶望其來，望而不來，遂怳然而浩歌也。

夏大霖曰：咸池，按《星傳》，五車星中天潢星也。又謂天池、陽阿，日曬之大陵也。……言余所望於君有新相知之樂者，固將與君從頭更新，爲天池之沐，務微污之不留；爲大陵之晞，務毫髮之光潔也。不謂君阻雲際而不來，余更何望哉？則有臨風向空，怳焉失志，爲此浩嘆之歌而已矣。此絶望語。

劉夢鵬曰：此承前篇吾與君兮齊速而言。……望，回顧也。言己從司命，與沐與晞，方欲導帝，而回顧滿堂美人未徠，臨風懷思，浩歌相招，冀偕至也。

余蕭客曰：乃觀頃襄所用，則皆懷王致敗之黨人，望其用賢致理。王不禮賢，賢人不至，其在司命。則美人，當如王叔師注謂司命也。

陳本禮曰：（浩歌）大聲長歌。〇又曰：（二句爲）送神之詞。

牟庭曰：良臣不來，而君臨朝悲吟也。

朱駿聲曰：怳，狂之貌。从心，兄聲。字亦作恍，作慌，作慌。《廣雅·釋詁四》，怳，狂也。《釋言》，慌，𢡖也。《釋詁二》，慌，忽也。《楚辭·少司命》，臨風怳兮浩歌。《登徒好色賦》，怳若有望而不來。注，失意貌。又《神女賦》序，精神怳惚。注，不自覺知之意。《淮南·原道》，鶩怳忽。注，無之象也。《論語集解》，惚怳不可爲象。又《禮記・祭義》，夫何慌惚之有乎？注，思念益深之時也。《老子》，是謂慌惚。注，若有若亡。《後漢・張衡傳》，追慌忽于地底兮。注，無形貌。又《楚辭・逢紛》，心懭慌而不我與。注，無私意也。亦皆雙聲連語。

王闓運曰：言必反懷王，乃可定國。荃，懷王也。獨宜，駁頃襄不宜。

謹按：此二句乃少司命之語，美人即上文之「滿堂美人」，指代表人類女性之群巫，朱熹之説可從。而王逸、王遠、蔣驥、王邦采、吴世尚、劉夢鵬、余蕭客、陳本禮皆以美人爲司命，而此乃群巫言於司命之詞，皆非。王遠以爲此二句乃留神之語，陳本禮以爲乃送神之詞，即不明此理。劉良、余蕭客、牟庭、王闓運又申其喻意，則益誤也。怳，心神不定也，王逸釋爲失意，亦通。朱駿聲釋爲狂，可參。又，以上四句乃飾爲少司命之主巫獨唱之答詞。

孔蓋兮翠旍，登九天兮撫彗星。

王逸曰：言司命以孔雀之翅爲車蓋，翡翠之羽爲旗旍，言殊飾也。九天，八方中央也。言司命乃陞九天之上，撫持彗星，欲掃除邪惡，輔仁賢也。

張銑曰：又欲以孔雀翡翠毛爲車蓋旌旗，飛登于天，撫掃彗星也。言願將忠正美行還於君前，翦讒賊矣。

洪興祖曰：相如賦云，宛雛孔鸞。孔，孔雀也。顏師古曰，鳥赤羽者曰翡，青羽者曰翠。《周禮》曰，蓋之圜也，以象天漢。樂歌曰，庶旄翠旌。《左傳》曰，天之有彗，以除穢也。《爾雅》，彗星爲欃槍。彗，祥歲切，偏指曰彗。自此以下，皆喻君也。

張鳳翼曰：至此神始至也。

李時珍曰：孔，大也。李昉呼爲南客。梵書謂之摩由邏。○又曰：弘景曰，出廣、益諸州，方家罕用。恭曰，交、廣多有，劍南元無。時珍曰，按《南方異物志》云，孔雀，交趾、雷、羅諸州甚多，生高山喬木之上，大如鴈，高三四尺，不減於鶴。細頸，隆背，頭裁三毛，長寸許，數十群飛，棲遊岡陵。晨則鳴聲相和，其聲曰都護。雌者尾短，無金翠；雄者三年尾尚小，五年乃長二三尺。夏則脱毛，至春復生。自背至尾，有圓文五色金翠相繞如錢。自愛其尾，山棲必先擇置尾之地。雨則尾重不能高飛，南人因往捕之。或暗伺其過，生斷其尾，以爲方物。若回顧則金翠頓減矣。山人養其雛爲媒，或探其卵，鷄伏出之，飼以猪腸、生菜之屬。聞人拍手歌舞則舞。其性妬，見采服者必啄之。《北户録》云，孔雀不匹，以音影相接而孕。或雌鳴下風，雄鳴上風，亦孕。《冀越集》云，孔雀雖有雌雄，將乳時登木哀鳴，蛇至即交，故其血膽猶傷人。《禽經》云，孔見蛇則死而躍者，是矣。

汪瑗曰：撫，循持之意，如《東皇太一》篇撫長劍之撫。

周拱辰曰：孔蓋，《考工》，輪人爲蓋。朱氏云，蓋之制，上爲部蓋斗也；中爲達常，柄通上下也；下爲桯。又曰，蓋之圓以象天也。蓋弓二十有八。孔雀生南海，尾五年而後成，春生夏凋，與花萼俱衰榮。周成王時，方人常列獻於王會，故古者綴之以爲神明之飾。又魏文帝常詔以于闐國所上尾萬枚，爲金根車蓋。《周禮》，五路輦車，組輓，有翣羽蓋是也。翠，翠狗也。《埤雅》，雄赤曰翡，雌青曰翠，形小，身青色，一名魚虎。

錢澄之曰：孔蓋翠旍，言神之威儀；登天撫彗，言神之職位，皆所以美神也。

林雲銘曰：撫，持之也。持彗星之柄，掃除讒賊，所以爲國也。

洪若皋曰：至此，神始至。

徐焕龍曰：彗星，掃除之象。

蔣驥曰：撫，按止之也。彗星，妖星，以喻凶穢。

劉夢鵬曰：（孔蓋、翠旍）皆美人車飾也。

余蕭客曰：孔蓋、翠旌，王儀衛也。登九天，頃襄由太子登王位也。撫彗星，言即位當除舊布新，而竦長劍以爲衛，擁幼艾以爲娱，荃爲下民之正，獨宜如此乎？微詰之而不敢盡也。長劍、幼艾，非荃所不宜，但荃不得獨宜此二者以爲民正。

陳本禮曰：此即所歌之歌。

胡文英曰：（上句）言其文物儀容之盛也。《左傳》，天之有彗，以除穢也。言神之力可以撫持彗柄，而掃除穢惡也。

畢大琛曰：彗星，指上官、靳尚、鄭袖、子蘭及秦。

謹按：前句乃群巫狀少司命之裝束及車乘也，後句則言少司命願爲人類掃除災禍。張銑、洪興祖、林雲銘、余蕭客、畢大琛以楚事附會之，皆非。九天，謂天之高處。而王逸釋爲八方中央，非也。撫，汪瑗、林雲銘釋爲持，謂少司命持彗星之柄以禳災，是也。《左傳》昭公十七年云：「彗，所以除舊布新也。」故彗星有掃除禍患之用。而蔣驥釋爲按止，目彗星爲災星，亦可參。

竦長劍兮擁幼艾，蓀獨宜兮爲民正。

王逸曰：竦，執也。幼，少也。艾，長也。言司命執持長劍，以誅絶凶惡，擁護萬民，長少使各得其命也。言司命執心公方，無所阿私，善者佑之，惡者誅之，故宜爲萬民之平正也。

吕向曰：竦，執也。艾，長也。蓀，香草，謂神也。言神若能執長劍，誅邪臣，擁護國之幼長如此，則神實宜爲天下萬人之正者矣，皆喻其君焉。

洪興祖曰：竦、慫，並息拱切。竦，立也。《國語》曰，竦善抑惡。慫，驚也。《孟子》曰，知好色則慕少艾。説者曰，艾，美好也。《戰國策》云，今爲天下之工，或非也，乃與幼艾。又齊王有七孺子，注云，孺子謂幼艾美女也。《離騷》以美女喻賢臣，此言人君當遏惡揚善，佑賢輔德也。或曰，麗姬，艾封人之子也，故美女謂之艾，猶姬貴姓，因謂美妾爲姬耳。

朱熹曰：此（按，指孔蓋至民正四句）蓋更爲衆人之詞，以贊神之美。言其威靈氣燄光輝赫奕，又能誅除凶穢，擁護良善，而宜爲民之所取正也。

樓昉曰：末章蓋言神能驅除邪惡，擁護良善，宜爲下民之所取正。

汪瑗曰：擁，護也。十年曰幼，五十曰艾，有老者安之，少者懷之之意。撫彗星者，所以除天下之惡也。擁幼艾者，所以保天下之善也。此章言大司命所以享殊飾、居高位者，非徒然也，蓋威靈氣燄光輝赫奕，實能誅除凶惡、擁護良善，而宜爲萬民之正，以稱其職也。曰獨宜者，以見此位非他人之所得居，此職非他人之所能盡也。曰爲民正者，蓋司命有正有副。副者，少司命也；正者，大司命也。此爲少司命稱大司命之詞，故曰爲民正也。

陳第曰：幼，少也。艾，老也。司命執長劍，誅邪臣，擁護國之少長，其執心公方，實宜爲萬民之正。此所以愁苦，亦原自喻之意。

黄文焕曰：民正者，願司命之予民以正命也。

李陳玉曰：（上句寫神爲）英烈男子，風流丈夫。○又曰：蓀，古者相憐之稱。○又曰：此章極情款燕昵之致者，蓋此神好聲音伎樂，故以此樂之。全首皆齊梁間艷詞，而見之祭祀典禮中，可謂千古有數奇文矣。

周拱辰曰：《孟子》，人少則慕少艾。《爾雅》，艾，歷也。長者更多歷。又《逸雅》，五十曰艾。艾，治也。治事能斷割芟刈，無所疑也。又《春秋外傳》，國君好艾，大夫始好内。韋昭亦以艾爲外色。此曰幼艾，並指内外巫能斷禍福者言。男巫曰覡，女巫曰巫也。

陸時雍曰：夫人兮自有美子，蓀何以兮愁苦，其怨望之詞耶？滿堂兮美人，忽獨與余兮目成，抑何欣晤之至也。夕宿兮帝郊，君誰須兮雲之際，冀幸復甚焉。終不可得而歎美之曰，竦長劍兮擁幼艾，蓀獨宜兮爲民正，則極其愛慕，而不能自已於情矣。大抵愛人者，因自以爲己愛；思人者，因自以爲己思。拒而常懷，絶而猶顧，則將迎者之極慮也。

王遠曰：此祝願之詞，望之之意深矣。幼艾似以況君。

錢澄之曰：長劍，誅邪之具，所以護善良也。幼艾，未字之女，上文所謂美子，宜爲神正配也。竦長劍而擁幼艾，望其久留於此，驅除百邪，即民風亦從此受正矣。因神欲降不降，故諛誦而覬望之如此。

王夫之曰：擁，衛也。幼艾，嬰兒也。竦劍以護嬰兒，使人宜子，所爲司人之生命也。……述己之於神，未來而望之切，已至而樂之甚。以神之靈，掃除無子之眚而護幼艾，使蘭蘪生於階庭，而釋吾愁苦，故婉戀之心爲尤切焉。

林雲銘曰：慫，慫慂也。《方言》，南楚謂勸曰慫慂。即《考工記》勸登馬力之義。

方廷珪曰：蓀指司命，與《騷》中以蓀指君同。正，義同正鵠，射之的也。承上言如此，則無忝乎司命之職，宜萬民之所視以爲的乎。

徐焕龍曰：幼艾，幼穉衰艾也。訓美女者非。

蔣驥曰：幼艾，猶言老少，以喻良民也。正，長也。

王邦采曰：十年曰幼，五十曰艾。正，猶正鵠之正，此贊歎司命也。即作浩歌之詞，亦得撫彗星，掃除醜類也。擁幼艾，少長各得其所也。蓀獨宜，善良蒙休也。爲民正，示民以福善禍淫之標准也。作善必降之祥，與司命合德在此，何用以離居而愁苦爲哉？兩篇只如一篇，與《湘君》、《湘夫人》同例。

吴世尚曰：人生十年曰幼，五十曰艾。過五十而死者，古不謂之夭。擁幼艾，言護持幼少，使皆得至於耆艾，所謂民無夭扎也。蓀，謂少司命也。長官曰正，爲民正，言其執持萬民之命也。言司命張孔蓋、建翠旍，上升九天，撫彼彗星，竦此長劍，俾九州之衆凡受命以生者，莫不祐之保之，咸得自幼至於耆艾，終其天年而無中道夭者。蓋司命之承天而子民也如此，宜其司萬民之命而爲之長也。

屈復曰：此節言目成之好，雖未能終，登天之後，尚望其爲民之所取正也。

夏大霖曰：（孔蓋、翠旍爲）王者儀飾。……長劍，太阿之劍，王者所秉，喻主柄獨操。幼艾，方生息之民人，如越勾踐言十年生聚，十年教訓之意。民正，民所取正也。言君……孔蓋翠旍，儼然司命之貴，高登九天撫彗星，以行除舊布新之事，慫長劍，不假威柄於他人，且與民休息，生聚教訓，以擁幼艾，是君誠不愧於司命之職，而獨宜爲民之主宰矣。

奚禄詒曰：人生十年曰幼，五十曰艾。原思司命，因想像其美曰，以孔雀之翅爲蓋，翡翠之羽爲旍，登於天上，撫持彗星以除邪惡，竦執長劍以誅凶暴，又擁護萬民，使老幼得所，其秉心公正，福善禍淫，故宜爲兆民之所平正也。

劉夢鵬曰：竦長劍，舞貌。幼艾，美人少好也。擁者，美人同至，劍舞相擁之意。爲民正，謂美人可爲人取法，壽世者之大助也。

孫志祖曰：《集注》云，艾，美好也，語見《孟子》、《戰國策》。

陳本禮曰：慫長劍者，諷懷王太阿在握，柄不下移也。正，方直不曲之謂。獨宜者，謂兩司命能造人之命，而又能衛人之生也。〇又曰：撫彗慫劍，蓋指文昌六星中有曰上將、次將，神皆威武而能除殘去暴者，故歌中及之耳。〇又曰：兩司命措語各有分寸。前大司命猶有人命壽夭四字點題，此則絶無一字及命，而究其所以然，莫非命也。詞意超脱之甚。

胡濬源曰：寵任如子椒上官大夫者，宜矢公爲民正也。

梁章鉅曰：五臣荃作蓀，向注可證。《楚辭》本作荃。洪本作蓀。按，荃與蓀同。吴氏仁傑曰，《莊子》，得魚忘荃。崔音孫，云香草可以餌魚。《疏》曰，蓀，荃也。《九歌》蓀橈、蓀辟皆作荃。又云，藥有君臣佐使，而此爲君。《離騷》又以爲君諭，良有以也。

朱駿聲曰：竦……［假借］爲捀。《廣雅·釋言》，竦，執也。《楚辭·少司命》，竦長劍兮擁幼艾。

胡紹煐曰：《注》王逸曰，竦，執也；艾，長也。《補注》曰，竦，立也。《國語》曰，竦善抑惡。紹煐按，《廣雅》曰，竦，執也。本書《吴都賦》，竦劍而起。劉注引秦零陵令上書曰，陛下以神武扶揄長劍以自救。蓋亦以竦爲執。《玉篇》，摗，執也。摗與竦通。摗之爲竦，猶慺之爲悚。洪氏易執爲立，於古訓疏矣。其注艾字，頗精。云《戰國策》今爲天下之工，或非也。乃與艾艾。又齊王有七孺子。注，孺子謂幼艾，美女也。今按《孟子·萬章》，知好色，則慕少艾。是艾爲少，非五十曰艾之艾也。《國語》曰，國君好艾。韋注以艾爲嬖臣，乃指男色之美好者。《左·定十四年傳》，既定爾婁豬，盍歸我艾豭？此亦當謂美好之名。杜注，艾，老也，恐非。

馬其昶曰：此託爲神，言君知愛子，亦宜愛民，所以動其爲民父母之心也。

謹按：竦，執也，而林雲銘釋爲慫恿，非也。擁，抱持也，吴世尚之説可從。而王逸、朱熹、樓昉、汪瑗、陳第、錢澄之、王夫之、奚禄詒皆釋爲護衛，亦可參。劉夢鵬又釋爲美人同至，劍舞相擁，殊可怪。幼艾，兒童也，王夫之之説可從。而王逸、汪瑗、陳第、徐焕龍、蔣驥、王邦采、吴世尚、奚禄詒釋幼爲少，釋艾爲長，則少司命不僅掌人之子嗣，亦且掌人之壽夭，則與大司命無異矣；洪興祖、錢澄之、劉夢鵬、孫志祖釋爲美人，蓋誤以少司命爲男神故也；周拱辰又釋爲巫，則更遠離文意。爲民正，乃爲民長也，蔣驥、吴世尚之説可從。而王逸、朱熹、樓昉、陳第、錢澄之、王邦采、屈復、夏大霖、奚禄詒皆釋爲民之所取正，亦可參。又方廷珪釋正爲鵠的，汪瑗釋爲大司命，皆非是。陳第謂此二句乃屈原自比，王遠、夏大霖、陳本禮則以爲喻楚君，則誤之甚矣。又，以上四句乃群巫合唱之頌詞。

# 東君

洪興祖曰：《博雅》曰，朱明、耀靈、東君，日也。《漢書·郊祀志》有東君。

朱熹曰：今按，此日神也。《禮》曰，天子朝日於東門之外。又曰，王宫，祭日也。《漢志》亦有東君。

陳仁子曰：迂齋樓氏曰，此即迎日之祭。

汪瑗曰：蓋日出於東方，故曰東君，東言其方，君稱其神也。篇内凡曰吾、曰余者，皆設爲東君自謂也。朱子以爲主祭者自稱，非是。

周拱辰曰：《東君》一章，余注自謂得情，尚未直捷。按，此是昧爽朝日之儀，時尚屬夜分而未旦，故曰將出，曰將上；既明而曰夜皎皎，照吾檻，撫余馬。主祭者特想像日出時光景耳，未即真也。……王逸、晦翁咸謂乘馬以迎之，而夜既明，是第一日矣，反淪降，又言日下而入太陰之中，冥冥東行，又言日下太陰東行而復上出，本日之日尚屬未出，而又算計第二日，抑何支離也！

王夫之曰：日神也。此章之旨，樂以迎神，必驅祓妖氛之蔽，而後可使神聽和平，陽光遠照。其寓意於去讒以昭君之明德者。事與情會，而因寄所感，固不待比擬而自見。若他篇之本無此意，初不可以强相附會也。

林雲銘曰：開首撫余馬，是日將出而迎其神；結尾撰余轡，是日將入而送其神；篇中靈之來，是日方中而悦其神。按節鋪叙甚明。

李光地曰：是時當襄王之初，猶望以復仇開治之事，故以出震繼離之義況之。井、鬼爲秦分，章末射狼意有在矣。《詩》曰，出納王命，王之喉舌，故此司爲天之北斗。原之初年，即其任也。又曰維北有斗，不可以挹酒漿。斗能調和元氣，而使膏澤下於民者。欲王報怨雪耻之後，復引用賢臣，施惠百姓。惓惓屬望，蓋在於斯。

徐文靖曰：按《覲禮》曰，天子乘龍載大旂，拜日於東門之外，反祀方明。鄭注引《朝事儀》曰，天子冕而執鎮圭，帥諸侯而朝日於東郊，所以教尊尊也。《漢·郊祀志》曰，天子始郊，拜泰一。朝朝日，夕夕月。則揖而見泰一。楚既祠皇泰一，而又祠東君，是皆僭禮之大者。原因其祠而作歌，蓋承習相沿而不覺耳。

蔣驥曰：《東君》首言迎神，次言神降，中言樂神，既言神去，末言送神，章法最有次第，蓋以日升爲神降，日入爲神去。長太息兮將上，日之升也。靈之來兮蔽日，日之入也。中間絙瑟數語，窮日之力以娛神，前音後舞，樂有節奏，詩有間合，本非一時之作。《祭義》，周人祭日以朝及闇。鄭注謂終日有事。此蓋本周制也。舊注以將上爲迎神，蔽日爲神降，則絙瑟以下皆神未來時，雜沓並作，於義不通矣。且靈之來兮蔽日，與靈之來兮如雲同指，擁蔽而去，有瞻望弗及之意焉。今言日之來而反以爲見蔽，有是理乎？又日方東升，貪狼遽見，操弧一射，忽已淪降，何日輪之迅速也。余弧余轡與余馬，皆主祭者自稱，今忽代日神稱余，尤字義之舛雜者。周孟侯又謂《東君》全首皆昧爽時語，將出既明爲虛想，天狼北斗爲實境。更屬夢語。

吳世尚曰：《禮》，天子以春分朝日於東門之外。楚人祠之，固僭祭也。

屈復曰：日者，君象。矢射天狼，斗酌桂漿，明喻其赫赫威靈，可以飲至策勳也。

夏大霖曰：愚按，日爲君象，以明爲體。以明君之道告襄王也。

邱仰文曰：《九歌》聲情壯麗，無如《東君》篇，相題也。

劉夢鵬曰：前篇（指《東皇太一》）。按，劉列《東君》爲第二篇，與別家次序不同）既以臣之事君，猶人之奉帝，而以東皇太一爲比矣。此篇復申其未盡之旨，而致屬望之情，以見己之期於王者賒矣。日者，君象。《記》曰，大明生於東，故以《東君》名篇。○又曰：此與前篇（按，指《東皇太一》）大旨略同，而情更苦。前篇之末曰，君欣欣兮樂康，猶頌禱而詞舒。此篇之末曰，杳冥冥兮以東行，則自愴而節益促矣。舊本此篇在司命之下，今次第二。

胡濬源曰：東君以日比君，即以天狼比君側近嬖也。狼在東方。

王闓運曰：蓋句芒之神，舊以爲禮日，文中言靈蔽日，則非。

畢大琛曰：原怨王之不明，聽鄭袖、靳尚之言而釋張儀，聞原諫始悔之，復喪師辱國而歸，賦《東君》。

謹按：本篇乃祭祀日神之樂歌。東君，日神也。據鄭玄云，日神或亦稱君。《禮記·祭法》：「王宮，祭日也。」鄭注：「王宮，日壇。王，君也。日稱君。」又《禮記·祭義》：「祭日於東，祭月於西。日出於東，月出於西。」祭日於東，日又稱君，此蓋日神稱爲東君之由。朱熹謂祭日之方在東，汪瑗則謂日出東方，二説皆可參。屈復、夏大霖謂日爲君象，未免迂曲。王闓運以文中有蔽日之語而目東君爲句芒之神，太過拘泥。本篇依王逸《楚辭章句》之序列於《少司命》之後。劉夢鵬則以爲本篇與《東皇太一》大旨略同，當列於《東皇太一》之後，《雲中君》之前，次列第二。聞一多《楚辭校補》於劉氏基礎上又詳加考證：「《東君》與《雲中君》皆天神之屬，宜同隸一組，其歌辭宜亦相次。顧今本二章部居懸絶，無義可尋。其爲錯簡，殆無可疑。余謂古本《東君》次在《雲中君》前。《史記·封禪書》、《漢書·郊祀志》並云『晉巫祠五帝、東君、雲中君』，《索隱》引王逸亦云『東君、雲中君見《歸藏易》』，咸以二神連稱，明楚俗致祭，詩人造歌，亦當以二神相將。且惟《東君》在《雲中君》前，《少司命》乃得與《河伯》首尾相銜，而《河伯》首二句乃得闌入《少司命》中耳。」

二説有理有據，更合《九歌》原本順序，讀《楚辭》者當宜知之。朱熹以爲此篇全爲主祭者之詞，汪瑗以爲東君自謂，即飾爲東君之主巫之詞，此二説恐未是。按《九歌》中凡祭祀天神之樂歌，皆爲代表天神之主巫與代表世人之群巫同歌共舞，且除《東皇太一》外，其餘各篇皆由主巫與群巫輪番作歌，此爲祭祀天神樂歌之通例，本篇亦不例外。

暾將出兮東方，照吾檻兮扶桑。

王逸曰：謂日始出東方，其容暾暾而盛大也。吾，謂日也。檻，楯也。言東方有扶桑之木，其高萬仞，日出，下浴於湯谷，上拂其扶桑，爰始而登，照曜四方。日以扶桑爲舍檻，故曰照吾檻兮扶桑也。

洪興祖曰：檻，闌也。

朱熹曰：暾，温和而明盛也。吾，主祭者自吾也。○又曰：《東君》之吾，舊説誤以爲日，故有息馬懸車之説。疑所引《淮南子》反因此而生也。至於低回而顧懷，則其義有不通矣，又必强爲之説，以爲思其故居。夫日之運行，初無停息，豈有故居之可思哉？此既明爲謬説，而推言之者又以爲譏人君之迷而不復也，則其穿鑿愈甚矣。又解聲色娱人爲言君有明德，百姓皆注其耳目，亦衍説。且必若此，則其下文緪瑟交鼓之云者，又誰爲主而見其來之蔽日邪？

汪瑗曰：日將出曰暾，將入曰晡。檻，楯也。蓋東君之祀，必有其處，如前曰宫、曰堂是也。此檻者，宫堂之檻也。

周拱辰曰：照吾檻兮扶桑，舊謂光自扶桑來，覺無味。言吾檻與扶桑相對照也，便見扶桑非高，吾檻非卑，有舉頭見日，親襲光彩之意。

吴世尚曰：暾，日初明之光，温而和也。

奚禄詒曰：此倒裝句法，乃登扶桑而炤我之檻也。

王念孫曰：（《廣雅》，焞，明也。）《楚辭·九歌》，暾將出兮東方。注云，謂日始出，其容暾暾而盛大也。義亦與燉同。

胡文英曰：暾，日漸出貌。（下句言）及日在扶桑之上，而已照吾檻矣。

牟庭曰：日在扶桑東，扶桑影在吾檻上也。

王闓運曰：檻，擥也。今作擥，或作攬。擥扶桑者，喻欲輔嗣君。

畢大琛曰：王以貪地，不知受秦欺，如長夜之暗，後索地，始知其詐，方知日出之明。

謹按：暾於此處用作名詞，謂初升之日。朱熹解爲温和明盛，汪瑗解爲日將出，吴世尚解爲日初明之光，胡文英解爲日漸出貌，皆不確。扶桑，神話中東方日出處之大木。《山海經·海外東經》云，湯谷上有扶桑，十日所浴，在黑齒北。居水中，有大木，九日居下枝，一日居上枝。吾乃東君自謂，王逸曰吾謂日，日以扶桑爲舍檻，故曰照吾檻兮扶桑，甚是。諸家並襲朱熹説解爲主祭者，則照吾檻兮扶桑句或曰言光自扶桑照吾檻，或曰扶桑映吾檻上，或曰吾檻與扶桑相對照，以寫舉頭見日，親襲光彩之意，説並迂曲不通。檻，欄桿也，王逸、洪興祖、汪瑗皆是也，而王闓運説恐非文意。

撫余馬兮安驅，夜皎皎兮既明。

王逸曰：余，謂日也。言日既陞天，運轉而西，將過太陰，徐撫其馬，安驅而行，雖幽昧之夜，猶皎皎而自明也。

洪興祖曰：《淮南》曰，日至悲泉，爰止其女，爰息其馬，是謂懸車。車，日所乘也。馬，駕車者也。御之者，羲和也。女即羲和，馬即六龍。見《騷經》注。皎字從日，與皎同。此言日之將出，羲和御之，安驅徐行，使幽昧之夜皎皎而復明也。

汪瑗曰：安驅，從容而馳也。皎皎，明貌。夫日既出東方，則冥冥之夜變而爲皎皎之晝矣。

陳第曰：余謂日，言其一晝一夜皎皎然繼明不息也。

李陳玉曰：朝日之禮，從日出時起手，便見嚴肅。

周拱辰曰：馬即日馭之馬，古者羲和爲日馭。《淮南》云，日入虞淵，爰息其馬。是也。

王遠曰：照吾檻兮扶桑亦倒句，言日自扶桑之處先照吾檻，于是從容往迎，而以夜之既明爲幸也。

錢澄之曰：朝日之禮，從日出時。撫馬者，迎日也，與後撰轡高駝相應，既明與將上應，將上尚在夜未明時也。

王邦采曰：此（按，指暾將出至既明四句）望日之出以致其祭，而幸夜之隨明也。

吴世尚曰：（按，總括以上）此節言日之始出也。……日始出於東方，則光照吾檻楯爾，時日正拂於扶桑之上，而撫馬安驅大地，之所謂夜者，罔不皎皎然明而爲晝矣。按，日者，太陽之精。其體如丸，其光如火，運行空中，隨天左旋，一息之頃，歷十萬餘里，所經之途，曆道謂之黄道。自古迄今，無出入，無上下，無東西，無晝夜，又豈有東馬僕從，安驅疾行之異哉？其所以如是之云云者，例人事以爲之説也。讀者不以辭害意，吾願與之言天地日月所以然之道矣。

夏大霖曰：此預先虚空模擬打算語氣，揣新君果明，則轉移在旦晝間耳。

邱仰文曰：吾、余，皆主祭者自稱，黎明迎神也。

陳本禮曰：此特形容主祭者之誠。祀日大典也，主人不可不夙興從事，仍恐不及，故潔晨先起，陳設祭品，部署女樂，各事齊備，冠帶以俟。無如遲之又久而天尚未明，於是遂有將出之逆計，照檻之遥度。安驅者，似怪羲馭之故爲此緩緩也。末句點出夜字，始知猶是夜中也。皎皎既明，還作夢中想也。

胡文英曰：此余字，代神言也，下文操余弧，撰余轡皆是。撫余馬安驅而夜既明，見神之功用，不疾而速。

王闓運曰：恐嗣君不堪其位也。

謹按：余，東君自謂也，王逸説是也。傳説日神乘車，羲和爲御，洪興祖言之甚詳。此言撫余馬兮安驅，以日神之安驅行進，狀日冉冉升起，夜盡天明之景象，錢澄之、王邦采解爲主祭者迎日之出，非也。

駕龍輈兮乘雷，載雲旗兮委蛇。

王逸曰：輈，車轅也。言日以龍爲車轅，乘雷而行，以雲爲旌旗，委蛇而長。

洪興祖曰：震，東方也，爲雷爲龍。日出東方，故曰駕龍乘雷也。《春秋命曆序》曰，皇伯登扶桑，日之陽，駕六龍以上下。《淮南》曰，雷以爲車輪。注云，雷，轉氣也。輈，張留切。《方言》曰，轅，楚、韓之間謂之輈。

朱熹曰：輈，車轅也。龍形曲似之，故以爲轅。雷氣轉似輪，故以爲車輪。言乘此車以往迎日。

汪瑗曰：駕龍輈，以龍爲轅而駕之也。……乘雷，謂以雷爲車輪也。

周拱辰曰：駕龍輈兮乘雷，亦似有取義。沙弼茶國，日没聲若雷霆，國人吹角鳴金擊鼓混雜日聲，不然則小人驚仆。蓋日之出入皆有聲，故乘雷以敵之也。

王萌曰：旗飄動似雲，故曰雲旗。

錢澄之曰：龍輈雲旗，皆所以迎日，以爲日馭也。秦漢祠神用木禺車馬，即此類。

王邦采曰：乘雷，日輪發動如雷，載雲旗，日之初升，霞光上燦如雲旗也。

陳本禮曰：山東日照縣五鼓日出，水聲如雷。此時日輪將上，已見霞光燦爛，如旌旗閃閃於海上矣。

胡文英曰：乘雷，車乘之聲，如雷動也。委蛇，卷舒自如也。

畢大琛曰：（此言）乘雷霆之怒，欲得張儀而甘心焉。復聽鄭袖之言，委蛇而不殺之。

李翹曰：《方言》，九轅，楚、衛之間謂之輈。洪《補注》引作楚、韓，與今本不同。

武延緒曰：按，雷或疑當作霓。

謹按：此寫日神之車從。龍輈乘雷，載以雲旗，威儀之狀，於此可見。輈，王逸曰車轅。《方言》曰轅，楚、韓之間謂之輈。龍輈，謂龍形之輈。又朱熹曰，龍形曲似之，故以爲轅，釋爲以龍爲車轅，亦可參。乘雷，謂車行之聲如雷也。王邦采曰，日輪發動如雷。胡文英曰，車乘之聲如雷動。皆是也。洪興祖則言龍與雷皆屬震位，合於東方之意；朱熹、汪瑗則解爲以雷爲輪，皆嫌迂曲。畢大琛則附會張儀之事，武延緒謂雷當作霓，皆無據也。雲旗，謂霞光燦爛如雲旗也，當從王邦采、陳本禮之説。而王逸解爲以雲爲旗，王萌解爲旗飄動如雲，恐非。

長太息兮將上，心低佪兮顧懷。

王逸曰：言日將去扶桑，上而升天，則俳佪太息，顧念其居也。

洪興祖曰：低佪，疑不即進貌。出不忘本，行則思歸，物之情也。以諷其君迷不知復也。上，上聲，升也。

朱熹曰：驟登高遠，而低佪顧懷。

汪瑗曰：低佪，猶遲疑也。顧懷，顧念懷思也。此章（按，指駕龍舟以下四句）申言上章將出而未遽出，欲明而未遂明之意。今日之將出，而登高以觀之，其勢若進若退，而摩盪之間，實有如長太息而將上，心低佪而顧懷者矣。非屈子不足以寫其妙也。

陳第曰：將上，上沅也。顧懷，思楚也。

李陳玉曰：將上時尤嚴。

錢澄之曰：將上，言日初出而將上升。長太息，言由將出既明而忽以將上，歎其速也。低佪顧懷，望其遲遲上也。

王夫之曰：日出委蛇之容，乍升乍降，摇曳再三，若有太息低佪顧懷之狀。

王邦采曰：海隅日出，少吐復吞，間以潮聲，如聞太息，欲上不上，如有所低佪而顧懷者數四，然後一躍，如火毬之懸。皆以日言，非迎神之車馬旌旗也。……此就日出形容，以引起下文歌舞之盛也。

吴世尚曰：太息將上，低佪顧懷，言其欲行又止，不忍決然而遽去，正所云撫馬安驅者也。

屈復曰：將上時太息低佪，若有顧懷者，言日出之遲。

夏大霖曰：日惡雲遮，君患讒蔽，初出獨想其明，見雲雷而不可必信，此太息低佪所由起也。

劉夢鵬曰：顧懷，顧東君而懷思。

陳本禮曰：太息者，嘆其神靈不測。低佪者，念我生如寄，不及日馭在天，萬古如斯。二語寫出萬古之人心思感慨也。〇又曰：讀《漢郊祀歌》日出入安窮，時世不與人同，故春非我春，夏非我夏，秋非我秋，冬非我冬，泊如四海之池，遍觀是耶謂何？則人固不能不低佪而顧懷矣。

胡文英曰：太息將上，言神若有所感而不暇留。低佪顧懷，言神若有所戀而不能去，所以見靈來蔽日之由也。

謹按：王逸解此句爲狀日之升是也。汪瑗、王夫之、王邦采申説其義，言日之升也，吞吐摩蕩，遲遲不進，似有所顧懷，可謂善解屈子文意也。錢澄之以爲祭神者歎日出之速，故太息、低佪而顧懷，非文意也。洪興祖、陳第、夏大霖又附會楚事，尤爲荒唐。

羌聲色兮娱人，觀者憺兮忘歸。

王逸曰：娱，樂也。憺，安也。言日色光明，旦燿四方，人觀見之，莫不娱樂，憺然意安而忘歸也。

洪興祖曰：東方既明，萬類皆作，有聲者以聲聞，有色者以色見，耳目之娱各自適焉。以喻人君有明德，則百姓皆注其耳目也。

朱熹曰：見下方所陳鐘鼓竽瑟聲音之美，靈巫會舞容色之盛，是以娱悦觀者，使之安肆喜樂，久而忘歸，如下文之所云也。○又曰：聲色娱人，觀者忘歸，正爲主祭迎日之人低佪顧懷，而見其下方所陳之樂，聲色之盛如此耳。緪瑟交鼓，靈保賢姱，即其事也。或疑但爲日出之時聲光可愛，如朱丞相《秀水録》所載登州見日初出時，海波皆赤，汹汹有聲者，亦恐未必然也。蓋審若此，則當言其燀赫震動之可畏，不得以娱人爲言矣。聊記其説，以廣異聞。

汪瑗曰：聲色，緪瑟以下七句是也。……二句統言之也，下文析言之也。言聲色之美足以樂人，而使觀者安然而忘返也。蓋甚言其聲色之美耳，無他比喻也。上二章蓋迎神之曲，故述其將出之難。此章（按，指羌聲色以下十句）蓋享神之曲，故述其聲色之盛。而下章（按，指青雲衣以下六句）則反復窮其出入往來之無已也。

陳第曰：忽見祀神者聲色之盛，可以娱樂，故憺然意安而忘歸也。聲色娱人，下詳言之。

李陳玉曰：嚴肅中忽出情款語以樂神，遂爲詞家鼻祖。

王萌曰：聲色娱人，言日出之時，聲光可愛，不必指下方鐘鼓等事。

錢澄之曰：迎神之樂方盛，聲色堪娱，觀者忘歸，不知日已上矣。

王夫之曰：晶光炫采，如冶金閃爍，觀者容與而忘歸。此景唯泰、衡之顛，及海濱觀日能得之。並言聲者，破雲霞，出滄海，若有聲也。古者祭日必於春朝，東嚮而禮之，迎初升之陽氣，此寫承祭時之景也。

蔣驥曰：觀者憺兮忘歸，反言以挑之，冀神之不去也。歌舞未終，日已蔽而不見，此其大不釋於中者也。

吴世尚曰：《莊子》曰，日出東方而入于西極，萬物莫不比方，有目有趾者，待是而後成功，是出則存，是入則亡，所謂聲色娱人，觀者忘歸，正此意也。○又曰：此節（按，指駕龍輈句至觀者憺句）言日之方中也。……日之既出，駕龍以爲車，乘雷以爲輪，雲旗拂拂，自東方而上於天中，乃其心太息低佪，若有眷眷而不能已者。而日光經乎中天，明被四海，萬類皆作。有聲者以聲聞，有色者以色見，紛紜交錯，互動不休，而不知日之將暮也。吾生也有涯，而知也無涯，以有涯隨無涯，殆已。可不哀乎？

屈復曰：聲色二句總起下文。○又曰，此節（按，指首句至觀者憺句）日將出而迎之，猶未即出，而音容之盛，已令觀者忘歸也。

邱仰文曰：首二句日出壯麗，中二句初起盤旋，末二句總上。

劉夢鵬曰：聲，劍佩鸞和之聲；色，光輝宣著之色，皆指東君而言，猶前歌所謂璆鏘琳琅者也。觀者，原自謂。憺，悦也。

戴震曰：二章（按，指暾將出至既明四句及駕龍輈至忘歸六句）言日之初出，其神自下而上，于是作樂舞以迎之，而音聲容色之盛，令人忘歸。［按，初稿本於令人忘歸下曰，下章（指縆琴至蔽日八句）備陳樂舞之事，蓋迎日典禮也。］

陳本禮曰：此時日馭已昇，主人肅穆迎神，於是諸樂並作，諸巫並舞。不曰娱神，而曰娱人者，神遠人近，觀人之娱，則神之娱可知矣。憺兮忘歸者，正以見其樂之盛，而巫之艷也。

胡文英曰：言豈聲色之足娱，而神能一顧乎？然觀者則固已憺而忘歸矣。聲色，指下歌舞。憺字從心從詹，心有所注也。謝靈運清暉能娱人，遊子憺忘歸句本此。

王闓運曰：言將爲聲色所娱惑，忘懷王末歸也。

畢大琛曰：以鄭袖之色，靳尚之佞，二人蠱惑。

馬其昶曰：夜中作樂，觀者顧懷聲色且太息，日之將上，娛樂未極，朝野酣嬉如此，而欲媚神以卻敵，其可得乎？ 原意存諷諫，言之痛絶。

謹按：由此句過渡，下寫祭神場景。 聲色，當指迎神之歌舞聲樂。 王逸謂指日光，王萌、王夫之並言日出時聲光可愛，可以娛人，非文義也。 觀者所觀，非日出之景，乃祭日之景，朱熹、汪瑗、陳第、戴震、陳本禮説並是。 又，劉夢鵬以聲色屬東君之容佩，以觀者當屈原，尤非。 洪興祖、王闓運、畢大琛、馬其昶皆附會楚國君臣之事，皆不足信。 又，以上十句乃飾爲東君之主巫所獨唱之臨壇曲。

緪瑟兮交鼓，簫鍾兮瑶簴。

王逸曰：緪，急張絃也。 交鼓，對擊鼓也。

洪興祖曰：緪，古登切。《長笛賦》曰，緪瑟促柱。《儀禮》有笙磬笙鍾。《周禮》笙師共其鍾笙之樂。 注云，鍾笙，與鍾聲相應之笙。 然則簫鍾，與簫聲相應之鍾歟？ 簴，其吕切。《爾雅》，木謂之虡，縣鍾磬之木也。 瑶簴，以美玉爲飾也。

洪邁曰：洪慶善注《楚辭·九歌·東君》篇，緪瑟兮交鼓，簫鍾兮瑶簴，引《儀禮·鄉飲酒》章，閒歌《魚麗》，笙《由庚》，歌《南有嘉魚》，笙《崇丘》爲比，云簫鍾者取二樂聲之相應者互奏之。既鏤板，置於墳庵，一蜀客過而見之曰，一本簫作捅，《廣韻》訓爲擊也。蓋是擊鍾，正與緪瑟爲對耳。慶善謝而亟改之。

汪瑗曰：簫鍾者，謂鍾與簫相應者也。

王夫之曰：嚮日之出，而合樂以迎之，所謂樂以迎來也。緪，張弦也。交鼓者，瑟非一，齊鼓之也。簫，排竹而張其尾，横吹之。鍾與鐘通。

吴世尚曰：此節言祀神者歌舞之盛，而東君之來歆其祀也。

劉夢鵬曰：鐘與簫應曰簫鐘。

王念孫曰：《九歌》，緪瑟兮交鼓，簫鍾兮瑶簴，鳴鯱兮吹竽。簫，一作蕭。簫鍾句，王氏無注。洪補曰，瑶簴，以美玉爲飾也。洪邁《容齋續筆》曰，洪慶善注《東君》篇簫鍾，一蜀客過而見之曰，一本簫作捅。《廣韻》訓爲擊也。蓋是繫鍾，正與緪瑟爲對耳。念孫案，讀簫爲捅者是也。《廣雅》曰，捅，擊也。《玉篇》音所育切，《廣韻》又音蕭。捅與簫、蕭，古字通也。瑶讀爲摇，摇，動也。《招魂》曰，鏗鍾摇簴。王注曰，鏗，撞也；摇，動也。《文選》張銑注曰，言擊鍾則摇動其簴也。義與此同。作瑶者，借字耳。緪瑟以下三句，皆相對爲文。若以瑶爲美玉，則與上下文不類矣。

胡文英曰：簫鐘瑶簴，即《招魂》鏗鐘摇簴之義耳。

錢繹曰：《説文》，緪，竟也。《廣雅》同。班固《答賓戲》云，緪以年歲。《楚辭・九歌》云，緪瑟兮交鼓。王逸注，緪，一作絙。又《招魂》云，姱容脩態，絙洞房些。注云，絙，竟也。絙與緪同。

王闓運曰：簫鐘未詳，蓋以音合《簫韶》爲美。

謹按：交鼓，對擊鼓也。王夫之解爲齊擊鼓，未可視爲確詁。簫，通擳，擊也。洪邁、王念孫、胡文英説是也。洪興祖、汪瑗、王夫之、劉夢鵬、王闓運皆解爲簫管之簫，非也。瑶，通摇，王念孫、胡文英之説可從。洪興祖解爲美玉，則未能破其假借。

鳴篪兮吹竽，思靈保兮賢姱。

王逸曰：篪、竽，樂器名也。言己願供修香美，張施琴瑟，吹鳴篪竽，列備衆樂，以樂大神。靈，謂巫也。姱，好貌。言己思得賢好之巫，使與日神相保樂也。

洪興祖曰：箎與篪同，並音池。《爾雅注》云，箎以竹爲之，長尺四寸，圍三寸，一孔上出，一寸三分，名翹，横吹之。小者尺一寸。《廣雅》云，八孔。竽已見上。古人云，詔靈保，召方相。説者曰，靈保，神巫也。

汪瑗曰：保，如傭保之保。靈保，保之善者也，指男子而言。姱，美女之稱。賢姱，姱之賢惠者也，指女子而言。猶後世賽神而以童男童女歌舞以樂神也，即靈保賢姱之謂矣。而曰思者，以見保姱易得，而靈與賢者不易得也。故思欲得之，而使之歌舞以樂神也。

李陳玉曰：急管繁弦中又代女巫自誇，情節甚妙。

蔣驥曰：靈保，猶言神保，謂尸也。賢以德言，姱以貌言。美尸，以美神也。

王夫之曰：靈保，即神保，見《詩》，謂尸也。祭日之尸，未聞何人。思，以音樂想像其賢姱而詠嘆之。

陳本禮曰：靈保，巫之盤旋，極情盡致，似有神靈附之而舞也。

胡文英曰：思靈保，思念欲得神靈保護賢哲姱修也。

牟庭曰：保者何？葆也。靈保者，迎神之羽葆也。

朱駿聲曰：篪，管樂也。从龠，虒聲。或从竹。按，篪七孔，字亦作箎。《詩·何人斯》，仲氏吹篪。《世本》，蘇辛公作篪。或曰，蘇成公善歙篪。皆傅會不足信也。《爾雅·釋樂》，大篪謂之沂。《廣雅》，篪，以竹爲之，長尺四寸，有八孔。蔡邕《月令章句》，六孔，有距，横吹之。《吕覽·仲夏》，調竽、笙、壎、篪。注，篪以竹，大二尺，長尺二寸、七孔，一孔上伏，横吹之。《周禮·笙師》，簫、篪、篴、管。疏引《禮圖》，九空。《楚辭·東君》，鳴篪兮吹竽。

謹按：靈保，洪興祖釋爲主巫，可從。蔣驥、王夫之釋爲尸，近人王國維《宋元戲曲史》亦曰："古之祭也必有尸。宗廟之尸，以弟子爲之。至天地百神之祀，用尸與否雖不可考，然《晉語》載晉祀夏郊，以董伯爲尸，則非宗廟之祀，固亦用之。《楚辭》之靈，殆以巫而兼尸之用者也。其辭曰巫曰靈，謂神亦曰靈，蓋群巫之中，必有象神之衣服形貌動作者，而視爲神之所憑依，故謂之曰靈，或謂之靈保。余疑《楚辭》之靈保，與《詩》之神保，皆尸之異名。」以尸釋靈保，是也。然尸與靈保略有別焉。尸乃端坐不動之受祭者，而《九歌》爲祭祀後之娱神活動，其神靈既歌且舞，未可混爲一談。王逸於「靈保」二字分釋，謂靈與日神相保樂，非是。賢姱，言神之美質，昌明修姱，令人思慕。汪瑗謂靈保爲男子之稱，賢姱爲女子之稱；胡文英解思靈保兮賢姱爲思念欲得神靈以保護賢哲姱修，牟庭則謂保通葆，神保乃神之葆羽也。此諸家紛歧，而俱未當。

翾飛兮翠曾，展詩兮會舞。

王逸曰：曾，舉也。言巫舞工巧，身體翾然若飛，似翠鳥之舉也。展，舒。

洪興祖曰：翾，小飛也，許緣切。曾，作滕切。《博雅》曰，翧，翥飛也。展詩，猶陳詩也。會舞，猶合舞也。

朱熹曰：翾，小飛輕揚之貌。

汪瑗曰：此句倒文以協韻耳，本謂靈保賢姱之舞，如翡翠之鳥，翾然高飛可愛也。……會舞猶合舞也，謂保姱之衆也。

黃文焕曰：翾飛、翠曾、會舞，合節之情狀也。舞之抑揚，有飛曾之象；音之抑揚，亦有飛曾之象也。

曹同春曰：詩，曲也。

劉夢鵬曰：展詩，歌也。

陳本禮曰：曾同䎖。翾飛翠曾四字，寫巫舞入妙。

王念孫曰：（《廣雅》，䎖，舉也。）《楚辭·九歌》，翾飛兮翠曾。王逸注云，曾，舉也。曾與䎖通。

胡文英曰：翾然而飛，若翠羽之曾舉，乃展唱其詩而合舞矣。

俞樾曰：愚按，洪氏引《廣雅》以證曾字之義，得之矣。惟此翠字與上篇孔蓋翠旍不同，非翠鳥也。翾飛翠曾，文本相對，翾爲翾然，則翠亦翠然。《説文·足部》，踤篆下一曰蒼踤，此翠字即蒼踤之踤，蒼踤即倉卒也。書傳中皆省，不從足。此假用翠字者，因以飛翥言，故變從足爲從羽耳。

錢繹曰：《廣雅》蕆，呈解也。此音展。《楚辭·九歌》云，展詩兮會舞。王逸注，展，舒也。舒與紓、抒並通，皆解之意也。

王闓運曰：翠曾，猶青冥也。曾，重也。

武延緒曰：按《説文》，翾，小飛也。《荀子・不苟篇》，喜則輕而翾。注，與儇同，急也。本注小飛輕揚之貌，即兼此二解也。翠乃翱字之譌，《集韻》咋律反，飛疾貌。後人誤移羽字於上也。

謹按：翾，小飛也，朱熹曰，小飛輕揚之貌，是也。翠，翠鳥。曾，王逸釋爲舉，洪興祖則引《博雅》謂其通翻，可申王説。王闓運又訓爲重，備參。翠曾，作翠鳥之飛舉也。俞樾釋翠爲蒼踤之踤，即倉促也；武延緒則釋爲翱字之訛，此二説雖可通，然已屬曲文。展詩，即陳詩，謂放聲歌唱；會舞猶合舞也，洪釋確。又此處之詩非如今之誦讀詩，乃演唱之詩，故曹同春釋爲曲，劉夢鵬釋爲歌，胡文英釋爲展唱其詩，皆可參。

應律兮合節，靈之來兮蔽日。

王逸曰：言乃復舒展詩曲，作爲雅頌之樂，合會六律，以應舞節。言日神悦喜，於是來下，從其官屬，蔽日而至也。

洪興祖曰：應，於證切。漢樂歌曰，展詩應律鋗玉鳴。

朱熹曰：律謂十二律，黄鐘、大吕、太蔟、夾鐘、姑洗、中吕、㽔賓、林鐘、夷則、南吕、無射、應鐘也。作樂者，以律和五聲之高下。節謂其始終先後疏數疾徐之節也。

汪瑗曰：此句（按，指應律句）總結上六句。言人之歌舞與樂之律吕節奏皆相應而不乖，相合而不相違，此所以爲聲色之妙足以娱人，使觀者憺然而忘歸也。……此篇祀日神，而言蔽日者，借言之也，如《雲中君》亦謂遠舉雲中耳。……或曰，靈之來即承前暾將出而言耳，暾言形，靈言其神也。首章曰，夜皎皎兮既明，豫言之而尚未明也。太息將上，低佪顧懷，則漸明矣。靈來蔽日，始大明矣。此亦言之序也。

王萌曰：應律言音，合節言舞，總上作樂之盛，于是日神喜悦而來也。

錢澄之曰：（緪琴至蔽日八句）承上聲色娱人，備述樂舞之盛。緪琴三句言樂，靈保三句言舞，應律合節，樂與舞相叶也。舞者，巫也，即靈保也。因樂作而思靈保之賢姱必能妙舞，而果樂應律而舞合節也。蓋不惟人之觀者憺焉忘歸，而百靈之隨日行者，亦群然畢集。日已上而來者多，故蔽日也。極言歌舞之盛。

屈復曰：所謂聲色也。〇又曰：此節（按，指緪琴句至靈之來句）言聲色之盛，見享日之誠敬而神至也。以上皆自夜而晝也。

劉夢鵬曰：靈之來兮蔽日，言東君來，君輿從盛也。

陳本禮曰：靈謂鬱儀主日之神，日體在天，不臨祭，其神降，故曰靈。蔽日者，謂其騶從如雲，而日光若反爲之蔽也。

胡文英曰：迨諸樂器既應律，而舞又合節，神果悦而下，其靈之盛，蔽日而來焉。《周禮》，天神可得而降，蓋歌舞之通于鬼神，非空言也。

武延緒曰：按，日，疑户字之譌。

謹按：應律合節，總謂上所言音聲歌舞，應此律，合此節，衆神紛下，正所謂歌舞降神也。蔽日，狀從者之盛也，王逸謂日神悦此，率其官屬，蔽日而至，是也。日神而曰蔽日，猶雲神而曰遠舉雲中也，此處不可拘泥。錢澄之之説亦可參。武延緒疑日當作户，恐非。以上八句乃群巫之合唱。

青雲衣兮白霓裳，舉長矢兮射天狼。

王逸曰：言日神來下，青雲爲上衣，白蜺爲下裳也。日出東方入西方，故用其方色以爲飾也。天狼，星名，以喻貪殘。日爲王者，王者受命，必誅貪殘，故曰舉長矢射天狼。言君當誅惡也。

洪興祖曰：霓見《騷經》。射，食亦切。《晉書·天文志》云，狼，一星，在東井南，爲野將，主侵掠。

汪瑗曰：矢，箭也。天上有矢星。天狼，亦星名。……按，非真有以射之也，日出而星藏，若有以射之而退也，下皆倣此。

陳第曰：此想神之來，其作用如此。天狼，賊星；射之，誅惡也。則已之弧不必張矣。

錢澄之曰：此（按，指青雲衣至東行六句）日將入而送之也。日入而邪慝作。天狼，惡星，早見，故惡而射之。

徐文靖曰：按《前漢・天文志》曰，秦之疆，候太白，占狼星。張衡《大象賦》，弧屬矢而承天。韓公賓注曰，弧矢九星，常屬矢而向狼。原蓋以天狼喻秦，己欲操弧以射之，而孰意其矢反激而淪降也。《史記》曰，時秦昭王與楚婚，欲與懷王會，懷王欲行，屈平曰，秦虎狼之國，不可信，不如無行。則此以東君喻君，以天狼喻秦，從可知矣。

蔣驥曰：此因日去而升高以送之。衣雲裳霓，言己之升於極高也。……天狼，以喻小人。射之者，惡其因日入而見也。

王邦采曰：日光如矢，無遠不射，是長矢也。

吴世尚曰：國有喜慶，則青雲如衣而在日上。國有凶祲，則白虹如裳之帶而貫日中也。矢天，天星也，與天弧共九星，在狼東南，常向狼，主備盜賊。……天狼一星，在東井南，爲野將主侵掠。《禮》，仲春朝日，初昏之時，東井、天狼、弧矢諸星，正當南方之中，故曰舉長矢兮射天狼也。

夏大霖曰：青，東方正色；白，西方正色。東方主生，配德爲仁；西方主殺，配德爲義；取仁育義正之意。衣裳取佩服意。……君有當佩服者，猶衣裳不可以去體也。仁育爲先，青雲衣也；義正繼之，白霓裳也；然後可以修疆埸矣。有天狼焉，疆埸之大患也，乃當舉長矢以射之。○又曰：太史公曰，秦之疆，候在太白，占于弧狼，射天狼之指明矣。

劉夢鵬曰：長矢，天矢也。天狼星在西宫咸池，蓋寓言秦也。……言天狼應弦而没，不經天也。

陳本禮曰：此時神既畢享，日輪西墜，天狼一星在東井南，日光反照，鋒芒萬仞，如射之者然。

胡文英曰：矢與天狼，皆星名。射天狼，所以去貪暴。

胡濬源曰：近侍，蔽君之天狼，望君射去之，庶淪降可反也。如鄭袖寵姬之類。○又曰：《天官書》，狼角變色，多盜賊，矢救日，枉矢弧，救日弓。

王闓運曰：言既射天狼而反淪降之魂，乃後宴樂也。

畢大琛曰：天狼星主外夷，應指秦言。

謹按：此頌日神之威儀。青雲爲衣，白霓爲裳，舉發長矢，射向天狼。形象傳神之至。青雲衣、白霓裳，狀其衣飾華貴高潔，王逸、夏大霖又以五行方位解之，亦可參。舉長矢，喻日光四射，王邦采、陳本禮所解甚妙。然汪瑗、吴世尚等曰矢亦爲星名，與天弧共九，在狼東南，長向狼，主備盜賊。胡濬源又引《史記·天官書》曰，矢救日，則是句當解爲日神以矢星爲矢，射向天狼也。聯繫下文操余弧句，知此解更合文義。天狼，星名，古人以其爲災星，喻禍難。此爲想象東君射落天狼星，爲人類剪除妖害。又關於天狼之比喻意義，諸家説法不一。王逸、陳第、蔣驥皆謂其喻貪賊小人，恐非確詁。徐文靖、夏大霖、劉夢鵬、畢大琛則謂其喻暴秦，胡濬源又謂其喻蔽君之近侍，皆屬曲説。《九歌》乃長期使用之祭神樂歌，非爲一時一事而作，故「射天狼」乃廣喻誅滅凶惡災禍，未必有具體所指。

操余弧兮反淪降，援北斗兮酌桂漿。

王逸：言日誅惡以後，復循道而退，下入太陰之中，不伐其功也。斗謂玉爵。言誅惡既畢，故引玉斗酌酒漿，以爵命賢能，進有德也。

洪興祖曰：操，持也，七刀切。弧音胡，《説文》曰，木弓也。一曰往體寡來，體多曰弧。淪，没也。降，下也，户江切，叶韻。《晉志》曰，弧，九星，在狼東南，天弓也，主備盜賊。《天文大象賦》注云，弧矢九星，常屬矢而向狼，直狼多盜賊，引滿，則天下兵起。《河東賦》云，攫天狼之威弧。《思玄賦》云，彎威弧之拔刺兮，射嶓冢之封狼。援，音爰，引也。《詩》云，酌以大斗。斗，酒器也。又曰，維北有斗，不可以挹酒漿。此以北斗喻酒器者，大之也。斗，舊音主。射天狼，酌桂漿，以諷其君不能遏惡揚善也。

朱熹曰：北斗七星在紫宫南，其杓所建，周於十二辰之舍，以定十有二月，斟酌元氣，運平四時者也。

汪瑗曰：弧，木弓也，亦星名。上言矢，此言弧，互見也。……此云操弧，猶言韜其弧也。反，復也。……酌，謂以斗挹而飲之也。漿，酒漿也，指月光而言，故月光謂之玉液金波。桂漿者，月中有桂，故曰桂漿，與他處言桂漿者不同，未知是否。大抵援北斗而酌桂漿者，亦宴樂而享其成功之意也。

周拱辰曰：操余弧矣，何以反淪降，日色將沈也。古有揮戈使日再中者，此操弧以揮日而日竟沈，故曰反淪降也。援北斗兮酌桂漿，日將沈而酌酒遲之，即《書》所云餞日也。奈我欲近日，而日不我留，何哉？前曰照吾檻於扶桑，親襲光彩，庶幾慰賓日之思，而操弧反淪，瀝酒徒勤，亦無可如何矣。與東王司命，我欲留神而神不我留之意同。在在寓怨望之意，亦在在寓冀倖之意。

錢澄之曰：淪降，日西沈也。操弧反之，猶揮戈以回日也。援斗酌漿，其餞日之謂乎？

王夫之曰：（靈之來兮蔽日，青雲衣兮白霓裳二句）日，無日不麗乎天。其靈無難降格，而或爲雲霓之所蔽，則不能邀靈光而昭事之，故願如下文所云。〇又曰：（舉長矢兮射天狼，操余弧兮反淪降二句）弧矢，《禮》所謂救日之弓，救月之矢也。天狼，妖茀之氣蔽日者。〇又曰：桂漿，天漿，謂露也。

蔣驥曰：反，還也。淪降，日西沈也。操弧反之，猶揮戈以回日也。北斗七星，在紫宫南，其形似酒器，酌漿者，日既不反而餞之。

吴世尚曰：夜之將半，則天狼西下，弧矢亦隨之而淪没於地焉。……北斗七星，在紫宫南，運於中央，臨制四鄉，斟酌元氣，以建節度，定諸紀者也。仲春初昏，其杓指卯，在人之左，非可持也。夜中之時，其杓轉於午位；至于將旦，其杓自酉，在人之右，手可舉引，故曰操余弧兮反淪降，援北斗兮酌桂漿。言日自初昏而夜半，夜半而又將旦也。

屈復曰：操弧舉矢，以射天狼；歸而援北斗，酌桂漿，成功者退，日將入時也。

曹同春曰：操弧以反淪降，則揮戈之説也。

劉夢鵬曰：酌桂漿，寓言飲至策勳之意。此言東君來而已屬望頌禱如是也。嗚呼！報怨雪耻，原何日忘之哉！

戴震曰：青白，以東西方色爲飾。天狼一星，弧九星，皆在西宫。北斗七星，在中宫。《天官書》，秦之疆也，占於狼弧。此章有報秦之心，故舉秦分野之星言之，用是知《九歌》之作在懷王入秦不反之後。歌此以見頃襄之當復讎，而不可安於聲色之娱也。援北斗以酌桂漿，則施德布澤之喻。

陳本禮曰：日甫落而北斗先見。酌桂漿者，蓋祭者寅餞納日之義，欲援北斗而酌桂漿以獻之也。

胡文英曰：余，代神而言。弧，星名。反淪降，即揮戈返景之意。反淪降，所以免遲暮。此

（按，指下句）即《詩》維北有斗，不可以挹酒漿，而反用之。酌酒漿，所以駐老。

王闓運曰：言既射天狼而反淪降之魂，乃後可宴樂也。

武延緒曰：按余字無義，疑當爲奎。《禮・月令》，季春之月，日在奎，昏弧中。《春秋合誠圖》，奎主武庫。《後漢・蘇竟傳》，奎爲毒螫，主庫兵。奎、弧一類。或曰此與下撰余轡句爲對文，余字不誤。

謹按：弧亦星名，與矢星屬同一星座。上言天，下言弧，其義互見，汪瑗説是。上句言日神射擊天狼，此云操弧淪降，與日神誅惡之後，始向西降落，王逸説甚確。余，乃東君自謂，胡文英説是也。陳本禮以爲乃祭者之詞，殊隔閡不合。武延緒又疑余當作奎，而不能明其説。錢澄之、蔣驥、曹同春、胡文英則訓反爲回，乃阻日西沉之意，可備參考。周拱辰又釋反爲反而，則不可從。桂漿，或曰月光，或曰露液，是亦未可確指，但自星名而作意象耳。陳本禮曰日甫落而北斗先見，汪瑗曰援北斗酌桂漿亦宴樂而享其成功之意，皆可備一説。要之，二句所述乃日神所爲，非人之可爲也。

撰余轡兮高駝翔，杳冥冥兮以東行。

王逸曰：言日過太陰，不見其光，出杳杳、入冥冥，直東行而復出。或曰，日月五星皆東行也。

洪興祖曰：撰，雛免切，定也，持也。《遠遊》曰，撰余轡而正策。反淪降者，喻人君退託，不自有其功。高馳翔者，喻制世馭民於萬物之上。杳，深也。冥，幽也。日出東方，猶帝出乎震也。行，胡岡切，叶韻。

汪瑗曰：冥冥，幽暗之甚也，指地下之太陰而言。東行，猶言東升也。言日下太陰，不見其光，杳杳冥冥，直東行而復上出也。

陳第曰：此言神既誅惡，己弧不張，惟酌酒振轡，冥冥東行而已。亦希冀之辭，以致其無聊之意。

周拱辰曰：撰轡高翔，冥冥東行，其有長夜復旦之思與？○又曰：竊冥冥兮以東行，東行二字最妙。天左行，日亦隨之左行，非入地也。千一疏云，日月代明，分晝夜也，非分天地，而晝行天上，夜入地中之謂也。

陸時雍曰：日皜皜而不可親也，備聲色以娱之，極贊歎以仰之而已。凡人處於可親不可親之間，而不敢驟以自進，此全交之道也。

王遠曰：此（按，指青雲衣至以東行六句）言日之去也，舉矢操弧以衛之，援斗酌漿以饗之，而星斗燦然，月已淪降矣。于是撰轡高駝，遠望而送之，直至杳冥不見其光而後已也。以東行者，日麗乎天，自東而西，隨在見之皆然，而自我所在處言之，則以爲入地下，而自西之東也。此竚立想望之詞也。

錢澄之曰：始撫馬以迎，終撰轡而送。高駝，升高望日也。直刺不動曰翔，言馳至最高處也。所處者卑，山川蔽虧，故日早没，從高望之，則猶未盡没也。日入於西，復出於東，杳冥冥則由地中東行，至次日而出地上也。

王夫之曰：撰，具也。余，代東君自稱。妖氛除，清露降，日乃整轡安驅，破幽冥而自東徂西，容光皆無所蔽矣。盛樂以求諸陽而迎之，尤必爲之祛除氛祲，而後日可得而禮也。

蔣驥曰：撰，持也。送日極西，而復持轡東行，長夜冥途，與之相逐，蓋又以迎來日之出也。三閭大夫豈能一日而離君哉？日已出而迎之者安驅，日方降而迎之者高馳，緩急之情異也。

王邦采曰：操弧矢，則威懾天狼之凶宿；酌桂漿，則光縈北斗之宸樞。雖淪降以明夷，隨東行而復旦，可思議哉？

吴世尚曰：日出則陽明用事，君子道長，小人道消之時也，則欲其遲遲而行，故曰撫余馬兮安驅，夜皎皎兮既明。日入則陰晦用事，小人道長，君子道消之時，則恨不急急以去，故曰撰余轡兮高駝翔，杳冥冥兮以東行。原之願治厭亂之心，與大《易》扶陽抑陰之意，同一深切著明矣。而又恐遲或失於怠惰，急或失於迫切，故安驅而曰撫余馬，高駝翔而曰撰余轡，則把握在手，疾徐皆中其度矣。夜與杳冥，皆自人言之，非謂日也。〇又曰：此節（按，指青雲衣至杳冥冥六句）言日之既入也。

屈復曰：兩余字（按，連及操余弧而言）皆祭者自稱。〇又曰：此節（按，指青雲衣句至末句）言成功者退。白晝而夜，送日歸也。

夏大霖曰：（操余弧至東行四句）言天狼既射，而後可反而即安焉，酒漿亦可酌焉，乃飲至策勳時也。夫如是，則願君持轡不行，俾共仰高明，常麗於天，無如爲時無幾，杳冥冥焉復爲昏夜，欲見高明，更待再來之日耳。此冷筆輕結，謂襄王之昏也。此一句轉起下篇《河伯》爲溷濁不清世界。

劉夢鵬曰：此遥接篇首撫馬安驅而結言之。言己屬望東君，雖是如此，又未知此行遇合何如，杳杳冥冥，不能自定也。

陳本禮曰：撰余轡者，東君既享其獻，撰轡而入虞淵。杳冥冥者，繞地一周東行，又將復旦也。天狼喻秦。東行，願君之明如日月之光華在天也。通篇只二語見正意。

胡文英曰：日既下西北之後，天色杳冥，日復東行，天明則復出于東南也。

王闓運曰：撰，具也。

畢大琛曰：再舉兵伐秦，韓乘之伐楚，而齊不救，祇得杳冥冥而東歸矣。

馬其昶曰：日冥之時東行而反，則暾將出時之爲西行可知。秦在西也。谷永謂懷王隆祭祀，欲以助卻秦軍，此章正其祝神卻秦之詞。

謹按：撰當訓持，洪興祖、蔣驥是也，王夫之、王闓運又釋爲具，備參。余字同上，東君自稱也。東行，言日自西方落下，又於地表之下向東運行，陳本禮、胡文英之説可從。汪瑗則釋東行爲東昇，王遠、王夫之又釋爲自東向西，皆非是。諸家凡釋爲主祭者送神而歸或復迎來日者皆非。將此附會秦楚國事者更非關文義。以上六句乃飾爲東君主巫之獨唱。

# 河伯

段成式曰：河伯，人面，乘兩龍，一曰冰夷，一曰馮夷；又曰人面魚身。《金匱》言，一名馮循（一作修）；《河圖》言姓吕名夷，《穆天子傳》言無夷；《淮南子》言馮遲；《聖賢記》言服八石，得水仙；《抱朴子》曰八月上庚日溺河。

洪興祖曰：《山海經》曰，中極之淵，深三百仞，唯冰夷都焉。冰夷人面而乘龍。《穆天子傳》云，天子西征，至于陽紆之山，河伯無夷之所都，居冰夷。無夷即馮夷也，《淮南》又作馮遲。《抱朴子·釋鬼》篇曰，馮夷以八月上庚日渡河溺死。天帝署爲河伯。《清泠傳》曰，馮夷，華陰潼鄉隄首人也。服八石，得水仙，是爲河伯。《博物志》云，昔夏禹觀河，見長人魚身，出曰，吾河精，豈河伯也？馮夷得道成仙，化爲河伯，道豈同哉？

洪邁曰：張衡《思玄賦》，號馮夷俾清津兮，櫂龍舟以濟予。李善注《文選》引《青令傳》曰，河伯姓馮氏，名夷，浴於河中而溺死，是爲河伯。《太公金匱》曰，河伯姓馮名脩。《裴氏新語》謂爲馮夷。《莊子》曰，馮夷得之，以遊大川。《淮南子》曰，馮夷服夷石而水仙。《後漢·張衡傳》注引《聖賢冢墓記》曰，馮夷者，弘農華陰潼鄉隄首里人，服八石，得水仙，爲河伯。又《龍魚河圖》曰，河伯姓呂，名公子；夫人姓馮名夷。唐碑有《河侯新祠頌》，秦宗撰，文曰，河伯姓馮名夷，字公子。數説不同，然皆不經之傳也。蓋本於屈原《遠遊》篇所謂使湘靈鼓瑟兮，令海若無馮夷。前此未有用者，《淮南子·原道訓》又曰，馮夷，大丙之御也，乘雲車入雲蜺。許叔重云，皆古之得道能御陰陽者。此自别一馮夷也。

朱熹曰：舊説以爲馮夷。其言荒誕，不可稽考，今闕之。大率爲黄河之神耳。◯又曰：舊説河伯位視大夫，屈原以官相友，故得汝之。其鑿如此。又云，河伯之居沈没水中，喻賢人之不得其所也。夫謂之河伯，則居於水中，固其所矣，而以爲失其所，則不知使之居於何處乃爲得其所耶？此於上下文義皆無所當，真衍説也。

汪瑗曰：按此謂九河之神也。曰伯者，稱美之詞，如稱湘君、東君之類，非如侯伯之伯，爵位等級之稱也。王逸以爲河伯位視大夫，屈原以官相友，則鑿矣。其神亦泛言耳。《山海經》以爲冰夷，《穆天子傳》以爲無夷，《淮南子》以爲馮遲，《莊子》、《抱朴子》以爲馮夷，其言皆荒誕不可稽考，闕之可也。又按《學記》曰，三王之祭川也，皆先河而後海。是祭河者，先王之典也。諸侯惟祭境内山川耳。今九河在《禹貢》屬冀州，非楚之所得祭，而祭之者僭也。屈子之作，亦不過借此題目寫己之興趣耳，無暇於他及也。篇内凡曰汝、曰靈、曰子、曰美人，皆指河伯也。曰予者，原自謂也。讀者詳之。

陳第曰：子、美人，皆指河伯。予，原自稱也。謂乘黿逐魚，共遊河渚，而流澌間之，故兩相别。……此篇之意，大都謂故國不能忘情，而豚魚猶可感通，其意深矣。

黄文焕曰：四望之後，得其所在，屋堂闕宫俱見之矣，在彼水中矣。……於是舍陸從水，舍龍螭之車而乘黿魚，以追隨河伯。

李陳玉曰：河伯，水神。楚鄉祀江，亦稱河者，統名耳。

周拱辰曰：别章怨望語滿楮，而此獨津津焉者，夫亦彭咸、申徒狄，皆河伯舊知己也，而幸其不我棄乎？一遊九河，再遊河渚，何披襟之暢。日夕忘歸，極浦寤言，何莫逆之深。交手東行，相送南浦，何眷顧流連之靡已。深味語意，非原招河伯，乃河伯招原也。蓋東門秭歸，兩靡税駕，惟有沅、湘清波可了靈均一生結局。波滔滔兮來迎，魚隣隣兮媵予，河伯固以江魚之腹贈原矣。

陸時雍曰：與女遊兮九河，已把臂矣，而情未攄也。衝風起兮横波，風何忽，水何其遽也。遂往求之，更四望之，日慕流連，耿懷不已，當時之低徊惆悵，殆將無所歸矣。靈何爲兮水中，招之來也。流澌紛兮將來，下生其愁也。送子而反，回顧無聊，魚鱗鱗，波滔滔，多情者其奈此索莫何？以知人世之多愁也。合者常少，睽者居多，以怨以思，未有《詩》之深而《騷》之幻者。

金兆清曰：舊説以爲馮夷，又曰黄河之神。

錢澄之曰：六國時，魏有河伯娶婦之俗。此篇直以女巫爲河伯所憑依，猶之爲婦，特不投諸水耳，故無迎神降神之詞。且河非楚所宜祀，明非祀事也。末章神送婦還，雖屬荒唐，猶不至誣罔已甚，故從其俗而正其詞。

顧炎武曰：《楚辭·九歌》以《河伯》次《東君》之後，則以河伯爲神。《天問》，胡羿射夫河伯而妻彼雒嬪，王逸《章句》以射爲實，以妻爲夢。其解《遠遊》，令海若舞馮夷，則曰，馮夷，水仙人也。是河伯、馮夷，皆水神矣。《穆天子傳》，至於陽紆之山，河伯無夷之所都居（注，無夷，馮夷也，《山海經》云冰夷）。《山海經》，中（一作從）極之淵，深三百仞，惟冰夷恒都焉。冰夷人面，乘兩龍。郭璞注，冰夷，馮夷也，即河伯也。（郭璞《江賦》，冰夷倚浪以傲睨。）《莊子》，馮夷得之，以遊大川。司馬彪注引《清泠傳》曰，馮夷，華陰潼鄉隄首里人也。服八石得道，爲水仙，是爲河伯，是以馮夷死而爲神，其説怪矣。《龍魚河圖》曰，河伯姓吕名公子，夫人姓馮名夷，以馮夷爲河伯之妻，更怪！《楚辭·九歌》有河伯，而馮夷屬海若之下，亦若以爲兩人，大抵所傳各異，而謂河神有夫人者，亦秦人以君主妻河，鄴巫爲河伯娶婦之類耳。（《淮南子》，馮夷，大丙之御。注，二人，古之得道能御陰陽者。）○又曰：春秋之世，猶知淫祀之非。故衛侯夢夏相，而甯子弗祀；晉侯卜桑林，而荀罃弗禱。楚昭王有疾，卜曰，河爲祟。王弗祭，曰，三代命祀，祭不越望。江、漢、睢、漳，楚之望也。不穀雖不德，河非所獲罪也。至屈原之世，而沅、湘之間並祀河伯。豈所謂楚人鬼而越人機，亦皆起於戰國之際乎？夫以昭王之所弗祭者，而屈子歌之，可以知風俗之所從變矣。（《雲麓漫鈔》言，自釋氏書入中國，有龍王之説，而河伯無聞矣。）

王夫之曰：河神也。四瀆視諸侯，故稱伯。楚昭王有淚，卜曰，河爲祟。昭王謂非其境内山川，弗祀焉。昭王能以禮正祀典，故已之。而楚固嘗祀之矣，民間亦相蒙僭祭，遥望而祀之，序所謂信鬼而好祠也。

林雲銘曰：舊注全不解了，又以爲女巫之言，則涉於越境致祭矣。乘水車二句，即《離騷》駕飛龍雜瑶象之義，明指自己，乃謬作河伯遊戲。若然，是求神而既遇矣，何必又登而望，望而悵，悵而思乎？即悵忘歸句，又作崑崙多奇怪珠玉之樹，玩之日暮，猶不知歸，但悵字不知如何發付，此皆不待辯者也。河神以水爲居，猶人以平土爲居也。乃云何爲水中之語，喻賢人處非其所，然則河神不當居水中，人亦不當居平土耶？至于美人二字，有稱君者，有稱神者，有稱人者，從無以此自稱之理。送美人南浦句，確是送神。蓋大水有小口别通曰浦，從北而言故謂之南，即上文所云極浦。以河流皆東，其在南者至此而極也。南浦乃東南兩路之交。神既别原，從大水而東行。原因送神，由小口而南歸，不能越境，故僅止此。乃謬解作神之送原，而以美人爲女巫之自稱，雖病狂喪心之人，亦不敢恣妄至此。結尾波迎魚媵，謬謂既别而猶眷眷，以歎君恩之薄，把悲涼之景認作親熱之情，總因謬解美人南浦四字，遂至一錯到底，讀古者何可不慎？

徐文靖曰：按《河圖》曰，風后對黄帝曰，河凡有五，皆始開於崑崙之墟。《爾雅》曰，河出崑崙虛，色白。《山海經》曰，河出崑崙西北隅。《史記·大宛列傳》曰，天子案古圖書，名河所出曰崑崙云。《唐書·吐谷渾傳》曰，積石道總管侯君集、任城王道宗追吐谷渾王伏允，登漢哭山，戰烏海，行空荒二千里。閲月，次星宿川上，望積石河源。又《吐蕃傳》曰，會盟使劉元鼎逾湟水，至龍泉谷西北。湟水出蒙谷，抵龍泉與河合。河之上流，由洪濟梁西南行二千里。水益狹，春可涉，秋夏乃勝舟。其南三百里三山，中高而四下，曰紫山。直大羊同國，古所謂崑崙者也。虜曰悶摩黎山。《括地志》曰，阿耨達山亦曰建末達山，亦名崑崙山，水出，一名拔扈利水，一名恒伽河，即經稱河者也。《明一統志》曰，崑崙山在西蕃朵甘衛西北，番名一耳麻不莫剌山，極高峻，雪至夏不消，綿亘五百餘里。黄河源在衛西鄙，直馬湖蠻部正西三千餘里，去雲南麗江府西北一千五百里。水從地湧出百餘泓，方七八十里。履高瞰之，燦若星列。番名火敦腦兒。東北流百餘里，匯爲大澤。又東流，爲赤賓河。又合忽蘭等河，始名黄河。又東北至陝西蘭縣，始入中國。又東北經沙漠地，折而南流，入山西境，凡九千餘里，此黄河九曲，千里一曲一直之大較也。至黄河隨地異名，《後魏書·龜茲國傳》，龜茲東有輪臺，其南三百里有大河東流，號計式水，即黄河也。又《于闐國傳》，城東二十里有大水北流，號樹枝水，即黄河也。宋《契丹志》，其地有梟夢箇没卑水，源出饒州西南平地松林，直東流，華言黄河也。《元史·河源志》，騰乞里塔即崑崙也。崑崙以東有水西南來，名納隣哈剌，譯言細黄河也。其他蓋不勝記云。

徐文靖曰：按胡應麟《筆叢》曰，《竹書紀年》，帝芬十六年，洛伯用與河伯馮夷鬭。洛伯、河伯，皆國名也。用與馮夷，諸侯名也。世率以馮夷爲水神，賴此折之。

徐昂發曰：《日知録》載河伯事，詳矣。然愚別又有説。李善《文選注》引《青令傳》曰，河伯姓馮氏，名夷，浴於河而溺死，是爲河伯。《太公金匱》曰，河伯姓馮，名修。裴氏《新語》謂爲馮夷。《淮南子》曰，馮夷服夷石而水仙。《後漢書》注引《聖賢冢墓記》曰，馮夷，弘農華陰潼鄉隄首里人，服八石，得水仙，爲河伯。又《龍魚河圖》曰，河伯姓呂名公子，夫人姓馮名夷。唐秦宗《河侯新祠頌》曰，河伯姓馮，名夷，字公子，數説不同，要皆本於屈原《遠遊》篇所謂使湘靈鼓瑟兮，令海若舞馮夷也。愚案溺死之事，固屬誕繆，烏有死而得仙者？夫人馮夷之説，尤爲不經。惟《莊子》謂馮夷得之以遊大川。《淮南·原道訓》謂，馮夷，大丙之御也，乘雲車，入雲蜺。高誘注云，皆古之得道能御陰陽者。宜爲近之，而猶未徵也。嘗讀《穆天子傳》云，天子至於陽紆之山，河伯無夷之所都居。是維河宗氏。郭璞注，無夷，馮夷也。《山海經》云，冰夷河，四瀆之宗。主河者，因以爲氏。又云，河宗伯夭逆天子於燕然之山。天子受河宗璧。伯夭受璧，沈河，致河典。乙丑，天子西濟河，爰有温谷樂都，河宗氏之所遊居。案此則伯夭，乃無夷之後，河宗氏實維伯爵，是謂河伯。無夷，乃河伯之始封，猶祝融、玄冥之屬，死而爲神者也。其云河宗之子孫鄘伯絜，當是其支系。

吴世尚曰：河非楚有，亦僭祀也。《東君》以上，皆尊神也，故屈原之歌皆作以卑承尊之祠。《禮》，天子祭名山大川，五岳視三公，四瀆視諸侯。楚僭稱王，自以大夫比於諸侯，故屈原於河伯爲平交朋友之詞，亦所謂楚人作楚語者耳，於先王之禮、聖賢之道，固未嘗一見及也。

屈復曰：此篇言約九河之遊。龍堂貝闕，盡誠敬以迎之，而别易會難，不遂遊九河之約也。

夏大霖曰：愚按黄河在韓、魏境中，侯邦所不越祭，此非沅、湘所祀，足徵王説之謬矣。……愚亦取《騷》互證，世溷濁而不分，世溷濁而不清，非所屢言者乎？黄河濁流，此其所寄意也。成濁世者，昏君也；居濁流者，河伯也。兩相況也。

劉夢鵬曰：原泝流上下，思歸未得，窮途寂寥，故託於與河伯遊以起興。○又曰：按四瀆河爲長，故水神河伯爲尊。原在沅湘而稱與河伯遊，借尊者以爲辭也。

陳本禮曰：《竹書》，夏帝芬十六年，洛伯用與河伯馮夷鬭，則河、洛二伯乃夏時諸侯，從禹治水有功，故封河伯於河，封洛伯於洛，没爲水神，後人祀之，稱爲河伯云。屈子此篇，蓋以河伯比當時賢士隱於河上如甘盤者，欲求其出而與之共事楚而不得之作也。故開首即云與女遊兮九河，乃親而暱之之詞。何西仲乃謂楚越境祭神，涉於諂瀆；而蘇嶺又以爲祀權星？紛紛妄説，何後世高叟之多也！

胡文英曰：河伯，黄河之神也。楚自威王滅越之後，掠地至魯，皆屬楚境，故濱河土俗祀之。屈子過之，因爲作樂章以寓意。王逸謂作于湘沅之間者，謬也。林西仲謂不設祭，故第曰與遊。夫苟不設祭，歌此何爲也？

牟庭曰：河伯，因迎神水次而思沉流也，亦猶從彭咸之思也。本楚境距河絶遠，昭王所謂祭不過望，而河非所獲罪也。其後河日南徙，在原時已有浸淫淮瀆之勢，而楚亦廣地至淮泗以北，望祭遂有河矣。

胡濬源曰：河伯，比舊同出使約縱之賢也。

王闓運曰：楚北境至南河，故《莊子》書亦言河伯。

畢大琛曰：懷王留於秦，逃之趙、魏，乃渡河，秦使人遮楚道，王不得歸，屈原聞之，賦《河伯》。○又曰：此爲懷王逃至趙、魏，渡河欲歸，故作《河伯》以望其東歸，不然楚隔河甚遠，與原無涉，何必歌此？

謹按：本篇乃祭祀河伯之樂歌。河伯，即黄河之神，古人關於河伯之傳説甚多，如《莊子・大宗師》云：「馮夷得之，以遊大川。」疏云：「姓馮，名夷，弘農華陰潼鄉堤首里人也，服八石，得水仙。大川，黄河也。天帝錫馮夷爲河伯，故遊處盟津大川之中。」《山海經》、《韓非子》、《史記》、

《淮南子》諸書中均有此類記載，惟所載河伯之姓名、事跡各有異同，段成式、洪興祖、洪邁、顧炎武等人已有詳辨，可參看。汪瑗以爲河乃九河，李陳玉又目爲楚國境内諸江之統名，亦可參。楚國祭祀黄河之神，由來已久。《左傳》宣公十二年云：「丙辰，楚重至於邲，遂次于衡雍。……祀於河，作先君宫，告成事而還。」魯宣公十二年即楚莊王十七年，亦即公元前五九七年，楚王率師伐晉，親祭河神。又《左傳》哀公六年云：「初（楚）昭王有疾，卜曰：『河爲祟。』王弗祭。大夫請祭諸郊。王曰：『三代命祀，祭不越望。江、漢、雎、漳，楚之望也。禍福之至，不是過也。不穀雖不德，河非所獲罪也。』遂弗祭。」有説者以此條斷定祭祀河伯非楚國朝廷之事，乃民間之淫祀。然此條記載僅言昭王不因有疾而特祀河神，並未否定祀河爲楚國定期之常典。昭王言「江、漢、雎、漳，楚之望也」，然《九歌》中並無祭祀江、漢、雎、漳之樂歌，即因昭王所言者爲特祀，而《九歌》乃用於常典。劉永濟《屈賦通箋》云：「按《九歌》所祀，本不可以《禮經》繩之，且河伯之説，本遠古相傳神話，奉而祀之者，不必定河水流域之人。況楚地當屈子時，已及河之南境，祀河伯非必不可之事。」其説有理。此篇蓋河伯與其戀人繾綣之詞也，然汪瑗、陳第、周拱辰、林雲銘、劉夢鵬皆以爲乃河伯與屈原唱和之詞，夏大霖、陳本禮、牟庭、畢大琛等人亦各有異説，皆不可取。錢澄之又附會於河伯娶婦之俗，郭沫若《屈原賦今譯》又以爲本篇所敘乃男性之河神與女性之洛神相戀之情，此二説僅供參考。

與女遊兮九河，衝風起兮横波。

王逸曰：河爲四瀆長，其位視大夫，屈原仕楚大夫，欲以官相友，故言女也。九河：徒駭、太史、馬頰、覆鬴、胡蘇、簡、絜、鈎磐、鬲津也。衝，隧也。屈原設意與河伯爲友，俱遊九河之中，想蒙神祐，反遇隧風，大波湧起，所託無所也。

洪興祖曰：女讀作汝，下同。九河，名見《爾雅》。《書》曰，九河既道。注云，河水分爲九道，在兖州界。又曰，又北播爲九河，同爲逆河，入于海。注云，分爲九河，以殺其溢。漢許商上書云，古記九河之名，有徒駭、胡蘇、鬲津，今見在成平、東光、鬲縣界中，自鬲津以北至徒駭，其間相去二百餘里，是知九河所在，徒駭最北，鬲津最南，蓋徒駭是河之本道，東出分爲八枝也。《詩》云，大風有隧。

朱熹曰：此亦爲女巫之詞。女指河伯也。

汪瑗曰：横波，惡波也。或謂衝風而起，横波而渡也。

李陳玉曰：代女巫與河伯爲一體之言，方能招河伯。

錢澄之曰：風起波横，河伯之乘駕出入自如，巫盛稱其神通也。女即如字讀亦可。

王夫之曰：與女，發端之辭，猶言相與遊也。衝風，横渡之風，因激浪而横也。河非楚之封内，故言曾遊九河而與神遇。

蔣驥曰：横波，言遊車横絶中流也。○又曰：衝風至兮水揚波，言水之成文也。衝風起兮横波，言龍車横截於波中也。辭意各殊，定非重出。

王邦采曰：衝風，打頭風也。

屈復曰：女指河伯。河爲四瀆長。九河：徒駭、太史、馬頰、復鬴、胡蘇、簡、潔、鈎磐、鬲津也。禹治河至兖州，分爲九道，以殺其溢，其間相去二百餘里。徒駭最北，鬲津最南，蓋徒駭是河之本道，東出分爲八支也。衝，逐也。

劉夢鵬曰：横波，風起水湧也。

陳本禮曰：衝口而出，極寫欲見情迫。九河，河伯日遊之地，徒駭、太史、馬頰、復鬴、胡蘇、簡、潔、鉤盤、鬲津也。逆風出門，便遇風阻，見不得與遊之兆。

胡文英曰：（九河）即禹疏九河之河。衝風，衝激之風。宋玉《風賦》，衝孔動楗。横波，風起則波自前横也。

王闓運曰：原於懷王十八年使齊，故嘗游九河。

謹按：此二句狀河伯與其戀人於風中暢遊九河之貌。朱熹、李陳玉以爲此句乃女巫之詞，非也。九河，乃黄河之九條支流，相傳爲夏禹治河時所開。《尚書·禹貢》「九河既道」注云：「河水分爲九道。」「又北播爲九河，同爲逆河，入於海」注云：「北分爲九河，以殺其溢。在兖州界。同合爲一大河，名逆河而入於渤海。皆禹所加功，故敘之。」九河之名見於《爾雅》，即徒駭、太史、馬頰、覆鬴、胡蘇、簡、絜、鉤磐、鬲津。此處之九河乃泛言黄河水域。衝風，王逸注爲隧風，即急風，吕延濟又釋爲暴風，皆甚當。汪瑗以爲乃乘風渡河之意，可參。横波，波濤洶涌之貌也，蔣驥釋爲龍車横於波中，胡文英釋爲風起則波自横，皆可參。

乘水車兮荷蓋，駕兩龍兮驂螭。

王逸曰：言河伯以水爲車，驂駕螭龍而戲遊也。

洪興祖曰：《括地圖》云，馮夷常乘雲車，駕二龍。《史記》曰，水神不可見，以大魚、蛟龍爲候。《博物志》曰，水神乘魚龍。驂，蒼含切。在旁曰驂，驂兩騑也。螭，丑知切。《説文》云，如龍而黄，北方謂之地螻。一説無角曰螭，一音離。《集韻》，螹螭，龍無角。

汪瑗曰：水車，以水爲車也。水之縈迴流轉似之，故曰水車。或曰，謂駕龍於水曰水車。荷蓋，以荷葉爲車蓋也。荷形似蓋，故曰荷蓋。駕兩龍，謂以兩龍而駕車也。在旁曰驂，驂兩騑也。兩龍則兩騑矣。……此章（按，指與女遊以下四句）乃屈原致意河伯之詞，欲與之遍遊九河，而凌風波乘車駕以嬉戲也。下三句皆遊九河之事與具也。

周拱辰曰：車有陸車、山車、澤車、水車，即指南之類，可以越江河者。或曰，即攆類也。

王遠曰：此（按，指與女至驂螭四句）迎河伯未見而預擬之辭。

王夫之曰：河伯之神，寓於有象而無形，於波浪横生時想像見之。

林雲銘曰：以水爲車，用善水之龍螭引車，然後可涉風波，泝流窮源而往迎也。

蔣驥曰：水車，車之激水而行者。《南詔録》，螭魚四足，長尾，鱗五色，頭似龍，無角。〇又曰：駕龍螭而遊九河，初時盛滿之願也。乘黿魚而遊河渚，遇後苟簡之境也。雖獲從遊，已非本意，而遊又弗能久，則情何時已哉，故戀戀而不釋也，舊注全少分曉。

王邦采曰：水車，舟也。……此迎神之詞。若曰，我將與女遊於九河乎，雖九河之險，風起波横，我則所乘者水車，荷爲之蓋，所駕者兩龍，驂則以螭，冒風截流，前來迎女矣。

屈復曰：此節（按，首句至此）約河伯駕龍乘車以遊九河也。

劉夢鵬曰：水車，舟也。己與河伯並駕，故曰兩龍。

陳本禮曰：（上句言）迎神之舟，（下句言）迎神之車。風波既不可涉，故捨舟而從陸也。

胡文英曰：水車，激水之車。荷蓋，以荷爲蓋也。駕兩龍，兩服也。……此皆就河伯所長，而己願與之，喻願就君之所樂以爲治也。

王闓運曰：螭，無角龍。

謹按：此寫河伯二人於水上壯遊之景。水車，周拱辰、蔣驥、胡文英釋爲行於水上之車，是也，因河伯爲水神，故其所乘之車行於水上，亦屬當然。而王逸、汪瑗、林雲銘以爲乃以水爲車之意，又王邦采、劉夢鵬則直指爲舟，皆可參。

登崑崙兮四望，心飛揚兮浩蕩。

王逸曰：崑崙山，河源所從出。浩蕩，忠放貌。言己設與河伯俱遊西北，登崑崙萬里之山，周望四方，心意飛揚，志欲陞天，思念浩蕩而無所據也。

洪興祖曰：《援神契》云，河者，水之伯，上應天河。《山海經》云，崑崙山有青河、白河、赤河、黑河環其墟，其白水出其東北陬，屈向東南流，爲中國河。《爾雅》曰，河出崑崙虚，色白，所渠並千七百一川，色黄，百里一小曲，千里一曲直。《淮南》曰，河出崑崙，貫渤海，入禹所導積石山也。

汪瑗曰：飛揚，不定貌。浩蕩，無涯貌。

李陳玉曰：萬水源頭着眼。

錢澄之曰：崑崙，河所出也。登之四望，而飛揚浩蕩。《莊子》所謂河伯欣然自喜，以天下之美爲盡在己是也。

林雲銘曰：舍水就陸，尋河源所自出，望河伯之所在。

王邦采曰：迎河神而不遇，因泝流而窮源。崑崙爲河源所從出，庶幾可以一遇，乃登而望，望而悵，悵而思，神竟安在邪？

吴世尚曰：中國之水，莫大於河，九河則其入海之道也。此節言遊河之委。……四望者，崑崙極高，登之則四表在目，無所不見，故心飛揚而浩蕩也。

夏大霖曰：心飛揚句，言驚魂不定。

曹同春曰：飛揚浩蕩，欲見之極，意飄飄而不可止也。

劉夢鵬曰：飛揚，散亂飄忽之意。浩蕩，壙遠難攝也。原言己與河伯下遊九河，上窮河源，遂登崑崙之墟，躊躇四顧，心神飄忽，凛乎不可久留。與《離騷》陟陞皇而睨舊鄉同意，蓋言己不能久與河伯遊，以爲悵懷思歸起興也。

陳本禮曰：崑崙爲九河發源，意即河伯之所棲，故欲登崑崙而求之。四望者，登山絶頂而覓其所居也。(下句)乃一望無際，惟見高山峻嶺，穹窿極天，飛揚浩蕩，既以自喜，喜其境地開闊，眼界爲之一空，又復自悲，悲其浩蕩無際，不知神之所在也。四字寫盡望字神理。

胡文英曰：崑崙，河之發源，望久而神猶未至，故登以望之。然其境寥廓，徒使我心飛揚而浩蕩已耳。

王闓運曰：崑崙，西極山。言懷王惑秦僞説，而絶齊也。

馬其昶曰：崑崙河源，待神不來，遂登崑崙之上，悵望極浦而懷思也。

謹按：此二句乃河伯迎其戀人之詞也，寫河伯登崑崙之巔，舉目四望，頓覺心胸開闊，神志飛揚。崑崙，山名，乃黃河發源地之一，《爾雅》：「河出崑崙虚，色白，所渠並千七百一川，色黄。百里一小曲，千里一曲一直。」然王逸、林雲銘、王邦采、馬其昶以爲乃巫迎河伯之詞，劉夢鵬又以爲乃屈原、河伯之詞，皆非。

日將暮兮悵忘歸，惟極浦兮寤懷。

王逸曰：言崑崙之中多奇怪珠玉之樹，觀而視之，不知日暮。言己心樂志説，忽忘還歸也。寤，覺也。懷，思也。言己復徐惟念河之極浦，江之遠碕，則中心覺寤而復愁思也。

洪興祖曰：此言登崑崙以望四方，無所適從，惆悵歎息而忘歸也。悵，失志也。惟，思也。極浦，所謂望涔陽兮極浦是也。

汪瑗曰：《楚辭》中有曰憺忘歸、曰悵忘歸，二者不同，亦當有别。憺，安也。謂以忘歸爲安，不欲歸也。悵，恨也。謂以忘歸爲恨，尚欲歸也。曰極浦，言其遠也，自崑崙視之，則爲遠浦……託言河伯之所在也。下文曰南浦者，指其方也，自流水之大勢而言，則爲南浦。……曰暮忘歸，故宿於崑崙之上，既寤而猶懷也。……此承上章，言己欲與河伯遊戲九河，約之不至，而登高以望之也。……此所謂崑崙者，只取登高山以望河伯之意，無取於河源之説也。或曰，遊九河者，統其概也；登崑崙者，泝其源也；遊河渚者，沿其流也。容更詳之。

周拱辰曰：寤懷，言會寤談心，一抒生平之積抱也。樂莫樂兮新相知，有懷欲罄，故曰暮忘歸也。

王遠曰：此言遡流而上，往迎河伯，直至河發源之處，登高四望，未得其處，其心迫切，至于日暮忘歸，寤懷遠浦，庶幾一遇也。

錢澄之曰：極浦，南浦也。巫自矜與河伯同登崑崙，曠望之樂，河伯至於忘歸，而已望極浦而興懷，欲南還也。爲楚巫言，故然。

王夫之曰：河伯登河源之上，而見其流萬里，心與俱馳，逝而不反，至於九河之極浦，河已歸墟，庶幾於此寤寐懷思以求之。

林雲銘曰：極浦，浦之極遠者，惟望而寤寐思之，又欲舍陸就水也。

李光地曰：（登崑崙以下四句言）登高悵望而寤懷於極浦，喻在朝廷而慮四方。

張詩曰：言今欲與汝遊而汝不至，于是登崑崙之山以四望，而此心飛揚不定，浩蕩無依，日雖將暮，猶悵然忘歸。

吴世尚曰：寤懷，懷思而不能寐也。登高遠望，雖曰樂而忘歸，然舊國舊都則係念而不能忘也。此節（按，連及上二句）言遊河之源。

屈復曰：此節（按，指登崑崙句至此句）相約不至，登高遠望而思之也。

夏大霖曰：日暮句，爲君惆悵，不遑寧處意。望之極遠，神可到，而力不能到，以助理意。寤懷，所謂耿耿不寐，惟有隱憂意。

曹同春曰：極浦寤懷，望之而冀得其岸也。

奚禄詒曰：惟遠望極浦，忽然覺晤而愁懷，是胸中之所永懷者，縱極目之時，遺而復來也。

劉夢鵬曰：極浦，即《湘君》歌涔陽極浦，蓋小水别通入郢之處也。忘，失記也。在放日久，失記歸路，而小水通舟時切寤懷，不忘欲返也。

陳本禮曰：言捨此崑崙，别無他處可求，於是極其心思目力望之，遲之又久，不覺日暮，悵然忘歸，因迴思河伯究係水神，求之者仍當於水際求之。極浦，浦之絶遠者，意神必僻居於此，或可一與之寤懷也。

胡文英曰：日暮忘歸，極浦懷思，所以明己之忱，而望神之必至。喻年既老而不知止者，以極目傷懷，思君難置耳。

王闓運曰：言既客秦，復思齊也。

謹按：此二句言河伯與其戀人於崑崙山娱樂遊玩，不覺日落西山，遂怨己只知遊玩而竟流連忘返。王逸注云：「言己心樂志悦，忽忘還歸也。」説者據此而疑悵當爲憺字之誤。劉永濟《屈賦通箋》云：「按依叔師注義，則王本悵字作憺，與《東君》篇『觀者憺兮忘歸』，《山鬼》篇『留靈修兮憺忘歸』同，與《山鬼》篇『怨公子兮悵忘歸』異，洪氏《補注》易其義，兼改其字耳。今改復王本之舊。」聞一多《楚辭校補》云：「此涉《山鬼》『怨公子兮悵忘歸』而誤。知之者，王注曰，言己心樂志悦，忽忘還歸也。心樂志悦與悵字義不合。（悵當訓失志貌，故《山鬼》注曰，故我悵然失志而忘歸。）《東君》『觀者憺兮忘歸』注曰『憺然意安而忘歸』。《山鬼》『留靈修兮憺忘歸』注曰『心中憺然而忘歸』。樂悦與安閒義近。此注以『心樂志悦』釋憺，猶彼注以『意安』釋憺也。」説皆可參。極浦，極遠之水濱，河伯之居所也。汪瑗、錢澄之則謂此極浦即下文之南浦，按南浦乃河伯與戀人分别之所，未必即爲一處，此説恐非，惟以備參。寤懷，即感懷，觸動心中思念之情。聞一多《楚辭校補》云：「案寤懷無義，寤疑當爲顧，聲之誤也。《東君》曰『心低徊兮顧懷』，揚雄《反騷》曰『覽四荒而顧懷兮』，魏文帝《燕歌行》曰『留連顧懷不能存』，是顧懷爲古之恒語。顧，念也。懷亦念也。『惟極浦兮寤懷』，猶言惟遠浦之人是念也。」此説可參。又，以上八句乃飾爲河伯之男巫之詞。

魚鱗屋兮龍堂，紫貝闕兮朱宫，靈何爲兮水中。

王逸曰：言河伯所居，以魚鱗蓋屋，堂畫蛟龍之文，紫貝作闕，朱丹其宫，形容異制，甚鮮好也。言河伯之屋殊好如是，何爲居水中而沈没也？

洪興祖曰：河伯，水神也，故託魚龍之類，以爲宫室闕門觀也。此（按，指靈何爲句）喻賢人處非其所也。

朱熹曰：龍堂，以龍鱗爲堂也。

汪瑗曰：龍堂，謂以龍鱗飾堂也。不言鱗者，承上文也。或曰，使龍蟠於堂柱也。亦通。……或曰，魚鱗相比，有似於屋之瓦；龍窟寬敞，有似於堂；紫貝中虚，有似於闕；珠藏於蚌，有似於宫：故各以其似言之也。何爲乎水中者，蓋承上章（按，指登崑崙以下四句）因候望不至，復詰而訊之之詞也。

李陳玉曰：有狹小龍宫之意，方能招之爲人間遊。

王遠曰：此言既見河伯也，贊其堂屋宫闕，而復歎其何爲水中，一似驚喜，一似憐惜，全是親愛之辭，與采薜荔兮水中，搴芙蓉兮木末，别是一種相思。

錢澄之曰：何爲水中，反言以昵之也。

王夫之曰：雖寤懷極浦，而終無定居，未易邀迎也。

林雲銘曰：訝其久居此而不出，非謂其不當在水中也。

王邦采曰：此想像河伯之居也。魚鱗爲屋，畫龍爲堂。……如此屋堂，如此宫闕，靈何爲在水中，使我不能常遊此地，時與女親乎？想像而歎之之詞。

吴世尚曰：闕，門觀也。

屈復曰：鱗屋龍堂，貝闕朱宫，迎河伯之所。如此誠敬，乃居水中而不出，何也？○又曰：此節久候不至，疑而問之也。

夏大霖曰：愚按此字法是寓意特筆，《易》，貫魚以宫人寵，故言魚鱗，女謁也。《詩》，成是貝錦，故言紫貝，讒人也。

邱仰文曰：何爲水中，是欵洽語。

劉夢鵬曰：魚鱗屋，謂魚鱗之族在其屋；龍堂，謂龍螭之屬列其堂。

陳本禮曰：此既遥見其屋，又遥見其闕矣，是真河伯之居也。靈何爲兮水中，訝之之詞，欲就見而不得空，有伊人宛在之思。

胡文英曰：言廟中之所飾……極像神靈之所居而可安也，何爲久于水中而不至乎？

王闓運曰：言齊有甲兵府庫，宜西向争衡天下。

畢大琛曰：三句河伯之居如此，而懷王何爲不歸楚而之趙、魏，乃至河中。

馬其昶曰：水中有龍堂朱宫，神所居也。訝其不來，故曰靈何爲兮水中。

謹按：此三句乃河伯戀人之問詞，王遠以爲有親昵愛憐之意，可參。洪興祖以爲此句喻賢人不處其位，此説多爲人所非。林雲銘、陳本禮又謂此乃訝河伯久居水中而不出之意，畢大琛以爲此句喻楚事，王闓運以爲此句暗指齊國，皆非。魚鱗屋，以魚鱗之文爲裝飾也；龍堂，堂壁繪以龍也。朱熹、汪瑗以爲龍堂乃以龍鱗爲飾也，亦通。劉夢鵬以爲魚鱗屋、龍堂乃魚、龍所居之處，此説可參。紫貝，貝類名也，洪興祖有詳考。闕於此處泛指宫門。故紫貝闕謂以紫貝飾宫門也。朱宫，其宫以丹朱爲飾也，洪興祖以爲朱同珠，聞一多《楚辭校補》亦云：「案當從《文苑》作珠宫。此以貝闕珠宫對文，猶《九歎・逢紛》『紫貝闕兮玉堂』，以貝闕玉堂對文也。」亦可參。

乘白黿兮逐文魚，與女遊兮河之渚，流澌紛兮將來下。

王逸曰：大鼈爲黿，魚屬也。逐，從也。言河伯遊戲，遠出乘龍，近出乘黿，又從鯉魚也。流澌，解冰也。言屈原願與河伯遊河之渚，而流澌紛然，相隨來下，水爲污濁，故欲去也。或曰，流澌，解散，屈原自比流澌者，欲與河伯離別也。

洪興祖曰：黿音元。《紀年》曰，穆王三十七年征伐，起師至九江，叱黿鼉以爲梁。陶隱居云，鯉魚形既可愛，又能神變，乃至飛越山湖，所以琴高乘之。按《山海經》，睢水東注江，其中多文魚。注云，有斑采也。又《文選》云，騰文魚以警乘。注云，文魚有翅，能飛。逸以文魚爲鯉，豈亦有所據乎？渚，洲也。澌音斯，從仌者，流冰也；從水者，水盡也。此當從仌。下音户。

李時珍曰：按《説文》云，黿，大鼈也。甲蟲惟黿最大，故字從元。元者，大也。○又曰：黿生南方，出江湖中，大者圍一二丈，南人捕食之。肉有五色，而白者多。其卵圓大如鷄鴨子，一産一二百枚，人亦掘取以鹽淹食，煮之白不凝。藏器曰，性至難死，剔其肉盡，口猶咬物，可張鳥鳶。弘景曰，此物老，日能變爲魅，非急弗食之。時珍曰，黿如鼈而大，背有腽肭，青黄色，大頭，黄頸，腸屬於首。以鼈爲雌，卵生思化，故曰黿鳴鼈應。《淮南子》云，燒黿脂以致鼈，皆氣類相感也。張鼎云，其脂摩鐵則明。或云，此物在水食魚，與人共體，具十二生肖，肉裂而懸之，一夜便覺垂長也。

汪瑗曰：羅鄂州曰，白黿背而有力，乘之以見其安。文魚有翼而善飛，逐之以見其輕。……流澌，水流涣漫貌。紛，盛貌。來下者，水流自上而下也。蓋水之來下，即靈之來下也。此承上章，因河伯不至而訊之，故復致同遊之意，而河伯卒來相與遊戲也。

李陳玉曰：説得逍遥自在，令神樂降。

周拱辰曰：文魚即文鰩，善飛，出南海，有翅與尾齊。《西山經》，鰩狀如鯉身，鳥翼，蒼文白首，赤喙，候夜飛，音如鸞。《選·江賦》文鰩夜飛而觸綸是也。

王遠曰：此言喜其既見，而願追隨之，而流冰紛下，河伯又將去也。

錢澄之曰：言既從河伯居於水中，亦即乘黿逐魚，與同遊河之渚。既相安矣，乃流澌紛下，大水時至，河伯又將有事，乘水而去矣。

李光地曰：以流澌之在下，況亂離之將至。

蔣驥曰：雖遇河伯而日已暮，故不復駕龍，但乘白黿，不暇遊於九河，但與之遊於河渚，而流水紛然驟至，又不能久留，甚言其見之難而別之易也。

王邦采曰：白黿，黿中魁帥。……靈在水中，人居塵世，水陸異處，難以相親，其乘此白黿，導以文魚，與女遊於水涯之間乎？爲遊未幾，冰判水分，紛然而來，順流而下，而神亦將從此去矣。

吴世尚曰：渚，河曲之洲也。……此節（按，兼及上三句）言遊河之渚。

夏大霖曰：文魚，花紋小魚，生淺水，附沙而行。渚，河邊水匯，外有沙洲爲護，風波不得及處。流澌，冰雪融爲漲流之稱。《易》，履霜堅冰至，言小人之漸。此取意，言小人之流毒也。此節乃設爲遷就之詞，以求苟安不可得也。……女乘白黿，隨文魚以求河渚，吾亦至河渚，以與女遊，庶風波之險無患乎？豈知此處必不容我少立，以與君遊，冰雪之水驟來，則有從茲一別耳。此似寄上官再讒，王怒而遷之之事也。

邱仰文曰：以衝風起，以流澌結，難合易離如此。

劉夢鵬曰：乘，原乘之。逐，追隨也。文魚則河伯之侍列，所謂魚鱗在屋者也。

陳本禮曰：靈在水中既不得見，極欲與遊，非乘黿逐魚遡洄以從之不可也。流澌紛下，則黿既不得乘，而魚又不能逐矣。總寫欲見不得之意。

胡文英曰：追其所好曰逐，喻君若不能奮發于擾攘之際，則亦可以安行而小觀厥成也。此與駕龍驂螭，皆誘之之辭。流澌紛披，則道通矣，故可以交手東行，觀于大海，以喻陰黨既消，自可以致君至治也。將，請也。

錢繹曰：《廣雅》，俠斯，敗也。俠與挾通。《淮南・人間訓》云，秦皇挾圖録。高誘注，挾，銷也。卷七云，斯，離也。齊、陳曰斯。《釋言》同。又卷六云，廝，散也。東齊聲散曰廝，秦、晉聲變曰廝。器破而不殊其音，亦謂之廝。《集韻》引《字林》云，甈，甆破也。王逸注《楚辭・九歌》云，澌，冰解也。斯、廝、甈、澌，義並與敗相近，合言之，則曰挾斯。

王闓運曰，流澌解凍，喻難可解也。

謹按：此三句乃河伯之答詞，寫二人共乘白黿，同遊河渚，觀融冰之來下。文魚，有花紋之魚也。王逸以爲指鯉魚，周拱辰以爲指文鰩。逐，諸説皆謂從文魚，實爲文魚追逐從游之意。流澌，當作流澌，謂河水解凍時之浮冰。汪瑗則釋爲流水，聞一多《楚辭校補》云：「案《説文》『澌，水索也』，『澌，流仌也』，王注曰：『流澌，解冰也。』似王本澌作澌。然詳審文義，似仍以作澌爲正。《淮南子・泰族篇》：『雖有腐髊流澌，弗能汙也。』許注曰：『澌，水也。』《七諫・沉江》曰：『赴江沅之流澌兮，恐逐波而復東。』《論衡・實知篇》曰：『溝有流澌。』是流澌即流水也。」説亦可參。

子交手兮東行，送美人兮南浦。

王逸曰：子，謂河伯也，言屈原與河伯别，子宜東行，還於九河之居，我亦欲歸也。美人，屈原自謂也，願河伯送己南至江之涯，歸楚國也。

洪興祖曰：《莊子》曰，河伯順流而東行。江淹《别賦》云，送君南浦，傷如之何？蓋用此語。

朱熹曰：子，謂河伯。交手者，古人將别，則相執手，以見不忍相遠之意。晉宋間猶如此也。東行，順流而東也。美人與予（按予見下二句），皆巫自謂也。

汪瑗曰：既曰子又曰美人者，重言以稱之也。既曰東行又曰南浦者，蓋天缺西北，地不滿東南，水之大勢望東南而走也。故曰東行、曰南浦，互言以見之也。

李陳玉曰：此美人乃送神雜綵中以侑神者，借此作情欵樂神。

錢澄之曰：因有極浦之寤懷，故河伯東行，而送之還南浦也。南巫降神，故不忘南。

林雲銘曰：河伯既别，則原當南歸，故送至南浦而止。美人，指河伯。前忘歸者，至此不得不歸矣。

蔣驥曰：此送神也。子，美人，皆指河伯，子尊之，美人親之也。

王邦采曰：此送神之詞。……水必東歸，神亦東去，送君南浦，傷何如哉！美人亦指神，謂巫自稱者非。子，則主祭者自謂也。

吴世尚曰：楚在河南，故曰南浦。

屈復曰：美人，指河伯。予，主祀者。

夏大霖曰：子及美人，指河伯。身爲别客而反言送主人者，轉慰之辭也。言與子交手兮吾今東行，轉送美人兮歸九河之南浦。

邱仰文曰：子，美人，並指河伯。

曹同春曰：一執手而乃别，合何難，别何易也。

劉夢鵬曰：美人，亦稱河伯之辭。按《河圖》馮夷稱夫人。《廣雅》謂河伯是爲馮夷。是河伯本有夫人之號，故原又稱之爲美人也。原言河伯不來，己往追隨，適至河渚，而水流有聲，河伯作别。蓋言河伯不能久與己遊，以爲泝流孤棲起興也。

陳本禮曰：稱子尊之也，美人親之也。

胡文英曰：美人，指神。……《莊子》，送君者皆自崖而返，即送美人于南浦之意。

牟庭曰：我欲與河伯順流東下，觀於水府，而河伯别我獨東行，欲送我使南還也。謂河伯曰，子無然，子視波來迎我矣，魚來媵我矣。

胡濬源曰：己方使齊返而見放。此指舊同出使之僚，庶仍東行，親齊約縱，爲良策也。予，女巫自謂，非主祭者。

王闓運曰:子,謂嗣君也。美人,懷王。南浦,江南浦。

畢大琛曰:河伯當東行,送王以南行歸楚。

馬其昶曰:神至是來矣,一交手後,河自東流,君自南還,曾不得稍流連也。見河非楚境内之川,禮不當祀,神所不歆,此諷諫之旨也。

謹按:此二句乃河伯之唱詞,狀河伯與其戀人相别,執手東行,送於南浦。子與美人皆指河伯戀人。然王逸、蔣驥、夏大霖、邱仰文謂子爲河伯,王闓運又謂子爲楚國嗣君,皆非;林雲銘、蔣驥、王邦采、屈復、夏大霖、邱仰文、劉夢鵬、胡文英以爲美人指河伯,朱熹以爲指巫,王逸以爲指屈原,王闓運以爲指懷王,亦皆非。

波滔滔兮來迎,魚隣隣兮媵予。

王逸曰,媵,送也。言江神聞己將歸,亦使波流滔滔來迎,河伯遣魚隣隣侍從而送我也。

洪興祖曰:滔,土刀切,水流貌。《詩》曰,滔滔江漢。媵,以證切。予音與。屈原託江海之神送迎己者,言時人遇己之不然也。杜子美詩云,岸花飛送客,檣燕語留人,亦此意。

朱熹曰,既已别矣,而波猶來迎,魚猶來送,是其眷眷之無已也。

洪邁曰:媵之義爲送,《春秋》所書晉人、衛人來媵,皆送女也。《楚辭·九章》(按,當爲《九歌》)云,波滔滔兮來迎,魚鱗鱗兮媵予,其義亦同。

戴埴曰:《江有汜》序有嫡媵之説。鄭引《公羊》,諸侯一娶九女,二國媵之;及引《昏禮》,注,古者女嫁,姪娣送之。晦翁以此詩不見勞而無怨之説,以《序》爲疑。……《楚詞·九章》(按,當爲《九歌》)云,波滔滔兮來迎,魚鱗鱗兮媵予。晦庵注,媵,送也。波來迎,魚來送。《易·咸卦·象》曰:咸其輔頰舌,媵口説也。《釋文》云,媵,達也,鄭康成、虞翻作媵,而亦訓爲送,以此證媵爲送益明。《爾雅》曰,媵、將,送也。注遠於將之,釋曰,謂從行。孫炎曰,將行之送也。即不指爲妾。《公羊》,禘於太廟,用致夫人,稱姜氏,貶也,譏以妾爲妻,脅於齊媵之先者。《漢志》謂董仲舒以嫠娶於楚,而齊媵之脅公立爲夫人。此乃漢儒之論,恐因《詩序》而訛。自後記傳所載,妾媵紛然矣。

汪瑗曰:來迎者,河之衆神遣迎河伯而歸也。隣隣,盛貌也。……媵予者,河伯遣魚以送屈原也。此承上章(按,指乘白黿以下三句)蓋言己與河伯既已遊畢,遂交手而行,送河伯向東南而去,祇見流波滔滔來迎河伯,而河伯亦遣魚隣隣以送己也。

方以智曰:以鱗鱗狀鱗次,猶儼儼之狀鬣起也。……《九歌》曰,魚鱗鱗兮媵予。鮑照詩,鱗鱗夕雲起,獵獵曉風遒。

李陳玉曰:媵字妙,大爲河伯娶婦生色。予,代美人言也。

周拱辰曰：媵予，非僅送予也，即贈嫁意，亦即《離騷》君賜香草以與臣别意也。古者一國嫁女，同姓二國媵之。《儀禮》有媵爵，謂先飲一爵，後二爵從也。江、淮間游魚必三，如媵從妻，號婢妾魚。鄰鄰，言從之衆多，如游魚之必三。媵予，言魚若眷戀我而不忍别，即二湘不得久親，猶冀倖下女之顧我也。

王遠曰：美人亦指河伯，予乃主祭者自謂。方喜從遊，旋又東行，于是相送南浦，但見波迎魚隨而已。媵有相隨之義，已送河伯，魚亦相隨而行，故曰媵予，惜别之情俱在言外。

錢澄之曰，波迎魚媵，巫極誇河伯之繾綣於己也。

林雲銘曰：波自南迎，無前此之横矣。隣隣，衆多貌。媵，送也。魚自東送，不待如前此之逐矣。自歸之後，所見者惟波與魚，舉目淒楚，何以爲情乎？

張詩曰：言此時吾與汝不忍相别，故子交執余手以將東行，而予遂送子于南浦，則見波滔滔而流以來迎汝，魚鄰鄰而盛以來送予也。

蔣驥曰：媵，從也，言魚從人以送神也。予，祭者自謂。魚常逆波而上，故波爲迎，魚爲送。言此以壯别時之色而寄其情。

王邦采曰：波自迎神而去，魚若媵予而歸，蓋魚性逆水而上，波迎則魚媵矣。物理之妙如此。

吴世尚曰：隣隣，比次貌。……滔滔來迎，迎河伯也。隣隣媵予，送屈原也。此節（按，兼及上二句)言與河伯遊畢而各歸也。

屈復曰:既别之後,惟見水波游魚如來迎送者,愈見寂寞也。杜少陵岸花飛送客,檣燕語留人,正用此法。〇又曰:此節(按,指乘白黿句至末句)言一見既别,寂寞愈甚也。

夏大霖曰:風波滔滔兮以來迎君,有魚隣隣兮儼然媵予。女陷風波,我歸魚腹,行間言表,無限悲涼。

劉夢鵬曰:隣隣,鱗次雜遝貌。……波迎媵,極言己在沅湘寥寂無偶之象。

陳本禮曰:海若知河伯將避世蹈海,故使海波來迎。交手者,言甫得識子之居,乘黿逐魚,何難登子之堂,造子之宫,與子一執手而訂遊渚之約,乃甫交手而子東行,雖然子自此遠矣,予豈能忘情於子哉? 送君南浦,惟見迎子者尚有滔滔之波,隨予者空有剩逐之魚,所謂蒹葭蒼蒼者,豈不滿目淒涼耶?

胡文英曰:予,祭者自謂,送祭者正所以送神也。喻自此以後,則無所不順也。

王闓運曰:喜齊兵之見助也。

畢大琛曰:河伯以魚爲媵,諷王之無所得也。

謹按:此二句乃河伯戀人之唱詞,敘波濤、鱗魚協同相送之狀。予乃河伯戀人自謂也,而王逸、洪興祖、汪瑗、吴世尚以爲乃屈原自謂,王遠、蔣驥、胡文英以爲乃祭者自謂,皆非是。

# 山鬼

洪興祖曰：《莊子》曰，山有夔。《淮南》曰，山出嘄陽，楚人所祠，豈此類乎？

朱熹曰：《國語》曰，木石之怪夔、罔兩，豈謂此邪？今按此篇文義最爲明白，而説者自汩之，今既章解而句釋之矣。又以其託意君臣之間者而言之，則言其被服之芳者，自明其志行之潔也。言其容色之美者，自見其才能之高也。子慕予之善窈窕者，言懷王之始珍己也。折芳馨而遺所思者，言持善道而效之君也。處幽篁而不見天，路險艱而又晝晦者，言見棄遠而遭障蔽也。欲留靈修而卒不至者，言未有以致君之寤而俗之改也。知公子之思我而然疑作者，又知君之初未忘我而卒困於讒也。至於思公子而徒離憂，則窮極愁怨而終不能忘君臣之義也。以是讀之，則其它之碎義曲説無足言矣。

汪瑗曰：諸侯得祭其境内山川，則山鬼者，固楚人之所得祠者也。但屈子作此，亦借此題以寫己之意耳，無關於祀事也。謂之山鬼者，何也？《論語》季路問事鬼神，子曰，未能事人，焉能事鬼？蓋鬼神可以通稱也。此題曰《山鬼》，猶言山神、山靈云耳，奚必魈夔魍魎魑魅之怪異而後謂之鬼哉？此篇大旨，蓋言賢者初慕山林幽深窈窕，雅宜嘯歌，既而厭其寂寞，出仕而不歸者，故託山靈以思賢者，欲招其相與終志隱遁，而賢者卒迷於世途而不復返也。若孔稚圭《北山移文》、李太白《代壽山答孟少府書》，皆託山靈以爲言耳。至若淮南小山之《招隱士》篇，亦如左太冲《招隱詩》一也，皆謂當世馳逐於寶貴之場，欲招之而隱於山林耳，蓋矯其弊也。惜乎後之解淮南《招隱》者，皆謂欲招屈子而出，失其旨矣。後之解此篇者，又多牽强纏繞，而失屈子之本意尤甚。讀者試削除舊説，而虛心以諷詠之，則可見矣。

李陳玉曰：此章與他篇不同，他篇皆爲人慕神之詞，此篇則爲鬼慕神之詞。蓋鬼與神不同，神陽鬼陰，陽德爲生民福，誠感即應。陰類難感，惟各以其情致之。如《山鬼》則動其幽閒窈窕之情，《國殤》則動其戰鬥赴敵之情，《禮魂》則動其終古無絶之情。此鬼之所以來饗，亦能爲人福也。非善通鬼神之情者，不知所以。

王遠曰：託爲鬼言，以喻始之見知于君也。

錢澄之曰：山鬼，蓋山魅木魈之屬，往往能出而魅人，然人不慕之，亦不爲所惑。篇中狀其妖柔之態、婉孌之情，益深足動人。思慕者、惑者，忘其爲鬼。一則曰若有人，再則曰山中人，自惑之者言之也。述其居處服食，則分明鬼趣矣。至欲留靈脩使之忘歸，鬼情甚可畏也。意楚俗淫祀，山鬼亦與，原爲此辭，使人懼而遠之，故無迎神降神之詞，所以黜其祀也。

王夫之曰：舊説以爲夔、嘄陽之類，是也。孔子曰，木之怪夔罔兩，蓋依木以蔽形。或謂之木客，或謂之𤢖，讀如霄。今楚人有所謂魈者，抑謂之五顯神，巫者緣飾多端，蓋其相沿久矣。此蓋深山所産之物類，亦胎化而生，非鬼也。以其疑有疑無，謂之鬼耳。方書言其畏蟾蜍。楚俗好鬼，與日星山川同列祀典，而篇中道其喬媚依人之情，蓋賤之也。

林雲銘曰：篇中凡五轉：思鬼不遇，一轉；遇神不留，二轉；思人而怨之，三轉；怨人不得，四轉；思人無益，五轉。段落甚明。細繹其立言之旨，只篇首數語是思鬼，還他祀鬼本題目，餘以遇神轉入思人，見山林幽篁之中，必不可久處者，迨至人不可思，少不得終其身與鬼爲侶，悲愴極矣。時解不能分出段落，或謂以山鬼自比，荒唐附會，已屬可笑，而又把靈修與君思我句俱作懷王，謬誤何太甚也！若懷王肯思原，《離騷》諸篇豈復作乎？按《涉江》章言頃襄放己之處，深林杳以冥冥，乃猿狖之所居，山峻高以蔽日，下幽晦以多雨，霰雪紛其無垠，雲霏霏其承宇。與是篇言處幽篁苦境，語語脗合，則知是篇作於頃襄之時，與懷王了無交涉。且靈脩既指懷王，何以能留之於山上；若能留之，又何以有孰華予之歎？所思之公子，或指在朝有知原，如《史記》所謂莫敢直諫者，亦未可知。乃又解作所留之靈脩，世豈有稱其君爲公子之人乎？《集注》既闢前注之非，而不自知其謬尤甚，真不可解。

方廷珪曰：大意與淮南《招隱》相類，《招隱》寫山中險峻荒涼，爲虎豹猿狖所居，非是高人駐足之地，此則借山鬼之來踪去跡，四望無徒，獨行踽踽，寫出一片荒山，真屬駭人之境。賢人之生，俱當爲國楨幹，豈可潔身高蹈，甘與山鬼爲鄰耶？《楚詞燈》只將一個予字錯認，生出許多謬誤。朱説正之良是，但其間所解雲容容而在下，便作山鬼已到祭壇，混下四句爲一章，而於下杳冥冥句亦複疊，所解神靈雨亦欠着落，故爲正之。

李光地曰：夔，罔兩之類也。以況幽人處士不能自通於君、大夫者。己之始合終離，遭放廢而屏昧幽，其寂寥索居，影響斷絶於世，蓋亦魑魅之群矣。

蔣驥曰：此篇蓋《涉江》之後，幽處山中而作。○又曰：次《山鬼》於《河伯》之後，意亦山之靈怪，能禍福人者，故祭之。《集注》獨以爲鬼媚人之辭。竊意祭之有歌，本以導祭者之意，而全首俱代所祭者立説，已屬不倫，且人方祭己，而語皆怨人之不來，於理尤爲難解。況就其文義言，若有人，人謂鬼也；子慕余，忽又鬼謂人，是果可通乎？又謂鬼陰賤，不可比君，故以人況君，鬼況己，夫斷章取義，各有所裁。《離騷》求女，以君爲己之配，獨非慢乎？且夫人，謂主祭者也。使原祭山鬼，則原亦其人矣，遂可以己爲君乎？《九歌》之作，本以祭神，其於事君，特隱寓其意，固非可執其孰爲君孰爲臣也。如《國殤》、《禮魂》，全與君臣無涉，又可牽而合之耶？山鬼既已祭之，則始必序其來，後必序其去，於離合難易之際，觸類關情，因三復而不已，豈必沾沾焉執是以爲君乎？《涉江》之言曰，哀吾生之無樂兮，幽獨處乎山中。又曰，深林杳以冥冥兮，乃猨狖之所居，於此章幽篁之旨，有脗合者。遷謫窮山，羈孤鮑脆，而自托於山靈，因爲歌以道其繾綣之意，殆古者致地示物魁之遺。而或者深山淫祀呰之，拘儒之見，最可嗤也。《山鬼》篇，近惟林西仲本，亦以爲人語，但其以子稱鬼，以靈脩稱神，以公子稱人，以君稱楚王，條例極繁。故謂始而思鬼，中而思神，終而思人，首尾衡決。而自幽篁以下，與祭鬼本旨都無關會。不知靈，敏也；脩，美也，本相悦之通稱。而君與公，亦爾我相謂之常，何獨靳於所祭之鬼乎？其他謬説，又不勝辨也。

王邦采曰：《九歌》，特祀神之樂章耳。自王氏《章句》，以上陳事神之敬，下見己之寃結，託以風諫爲解。後人因之，輒以君臣牽合。至《山鬼》篇，亦明知義之難通，遂謂以人况君，鬼喻己，而爲鬼媚人之語。試思屈子何等鐵心石腸，一遭擯斥，遽作爾許醜態。正如讀老杜詩，其愛君憂國之念，何嘗不時時流露於篇章。若字字强爲牽合，滿紙葛藤矣。讀《九歌》何獨不然？

屈復曰：此篇以山鬼自喻，文義明白。其言被服之芳者，自明其志行之潔也。其言容色之美者，自見其才能之高也。子慕予之善窈窕者，言懷王之始珍己也。折芳馨而遺所思者，言持善道而效之君也。處幽篁而不見天，路險艱而又晝晦者，言見棄遠而遭障蔽也。欲留靈脩之所而卒不能者，言未有以致君之寤而復用也。知公子之思我而然疑作者，又知君之初未忘我而卒固於讒也。至於思公子而徒離憂，則窮極愁怨而終不能忘君臣之義也。

夏大霖曰：愚按《左傳》罔兩象鑄九鼎，是三代已前即有之，然在山林，不近人境，人所不祀。何況靈均之時，祀典有常，淫祀未起，湘沅之間曾是之有祀乎？舊説詞章之謬，明矣，明其非詞章，而又作詞章解惑矣。《詩》有之，爲鬼爲蜮，卒不可得，刺讒人也。靈均亦以山鬼比耳。

劉夢鵬曰：辰沅洞庭之閒，其地多山，故賦其所在以起興。山鬼，山神也，如《山海經》所載諸山神之類。神通謂之鬼。

余蕭客曰：《宋書·樂志·陌上桑》曰，《楚辭鈔》以《山鬼》篇增損爲之，東坡因《歸去來》爲詞，亦此類。（《困學紀聞》十八。）

陳本禮曰：此屈子被放山中，寂寥自寫幽懷，豈真爲祀鬼設耶？然寫鬼之求悦人，及鬼之歸來山中，詼諧世故不少。

胡文英曰：天曰神，地曰示，人曰鬼。蓋有德位之人，死而主此山之祀者，故一則稱之曰若有人，再則曰子，三則曰靈脩，四則曰公子。王叔師牽入懷王公子椒，固屬鑿説；或以山鬼爲山魈，則又不然。夫屈子挾九死不悔之操，因挫折而乞哀于魑魅魍魎，豈復成其爲屈子哉？

牟庭曰：山鬼者，山魈木客之倫，而領在祠官，蓋小鬼之最神者也。原棲玉笥山，訂舊文，夜吟《山鬼》之篇，四山啾啾，草木萎焉。〇又曰：山鬼，原自喻也。以寄孤臣之幽憂也。

王闓運曰：鬼謂遠祖，山者君象，祀楚先君無廟者也。《易》曰，載鬼一車。禮有禱則，索鬼祭之。《記》曰，去墠爲鬼。

畢大琛曰：原被放自傷，憂讒佞得志，楚亂日甚也，賦《山鬼》。

陳培壽曰：《九歌・山鬼》云余處幽篁兮終不見天，《文選》五臣注云，幽，深也；篁，竹叢也。言己之不得見君，爲讒邪所蔽塞也。此說深得屈子之意，故吴仁傑《離騷草木疏》引唐劉寬夫《剿竹記》云，有竹叢生，日光不透，陰氣恒凝，一庭常昏，四時失序。病其蔽翳，因命斧斤，其曲者删之，獨立自持者保之，去者、存者，邪正乃分。其說蓋祖《離騷》之遺意云。仁傑當宋甯宗時，韓侂胄秉政，與趙汝愚相頡頏。又罷朱子，嚴僞學之禁。仁傑因疏《離騷》以寄慨。而朱子之注亦於是時成焉。讀此二書，可知其用意之所在矣。

謹按：本篇乃祭祀山神之樂歌。山鬼即楚之山神，乃一美麗多情之女子，類於湘夫人，汪瑗、劉夢鵬皆謂鬼、神可通稱。然洪興祖、朱熹、錢澄之、王夫之、牟庭等人皆以山鬼爲山中之魑魅，非也。山鬼之山究爲何山？清人顧成天謂即巫山，近人郭沫若又引《山鬼》「采三秀兮於山間」以證之，謂於山即巫山，此說可參。此篇皆爲飾作山神之女巫之詞，全篇乃敘其與戀人繾綣之事也。然汪瑗以爲此篇旨在慕賢招隱，王遠、李光地、蔣驥以爲其喻楚國君臣之事，屈復、陳本禮、牟庭、陳培壽以爲屈原自喻，夏大霖以爲刺讒人，皆非，林雲銘、王邦采已辯駁之。

若有人兮山之阿，被薜荔兮帶女羅。

王逸曰：若有人，謂山鬼也。阿，曲隅也。女羅，兔絲也，言山鬼仿佛若人，見於山之阿，被薜荔之衣，以兔絲爲帶也。薜荔兔絲，皆無根，緣物而生，山鬼亦晻忽無形，故衣之以爲飾也。

李周翰曰：言山鬼若在於山曲，被帶美草以爲飾。

洪興祖曰：《爾雅》云，唐蒙女蘿。女蘿，兔絲。《詩》云，蔦與女蘿，施于松上。《呂氏春秋》云，或謂菟絲無根也，其根不屬地，茯苓是也。《抱朴子》云，菟絲之草，下有伏菟之根，無此菟，則絲不生於上，然實不屬也。

吴仁傑曰：《日華子》云，兔絲苗莖似黄麻綫，多附田中，草被纏死，或生一叢如席闊，開花結子不分明，如碎黍米粒。顔師古《急就章注》云，黄而細者爲兔絲，粗而色淺者爲兔蘆。仁傑按，《爾雅》以女蘿、兔絲爲一物，《本草》以爲二物。

李時珍曰：禹錫曰，按《呂氏春秋》云，或謂菟絲無根也。其根不屬，地茯苓是也。《抱朴子》云，菟絲之草，下有伏兔之根，無此菟則絲不得生于上，然實不屬也。伏菟抽則菟絲死。又云，菟絲初生之根，其形似兔楃，故割其血以和丹服，立能變化。則菟絲之名，因此也。弘景曰，舊言下有茯苓，上有菟絲，不必爾也。頌曰，《抱朴》所説今未見，豈别一類乎？孫炎釋《爾雅》云，唐也，蒙也，女蘿也，兔絲也，一物四名。而《本草》唐、蒙爲一名。《詩》云，蔦與女蘿。毛萇云，女蘿，兔絲也。而《本草》兔絲無女蘿之名，惟松蘿一名女蘿，豈二物皆是寄生，同名，而《本草》脱漏乎？震亨曰，兔絲未嘗與茯苓共類，女蘿附松而生，不相關涉，皆承訛而言也。時珍曰，《毛詩》注女蘿即兔絲。吳普《本草》，兔絲一名松蘿。陸佃言，在木爲女蘿，在草爲兔絲，二物殊别，皆由《爾雅》釋《詩》誤以爲一物故也。張揖《廣雅》云，兔丘，兔絲也。女蘿，松蘿也。陸璣《詩疏》言，兔絲蔓草，上黄赤如金。松蘿蔓松，上生枝正青。無雜蔓者皆得之。詳見木部松蘿下。○又曰：《别録》曰，松羅生熊耳山谷松樹上，五月采，陰乾。弘景曰，山東甚多，生雜樹上，而以松上者爲真。《詩》云，蔦與女蘿，施于松上。蔦是寄生，以桑上者爲真。不用松上者，互有異同爾。時珍曰，按毛萇《詩注》云，女蘿，兔絲也。吳普《本草》，兔絲一名松蘿。陶弘景謂蔦是桑上寄生，松蘿是松上寄生。陸佃《埤雅》言，蔦是松柏上寄生，女蘿是松上浮蔓。又言在木爲女蘿，在草爲兔絲。鄭樵《通志》言寄生有二種：大曰蔦，小曰女蘿。陸璣《詩疏》言，兔絲蔓生草上，黄赤如金，非松蘿。松蘿蔓延松上，生枝正青，與兔絲殊異。羅願《爾雅翼》云，女蘿色青而細長，無雜蔓，故《山鬼》云，被薜荔兮帶女蘿。謂青長如帶也。兔絲、黄赤不相類，然二者附物而生，有時相結。故古樂府云，南山冪冪兔絲花，北陵青青女蘿樹。由來花葉同一心，今日枝條分兩處。唐樂府云，兔絲故無情，隨風任顛倒。誰使女蘿枝，而來强縈抱。兩草猶一心，人心不如草。據此諸説，則女蘿之爲松上蔓，當以二陸、羅氏之説爲的，其曰兔絲者誤矣。

汪瑗曰：若有人者，自屈原而謂山鬼也。山鬼非人，而今託人以言之，故曰若有人。或曰，李太白送岑徵君《鳴臯歌》曰，若有人兮思鳴臯。《左傳》曰，若而人也。然若者，亦設詞之通稱也，非必鬼而後謂之若有人也。……《詩》曰，考槃在阿，碩人之薖，獨寤寐歌，永矢弗過。蓋山阿委曲之處，而與世途相隔，固宜爲隱者歌笑之樂地也。……薜荔、女蘿二物，乃隱者之所宜服，而非黼黻之比也。

李陳玉曰：若有人三字，不言鬼已是鬼矣。

錢澄之曰：若有人，忽似忽非，極盡鬼狀。

王夫之曰：女蘿，兔絲也。仿佛似人，故曰若有人。

方廷珪曰：此想其從薜荔、女蘿一路行來。被猶披也。此被字、帶字，只作涉歷而過，與下作實字用不同。

李光地曰：若有人者，疑人而非人也。

屈復曰：若有人，想像山阿中如有人焉，謂山鬼也。……被薜荔句，是山阿中之裝束，言山鬼以薜荔爲衣，以女蘿爲帶。

余蕭客曰：《答李生第二書》，生笑紫貝闕兮珠宫，此與《詩》之金玉其相何異？天下人有金玉爲相質者乎？被薜荔兮帶女蘿，此與贈之以芍藥何異？文章不當如此説也。（《皇甫湜集》四。）

胡文英曰：《爾雅》，唐蒙，女蘿；女蘿，兔絲。蓋蒙蔓于中唐，則名唐蒙；布織于松柏如蘿，則名女蘿；在草而紐結成團如兔，則名兔絲。《本草》及郭景純俱各有所偏也。兔絲隨地有之，亦緣于松柏，但不能如寄生之高，即回頭垂絲，紛紛下布，故多聯草間之兔絲，而尋其根，則一在草一在木也。

朱駿聲曰：阿，大陵也。一曰曲阜也。从阜，可聲。《詩·皇矣》，我陵我阿。《卷阿》，有卷者阿。《考槃》，考槃在阿。《傳》，曲陵曰阿。《爾雅·釋邱》，偏高阿丘。《廣雅·釋邱》，四京曰阿。《穆天子傳》，天子獵于鈃山之西阿。注，山陂也。《思玄賦》，流目眺夫衡阿兮。注，山下也。《楚辭·山鬼》，若有人兮山之阿。注，曲隅也。[轉注]《穆天子傳》，天子飲于河水之阿。注，水崖也。《漢書·禮樂志》，汾之阿。注，水之曲隅。又《考工·匠人》，四阿重屋。《周書·作雒》，咸有四阿。注，宮廟四下曰阿。《儀禮·士昏禮》，賓升西階當阿。注，棟也。《莊子·外物》，被髮闚門阿。司馬注，屋曲簷也。《西都賦》，周阿而生。注，庭之曲也。《左傳》，椁有四阿。又《説文》，谷口上阿也。〇又曰：蘿，莪也。从艸，羅聲，蒿屬。《詩·頍弁》，蔦與女蘿。《傳》，女蘿，菟絲，松蘿也。《釋文》，在田曰兔絲。在水曰松蘿。

王闓運曰：含睇，下視；宜笑，愉色，以迎神也。子，謂嗣君也。窈窕幽閒，言己見放也，慕而善之，復見用也。

畢大琛曰：久居放所，憂危疑懼，若有所見，令人毛骨悚然，並以此憂讒畏譏，不得安息之意。

謹按：此寫山鬼之服飾。若有人，謂山神若隱若現之貌，而王逸、汪瑗、王夫之、李光地以爲若有人即山鬼非人之意，此説可參。女羅，松蘿也，王逸、王夫之以爲即菟絲，非也。李時珍已有詳辨，可參。

既含睇兮又宜笑，子慕予兮善窈窕。

王逸曰：睇，微眄貌也。言山鬼之狀，體含妙容，美目盼然，又好口齒而宜笑也。子，謂山鬼也。窈窕，好貌。《詩》曰，窈窕淑女。言山鬼之貌，既以姱麗，亦復慕我有善行好姿，故來見其容也。

劉良曰：喻君初與己忠誠而用之。

洪興祖曰：睇，音弟，傾視也，一曰目小視也。《説文》云，南楚謂眄目睇。眄，眠見切。《詩》曰，巧笑倩兮，美目盼兮。《大招》曰，靨輔奇牙，宜笑嗎只。山鬼無形，其情狀難知，故含睇宜笑，以喻姱美；乘豹從貍，以譬猛烈；辛夷杜衡，以況芬芳，不一而足也。窈，音杳。窕，徒了切。《方言》云，美狀爲窕，美心爲窈。注云，窈，幽静；窕，閑都也。

朱熹曰：以上諸篇，皆爲人慕神之詞，以見臣愛君之意。此篇鬼陰而賤，不可比君，故以人況君，鬼喻己，而爲鬼媚人之語也。若有人者，既指鬼矣。子，則設爲鬼之命人，而予乃爲鬼之自命也。言人悦己之善爲容也。

汪瑗曰：含睇者，窈窕之見於目者也。宜笑者，窈窕之見於口者也。子者，託山鬼而謂隱者也。予者，山鬼自謂也。……此章（按，指若有人以下四句）託山鬼述隱士初愛山林之幽深而隱之，故曰子慕予兮善窈窕也。

李陳玉曰：（上句）畫出活鬼。（下句）代鬼昵人，自誇善窈窕，惕然鬼趣。

周拱辰曰：豈無膏沐，誰適爲容，苦語也。既含睇兮又宜笑，子慕予兮善窈窕，苦語之轉語也。若曰予之窈窕，庶乎可以當子之慕矣。以色事人，而徘徊不進之意，隱然言外。

錢澄之曰：含睇宜笑，皆善爲窈窕以動人之慕者。

王夫之曰：此以下皆山鬼之辭。述其情，因以使之歆也。子，謂巫者；予，山鬼自予也。山鬼多技而媚人，自矜其妖姣，爲人所慕，故聞召而至也。

方廷珪曰：寫山鬼欲求食於人，因設爲自言，世人苟有盛情以飲食見與者，予亦善爲窈窕之客，前來就食。

王邦采曰：含睇，謂含情於睇中；宜笑，謂巧倩而宜於笑。子，鬼謂人，指祭之者；余，鬼自謂，非人也。……窈窕二字上加一善字，便是山鬼伎倆。自此句至篇終，皆設爲山鬼之言。

吴世尚曰：子，指主祭之人；予，山鬼自謂。美心爲窈，美狀爲窕。

屈復曰：子謂主祀之人；予，山鬼自謂。……因子慕予之窈窕而祀予，予將來也。○又曰：此節（按，指首句至子慕予句）山鬼初欲從山阿來也。

夏大霖曰：含睇，腍目淫視也。子慕予，猶言鬼迷人，予字泛指。

曹同春曰：笑有宜不宜。含睇宜笑，山鬼自譽其美也。

汪師韓曰：屈平《九歌·山鬼》篇云，子慕余兮善窈窕。王逸注曰，子，謂山鬼也。又云，余處幽篁兮終不見天。注曰，言山鬼所處乃在幽昧之内。按前以子爲山鬼，後又以余爲山鬼，意不相貫，余處幽篁之余，當是屈子自謂。

劉夢鵬曰：宜笑，微笑意。子，謂山鬼。窈窕，即指含睇宜笑而言也。予，原自謂。原遭讒妒，舉世無知，故於此借山鬼之慕以起興。

余蕭客曰：山鬼藴山阿之秀，含睇宜笑，言殊於群鬼醜物。○又曰：《九歌》以神喻君及賢人，以祭主自喻。山鬼賤於諸神，思親於人，而祭之者寡，靈均用以自況。

孫志祖曰：子慕予兮善窈窕。（李善）注，子謂山鬼也。○又曰：正曰，圓沙本云，下處幽篁爲山鬼自謂，則此句亦應子指人；予，鬼自謂。

陳本禮曰：子，厲壇主祭之公子。不曰設食賑孤，而曰慕予，蓋自裝體面之辭。○又曰：天下豈真有鬼邪？吾不得而知也。天下豈真無鬼邪？吾不得而知也。今屈子曰若有人，則是有鬼矣。鬼豈真有被薜荔而帶女蘿者耶？豈真有含睇而宜笑者耶？屈子既言之鑿鑿，吾亦始從屈子説鬼。山之陰僻處曰阿。含睇，微盼也。宜笑，巧笑也。鬼寂寞無聊，恨無知己，忽聞有以飲食享之者，不覺自負其美，曰予亦善爲此窈窕也。甘言悦人，蓋欲急圖哺餟耳。

胡文英曰：被薜荔而帶女蘿，言其芳潔也。含睇宜笑，窈窕之容也。子謂神，言得毋慕我而故爲此窈窕之容乎？喻君甚任之日也。

梁章鉅曰：睇，微盼也，又美目盼然。兩盼俱應作眄。洪注引《説文》，南楚謂眄曰睇。眄，眠見切也，與《詩》美目盼兮無涉。

朱駿聲曰：睇，目小衺視也。从目，弟聲。《方言》二，睇，眄也。《小爾雅·廣言》，睇，視也。《禮記·内則》，睇視。注，睇，傾視也。《楚辭·山鬼》，既含睇兮又宜笑。注，微盼貌也。又《史記·屈賈傳》，離婁微睇。《正義》，盼也。《幽通賦》，養流涕而猿號。又《夏小正》，來降燕乃睇。又《易·明夷》鄭本，睇于左股。注，旁視曰睇。

錢繹曰：睇，目小衺視也。南楚謂眄爲睇。《小雅·小宛》正義云，小衺視者，别於睨，眄爲衺視也。《廣雅》，睇，視也。曹憲音弟。弟與悌同。宋本作音梯，形近之誤。今從舊本。《衆經音義》卷二十二引纂文，顧視曰睇。《夏小正》，燕乃睇。傳，睇者，眄也。眄者，視可爲室者也。《内則》，不敢睇視。鄭注，睇，傾視也。《楚辭·九歌》，既含睇兮又宜笑。王逸注，睇，微眄貌。《明夷》六二，夷于左股。子夏作睇。鄭、陸本同，並云旁視曰睇。京作眱。又《涣》六二，匪夷所思。《釋文》，荀作弟。是夷與睇古通字。〇又曰：窕者，《釋文》，窕，閒也。《周南·關雎》篇，窈窕淑女。《毛傳》，窈窕，幽閒也。《序》釋文引王肅云，善心曰窈，善容曰窕。《正義》以窈窕爲淑女所居之宫，形狀窈窕然，失之。《楚辭·九歌》，子慕予兮善窈窕。王逸注，窈窕，好貌。班固《西都賦》，窈窕繁華。張衡《西京賦》，群窈窕之。皆合言之也。《小雅·大東》篇，佻佻公子。《釋文》，佻佻，《韓詩》作嬥嬥。本或作窈窕。《説文》，嬥，直好貌。《廣雅》，嬥嬥，好也。《楚辭·九歎》王逸注引《詩》作苕苕公子。張衡《西京賦》，狀亭亭兮苕苕。窕、佻、嬥、苕，並聲近義同。

李翹曰：按《方言》二，眄，陳楚之間、南楚之外曰睇。《説文》目部，睇，目小視也。南楚謂眄曰睇。〇又曰：《方言》三，陳楚周南之間謂美爲窕，又曰秦晉之間美狀爲窕，美心爲窈。

謹按：此言山鬼之容貌。予，山鬼自謂也。子，山鬼之戀人也。然王逸以爲子指山鬼。朱熹、王邦采、吴世尚、屈復、陳本禮以爲予指山鬼，子指祭祀之人。劉夢鵬更以爲予爲屈原自謂。按此三説皆非。

乘赤豹兮從文貍，辛夷車兮結桂旗。

王逸曰：辛夷，香草也。言山鬼出入，乘赤豹從文貍，結桂與辛夷，以爲車旗，言其香潔也。

吕延濟曰：赤豹、文貍，皆奇獸也。將以乘騎侍從者，明異於衆也。又以芳香草木爲車旗者，彌以自飾也。

洪興祖曰：從，隨行也，才用切。豹有數種，有赤豹，有玄豹，有白豹。《詩》曰，赤豹黄羆。陸機云，毛赤而文黑，謂之赤豹。貍有虎斑文者，有貓斑者。《河伯》云，乘白黿兮逐文魚。《山鬼》云，乘赤豹兮從文貍。各以其類也。以辛夷香木爲車，結桂枝以爲旌旗也。

李時珍曰：豹性暴，故曰豹。按許氏《説文》云，豹之脊長，行則脊隆豸豸然，具司殺之形，故字從豸從勺。王氏《字説》云，豹性勺物而取，程度而食，故字從勺，又名曰程。《列子》云，青甯生程，程生馬。沈氏《筆談》云，秦人謂豹爲程，至今延州猶然，東胡謂之失刺孫。〇又曰：弘景曰，豹至稀有，人用亦鮮，惟尾可貴。恭曰，陰陽家有豹尾神，車駕鹵簿有豹尾車。名可尊重耳，真豹尾有何可貴？未審陶據奚説。頌曰，今河、洛、唐、郢間或有之。然豹有數種：《山海經》有玄豹；《詩》有赤豹，尾赤而文黑也；《爾雅》有白豹，即貘也，毛白而文黑。郭璞注云，貘能食銅鐵。與貘同名，不知入藥果用何類，古今醫方鮮見之。宗奭曰，豹毛赤黄，其文黑如錢而中空，比比相次。又有土豹，毛更無紋，色亦不赤，其形亦小。此各有種，非能變形也。聖人假喻耳。恐醫家不知，故書之。時珍曰，豹，遼東及西南諸山時有之，狀似虎而小，白面，團頭，自惜其毛采，其文如錢者曰金錢豹，宜爲裘。如艾葉者曰艾葉豹，次之。又西域有金線豹，文如金線。海中有水豹，上應箕宿。《禽蟲述》云，虎生三子，一爲豹。則豹有變者，寇氏未知爾。豹畏蛇與䶂鼠，而獅駮渠搜能食之。《淮南子》云，蝟令虎申，蛇令豹止，物有所制也。《廣志》云，狐死首丘，豹死首山，不忘本也。豹胎至美，爲八珍之一。○又曰：按《埤雅》云，獸之在里者，故從里。穴居薶伏之獸也。《爾雅》云，貍子曰隸。音曳。其足蹯，其跡内。音鈕。指頭處也。弘景曰，貍類甚多。今人用虎貍，無用貓貍者。然貓貍亦好。又有色黄而臭者，肉亦主鼠瘻。頌曰，貍處處有之，其類甚多，以虎斑文者堪用，貓斑者不佳。南方一種香貍，其肉甚香，微有麝香。宗奭曰，貍形類貓，其文有二，一如連錢，一如虎文，皆可入藥，肉味與狐不相遠。江南一種牛尾貍，其尾如牛，人多糟食，未聞入藥。時珍曰，貍有數種，大小如狐，毛雜黄黑。有斑如貓而圓頭大尾者爲貓貍，善竊鷄鴨，其氣臭，肉不可食。有斑如貙虎而尖頭方口者爲虎貍，善食蟲鼠果實，其肉不臭可食。似虎貍而尾有黑白錢文相間者爲九節貍，皮可供裘領。《宋史》安陸州貢野貓、花貓，即此二種也。有文如豹而作麝香氣者，爲香貍，即靈貓也。南方有白面而尾似牛者爲牛尾貍，亦曰玉面貍，專上樹木食百果。冬月極肥，人多糟爲珍品，大能醒酒。張揖《廣雅》云，玉面貍，人捕畜之，鼠皆帖伏，不敢出也。一種似貓貍而絶小，黄斑色，居澤中，食蟲鼠及草根者名犺，音迅。又登州島上有海貍，貍頭而魚尾也。

汪瑗曰：蘭生石上者曰石蘭。乘豹從貍，夷車桂旗，被蘭帶衡，詞雖在此，而其意則在女蘿之下、含睇之上，皆山鬼自叙己之被服車乘之樂也。夫此固非黼黻軒冕之榮，而清脩隱逸之士，籍此亦可娱憂而卒歲矣，又何必外慕也哉？芳馨，泛指芳香之草也。還，詒也。所思，指初慕己之人也。

周拱辰曰：豹有玄豹、黑豹、白豹、赤豹。《山海經》，春山多赤豹。《詩》云，赤豹黄羆。陸璣疏云，尾赤而文黑，謂之赤豹。貍口方而身文，黄黑彬彬，蓋次於豹，又善搏，爲小步，以擬度焉。其發必獲，謂之貍步。文貍，亦取文雅之義。古者王大射，則射人以貍度張三侯，即文雅之義也。

錢澄之曰：赤豹文貍，車旗被帶，可觀可親，明非凡鬼也。

屈復曰：出山阿而來，所乘所從皆山中之獸，車騎被帶皆山中之花草木葉。

劉夢鵬曰：赤豹，原自乘；文貍，山鬼所乘。原意山鬼慕己，故乘赤豹以從之。

余蕭客曰：言山鬼感祭而出。

桂馥曰：陸璣《詩疏》，毛赤而文黑，謂之赤豹。〇又曰：《字林》，豹似虎，貝文。馥案，貝文，即錢文也。《本草衍義》，豹毛赤黄，其文黑如錢而中空，比比相次，此獸猛健過虎。〇又曰：《急就篇》，貍兔飛鼯狼麋麐。顔注，貍，一名貁，亦謂之貔。江淮陳楚謂之爲貅，其子貄。王氏《補注》，貍者，狐之類。狐口鋭而尾大。貍口方而身文，黄黑彬彬，蓋次於豹。故稱聖人虎别，君子豹别，辯人貍别。《山鬼》，乘赤豹從文貍也。○又曰：《埤雅》，貍似貙而小，文彩斑然，脊間有黑理一道。

胡文英曰：言神威儀之盛，被服之芳，未嘗獨樂，而折芳馨以遺所思矣。而曷爲獨遺己乎？喻君之意有他屬也。

謹按：此言山鬼車乘被服之樂也。赤豹乃紅毛黑花豹，文貍乃有花紋之野貓，皆山中珍奇，洪興祖、李時珍、桂馥已有詳考，可參。乘赤豹從文貍者，謂山鬼出入，以赤豹駕車，以文貍從行也，吕延濟以乘赤豹爲乘騎之，亦可參。

被石蘭兮帶杜衡，折芳馨兮遺所思。

王逸曰：石蘭、杜衡皆香草。所思，謂清潔之士，若屈原者也。言山鬼修飾衆香，以崇其善。屈原履行清潔，以厲其身。神人同好，故折芳馨相遺，以同其志也。

張銑曰：所思，謂君也。喻己被帶忠信，又以嘉言而納於君也。

朱熹曰：所思，指人之悦己，而己欲媚之者也。

吴仁傑曰：石蘭即山蘭也。蘭生水傍及水澤中，而此生山側，荀子所謂幽蘭花生於深林者。

自應是一種，故《離騷》以石蘭别之。

錢澄之曰：折芳遺思，言其甚鍾情也。

王夫之曰：人既慕而召我，則乘山獸，御木葉。出女蘿薜荔之中，擕蘭蘅以來相遺。今俗謂山獠能富人，故貪夫事之。

李光地曰：始則人慕鬼，繼則鬼思人，故始被薜荔而帶女蘿，既乃被石蘭而帶杜蘅，與人益親，被服益脩也。

朱冀曰：寫山鬼離山阿而來，所騎從者，不過驅山間之獸；所用爲車旗彼帶者，不過取卉木之枝葉，非誇其美也，正極寫山鬼之本色爾。又曰：遺所思者，鬼物之自相遺贈，若之何通幽明之路而與人相結納耶？

王邦采曰：所思，即慕之之子。言子慕予，予能不思子而來？子所因自叙其騎從車旗被帶以及持贈之物，興致淋漓。

吴世尚曰：折芳馨遺所思，言甚欲致其親愛於所悦己之人也。

屈復曰：所思也，子也，靈脩也，公子也，君也，皆謂主祀之人。

夏大霖曰：芳馨，靈均以自託者，何以山鬼得有之。《易》翼所謂小人乘君子之器者也。……山鬼文字寫至此止，以下皆山中人文字也。

劉夢鵬曰：所思，即下文所云公子，原必有所指，然不知誰何。原從山鬼迤路，折采芳馨，以遺所思，欲告以情也。

余蕭客曰：所思即祭主。

陳本禮曰：此（按，指乘赤豹至所思四句）形容山鬼出山，遠赴賓筵，躊躕莫措，始則慮徒步難行，必須騶從，於是有赤豹文貍之選；繼又患前驅之無車，且引導之無旗，於是有辛夷桂蕊之結；復而顧影自憐，嫌薜荔女蘿之粗野，有腆顔面，於是衣以石蘭，帶則束以杜蘅；車騎既盛，被帶又都，且含睇宜笑，猶恐人之不悦己也，於是更廣折芳馨，搜羅土物，以爲獻媚資。嗟乎！以裝束佩帶之如此，禮物芳馨之如彼，孰猶有謂之爲鬼者乎？

王闓運曰：言己引進賢材，以謀國政。

馬其昶曰：以上山鬼之來享者，以下則未與享者。

謹按：此復言山鬼之服飾也。石蘭、杜衡，皆香草也。「被石蘭兮帶杜衡」與上文「被薜荔兮帶女羅」句式相同，仍用以狀山鬼之裝束，李光地、陳本禮之説可參。所思，謂山鬼之戀人也。朱熹、吴世尚以爲思悦己者，與此差可類也。然王逸以爲思屈原，張銑以爲思楚君，固已可笑，屈復、余蕭客又以爲思主祭者，亦非。

余處幽篁兮終不見天，路險難兮獨後來。

王逸曰：言山鬼所處，乃在幽篁之内，終不見天地，所以來出，歸有德也。或曰，幽篁，竹林也。言所處既深，其路險阻又難，故來晚暮，後諸神也。

吕向曰：幽，深也。篁，竹叢也。言己處江山竹叢之間，上不見天，道路險阻，欲與神遊，獨在諸神之後。喻己不得見君，讒邪填塞，難以前進，所以索居於此。

洪興祖曰：篁音皇。《漢書》云，篁竹之中。注云，竹田曰篁。《西都賦》云，篠簜敷衍，編町成篁。注云，篁，竹墟名也。

朱熹曰：終不見天，嘗見有讀天字屬下句者。問之，則曰，韓詩天路幽險難追攀語蓋祖此。審爾，則韓子亦誤矣。

葉大慶曰：《匡衡傳》，諸儒語曰，無説《詩》，匡鼎來，匡説《詩》，解人頤。愚謂，來字《漢書》雖無音義，當以釐音讀之，蓋經已有明證。《左傳》宣二年，城者謳華元曰，于思于思，棄甲復來。《音義》曰，來，力知切，以協上韻。是以來爲釐音也。……又《文選》屈平《九歌》云，乘赤豹兮從文貍，辛夷車兮結桂旗，被石蘭兮帶杜蘅，折芳馨兮遺所思，余處幽篁兮終不見天，路險難兮獨後來……所謂來字皆當依《左傳》、《毛詩》音義讀之無疑。

張鳳翼曰：（後來），來後諸神也。

張志淳曰：《楚辭·山鬼》曰，余處幽篁兮終不見，天路險難兮獨後來。朱子在天字作句，而謂韓昌黎詩用天路幽險難追攀，亦誤。近見古賦用天路者甚多，如班固《通幽賦》曰，仰天路而同軌。馮衍《顯志賦》曰，唯天路之同軌。且《易》亦有天衢之亨。安知屈子不用天路，而必以路字屬下句乎？殆不可曉也已。

汪瑗曰：余，山鬼自謂也。……終不見天，言己居幽篁之中，而終不改其操，以求逐於外也。其詞若自以爲憾，而其意乃嘲隱者之厭寂寞，而合己以去也。路險難，言山路之崎嶇也。獨後來，責隱士畏山路之崎嶇而來之遲也。責其遲來者，蓋猶望其來也，故折芳馨以詒之。其招之也至矣，其諷之也婉矣。

陳第曰：所處既深，其路阻險，悦己者之來，得無後乎？

李陳玉曰：不從鬼路來，焉知此語屈子自寫苦況同于鬼耳？

陸時雍曰：獨後來者，來從人而獨後也。路險難兮獨後來，則亦可以謝僭於人矣。又曰：若有人二語，自寫其貌以招人也。以鬼招人，人將疑之，故稱若有人者以自薦。既含睇兮又宜笑，則全人矣。盛飾以往，於以誇人，又恐爲其所棄，故曰路險難兮獨後來，亦可以謝僭而作合矣。

王遠曰：自言其懷才抱德，願忠于君，而不意險難蔽阻，得愛獨在人之後也。末二語辛惋悽切之至。

錢澄之曰：處幽篁，終不見天，猶女子自言足跡不出閨壼也。險難後來，欲就所思，而艱於步履，欲所思者之往就之也。《東門》之詩曰，豈不爾思，子不我即。柔情婉轉，動人憐惜，此鬼之最能媚惑人者。

李光地曰：自言其處幽而不見天，故路險難而來之後，蓋相接之難如此。

蔣驥曰：此下皆祭者自序之辭。……余處幽篁，《涉江》所謂深林杳以冥冥也。祭鬼神當於質明之候，不見天則起晚，路險難則行遲，是以後來，而向鬼自訴也。時已近晝，故云，觀下晝晦可見。

王邦采曰：遠來就食，而忽以幽險、後來爲言者，蓋山鬼爲魍魎之屬，原非可列入祀典。歲終合饗，諸神咸集，何敢來歆？幽險之云，諱之也而已。直吐真情矣。自此以至終篇，皆悵望之語。

吴世尚曰：處幽篁終不見，自傷所居僻遠，不能親近於人也。天路險難，所謂君問萬里者是也。獨後來，自痛之詞。

屈復曰：幽篁句，山阿之僻遠；險難句，山路之崎嶇，所以來後之故也。

夏大霖曰：余祈其所思，余固人也，豈能祈鬼乞憐求遇合哉？余處於幽篁之山中，受其幽閉，終不得覩天日，亦鬼世界之必然者。若謂余也走向鬼路上去，以求遇合，則其路乃幽昧險難，非人之可行，余卻獨後來，趕不上也。此乃厭薄之冷語，以見我必不來，非恨獨後來也。下節申明此二句。

劉夢鵬曰：余處幽篁二句，則遺芳而告所思者之辭。言天以寓言於王。獨後來者，覊靮不得速來相從也。

余蕭客：山鬼言己於衆鬼神中所處僻遠，路各險難，是以其來獨後。

陳本禮曰：此又恐公子怪其來遲，因自白其所處之幽，暨山路之險，以釋其獨後之嫌也。

胡文英曰：幽篁，深林密箐之中，以喻爲小人所蔽隔也。山路崎嶇，以喻黨人幽昧險隘，使己不得前也。

梁章鉅曰：前子慕予注，以子爲山鬼，此又以余爲山鬼，語意不貫，當是屈子自謂也。○又曰：姜氏臯曰，篁，《説文解字》曰，竹田也。《史記·樂毅傳》，植於汶篁。徐廣曰，竹田曰篁。然後世詩文篁字無作竹田用者。《史記索隱》亦云，言燕之薊丘所植齊王汶上之竹，徐説非也。故此注云竹林。

王闓運曰：余，先祖自余也。夔巫深山多竹，阻絶虧蔽，楚之舊都，久成荒廢，故先祖自訴其險難。

畢大琛曰：因放所幽暗，乃出而立山上，又是晝晦風雨，北楚亂日甚，王愈不明。

謹按：此二句山鬼自言其居於幽林之中，艱險難行，故赴約而遲，然未見其戀人，遂忖戀人已自離去。陳第以爲此乃悦己者遲來，山鬼自我寬慰之詞，亦可參。王逸、余蕭客以爲此乃山鬼赴祭祀而遲，非是。汪瑗、王遠、吴世尚、胡文英之説則更屬不倫。

表獨立兮山之上，雲容容兮而在下。

王逸曰：表，特也。言山鬼後到，特立於山之上而自異也。

李周翰曰：表，明也。雖明，然自異立於山上，終被雲鄣蔽其下，使不通也。容容，雲出貌。

朱熹曰：雲反在下，言所處之高也。

汪瑗曰：上章（按，指乘赤豹以下六句）言處幽篁之中，以其所居而言也。此言獨立山上者，蓋因折芳馨以遺所思，而所思者獨來之遲，故登高以望之。而已所處之高，超出世氛之外之意，亦可見矣。容容，雲盛貌。

陸時雍曰：東風飄兮神靈雨，此中大有異際，所以催人歸思而留人行跡者，蓋在此。留靈脩兮憺忘歸，歲既晏兮孰華予，此衷曲隱語，豈堪爲公子道之。謎衷蠱術，無所不盡。

王夫之曰：容容，不一色也。

方廷珪曰：表，儀表，言山鬼修整其儀表，獨立山上，以望祭壇。……容容，盛貌。此時自上望下，得祭壇所在矣。

朱冀曰：容容，雲盛貌，言山鬼望見祭壇中陰雲滿空，觸目無非同類矣。在下者非身在山顛，雲反在下也。而字一折，蓋言望見後，山鬼亦同受祭而在容容之下矣。此及下二句，皆描寫祀鬼時陰氣侵人景象，使人不寒而栗。

蔣驥曰：表，特也。升高特立，如植標然，使鬼易赴也。山上，蓋設祭之所。容容，雲出貌。

王邦采曰：表，獨立之貌。容容，騰聚作態也。

吴世尚曰：立乎山上而雲在下，言所居之幽遠也。

屈復曰：表，標也。《晉語》，置茅蕝，設望表。注謂立木以爲表，表其位也。雲在下，群鬼受祀，陰雲下聚。

余蕭客曰：將至，則登高望祭所。

陳本禮曰：表者，巫立以招魂之旛竿也。《晉語》置蕝設望表，注謂立木以爲表。此山鬼在途遥望之詞。

武延緒曰：按上疑且字之譌。且作𠀀，一作且。上篆作丄，形與且相近。且乃岨之假字。《説文》，岨，石戴土也，一作砠。《爾雅·釋山》，土戴石爲砠。《詩》，陟彼砠矣。《廣韻》岨，七余反。《集韻》千余反，砠同。又《五音集韻》岨，壯所反，音阻。《詩詁》云，土山戴石，行者以爲苦，故云馬瘏僕痡。《毛傳》作石山戴土，誤，據此則上作且，即《詩》陟彼岨矣之岨也。岨與下爲韻，上下文皆首句用韻。又按，土山戴石則石在山上可知，獨立山之且，非立山上。而後人不識且爲岨之借字，遂以形似而改作上，失其韻矣。岨與阻同。宋玉《高唐賦》，妾在巫之陽，高邱之阻，是其證。

謹按：表，特立也。又李周翰釋爲明，方廷珪釋爲儀，屈復釋爲標，皆非。容容，雲動之貌也，王邦采之説是也。汪瑗、朱冀釋爲雲盛貌，可參。王夫之釋爲不一色，則非也。

杳冥冥兮羌晝晦，東風飄兮神靈雨。

王逸曰：言山鬼所在至高邈，雲出其下，雖白晝猶暝晦也。飄，風貌。《詩》曰，匪風飄兮，言東風飄然而起，則神靈應之而雨，以言陰陽通感，風雨相和。屈原自傷獨無和也。

呂延濟曰：杳，深也。晦，暗也。羌，語詞也。言雲氣深厚冥冥，使晝日昏暗，自傷誠信不能感君。

洪興祖曰：此（按，指雲容容至羌晝晦二句）喻小人之蔽賢也。

汪瑗曰：杳冥晝晦，人立山巔極高之處，而俯視山下，則冥冥而晦，若一氣之鴻濛也。非得登山之趣者，不足以寫其妙如此也。東風，春風也，亦謂之谷風，《詩》曰習習谷風是也。靈雨，善雨也。……既曰靈又曰神者，重言之也。容容、冥冥二句，言山下之穢濁，以見己所處之高也。和風、善雨二句，言山中之清潔，以見己所處之樂也。

李陳玉曰：（上句）生人之晝，鬼之冥晦；（下句）讀此語如深夜行陰林中。

周拱辰曰：諺云，春東風，雨祖宗，言西風多晴，東風多雨也。

金兆清曰：神靈雨者，言風起而神靈應之以雨，鬼不來而反欲使人造其居也。

錢澄之曰：處幽篁終不見天，則人亦無由見己，乃獨立山之上，以自表於所思，而雲已容容布滿山下，杳冥晝晦，不復可見矣。……始處幽篁，上不見天，纔立山頂，又不見地也。風飄雨作，神靈爲之，鬼自怨其緣之慳矣。

王夫之曰：雨，于付切，自上降也。

方廷珪曰：此時山鬼已到祭壇矣。杳冥冥者，見同類之多，陰氣彌望，晝爲之晦也。

朱冀曰：神靈雨三字宜囫圇讀，與俗諺所謂鬼旋風等爲一類。

蔣驥曰：神靈雨，鬼之精靈至雨作也。《山海經》流波山獸名夔，似牛，蒼身無角，一足，出入則必風雨。又光山多木神，人身龍首，出入有飄風暴雨，蓋此類也。

吴世尚曰：杳冥晝晦，風飄雨應，言行遊之陰寂也。

屈復曰：神靈雨，言鬼之靈雨。東風者，春日容容冥冥。東風靈雨，白日之鬼景也。

劉夢鵬曰：山中諸神出入，雲護而雨亦隨之，故曰神靈。

余蕭客曰：降祭所，則晝晦風雨。

陳本禮曰：杳冥晝晦，見群鬼受祀至已久矣。神靈雨者，鬼之精靈聚而雨作也。○又曰：寫鬼景亦妙。

胡文英曰：晝晦二句，喻君之自蔽其聰明。

謹按：王逸、吕延濟以爲此二句乃屈原自傷之詞，洪興祖則以其意在刺讒，皆誤矣。神靈雨，雨當解爲動詞，降雨也，金兆清、王夫之、蔣驥、陳本禮之説可從。汪瑗、屈復則解爲名詞，謂神靈雨即善雨，非也。又，以上四句言山鬼赴約，戀人不至，因而登高遠望，獨立山巔，企盼所思之至。而天地昏暗，腳下雲海怒濤，飄風驟雨之景，更顯山鬼悲傷孤寂之情。

留靈修兮憺忘歸，歲既晏兮孰華予。

王逸曰：靈修，謂懷王也。晏，晚也。孰，誰也。言己宿留懷王，冀其還己，心中憺然，安而忘歸。年歲晚暮，將欲罷老，誰復當令我榮華也。

劉良曰：靈修，謂君也。言君若能除去讒邪，我則可進留止於君所，不然則歲晏衰老，孰能榮華我乎？

洪興祖曰：留，止也。不必讀爲宿留之留。此言當及年德盛壯之時留於君所，日月逝矣，孰能使衰老之人復榮華乎？自此以下，屈原陳己之志於山鬼也。

朱熹曰：靈修，亦謂前所欲媚者也。欲俟其至，留使忘歸，不然則歲晚而無與爲樂矣。蓋鬼卒不來，而反欲使人造其所居也。

汪瑗曰：靈脩，即所思之人而昔慕予之窈窕者也。然彼既初慕予之窈窕而來隱，而予亦欲留之，共玩此樂以終身，而使彼安然以忘歸也。奈何彼初而慕之，既而忽舍我以去，竟不見其復來。而今歲以晏矣，又孰有華予者乎？華予，猶慕予也。山鬼之志，甘澹泊而忘毀譽者也，非必欲人之華己，蓋反言以嘲隱者之不終，舍己而去耳。

閔齊華曰：憺忘歸，鬼自忘歸也。

李陳玉曰：不説人留鬼，卻説鬼留人。

周拱辰曰：歲既晏兮孰華予，非悲知我之希，言老冉冉其將至，而修名不立。非靈脩之華予也，誰望乎明？欲留靈脩以此。

王萌曰：言鬼卒不來，而反欲使人造其所居。華予，猶俗所謂光寵也。

王遠曰：獨立山上，自言所處之高，而無如浮雲蔽日，風雨飄忽，欲留靈脩少住，不可得也，時既畹晚，孰能顧我老成見棄之感？讀之酸楚。

錢澄之曰：倘靈脩得至於此，必當曲意留之，使安焉忘歸；然歲既晏矣，其孰有華予者乎？華者，言到此則山中生色，猶言光寵也。

王夫之曰：靈修、公子，皆山鬼稱人之辭，謂主人及巫也。

賀寬曰：從幽篁中幾經險阻，得躋山椒，出於雲表，山鬼有深幸矣。然特立少助，孤高易危，彼容容者雲，其能久安於下耶？杳冥冥者，雲之所致也。雲起而風雨隨之，雖欲與靈脩致其繾綣，視日爲年，忽焉晝晦，與歲晚何異，又誰與爲樂耶？

洪若皋曰：靈脩，言靈慧而脩飾。

朱冀曰：舊説忘卻人之祀鬼，反云鬼欲留人，請教人造鬼宅，且留使忘歸，是何等事，可謂奇談。……鬼爲天地間之靈氣，……脩政在此章當作脩遠，爲少異耳。蓋言俎豆薦馨，歆留夫靈者既久，而靈亦憺然安之若忘其歸也。此七字爲山鬼享祭之正文。○又曰：華，華筵也。吴楚之俗，巫祝歆神謂之華筵。……予，亦山鬼自謂也。言歲云暮矣，孰有再設此華筵以歆予者？

蔣驥曰：靈脩，謂山鬼。憺忘歸，叙相遇之樂也。歲晏，言老之將至也。年邁幽獨，絶意榮華，甘與山鬼作緣矣。

王邦采曰：靈修與《離騷》靈修字同而義别。靈謂靈場，修謂修其祀事，即指祭所而言。或以爲稱君，或以爲稱神，皆無當也。華，光寵也。獨立山上，遥望祭所於風雨晦冥之中，見歌舞音樂之盛，留連不去，憺然忘歸，山鬼之情狀畢露矣。既又自思歲云暮矣，我獨後來，不獲饜飫，孰有再設此筵以光寵予者乎？冀望而不敢必也。

吴世尚曰：留靈脩，憺忘歸，言甚欲常依於人也。歲既晏，孰華予，言恐人之終不予美而相棄也。

屈復曰：山鬼既獨後來，故見望表已立山上，陰雲在山下，杳冥晝晦，東風靈雨，是群鬼至已久矣。然子既慕我，我欲留於靈修見祀之所而忘歸者，恐歲既晏晚，孰有再設華筵以留予者乎？又曰：此節（按，指表獨立句至歲既宴句）山鬼之享祀將去，而有後念也。

夏大霖曰：華，猶華表、華衮，君所以榮人者，言余所以寧處幽篁而獨後者，意謂鬼既出山，吾便入山，以自表余之卓然獨立於山之上耳。

邱仰文曰：《離騷》之靈脩亦託意，非直言也。山鬼所盼望之靈脩，即《離騷》託意之靈脩。下文君及公子俱如此看。近見王貽六本，以屈子不肯比鬼，統爲鬼之自歎，於靈脩無可置辯，遂以爲修祀鬼之靈壇，可登笑林。

曹同春曰：靈修，指人而言也。……杳冥晝晦，風雨交作，靈修又爲風雨所留阻而安然忘歸。

劉夢鵬曰：留猶存留，數化之反辭。……華，猶美也。言己雖處窮僻而美修不替，亦可樂此忘歸，當此歲晏芳歇，孰是以己爲美而必冀返乎？思之之至，而故爲是絶望之詞云然耳。

余蕭客曰：二句錯出，屈原思念懷王，正文不涉山鬼，《九歌》多此例。原言懷王留秦不返，已年將暮，孰能見用而光華我？言頃襄更不如懷王用己。

陳本禮曰：靈，靈壇。脩，脩其祀事，猶修禊之修。○又曰：王逸謂靈脩爲懷王，是誤將二字連讀矣。○又曰：留，謂留連祭所，與諸鬼修燕飲之樂。憺忘歸，妙有恣其所啖之意。華予，謂臈歲既終，除此一享之外，孰再有張筵而食我者？此贊公子之賢也。

胡文英曰：留靈脩二句，喻歸誠君父，所以動君之愛。○又曰：獨立二句，喻己之願親于君。○又曰：言懲此路險難而獨立高山如表，使雲皆在下，不得障我，庶可與神相親也。孰知忽焉書晦，而風雨交加，不得親矣。然我終留靈脩而忘歸，誠以歲既晏矣，非神憐我，而誰肯遺芳馨以華我乎？

王闓運曰：忘歸，楚日益東也。歲晏，國將亡也。榮，華也。

畢大琛曰：愈思秦留懷王不得歸，無人用己。

馬其昶曰：自《河伯》以上，所祀之神皆有專主；而山鬼則其類甚繁，不能徧及，故不得祀者羨其得祀者。久留君所，憺然忘歸，曲達其情，既以妥來享之鬼，而其未來者，亦有以慰其思也。

謹按：留靈修，謂留其少住，使其忘歸，朱熹、周拱辰、王遠、錢澄之之説可從，劉良、洪興祖、屈復則釋爲留止於靈修之所，陳本禮釋爲留連于祭所，皆非。華予，使予芳華再至也，劉良之説是也。劉夢鵬釋爲以予爲美，汪瑗釋爲慕予，王萌、錢澄之釋爲寵予，夏大霖釋爲榮予，朱熹、屈復、陳本禮則釋爲張筵以款予，皆可備參。

采三秀兮於山間，石磊磊兮葛蔓蔓。

王逸曰：三秀，謂芝草也。言己欲服芝草以延年命，周旋山間，采而求之，終不能得，但見山石磊磊，葛草蔓蔓。或曰，三秀，秀材之士隱處者也。言石葛者，喻所在深也。

張銑曰：芝草一歲三秀。磊磊，石貌。蔓蔓，葛貌。芝草仙藥，采不可得，但見葛石爾。亦猶賢哲難逢，諂諛者衆也。

洪興祖曰：《爾雅》茵芝注云，一歲三華，瑞草也。茵音囚。《思玄賦》云，冀一年之三秀。近時王令逢原作《藏芝賦》，序云，《離騷》、《九歌》自詩人所紀之外，地所常産，目所同識之草盡矣。而芝復獨遺，説者遂以《九歌》之三秀爲芝。予以其不明。又其辭曰，適山而采之，芝非獨山草，蓋未足據信也。余按《本草》引《五芝經》云，皆以五色生於五岳。又《淮南》云，紫芝生於山，而不能生於盤石之上，則芝正生於山間耳。逢原之説豈其然乎？磊，衆石貌，魯猥切。《詩》曰，葛之覃兮，施于中谷。又曰，南有樛木，葛藟纍之。

李時珍曰：《爾雅》云，茵，芝也。注云，一歲三華，瑞草。或曰，生於剛處曰菌，生於柔處曰芝，昔四皓采芝，群仙服食。〇又曰：《别録》曰，青芝生泰山，赤芝生霍山，黄芝生嵩山，白芝生華山，黑芝生常山，紫芝生高夏山谷，六芝皆六月八日采。弘景曰，南嶽本是衡山，漢武帝始以小霍山代之，此赤芝當生衡山也。郡縣無高夏名，恐是山名也。此六芝皆仙草之類，俗所稀見，族類甚多，形色瓌異，並載《芝草圖》中。今俗所用紫芝，乃是朽木株上所生，狀如木檽，名爲紫芝，止療痔，不宜合諸補丸藥也。凡得芝草，便正爾食之，無餘節度，故皆不云服法也。恭曰，《五芝經》云，皆以五色，生於五嶽，諸方所獻。白芝未必華山，黑芝又非常嶽，且多黄白，稀有黑青者。然紫芝最多，非五芝類。但芝自難得，縱獲一二，豈得終久服耶？禹錫曰，王充《論衡》云，芝生於土，土氣和，故芝草生瑞命。《禮》云，王者仁慈，則芝草生，是也。時珍曰，芝類甚多，亦有華實者，《本草》惟以六芝標名，然其種屬，不可不識。《神農經》云，山川、雲雨、四時、五行、陰陽、晝夜之精，以生五色神芝，爲聖王休祥。《瑞應圖》云，芝草常以六月生，春青，夏紫，秋白，冬黑。葛洪《抱朴子》云，芝有石芝、木芝、肉芝、菌芝，凡數百種也。石芝、石象生於海隅石山島嶼之涯。肉芝狀如肉，附於大石，頭尾具有，乃生物也。赤者如珊瑚，白者如截肪，黑者如澤漆，青者如翠羽，黄者如紫金，皆光明洞徹如堅冰也。大者十餘斤，小者三四斤。凡求芝草入名山，必以三月、九月，乃山開出神藥之月。必以三輔時，出三奇吉門。到山，須六陰之日，明堂之時，帶靈寶符，牽白犬，抱白鷄，包白鹽一斗。及開山，符檄着大石上，執吴唐草一把。入山，山神喜，必得見芝，須禹步往采。以王相專和、支干相生之日，刻以骨刀，陰乾爲末，服乃有功效。若人不至精久齋，行穢德薄，又不曉入山之術，雖得其圖，鬼神不以與人，終不可得見也。曰菌芝生深山之中，大木之上，泉水之側，其狀或如宫室，如龍虎，如車馬，如飛鳥，五色無常，凡百二十種，自有圖也。曰木威喜芝，乃松脂淪地，千年化爲茯苓，萬歲其上生小木，狀似蓮花，夜視有光，持之甚滑，燒之不焦，帶之辟兵，服之神仙。曰飛節芝，生千歲老松上，皮中有脂，狀如飛形，服之長生。曰木渠芝，寄生大木上，狀如蓮花，九莖一叢，味甘而辛。曰黄蘗芝，生於千歲黄蘗根下，有細根如縷，服之地仙。曰建木芝，生於都廣，其皮如纓，其實如鸞。曰參成芝，赤色有光，扣其枝葉，如金石之音。曰樊桃芝，其木如籠，其花如丹蘿，其實如翠鳥，並可服食。曰千歲芝，生枯木下，根如坐人，刻之有血，血塗二足，可行水隱形，又可治病。已上皆木芝也。曰獨摇芝，無風自動，其莖大如手指，葉似莧，根有大魁如斗，周遶有細子十二枚繞之，相去丈許，生高山深谷，服之神仙。曰牛角芝，生虎壽山及吴陵上，狀似葱而特出如牛角，長三四尺，青色。曰龍仙芝，似昇龍相負之形。曰案珠芝，莖黄葉赤，實如李而紫色。曰白苻芝，似梅，大雪而花，季冬而實。曰朱草芝，九曲，三葉，葉有實也，其莖如針。曰五德芝，狀似樓殿，五色各具，方莖紫氣。已上皆草芝也。有百二十種，人得，服之神仙。曰玉暗芝，生於有玉之山，狀似鳥獸，色無常彩，多似山水蒼玉，亦如鮮明水晶。曰七孔九光芝，生於臨水石崖之間，狀如盤盌，有莖葉，此芝葉有七孔，夜見其光，食至七枚，七孔洞徹，一名螢火芝。曰石蜜芝，生少室石户中，石上終難得。曰桂芝，生石穴中，似桂樹，乃石也。光明，味辛。曰石腦芝，石中黄，皆石芝類也。千歲燕，千歲蝙蝠，千歲龜，萬歲蟾蜍，山中見小人，皆肉芝類也。凡百二十種。又按《採芝圖》云，鳳凰芝，生名山金玉間，服食一年，與鳳凰俱也。曰燕胎芝，形如葵，紫色，有燕象。曰黑雲芝，生山谷之陰，黑蓋，赤理，墨莖，味鹹苦。又有五色龍芝、五方芝、天芝、地芝、人芝、山芝、土芝、石芝、金芝、水芝、火芝、雷芝、甘露芝、青雲芝、雲氣芝、白虎芝、車馬芝、太一芝等，名狀不一。張華《博物志》云，名山生神芝，不死之草，上芝爲車馬，中芝人形，下芝六畜形。又按段成式《酉陽雜俎》云，屋柱無故生芝者，白主喪，赤主血，黑主賊，黄主喜，形如人面者亡財，如牛馬者遠役，如龜蛇者蠶耗。時珍嘗疑芝乃腐朽餘氣所生，正如人生瘤贅，而古今皆以爲瑞草，又云服食可仙，誠爲迂謬，近讀成式之言，始知先得我所欲言，其揆一也。又方士以木積濕，用藥傅之，即生五色芝。嘉靖中，王金嘗生以獻世宗，此昔人所未言者，不可不知。〇又曰：《别録》曰，葛根生汶山山谷，五月采根曝乾。弘景曰，即今之葛根，人皆蒸食之。當取入土深大者，破而日乾之。南康廬陵間最勝，多肉而少筋，甘美，但爲藥不及耳。恭曰，葛雖除毒，其根入土五六寸已上者，名葛脰。脰者，頸也。服之令人吐，以有微毒也。《本經》葛穀，即是其實也。頌曰，今處處有之，江浙猶多，春生，苗引藤蔓，長一二丈，紫色。葉頗似楸葉而小，色青。七月着花，粉紫色，似豌豆花，不結實。根形大如手臂，紫黑色。五月五日午時，采根曝乾，以入土深者爲佳，今人多作粉食。宗奭曰，澧鼎之間，冬月取生葛搗爛，入水中，揉出粉，澄成垛，入沸湯中，良久，色如膠，其體甚韌，以蜜拌食，捺入生薑少許，尤妙。又切入茶中待賓，雖甘而無益。又將生葛根煮熟作果實賣。吉州南安亦然。時珍曰，葛有野生，有家種，其蔓延長，取治可作絺綌。其根外紫内白，長者七八尺，其葉有三尖，如楓葉而長，面青背淡，其花成穗，纍纍相綴，紅紫色。其莢如小黄豆莢，亦有毛。其子緑色，扁扁如鹽梅子核，生嚼腥氣，八、九月采之，《本經》所謂葛穀是也。唐蘇恭亦言葛穀是實。而宋蘇頌謂葛花不結實，誤矣。其花曬乾，亦可煠食。

汪瑗曰：采三秀於山間，亦折芳馨以遺所思之意也。磊磊，石衆貌。……蔓蔓，葛盛貌。

方以智曰：芝曰茵者，秀之轉也。紫脱，紫芝也。五芝皆可輕身延年，何名爲茵？郭云，一歲三華。故《九歌》曰，采三秀兮于山間。三秀，芝也。秀轉而爲茵耳。《禮斗威儀》曰，君乘木而王政太平。蔓竹紫脱，爲之長生。《齊民要術》曰，紫脱，北方物。孫氏《瑞應圖》曰，紫達。王融《曲水序》，紫脱華朱英秀。《文選》注，瑞草也。宋人進芝，賀表用之。

李陳玉曰：復寫出鬼家生活。

錢澄之曰：忽獨立於山上，忽采秀於山間，思之所至，不自禁也。

屈復曰：三秀，芝草。……芝已三華，歲晏也。石葛句，山間荒涼之景。

余蕭客曰：《藏芝賦序》，《離騷》、《九歌》自詩人所紀之外，地所常産、目所常識之草盡矣。而芝復獨遺，説者遂以《九歌》三秀當之。予以其不明。又其辭曰，適山而采之，芝非獨山草，蓋未足據信。○又曰：案，自采三秀至末，皆山鬼還山，思念祭主。

桂馥曰：孫氏《瑞應圖》，芝草常以六月生，春青，夏紫，秋白，冬黑。《本草》，赤芝生霍山，黑芝生常山，青芝生泰山，白芝生華山，黄芝生嵩山，紫芝生高夏山谷。陶云，六芝皆仙草之類。《漢舊儀》，芝有九莖芝，金色，緑葉，朱實，夜有光。《後漢書·馮衍傳》，食五芝之茂英。注云，茅君《内傳》曰，句曲山上有神芝五種：一曰龍仙芝，似交龍之相負。服之，爲太極仙卿。第二名參成芝，赤色，有光，其枝葉如金石之音，折而續之，即復如故。服之爲太極大夫。第三名燕胎芝，其色紫，形如葵，葉上有燕象，光明洞徹。服一株，拜爲太清龍虎仙君。第四名夜光芝，其色青，其實正白如李，夜視其實，如月光照洞一室。服一株，爲太清仙官。第五名曰玉芝。剖食，拜三官正真御史。《抱朴子·仙藥》篇，草芝有獨摇芝，無風自動。其莖大如手指，赤如丹素，葉似莧。其根有大魁如斗，有細者如鷄子十二枚，周繞大根之四方，如十二辰也。相去丈許，皆有細根如白髮以相連，生高山深谷之上。其所生，左右無草。牛角芝，生虎壽山及吴坂上。狀似蔥，特生如牛角，長三四尺，青色。龍仙芝，狀如昇龍之相負也，以葉爲鱗，其根則如蟠龍。麻母芝，似麻，而莖赤色，花紫色。珠芝，其花黄，其葉赤，其實如李而紫色，二十四枚輒相連而垂如貫珠也。白符芝，高四五尺，似梅，常以大雪而花，季冬而實。朱草芝，九曲，曲有三葉，葉有三實也。五德芝，狀似樓殿，莖方，其葉五色，各具而不雜，上如偃蓋，中有甘露，紫氣起數尺矣。龍銜芝，常以仲春對生，三節，十二枝，下根如坐人。凡此草芝，有百二十種。《楚詞·山鬼》，采三秀兮於山間。王注，三秀，謂芝草也。馥案，嵇康《憂憤詩》，煌煌靈芝，一年三秀。《後漢書·張衡傳》，冀一年之三秀兮。注云，三秀，芝草也。○又曰：神草也者，《神農本草》，山川雲雨五行四時陰陽晝夜之精，以生五色神芝。《遁甲開山圖》，神芝五色，生於名山之陰，五色雲氣覆之。《博物志》，名山生神芝，不死之草。上芝爲車馬，中芝爲人形，下芝爲六畜形。《楚詞·七諫》，拔搴元芝兮。王注，元芝，神草也。《衡山記》，衡山芝草岡，有神芝靈草。繆襲《神芝贊序》，青龍元年，神芝生。其色丹紫，其質光耀，其長尺有八寸五分，其本圍三寸有三分。上別爲三幹，分爲九枝，散爲二十六莖，圍則一寸九分，葉徑二寸七分。其幹洪纖連屬，有似珊瑚之形。○又曰：葛屬者。《釋草》，拔蘢葛。郭云，似葛，蔓生，有節。江東呼爲龍尾，亦謂之虎葛，細葉，赤莖。馥案，《楚辭·九歌》，石磊磊兮葛蔓蔓。

胡文英曰：言我欲采三秀之芝以自華，然石磊磊而不可行，葛蔓蔓而不得入，君既不肯華我，我又不得自華，所以起下怨公子句。

孫思邈曰：赤芝，味苦平，主胸腹結，益心氣，補中，增智惠，不忘。久食，輕身不老，延年神仙。一名丹芝。生霍山。○又曰：黑芝，味鹹平，主癃，利水道，益腎氣，通九竅，聰察。久食，輕身不老，延年神仙。一名玄芝。生常山。○又曰：青芝，味酸平，主明目，補肝氣，安精魂，仁恕。久食，輕身不老，延年神仙。一名龍芝。生泰山。○又曰：白芝，味辛平，主欬逆上氣，益肺氣，通利口鼻，强志意，勇悍，安魄。久食，輕身不老，延年神仙。一名玉芝。生華山。○又曰：黄芝，味甘平，主心腹五邪，益脾氣，安神，忠信和樂。久食，輕身不老，延年神仙。一名金芝。生嵩山。○又曰：紫芝，味甘温，主耳聾，利關節，保神，益精氣，堅筋骨，好顏色。久服，輕身不老，延年。一名木芝。生高夏山谷。

許巽行：朱本作采三秀兮山間，無於字。

朱駿聲曰：《楚辭・山鬼》，采三秀兮于山間。……按，三秀即《小正》之秀幽、秀萑、葦秀，芣也。靈芝之説起于漢，古芝即菌。王逸注，三秀，芝草，失之。

謹按：此言山鬼采擇芳馨於亂石葛藤之間，仍欲贈於靈修，汪瑗之説是也。三秀，靈芝草也，當從王逸，張銑又以其一歲三秀而釋其得名之由。李時珍已有詳考。朱駿聲又以三秀爲三物，即秀幽、秀萑、葦秀，其説可參。於山，郭沫若《屈原賦今譯》云：「於山即巫山。凡《楚辭》兮字每具有於字作用，如於山非巫山，則於字爲累贅。」按此説似近是，於與巫古音同，假借爲巫字。巫山，楚國境内之名山，在今四川巫山縣長江兩岸。楚國民間所傳之巫山神女傳説甚多。

怨公子兮悵忘歸，君思我兮不得閒。

王逸曰：公子，謂公子椒也。言己所以怨公子椒者，以其知己忠信而不肯達，故我悵然失志而忘歸也。次句言懷土時思念我，顧不肯以閒暇之日，召己謀議也。

吕向曰：言子椒知己忠信，而不肯達之於君。君縱相思，爲小人在側，亦無暇召我也。

洪興祖曰：怨椒蘭蔽賢，如葛石之於三秀，故悵然忘歸也。

朱熹曰：公子，即所欲留之靈修也。鬼采芝於山間而思此人，雖怨其不來，而亦知其思我之不能忘也。

汪瑗曰：曰公子、曰君，即指所欲留之靈脩也，屢變文以稱之耳。此章（按，指采三秀以下四句）備言之，下二章（按，指山中人以下三句及靁填填以下四句）又以君與公子分言之，亦文體也。不得閒者，思之無時而已也。此山鬼言己采三秀於山間，欲以之而遺所思也。然見石葛衆盛，難於采折，不覺怨公子而不歸也。使公子果思我而來歸，則我又安得有此采采之苦乎？雖然以我思公子之心而忖之，則公子之思我也，亦必無時而閒矣。

閔齊華曰：悵忘歸，悵公子之不歸也。公子即靈脩也。君即公子。

李陳玉曰：上句恨人不相念，下句又代人解嘲，妙。

周拱辰曰：怨公子兮悵望歸，所謂嗟我懷人，置彼周行也。我之思君，幾于不閒矣，而曰君思我兮不得閒，歸其思於君，亦以自誘其思云爾。隨曰君思我兮然疑作，又曰思公子兮徒離憂。君思有歇，我思無已，怨不已而思，思不已而復怨矣。

王遠曰：怨生于思……思我不得閒，代爲寬解，甚妙。較告余以不閒，更深一層。

錢澄之曰：因思成怨，以至悵望忘歸，忘歸幽篁之故居也。於是以己之思君，度君之思我，而以不得閒爲公子解，乃所以自解耳。

王夫之曰：山鬼言己處篁箐，遊山巔，偶乘飄風，降於人間。以君慕我，故依君安處而忘歸。然恐淹留久而歲聿暮，主人之誠意已衰，不復能以榮華相待，則且歸而採芝於危石叢葛之間。怨主人不久留己，使我悵然，惟恐忘歸而急返。既已歸山，則後雖思我，而我且不得閒，無由再見也。

方廷珪曰：夫山鬼來自山間，歸自山間，一路險阻閴寂，亦非樂此而居之，但舍是別無可歸之處。而枕山棲谷，高士幽人，明有父母之國可歸，奈何亦伏匿其中而不歸耶？因其忘歸而悵然，因怨其不與共修美政，以匡王國也。

朱冀曰：公子指隱居山谷中之人。怨者，大夫怨彼石隱者流，徒悵悵然久居此難堪之境而迷而不復，終忘其歸國之心也。

蔣驥曰：公子與君，蓋思人之通稱，皆指山鬼也。或曰，五岳視三公，山鬼，山之所出，故曰公子。倏忽之間，但見石葛，無復鬼矣，故怨之；然猶諒其思我，而或但以不得閒而去也，故遲歸以俟之。

王邦采曰：三秀，芝草也。公子與君，皆指慕之之子。靈修華予，未可再邀，姑采山間三秀，借兹消遣愁懷。庸知石既磊磊，葛又蔓蔓，一跬步間，動多窒礙。三秀不可得，山阿予所歸，今悵然忘歸者何？怨公子也。夫我則怨君，而君實思我，特以我不得閒，徑期獨後，故因此忘歸，始也憺然，今也悵然矣。蓋不怨己之後來，而反怨君之見慕。無聊之況，如聞其聲。

吴世尚曰：公子，即所欲留之靈修也。此言其彼此之互相思慕而不能忘也。

屈復曰：此節（按，指采三秀句至此）因我之思公子之極而諒公子之思我也。○又曰：怨者，思極之反詞，非真怨也。悵望歸者，采芝山間而忘歸也。不得閒，所以不華予也。歲宴而猶不華予，往山間采芝，將遺公子，處荒涼之景，思極而怨，至於忘歸，轉念公子非不思華予，但不閒耳，諒之也。

夏大霖曰：公子並此下之君，意皆直指襄王，無所托比矣。言華予之人既無望，亦自採芝山中，聊以永年可耳。

劉夢鵬曰：公子，即所思者。君，即指公子。……任吾窮極，毫不爲理，今顧自謂，思我乎？我正在此不得閒也。憂思切激，若爲怨辭，豈真不閒哉？

余蕭客曰：公子與君，皆山鬼以稱祭主，而屈原以喻懷王。原以山鬼思親人，喻己思親懷王。人不當入山親山鬼，懷王不能返國用屈原，一義也。諸吉神或迎不降，或降不享，或享不思。湘君、湘夫人之佳人，則不再得，不驟得；山鬼之窈窕，則怨公子，思公子；鬼眷眷於屈原，原將去死不遠，又一義也。不忍言懷王被秦羈留，詭曰忘歸；不忍言懷王不得返國，詭曰不得閒暇，猶《春秋》公在乾侯，爲尊者諱。

孫志祖曰：《辯證》云，《山鬼》一篇謬説最多，不可勝辯。而以公子爲公子椒者，尤可笑也。圓沙本云，起句揭出山鬼，以後俱代山鬼言耳，王注支離。

陳本禮曰：（忘歸），忘歸山阿也。〇又曰：此山鬼歸後自述其怨思也。采三秀者，冀其復召，將以復遺之也。不意荏冉一載，歲臘又盡，而舊典不舉，使我獨坐空山，綣懷無已，能不怨公子之薄待我乎？既而思之，君非薄情人也，或君有他故，心雖思我而不得閒也。既怨之，復諒之，狀鬼之聲情獨絶。〇又曰：公子，指主祭者。王逸作公子椒，六臣及後儒從之，誤也。

胡文英曰：怨公子，則可以歸矣，而反悵忘歸，即鮑照怨君、恨君、恃君愛之意。（下句言）我既如此，君必思我也，想不得閒耳。此爲神迴護之語。

朱珔曰：以公子爲子椒，未確。《騷經》兼及子椒、子蘭，此何以專言子椒，既怨之而又思之也。《集注》云，公子，即所欲留之靈脩，亦非。惟《楚辭燈》以爲公子，所思者之通稱，似近之。推此，則上文留靈脩兮憺忘歸，明是緊承神靈雨而言，注以靈脩爲懷王，正林氏所云，句句説到思君上去，以致扭捏是矣。余謂屈子《九歌》多故作杳冥恍惚之詞，寫其憂鬱，必以何者指爲何人，異説紛然，愈成穿鑿耳。

梁章鉅曰：朱子曰，《山鬼》一篇，謬説最多，不可勝辨。而以公子爲公子椒者，尤可笑。

胡紹煐曰：《注》王逸曰，公子謂公子椒也。朱子曰，《山鬼》一篇，謬説最多，而以公子爲公子椒者，尤可笑。紹煐按，《湘夫人》思公子兮不敢言，《注》以公子爲湘夫人，更難解。

王闓運曰：公子，頃襄也。頃襄所忘者，歸懷王也。君，斥山鬼也。懷王未歸，不暇還故都。

馬其昶曰：始曲諒君，非不我思，但不得閒耳。

謹按：此言山鬼因戀人未至，怨恨不已，惆悵而忘歸，然仍思忖再三，以爲戀人並非無情，實爲不得閒耳。公子指山鬼之戀人，朱熹、汪瑗、吴世尚釋爲所欲留之靈修，較爲近是。然王逸釋爲公子椒，朱冀釋爲隱士，蔣驥釋爲山鬼，夏大霖釋爲頃襄，陳本禮釋爲主祭者，則皆非。不得閒，謂公子不得閒，錢澄之、屈復、陳本禮、胡文英、馬其昶之説可從。汪瑗釋爲思念之情無時而閒，王夫之釋爲後雖思我，我且不得閒，無由再見，此二説可參。

山中人兮芳杜若，飲石泉兮蔭松柏。

王逸曰：山中人，屈原自謂也。言己雖在山中無人之處，猶取杜若以爲芬芳，飲石泉之水，蔭松柏之木，飲食居處，動以香潔自修飾也。

李周翰曰：自言居山中，以杜若爲美，飲清潔之水，蔭貞實之木。

朱熹曰：山中人，亦鬼自謂也。

汪瑗曰：三句（按，指山中人至然疑作三句）山鬼自叙其山中清潔之樂事也。

方廷珪曰：山中人即上公子，此是想像其立品之孤芳，有如杜若，飲石泉喻其清，蔭松柏喻其貞，真有無求於人，置理亂黜陟於度外之意。

朱冀曰：山中人者，山中之隱士，即上節所怨之公子也。

蔣驥：山中人，人自謂也。飲泉蔭松，有所待也。

吴世尚曰：飲石泉，蔭松柏，言其清静堅貞而不變也。

屈復曰：所飲者石泉，所蔭者松柏，則所餐者杜若可知矣，省一餐字。飲食居處，皆香潔自修。〇又曰：此節（按，指山中人句至君思我句）重提山中人者，深歎其寂寞荒涼至於如此，而猶芳潔自修，不當疑而疑也。

劉夢鵬曰：言山中之人飲石泉、蔭松柏，更有何事不閒，特患君未必思我耳。

孫志祖曰：《集注》云，山中人，亦鬼自謂也。

陳本禮曰：此山鬼自負其品之清高，行之芳潔。其所餐者杜若，飲者石泉，蔭者松柏，豈真屑人間之瀆祀耶？

王闓運曰：山中人謂賢人也。

謹按：此乃山鬼自述。山中人，山鬼自謂也，而王逸以爲屈原自稱，方廷珪以爲即上文之公子，朱冀釋爲山中隱士，王闓運釋爲山中賢人，皆非也。李周翰、方廷珪、吴世尚、屈復、陳本禮以爲此二句可喻志行之高潔，此説可參。

君思我兮然疑作。

王逸曰：言懷王有思我時，然讒言妄作，故令狐疑也。

李周翰曰：君亦有思我之時，而讒邪在傍，起其疑惑也。作，起也。

洪興祖曰：然，不疑也。疑，未然也。君雖思我，而爲讒者所惑，是非交作，莫知所決也。

朱熹曰：然，信也。疑，不信也。至此又知其雖思我，而不能無疑信之雜也。

閔齊華曰：初言使（思）我不得閒，無有暇時，繼言思我然疑作，疑信相雜也。此皆寓言也。

王萌曰：通上章（按，指采三秀至不得閒四句）以觀，怨之而又諒之，諒之而又不能遽信之，婉轉致思，千古懷人絶調也。

王遠曰：言君果思我，豈有以不閒阻者，無如其且信且疑耳。

錢澄之曰：且信且疑，疑其非人類也。

王夫之曰：我以不得閒而不復來者，君將何從而求我哉？

賀寬曰：山中雖云險難，而杜若自芳，石泉可飲，松柏可蔭，我自以爲芳馨，公子亦以爲芳馨，而致思於我乎？然乎？否乎？未敢定也。

李光地曰：（表獨立至然疑作各句言）靈脩也，公子也，君也，一人而已，乃山鬼所思者也。始在山上竚望，而遇東風靈雨，是陰陽之和也。故留靈脩而至於忘歸，繼采三秀，怨公子之不來，則又悵而忘歸。轉自念曰，豈君實思我而不得閒暇以至乎？卒乃知君固思我，但不免於疑信之交作耳。蓋至是而始得其情也。《易》言，睽孤，載鬼一車，言疑之甚，而睽之甚也。原之詞義，殆出於此。

朱冀曰：言公子雖同調相憐，是或思我，然無如其孤芳自喜，終亦且信且疑，決不肯歡然命駕而使我心夷也。

蔣驥曰：山中之人芳潔若此，而所待者卒不來，乃知見疑之甚矣。

屈復曰：然，信；疑，不信。至此又知其雖思我而不能無疑信之雜也。

夏大霖曰：愚按，《九歌》皆襄王時遷原於江南之所作。而江南之遷，則子蘭使上官再讒所致，苟非再讒，襄之思原，情理之必然者，故篇中云云。

劉夢鵬曰：君果思我乎？令我將信將疑，若不敢强，皆心切思歸，猜疑不決之情。

余蕭客曰：懷王不信屈原，至入秦被留，則思屈原愛己，黨人誤己。然，然屈原也。疑，疑黨人也。作者前未有而今始也。懷王不至此，則忠佞不分。至於忠佞兩分則事將無及。然遥度如此，未保必然。故曰，君思我兮然疑作。

陳本禮曰：然疑作，言君非真知我者，胡然既信之又疑之，徒有慕予之虚名，反藐予爲山中人，足以見子塵俗之心矣。

胡文英曰：言我居山中，芳潔如此，君又思我，然而不得親者，則君必有所疑我矣。喻己之芳潔而君疏之也。

王闓運曰：賢者皆隱居故都不出，故或信或疑其謀國之不忠。

馬其昶曰：繼則疑信交作。

謹按：此寫山鬼疑慮之情，意謂君果思我乎？然疑作，謂山鬼時而篤信戀人之念己，時而又疑之，然、疑之情交替而作，故王萌説是也。王逸、李周翰、洪興祖、余蕭客、胡文英則以此爲楚君疑己，皆誤矣。又，聞一多《楚辭校補》云：「案本篇例，於韻三字相叶者，於文當有四句。此處若、柏、作三字相叶，而文祇三句，當是此句上脱去一句。」據其文意，「然疑作」一句確乎不甚完整，似有闕文，聞説可參。

靁填填兮雨冥冥，猨啾啾兮又夜鳴，風颯颯兮木蕭蕭。

王逸曰：言己在深山之中，遭雷電暴雨，猨猴號呼，風木摇動以言恐懼失其所也。或曰，靁爲諸侯，以興於君，雲雨冥昧，以興佞臣，猨猴善鳴，以興讒言，風以喻政，木以喻民。雷填填者，君妄怒也。雨冥冥者，群佞聚也。猨啾啾者，讒夫弄口也。風颯颯者，政煩擾也。木蕭蕭者，民驚駭也。

呂延濟曰：填填，雷聲；冥冥，雨貌；啾啾，猨聲，皆喻讒言也。

李時珍曰：猨善援引，故謂之猨，俗作猿。産川、廣深山中。似猿而長大，其臂甚長，能引氣，故多壽。或言其通臂者，誤矣。臂骨作笛，甚清亮。其色有青、白、玄、黄、緋數種。其性静而仁慈，好食果實。其居多在林木，能越數丈，著地即泄瀉死。惟附子汁飲之可免。其行多群，其鳴善啼，一鳴三聲，淒切入人肝脾。范氏《桂海志》云，猨有金絲者，黄色；玉面者，黑色；及身面俱黑者。或云，黄是牡，黑是牝。牝能嘯，牡不能也。王濟曰，《詢記》云，廣人言猨初生毛黑而雄，老則變黄，潰去勢囊，轉雄爲雌，與黑者交而孕，數百歲黄又變白也。時珍按，此説與《列子》貐變化爲猨，《莊子》獱狙以猨爲雌之言相合，必不妄也。

汪瑗曰：又夜鳴者，以見雷雨交作於晝者也。颯颯，秋風聲也。蕭蕭，木落聲也。秋風起則木葉落矣。前言東風飄而歲既晏，蓋自春而冬，歲一週矣。此云采三秀而風落木，歲又一週矣。至此而不歸來山中，則終不來也，可知矣。

周拱辰曰：雷填填，輕雷不斷貌，即《詩》所云殷其雷也。

王遠曰：備寫鬼趣，悽緊動人。雷填填，喻君怒也。雨冥冥，陰氣盛也。猿狖夜鳴，讒言繁興也。風颯木衰，國事口非，氣象愁慘也。

王夫之曰：狖，似猨，仰鼻長尾。蕭蕭，木葉落也。

方廷珪曰：合上三句，又以山中非人所居，見公子不宜與山鬼爲鄰；再作一番勸駕，見其不可不歸也。主意歸重末句，以致其再三屬望之意。

朱冀曰：三句中並不見一鬼字，而能令後之人讀其文者，如覩鬼形，如聞鬼嘯，此謂用暗結法，直收到篇首之山阿幽篁，其中隱然有山鬼在，而又全然不露真形，筆法神奇，千古無兩。

屈復曰：颯颯，秋風聲；蕭蕭，木落聲，此秋夜之鬼景也。歲既晏矣，果不華予矣，故思之而無已也。三句（按，指風颯颯以上三句）中無鬼字，而陰森之氣令人如見其魂，如聞其嘯也。〇又曰：此節（按，指雷填填句至思公子句）寫山阿幽篁之夜景，以見悲涼之極，而徒抱離憂於無已也。

桂馥曰：《洪武正韻》，貁獸似猿，卬鼻，長尾。舊云鼠屬，誤。《一切經音義》六，狖，古文蜼。《字林》，余繡反，江東名也；又音余季反，建平名也。《山海經》，鬲山多蜼。郭璞曰，似獼猴而大，蒼黑色，尾長四尺，似獺尾，頭有兩岐，天雨即倒懸於樹，以尾塞鼻，江東養之捕鼠，爲物捷健。《爾雅》，蜼仰鼻而長尾是也。又二十一引《蒼頡篇》，狖似貓，捕鼠，出河西。《爾雅翼》，蜼，狖也。蜼讀如贈遺之遺，又讀如橘柚之柚。其作柚音者，或爲狖。馥案，狖，即貁之俗體。《廣雅》，狖，蜼也。尾長四五尺。曹憲音柚。謝靈運《大彭蠡湖口詩》，乘月聽哀狖。李善云，狖，蜼也。《玉篇》，狖，黑猿也。《類篇》引《字林》，貁，獸名。如猴，卬鼻，長尾。《子華子》，崇楹積栱，猱狖逃焉。《楚詞·九歌》，猿啾啾兮狖夜鳴。《淮南·齊俗訓》，深谿峭岸，峻木尋枝，猿狖之所樂也。《覽冥訓》，猿狖顛蹶而失木枝。高云，狖，猿屬。《説林訓》，蝯狖之捷來格。高云，狖，蝯屬，仰鼻而長尾。《吴都賦》，狖鼯猓然。五臣云，《異物志》曰，狖，猿類，露鼻，尾長四五尺，樹上居，雨則以尾塞鼻，建安、臨海皆有之。《西京賦》，猿狖超而高援。揚雄《反離騷》，猿狖擬而不敢下。《後漢書·班固傳》，猿狖失木。注云，《蒼頡篇》曰，狖似狸。音以救反。《吴録·地理志》，安陽縣多狖，似猿而露鼻，雨則以尾反塞鼻。劉氏《新論·殊好篇》，聳石巉巖，輪菌糺結，猿狖之所便也。《寰宇記》，鮮卑有貂貁鼲子。貂、鼲，並鼠屬。貁，猴屬也。術數家以三十六禽配辰，每辰而三之，其配申者，爲猿、猴、狖。

王念孫曰：雷聲謂之填填。《楚辭·九歌》云，雷填填兮雨冥冥，《九辯》屬雷師之闐闐是也。

○又曰：凡盛貌謂之闐闐，盛聲亦謂之闐闐。《説文》，闐，盛貌也。又云，嗔，盛氣也。引《小雅·

采芑》篇，振旅嗔嗔，今本作闐闐。《爾雅注》云，闐闐，群行聲。左思《魏都賦》云，振旅輷輷，反旆悠悠。《問喪》云，殷殷田田，如壞牆然。《楚辭・九歌》云，雷填填兮雨冥冥。……是凡言闐闐者，皆盛之義也。

張雲璈：《文苑》蕭蕭本作颾颾。《毛詩・采葛》亦云，彼采蕭兮，一日不見，如三秋兮。是知蕭有颾音。

梁章鉅曰：洪本狖作又。《楚辭》本注，號狖作狖號。六臣本，號狖作猴號。胡公《考異》曰，作狖之本，注應云猨狖號响；作又之本，注應云猨猴號响。下注猨狖善鳴，亦當然。袁本正文作又，茶陵本正文作狖。蓋善狖，五臣又也。

王闓運曰：言故國荒僻，禍難又急，頃襄不可輔也。

武延緒曰：按又字無義，一本作狖，是也，聲近之譌。

思公子兮徒離憂。

王逸：言己怨子椒不見達，故遂去而憂愁也。

劉良曰：思子椒不能用賢，使國若此，但使我羅其憂愁也。離，羅也。

張鳳翼曰：山鬼念山中多雷雨猿狖風木之警，計人必不來，而己徒思之而憂也。

陳第曰：山鬼念山中多雷雨狖猨風木之警，計人必不來，而已徒思之而憂也。此其意可以默會，注者一一舉楚事實之，則淺而鑿矣。

陸時雍曰：留公子（按，當爲靈脩）兮憺忘歸，謂歸公子家也。怨公子兮悵忘歸，似公子之家於山中者，而曾不一歸，則怨甚矣，亦親甚矣。又曰，君思我兮不得閒，非不思也，奈無閒何？爲公子者胡然乎念之？已絶望矣，不敢顯言，而曰君思我兮然疑作，既善爲身地，復厚爲公子地，直欲留情以待遇者，令有心者聞之，寧不翻然一顧。世之求而不得者則怨，怨而不已者則訕，此輕於絶人，而薄於自待，何交之能合也。山鬼其多情也夫。

王遠曰：前言君思我，猶有冀望之心，至此乃絶望矣，止有我思公子而已。

錢澄之曰：鬼復自念山中之境界，惟山中人足以自適，非人世人之所適也。而況雷雨不時，猿鳥風木助其淒楚，彼公子其肯以慕予而來乎？則我思之無益，徒足以罹憂而已。

王夫之曰：空山雷雨，猨鳴木落，思今日之歡而不得，徒離憂而已。曲寫山鬼之情，即以使及今歆感，而弗懷疑思去，不當憂我之倦，而不能以榮華終始相待也。此章纏綿依戀，自然爲情至之語，見忠厚篤悱之音焉。然非必以山鬼自擬，巫覡比君，爲每況愈下之言也。

洪若皋曰：忽而思，忽而疑，忽而怨，忽而憂，總寫人鬼之間陰陽變幻，往來閃倏，作者胸中一段靈動之氣，溢于筆端，着迹説不得。又曰：靈均天縱之才，凡歌詠一事一物，孤沉深往，寄幻於筆外，標旨於象先。其描寫山鬼悽惋處，似西風夜雨，孤蛩叫濕。雅秀處，似浮雲染空，春色移人。幽奇處，如入山徑無人，古木蒼松，猩啼蛇嘯，魑魅魍魎，習人語來向人拜。似此妙手，古今不可多得，舊解托意君臣，真所謂學究讀禪也。

朱冀曰：此承上言，處此幽深之巖谷，而又值此景物之悲涼，斯時四顧無人，淒然欲絶，我思公子尚何戀戀此中，甘與山鬼爲伴，徒抱離憂而已。言外見得必當翻然改圖，而惠然肯來，爲我折中匡君濟國之事也。

蔣驥曰：此節自叙其歸境。啾啾，小聲。狖，似猿，仰鼻長尾。離憂，離别而憂也。時已夜矣，待而不來，惟憂思而獨歸耳。

王邦采曰：自謂山中人，究是山阿鬼，歸宿幽篁，不見天日，四山風雨，猨狖啼號，即無懷思，淒然欲淚，離憂之子，夜如何終，亦已焉哉，徒使我心傷悲而已。通篇皆怨望眷戀之詞，的是山鬼面目，舊解不知説向何處去。

吴世尚曰：憂其不得相近也。

陳本禮曰：此（按，指靁填填至徒離憂四句）鬼歸宿山阿，自慰而自解也。雷雨之際，猿啾狖鳴，風木蕭蕭，在人爲苦，在鬼爲樂，何也？蓋天下極樂之事，未有不變而爲淒慘者。即如子之慕予，予之悦子，皆一時情意相感，豈不可樂？及事過情遷，依然爾爲爾，我爲我，豈能時時相聚耶？徒離憂，自悔之詞。按《外傳》稱原棲玉笥山，作《九歌》，托以風諫。至《山鬼》篇成，四山忽啾啾若啼，嘯聲聞十里，異哉！文到至性中流出，固能動天地而感鬼神，豈尋常筆墨所能及哉？

胡文英曰：言我之不得親君者，以雷雨猨狖風木之聲，蔽君之聰，使我不得上聞于君，則我雖有思君之忱而無益，徒自增離别之愁而已。自章首至此，皆借神以喻君也。

馬其昶曰：終乃知公子之不我思矣。徒思公子，而有離憂，極寫群鬼望祀之情，所謂鬼猶求食也。神則慕望其來而不可得，鬼則無厭如此，可謂知鬼神之情狀者矣。而山鬼之爲淫祀，亦即此可見。

謹按：此四句前三句寫景，以興山鬼思念公子悲涼孤苦徒然罹憂之情，後一句則盡抒其情，直寫其意。蕭蕭，狀風吹葉落之聲，屈復之説是也。而汪瑗、王夫之釋爲木葉紛落之貌，亦通。王逸、吕延濟、王遠、王闓運又以爲此三句有喻政之旨，非也。

# 國殤

洪興祖曰：謂死於國事者。《小爾雅》曰：無主之鬼謂之殤。

汪瑗曰：此篇極叙其忠勇節義之志，讀之令人足以壯浩然之氣，而堅確然之守也。

李陳玉曰：《國殤》祭戰亡之卒也，今郡邑厲壇之祭倣此。○又曰：此章與《山鬼》體製又不同，近于七言古詩樂府矣。

周拱辰曰：《國殤·禮魂》亦預禋祀者。蓋《國殤》捐生殉國，《禮魂》以禮正終，尾東王諸神後而蒸嘗之，非瀆也。若云夔罔兩，則邪魅矣，豈有祀正神而濫呼邪魅同食之理？亦豈原所託以自喻者乎？篇中曰披石蘭兮帶杜衡，曰山中人兮芳杜若，此何如正氣，又何如高潔，豈夔罔兩能乎？愚謂山鬼即山神，與河伯水神正配，楚地如太和、衡岳、大小酉諸巨山無論，即如屈原幽居玉笥山，亦豈無鬼神司之者？概以魑魅罔兩目之，誤矣。○又曰：戰敗於生前，鬼雄於死後，此厲鬼也。何以享之？曰臣力竭矣，而無如天時之懟我，何也？如秦詢妖夢，晉師折北，越得歲星，吴國輿尸，其君是惡，其民何罪？原情衈節，祀典所不廢也，又況馬革裹尸，碎元殉國者乎？仲尼曰，能執干戈以衛社稷，可無殤也。是故功上者與星辰食，功次者與山川食，又次者與社稷食。

陸時雍曰：雄情猛氣，終古不磨，若伊人者，其能從彭咸之所居乎？首雖離兮心不懲，魂魄毅兮爲鬼雄，又何蕙荃之可化爲茅也？

錢澄之曰：戰國交兵，死者不可數計。原痛心國事，故於死事者深加慟惜，而極贊其勇以慰之。

蔣驥曰：謂死於國事者，不成喪曰殤。

屈復曰：懷王時，秦敗屈匄，敗唐昧，又殺景缺，楚人多死於秦，此三閭所以深痛之也。

夏大霖曰：愚按文爲吊國殤，意在痌其君。其極寫鬼之雄，明非戰者之罪也；極寫敵之强，罪在不量力不度勢者也。言天懟怒，謂天厭不修政以虐用其民也。言棄原壄之可悲，及言雖死不懲，所以警惕君心，冀知可恤而悔悟也。此本意不爲揭出，則國殤之弔不關遷客之事，何以文爲？

曹同春曰：《國殤》專言戰敗，悼溯懷王與秦戰敗之往事也。

劉夢鵬曰：自原放後，貪忿速禍，連年用兵，戰士野死，暴骼横屍。原誠痛之，故賦其事以諷喻焉。嗚呼！無主之鬼謂之殤，祭吊不至，精魂何依？人命至重，兵凶戰危，可不慎歟？

戴震曰：殤之義二：男女未冠笄而死者謂之殤，在外而死者謂之殤。殤之言傷也。國殤，死國事，則所以别於二者之殤也。歌此以弔之，通篇直賦其事。

胡文英曰：祭戰死者之歌。此宜作于郢都。

牟庭曰：《國殤》，弔戰場也。痛時王之好兵也。

胡濬源曰：極贊國殤，以自況也。○又曰：唐昧、景缺等忠魂毅魄，與己同悲也。

王闓運曰：新戰没士將，非舊典所有，蓋原私祭之也。

畢大琛曰：楚懷王憤見欺於秦，起兵伐之，敗於丹陽，死者八萬人，後復襲秦，戰於藍田，復大敗。原弔之，賦《國殤》。○又曰：孔子曰，能執干戈以衛社稷，可無殤也。懷王忿兵攻秦，糜爛其民，自取覆敗，故曰國殤。

馬其昶曰：懷王怒而攻秦，大敗於丹陽，斬甲士八萬，乃悉國兵復襲秦，戰於藍田，又大敗。兹祀國殤，且祝其魂魄爲鬼雄，亦欲其助卻秦軍也。原因叙其戰鬥之苦，死亡之慘，聆其音者，其亦有惻然動念者乎？

謹按：此篇乃爲死於國事者而作，李陳玉以爲祭祀陣亡將士，失之過泛，當專祭主將也，其説得之。自「凌余陣兮躐余行，左驂殪兮右刃傷。霾兩輪兮縶四馬，援玉枹兮擊鳴鼓」四句，亦可得見，乃敘一主將於危急關頭，指揮若定，奮勇殺敵之事跡。本篇即以主將爲本，書寫激戰之全貌。蓋戰將之祀乃楚國舊典，而屈復、曹同春、劉夢鵬、畢大琛、馬其昶皆以爲此篇與秦、楚構兵之事有關，未免過泥。牟庭、胡濬源之説亦毫無根據。本篇前一部分爲飾作受祭主將之主巫獨唱之詞，自述戰況之慘烈；後一部分則爲群巫合唱之詞，以歌頌爲國捐軀之主將。

操吴戈兮被犀甲，車錯轂兮短兵接。

王逸曰：戈，戟也。甲，鎧也。言國殤，始從軍之時，手持吴戟，身被犀鎧而行也。或曰操吾科，吾科，楯之名也。錯，交也。短兵，刀劍也。言戎車相迫，輪轂交錯，長兵不施，故用刀劍以相接擊也。

洪興祖曰：操，持也。《説文》云，戈，平頭戟也。《考工記》曰，吴粤之劍。又曰，吴粤之金錫。《爾雅》曰，南方之美者，有梁山之犀象焉。《考工記》曰：犀甲壽百年。《荀子》曰，楚人鮫革犀兕以爲甲，鞈如金石。鞈，堅貌，音夾。錯，倉各切。《詩傳》云，東西爲交，邪行爲錯。《司馬法》曰：弓矢圍，殳矛守，戈戟助，凡五兵，長以衛短，短以救長。

汪瑗曰：操，謂持之於手也。吴，謂吴國。……蓋吴人善爲戈，故效吴人所爲之戈，如《考工記》云吴粤之劍是也。被，服之於身也。犀，水獸名。甲，鎧也。謂以犀革爲甲，取其堅也。……

車，戎車也。……接，如《孟子》兵刃既接之接，非接續之接也。

周拱辰曰：《考工記》，句兵欲無彈。又曰，句兵椑。句兵，戈戟屬，無彈而椑，吴工最良，薛治稱吴鈎，可知也。又《廬人》，凡守國之兵欲長，攻國之兵欲短。短兵者，攻擊之兵也。車錯轂，車戰也。《詩》曰，元戎啟行，車在軍前。啟行，突陣也。

王夫之曰：吴戈，赤堇之銅所鑄，戈刃銛利。犀，山牛，三角。

吴世尚曰：吴戈最鋭，犀甲最堅。

屈復曰：戈，平頭戟。犀甲，以犀皮爲鎧。《考工記》曰，犀甲壽百年。錯，交。短兵，刀劍。言戎車相迫。輪轂交錯，長兵不施，故用刀劍以相接擊也。《司馬法》曰，弓矢圍，殳矛守，戈戟助，凡五兵，長以衛短，短以救長。

戴震曰：此章（按，指操吴戈至士争先四句）言其戰戈句孑戟也。或謂之鷄鳴，或謂之擁頸。

陳本禮曰：（上句言）騎兵，（下句言）步卒。

王念孫曰：（《廣雅》，吴魁，盾也。）《楚辭·九歌》，操吴戈兮被犀甲。王逸注云，或曰操吾科，吾科，楯之名也。吾科與吴魁同。《太平御覽》引《廣雅》作吴科。科、魁聲相近。故《後漢書·東夷傳》謂科頭爲魁頭。《釋名》云，盾大而平者曰吴魁，本出於吴，爲魁帥者所持也。案吴者大也，魁亦盾名也。吴魁猶言大盾，不必出於吴，亦不必爲魁帥所持也。

胡文英曰：吴戈，吴地所造之戈，輕且利也。《考工記》，犀甲七屬，壽百年。（下句言）已交錯其轂，不能退不能遂之時，而猶以短兵相接，寧死不肯奔也。

朱駿聲曰：短，有所長短，以矢爲正。从矢，豆聲。按短，不長也。横用之器矢最短，豎用之器豆最短，故从矢、从豆。會意。長以髮喻，短以豆、矢喻。或曰从豋，豋字省聲，非是。《素問·至真要大論》，短而濇。注，往來不遠，是謂短也。《吕覽·長見》，以其長見與短見也。注，近也。《楚辭·國殤》，車錯轂兮短兵接。注，刀劍也。此从矢之義。

錢繹曰：《説文》，吴，大言也。《周頌·絲衣》篇，不吴不敖。《毛傳·魯頌·泮水》篇，不吴不揚。鄭《箋》並云，吴，譁也。譁，亦大也。《史記·武帝紀》引作不虞不敖。虞、吴，古同聲。《晉世家》，唐叔虞，字子于。前卷云，于，大也。是其義也。《釋名》云，盾大而平者曰吴魁。本出於吴，爲魁帥所持也。《廣雅》，吴魁，盾也。《太平御覽》引作吴科。《楚辭·九歌》云，操吴戈兮被犀甲。王逸注云，或曰，操吾科。吾科，盾之名也。吾與吴，科與魁，皆聲之轉。吴之轉爲吾，猶吴之轉爲俣也。《説文》，俣，大也。《邶風·簡兮》篇，碩人俣俣。《毛傳》云，俣俣，容貌大也。吴、吾、俣，聲近義同。然則吴魁猶言大盾，不必出於吴，亦不必爲魁帥所持矣。《釋木》，壺棗。郭注云，今江東呼棗大而鋭上者爲壺。前卷十一云，壼，其大而密者謂之壺壼。《逸周書·謚法解》云，胡，大也。僖二十二年《左氏傳》，雖及胡耇。杜預注云，胡耇，元老之稱。壺，胡義，並與吴同。是凡言吴者，皆大之義也。

武延緒曰：按《方言》，凡戟而無刃，吴、揚之間謂之戈。東齊、秦、晉之間謂其大者曰鏝胡，其曲者謂之鈎釨鏝胡。《釋名》，盾大而平者曰吴魁，本出於吴，爲魁帥者所持也。注吴戈一作吾科，楯名也。按吴、吾古通。魁、科一聲之轉，戈、科同音，戈、盾同韻，吴戈即大盾也。猶言吾科，吴魁也。

謹按：以下十句爲飾作受祭主將之主巫獨唱之詞，極寫戰争場面之慘烈。吴戈，吴地所産之戈也。王逸引一説以爲指吾科，盾之名也，王念孫、錢繹、武延緒等人亦附益之，其説可參。短兵，指刀劍一類之短兵器，用以攻擊，周拱辰引《考工記》以證之。

旌蔽日兮敵若雲，矢交墜兮士争先。

王逸曰：言兵士竟路趣敵，旌旗蔽天，敵多人衆，來若雲也。墜，墮也。言兩軍相射，流矢交墮，狀夫奮怒，争先在前也。

汪瑗曰：旌，敵人之旌也。蔽日若雲，言其盛也。矢交墜，謂敵人衆多，而矢交墜以射我軍也，此謂兩軍相射，彼此流矢相交而墮也。我軍非不射也，蓋言敵人之盛，鋒鋭難當，而我三軍之士猶奮怒争先，而不畏怯以退也。其敢於敵愾可見矣。

周拱辰曰：矢交墜兮士争先，兩軍相對，彼此各射住陣脚，然後出馬交綏也。車戰之法，備太公《六韜》、左氏《兵法》中。

王遠曰：此（按，指操吴戈至士争先四句）初戰赴敵之勇。

林雲銘曰：雖未傷人，然亦可畏，士不以是而阻。

蔣驥曰：士兼兩國之戰士言。

屈復曰：此節（按，指首句至此句）言國殤初戰之猛勇忠義也。

夏大霖曰：蔽日若雲，此句是單説敵軍陳氣高勢强盛，知兵者一望而知，不可與戰者也。此意露言外，蓋特筆也。矢交墜，乃敵人之矢密如猬集，交加不絶，墜我軍前，此實形敵人强處。士争先，此我之軍士不避其矢，争先以戰敵也。按《兵法》，一夫致死，則百夫辟易。今我士用命如此，何至嚴殺盡乎？此特言將士用命如此者，正明非將士之罪，皆謀國者不度量强弱，而自陷吾民，驅之於死地也。

陳本禮曰：（矢交）兼敵兵言。

胡文英曰：旌蔽日，楚兵也。若雲，敵也。矢交墜，敵也。士争先，楚兵也。

畢大琛曰：直寫秦兵之强，楚不能敵，自取敗亡。懷王憤兵招禍，自棄其民，歷歷言下。

謹按：此以旌旗、交矢言敵多人衆。旌言敵方之旗幟也，汪瑗、夏大霖解此二句甚當，胡文英以爲言楚兵之旌，則非是。下文即言敵衆如雲，正與此相合。矢交墜，謂敵方來矢交錯衆多，非謂雙方對射，王逸、周拱辰、陳本禮之説未當。又，以上四句乃言戰況之全貌。

凌余陣兮躐余行，左驂殪兮右刃傷。

王逸曰：凌，犯也。躐，踐也。言敵家來侵凌我屯陣，踐躐我行伍也。殪，死也。言己所乘左驂馬死，右騑馬被刃創也。

洪興祖曰：顔之推云，《六韜》有天陳、地陳、人陳、雲鳥之陳。《左傳》有魚麗之陳。行陳之義，取於陳列耳，俗作阜傍車，非也。

汪瑗曰：凌，犯而亂也。余，屈原代國殤而余也。陣，陣勢，統言之也。躐，越而踐也。行，行伍，析言之也。……曰驂、曰刃，互文也，言左右驂騑皆爲敵人兵刃所傷而死也。

黄文焕曰：凌陣躐行，争先之狀，不以在後而避也。

錢澄之曰：凌陣躐行，猶今所謂踹營也。

王夫之曰：右，右驂。

林雲銘曰：凌節躐等，皆不應進而輒進之謂，此争先之實也。

劉夢鵬曰：右，車右，主擊刺者。凡車戰，禦者居中，左者射，右者致師入壘，折馘執俘而還。

凌陣躐行，將敗也。驂殪右傷，大敗也。

胡文英曰：凌余陣，躐余行，敵也。左驂殪，右刃傷，楚兵也。

謹按：此言敵我雙方兵車交錯，己方戰陣潰敗散亂之慘狀，以寫敵方攻勢之猛烈。右刃傷，右驂馬爲刃所傷之意也，汪瑗以爲此句互文，左右驂馬皆傷。劉夢鵬又釋爲車右，則非馬傷而爲人受傷，二説皆可參。

霾兩輪兮縶四馬，援玉枹兮擊鳴鼓。

王逸曰：縶，絆也。《詩》曰，縶之維之。言己馬雖死傷，更霾車兩輪，絆四馬，終不反顧，示必死也。言己愈自厲怒，勢氣益盛。

洪興祖曰：援音爰，引也。《左傳》，郤克傷於矢，左并轡，右援枹而鼓。

汪瑗曰：既爲所傷殪，則車馬不能用，故埋而縶之也。

黄文焕曰：霾者，戰塵漲，車伍迷也。

周拱辰曰：風而雨土曰霾。霾，晦也。言戰塵迷瞀，不辨車輪也。馬所以駕車。王肅曰，古者一轅之車，夏后氏駕兩馬，謂之麗；殷益以一騑，謂之驂；周人又益以一，謂之駟。《左傳》云兩驂之旂，《詩》云駟牡騑騑，指此也。車霾矣，馬若爲之縶縛者然，陣潰驂殪，刃傷輪縶，猶然援枹擊鼓者，何？ 即《左傳》所云矢集面而鼓音不絶者是也。

錢澄之曰：埋兩輪，戰塵深也。 輪埋不行，故四馬如縶，不能進也。

王夫之曰：兩驂死傷，車不得行。 兩輪如埋，兩服如縶矣。 霾與埋通。 當作薶。 〇又曰：玉枹，未詳，或大將以玉嵌枹，欲其重與？ 車縶不行，猶援枹而鼓，死戰也。

林雲銘曰：其餘未盡之車，戰塵雖蒙翳其輪，而四馬維繫未脱，猶可進戰。（下句言）兵以鼓進，不以人有死傷而少阻。

蔣驥曰：玉枹，玉飾枹也。 擊鼓，以作士之氣也。

王邦采曰：兩輪不轉若埋，四馬不前如縶。

夏大霖曰：左驂者，受敵殪死；右御者也，受刃傷；中惟抱枹鼓者孤立耳。 驂、御無人，則馬如縶而不得行，馬不行則輪如埋而不得動，有立以受戮耳。 然而車中之主將援枹擊鼓以督衆軍之力戰，不遂已也。 此但以《左傳》靡笄之役郤克傷矢張侯所言一段參看，便明白也。

陳本禮曰：（下句）指督戰者。

胡文英曰：霾兩輪，縶四馬，敵來霾楚輪，縶楚馬也。 援枹擊鼓，楚兵不畏敵而仍進也。

畢大琛曰：勢不利戰而鼓音不絶，猶欲索戰，死而無悔者也。

武延緒曰：按，玉疑巨之譌，巨枹、鳴鼓對文，玉枹義不可通。

謹按：霾輪、縶馬，乃車爲塵所陷，馬爲索所絆，不能進退也。王逸、汪瑗以爲此乃楚軍將士所爲，以示必死之心也。按此説非是，因其戰況激烈，將士無暇顧此也。以玉言枹，當爲美稱，非實言也，未必真爲玉製。王夫之、蔣驥則以爲此乃以玉飾之，亦可參。武延緒以爲玉乃巨之訛，則非也。又，以上四句乃特寫身邊之戰況。

天時墜兮威靈怒，嚴殺盡兮棄原壄。

王逸曰：墜，落也。言己戰鬭，適遭天時，命當墜落，雖身死亡，而威神怒健，不畏憚也。嚴，壯也。殺，死也。言壯士盡其死命，則骸骨棄於原壄，而不土葬也。

朱熹曰：嚴，威也。嚴殺，猶言鏖戰痛殺也。

汪瑗曰：威靈，即謂天之威靈，此句辭對而意互本，謂天時威而懟怒，以壯敵人威勢之盛也。……天時懟，威靈怒，蓋言敵勢威風之壯盛，如天神憤怒，實可惴恐，而我方且戮力赴鬭，雖被彼痛殺，三軍盡死，骸骨暴棄，所不惜也。嚴殺盡、棄原野，猶言拚着都被敵人殺戮無遺，拋棄原野，終不肯休也。

黄文焕曰：天時懟者，成敗有天，天實助敵矣。吾與天抗，懟天而務求勝也。威靈怒者，吾之威與吾之靈，兩奮其怒也。

王遠曰：此（按，指凌余至棄原野六句）言戰敗時猶死鬬也。敵人恃衆，犯我之陣，踐我之行，我之左驂既死，車右又傷，猶擊鼓催戰，其氣愈盛也。驂死右傷，則車不能行，如埋輪縶馬也。末二句乃呼天而怨之。

錢澄之曰：天時予敵，而抗之與戰，是爲懟天，故威靈怒也。殺盡而棄原野，不盡不止，有必死之心也。

王夫之曰：天時墜，大命傾也。威靈怒，死而怒氣不散也。嚴殺，威嚴殺氣也。盡，死而氣熸也。勇餘於方死之頃，而氣盡於既死之後也。

蔣驥曰：懟，怨也。曰嚴者，若有監督之者然，雖當戰敗，其氣彌鋭，而天方盛怒，必使盡殺而止，固非戰之罪也。《國殤》所祀，蓋指上將言，觀援枹擊鼓之語，知非泛言兵死者矣。

吴世尚曰：此節言士有必死之志，而以天怨神怒，遂致不幸而敗死，不得生歸也。

屈復曰：此節（按，指凌余陣句至此）言既敗之後，勇猛忠義如故也。○又曰：言己適值天之怨怒，即令被敵人殺戮無遺，拋棄原野，終不懼也。勇士不忘喪元之志也。

夏大霖曰：天時對句……言此時我軍潰敗，陷於敵人殺氣之内，一似天昏地黑，其威靈助敵，若盛怒者。

劉夢鵬曰：言好戰實干天怒。

陳本禮曰：（上句）言敵人强暴，天皆爲之震怒也。（下句言）天懟神怒之故。

胡文英曰：楚士之勇如此，宜無不勝矣。而無如天時不得，若于楚有所懟而威靈震怒者，故亟盡殺而棄諸原野也。嚴，亟也。

牟庭曰：威靈者，謂人君。王一怒而人命如草。

朱駿聲曰：嚴，教命急也。○又曰：莊之代字。《公羊·桓六傳》，謂嚴公也。《釋文》，本作莊。《古今人表》嚴先生，《史記·越世家》作莊生。……按，漢避明帝諱，改莊爲嚴，實借爲儼也。

王闓運曰：言天時雖當亡隕，威神自勇也。

畢大琛曰：逆天時，干神怒。

謹按：墜，王逸釋爲落，「天時墜」謂天時於我軍不利，是也。汪瑗以爲墜同懟，怨也，則「天時墜」與「威靈怒」相對而言，亦可參。錢澄之、畢大琛釋爲對抗，則有失文意。威靈，當爲陣亡將士之魂靈，王逸、黄文焕、王夫之之説可從。汪瑗以爲威靈同於天時，亦爲天神之謂也，可參。牟庭又以爲威靈當指人君，殊爲荒謬。嚴，嚴酷也。朱熹解爲威，胡文英解爲亟，朱駿聲解爲急，尚較爲相近。王逸則解爲壯年，殊失其旨。

出不入兮往不返，平原忽兮路超遠。

王逸曰：言壯士出鬬，不復顧入，一往必死，不復還反也。言身棄平原山壄之中，去家道甚遠也。

朱熹曰：言身棄平原，神欲歸而去家遠也。

汪瑗曰：此句表壯士從軍之初，心自誓之志便若是也。……平原超忽，謂不憚道路之遠也。

錢澄之曰：忽兮路超遠，言路超遠忽然而至，則魂之返也。

王夫之曰：魂不能歸也。

林雲銘曰：追言始戰之時，只知有進無退，不覺去國之遠，而死於此地。

張詩曰：言戰士之心，出不思入，往不思反，平原荒忽，道路超遠，亦不足畏。

蔣驥曰：忽，一往之意。平原忽兮路超遠，謂身棄平原，神欲歸而去家遠也。

王邦采曰：出國門而不入，往戰場而不反，有進無退……何以剛强之性不可凌替若此哉？

吴世尚曰：出不入、往不返，言其始即有必死之志，而無貪生之心也。平原忽路超遠，言不憚艱險，而必前進也。二句正下文所謂誠既勇者也。

屈復曰：平原忽兮路超遠，言不憚道路之遠。

夏大霖曰：前叙國殤之事已畢，此追叙其家，以見棄原壄之慘也。出，初出師時也。入，入别家室也。言初出時，將士義不顧家，既不入别其家而告師之何往，及今往者，並無一人得反。莫問棄於何處，其家人縱欲取之，但見平原荒忽，道路迢迢，更從何處得收之乎？其永棄也，不亦哀哉！而國中家人之哀怨又何如哉？庾子山句，登樓一望，惟見遠樹含煙，平原如此，不知道路幾千，即此句意，舊解但失體認。

王念孫曰：（《廣雅》，超，遠也。）超之言迢也。《方言》，超，遠也。東齊曰超。《九歌》云，平原忽兮路超遠。〇又曰：（《廣雅》，迦與伆同。）《玉篇》，迦音勿，又音忽。《楚辭·九歌》云，平原忽兮路超遠。《荀子·賦篇》云，忽兮其極之遠也。迦、忽古亦通用。

胡文英曰：此痛其死也，言見其出而不見其入反，平原忽然而死，路復超遠，魂魄不知所歸，故宜招魂而祭也。

謹按：以下八句爲群巫合唱之詞，以歌頌爲國捐軀之主將。此二句表將士必死之決心，王逸、朱熹、林雲銘、王邦采、吴世尚、夏大霖皆是也。張詩釋爲道路超遠，亦不足畏，亦可參。胡文英以爲此乃痛悼死士之詞，可備一解。

帶長劍兮挾秦弓，首身離兮心不懲。

王逸曰：言身雖死，猶帶劍持弓，示不舍武也。懲，忿也。言己雖死，頭足分離，而心終不懲忿。

洪興祖曰：《漢書·地理志》云，秦地迫近戎狄，以射獵爲先。又秦有南山檀柘，可爲弓幹。

朱熹曰：懲，創艾也。雖死而心不悔也。

汪瑗曰：秦弓，義如吴戈之説。

周拱辰曰：《考工記》，弓有六材，取必以其時。材美工巧，惟秦擅也，故稱秦弓。漢賈雍爲豫章守，與敵人戰，喪元，猶帶弓擐甲，挾馬歸營，問衆將曰，有頭佳乎，無頭佳乎？衆將曰，有頭佳。雍腹語曰，無頭亦佳。《離騷》曰，雖解體吾猶未變兮，豈予心之可懲。此曰首雖離兮心不懲，原寫國殤，亦以自寫。

林雲銘曰：既死，往視其尸，而裝束如故，頭雖斷而心猶欲進戰，不以敗死爲戒也。

吴世尚曰：帶長劍，挾秦弓，首身離，心不懲，言雖不幸而身首分離，猶執持弓劍，勃勃如生，心無怨悔，植立而不仆也。二句正下文所謂又以武者也。

屈復曰：首雖離而心不悔四句，追述其生前出兵之初，立志如此。下身既死，方是戰死後也。……不可凌，承勇武剛强不可犯。神以靈，言其魂必靈而不滅也。

夏大霖曰：此因家不得收其屍，心有所不忍，又虚擬其棄原壄之形狀也。言此棄原壄之殤者，長劍猶帶其身，當争先時，亦有奪得秦人之弓而挾之冀録功者。想其既死之形狀如此，便可以想其心，其身首雖離，其敵愾之奮終不悔也。一念及此，又何忍棄之也耶？抑能不爲之動念耶？秦弓焉爲楚有，亦特字法。

劉夢鵬曰：心不懲，所謂不忘喪其元者也。勇以氣言，武以技言，剛在心，强在力，嘆戰士之勇也。

陳本禮曰：生氣不泯，猶賈餘勇。

胡文英曰：首雖離而心不懲，謂既死而猶植立，壯往之至也。

武延緒曰：按，秦疑泰之譌。《周禮·夏官》司弓矢，掌六弓四弩八矢之法。王弓、弧弓，以授射甲革椹質者。夾弓、庾弓，以授射豻侯鳥獸者。唐弓、大弓，以授學射者、使者、勞者。丸、弩、夾、庾，利攻守。唐、大，利軍戰、野戰。是其證。泰弓，即大弓也。大弓、長劍對文。

謹按：此言主將之無所畏懼。秦弓，秦地所製之弓，謂好弓也。武延緒以爲秦乃泰之誤，當訓爲大，恐未是。懲，戒懼也，朱熹解爲創艾，心不懲即雖死不悔，亦通。

誠既勇兮又以武，終剛强兮不可凌。

王逸曰：言國殤之性，誠以勇猛，剛强之氣，不可凌犯也。

汪瑗曰：勇，言其氣也。武，言其藝也。……不可凌，總承勇武剛强不可犯而言也。此六句（按，指出不入以下六句）乃表國殤在生之素志。舊説承上章棄原野而言，其魂神如此，恐未是也。

錢澄之曰：勇贊其氣，武贊其藝。其死也，天時爲之，而人則終剛强不可凌也。蓋以是慰死者之魂。○又曰：此章（按，指出不入至爲鬼雄八句）申言棄原野也。

蔣驥曰：勇稱其氣也，武稱其藝也。勇武，以戰時言；剛强，以死後言。總承上文以明設祀之意。

吴世尚曰：凌，出其上也。

夏大霖曰：勇，核其生之所行。以武，謂死可謚以武也。

胡文英曰：此言其所以宜祭也。

畢大琛曰：（勇）以氣言，（武）以技言，（剛）以心言，（强）以力言。

謹按：汪瑗、錢澄之、蔣驥皆曰勇贊其氣，武贊其藝，甚是。夏大霖以武爲謚號，非是。

身既死兮神以靈，子魂魄兮爲鬼雄。

王逸曰：言國殤既死之後，精神强壯，魂魄武毅，長爲百鬼之雄傑也。

洪興祖曰：《左傳》曰，人生始化曰魄，既生魄，陽曰魂，用物精多，則魂魄强。疏云，人禀五常以生，感陰陽以靈，有身體之質，名之曰形，有嘘吸之動，謂之爲氣，氣之靈者曰魄。既生魄矣，其内自有陽氣也。氣之神者曰魂。魂魄，神靈之名。本從形氣而有附形之靈爲魄，附氣之神爲魂。附形之靈者，謂初生之時，耳目心識手足運動啼呼爲聲，此則魄之靈也。附氣之神者，謂精神性識漸有所知，此則附氣之神也。魄在於前，魂在於後。魄識少，而魂識多。人之生也，魄盛魂强，及其死也，形銷氣滅。聖人緣生以事死，改生之魂曰神，改生之魄曰鬼，合鬼與神教之至也。魂附於氣，氣又附形，形强則氣强，形弱則氣弱。魂以氣强，魄以形强。《淮南子》曰，天氣爲魂，地氣爲魄。注云，魂，人陽神；魄，人陰神也。

汪瑗曰：神以靈，言國殤之死而其神魂必能威靈而不泯滅也。……魂魄，則神靈之謂也。

王遠曰：此于其既死之後，乃讚歎以終之也。骨棄平原，家莫聞知，身首已離，弓劍在腰，做鬼猶不以爲悔也。此其勇武剛强，不可凌挫。若此人，生而爲英，死而爲靈，雖魂歸魄降，毅然爲百鬼之雄長也。

王邦采曰：毅，嚴武之意。鬼中魁傑，是爲鬼雄。

吴世尚曰：身死國事，其神不泯，所謂能執干戈以衛社稷，其魂魄爲鬼之雄也，不亦宜乎？

屈復曰：此節（按，指出不入句至此）生則勇武剛强，忠義報國，死爲鬼雄，宜享祭祀於無窮也。○又曰：此節（按，指出不入句至末句）言其雖死而有功於國，英風壯節，可爲世祀者也。○又曰：毅爲鬼雄者……猶言死當爲厲鬼以殺賊耳。

劉夢鵬曰：善戰者服上刑，奈何驅無罪之民而速之死乎？讀屈子此篇，其亦可以惻然矣。天懟神怒，蓋警之也。

陳本禮曰：人死心不死，當爲鬼雄，以殺賊也。○又曰：誠既勇以下，祭者贊嘆之詞，以明所以設祀之意也。

胡文英曰：此祭而祝其不泯也，有願其氣作山河壯本朝之意。

謹按：此言英雄死後亦爲鬼雄。神以靈，以訓爲而，謂死後成神而威靈赫赫，汪瑗、吴世尚、胡文英則解爲魂靈不泯，亦通。子魂魄，當從洪興祖所引一本作「魂魄毅」，指英雄死後魂魄仍剛毅堅强。

# 禮魂

洪興祖曰：禮一作祀，魂一作鬼。或曰，禮魂謂以禮善終者。

汪瑗曰：禮，一作祀。或曰禮魂謂以禮善終者。俱非是。……禮魂者，謂以禮而祭其神也，即章首成禮之禮。字一作祀者，祀與俗礼字相似而訛也。蓋此篇乃前十篇之亂辭，故總以《禮魂》題之。前十篇祭神之時，歌以侑觴，而每篇歌後，當續以此歌也。後世不知此篇爲《九歌》之亂辭，故釋題義者多不明也。或曰，《九歌》十篇，豈可總爲一亂辭乎？曰，東方朔《七諫》、王褒《九懷》、王逸《九思》，蓋皆於諸篇之後而總爲一亂辭，即其例也。或曰，此篇當有亂曰二字，而今禮魂二字，蓋因此篇之首句有禮字，前篇之末句有魂字，而傳寫之誤也。未知其審，姑識其疑，而此篇爲亂辭則可以自信而不惑矣，讀者細玩此篇之旨，而遍考東方朔及二王之作，當自得之也。

李陳玉曰：此祭國中衆亡魂也。

周拱辰曰：前曰《國殤》，乃爲國而死者也。此曰《禮魂》，迺鄉先生之賢有功德於桑梓，而俎豆之於瞽宗者。○又曰：舊謂以禮善終者，非是。蓋指事神成禮者言也。

王夫之曰：凡前十章，皆各以其所祀之神而歌之。此章乃前十祀之所通用，而言終古無絶，則送神之曲也。舊説謂以禮善終者，非是。以禮而終者，各有子孫以承祀，别爲孝享之辭，不應他姓祭非其鬼，而篇中更不言及所祭者，其爲通用明矣。魂亦神也，神統魂魄，而專言魂者，天地山川之神，既未成乎魄，山鬼、國殤雖魂魄具，而魄滯於化，魂返於虚，尤可得而禮，故求諸陽而陰自應之。

蔣驥曰：禮魂，蓋有禮法之士，如先賢之類，故備禮樂歌舞以享之，而又期之千秋萬祀而不祧也。○又曰：禮魂舊指善終者，夫善終多矣，焉得人人而祭之？且雖子孫親盡則祧，安能使終古之遠，春秋享祀不絶耶？《通釋》又以爲前十章送神通用之曲，不知十章中迎送各具，何煩更爲蛇足也？

吴世尚曰：古注謂以禮善終者，然玩歌辭之意，則似是凡祭畢之辭詞，乃送神之曲也。

屈復曰：此篇乃前十篇之亂辭也。《九歌》總一亂辭，觀東方朔《七諫》、王褒《九懷》、王逸《九思》皆諸篇之後總一亂辭，祖三閭之例也。禮魂魂字，疑爲成字，傳寫之誤也。予向亦作禮善終者解，全無所據，又與本文不合，存之以俟高明。○又曰：此篇以神之尊卑爲叙次，今二氏水陸道場，諸神合享，鬼王另標一幡，即《山鬼》立表之意。至久施食，國殤亦在焉。楚俗分合未可知，大小司命、東君似不宜在湘君、湘夫人後，然觀篇終會鼓傳芭，三閭之作則合祀也。夫借酒杯澆壘塊，落墨於有章有句之中，致情於無形無聲之外，是在讀者心會别解耳。分合次序，抑亦末矣！

夏大霖曰：愚按此篇與篇前緊對，兩兩相形，以深其悲嘆，所以結《九歌》也。與首二篇兩兩相形，局法相應。中間《湘君》、《湘夫人》爲一偶，大小《司命》爲一偶，《東君》、《河伯》爲一偶，《山鬼》篇獨奇，此第九篇數奇，遇陽九之意也。而此奇中卻以若有人、山中人對，此人鬼關頭，即陰陽消長，機緘之倚伏，望否往而泰來意，又寓乎數矣。故以一十一篇而稱《九歌》，言構陽九之數也。

劉夢鵬曰：國之大務，惟祀與戎。《國殤》諷慎戎戰也。《禮魂》，語敦祀典也。

陳本禮曰：招魂而祀之曰禮，非僅禮善終者之詞。

胡文英曰：即今之鄉賢名宦之類。此作于郢都者。

牟庭曰：《禮魂》者，《九歌》之通調也。每一歌終，則奏《禮魂》，蓋以侑神也。

胡濬源曰：此明己之借傳芭代舞，借倡歌代樂章，以寄作《楚辭》意也。

王闓運曰：蓋迎神之詞，十詞之所同。

畢大琛曰：原以懷王始受秦欺，繼爲秦敗，終客死於秦；己又見疏被放，不能救也，作《九歌》哀王，以《禮魂》終之，賦《禮魂》。○《禮魂》總結《九歌》，如《離騷》篇之亂詞。亂詞總結全篇，言己之志。《禮魂》總結《九歌》，言懷王已没，楚兵已敗，己亦將從彭咸同歸於盡，故以《禮魂》總結之。姱女倡兮容與，女指所禮之魂，言女之姱美，今作《九歌》以倡之，俾魂得容與以安於九原。而青蘭秋鞠之芬芳節操，終古不絶，此仿《詩經》祭祀之樂歌。有謂見楚俗好巫，女覡歌詞鄙俚，代爲作《九歌》，女倡即指女巫者，殊謬。

謹按：本篇乃《九歌》之末篇，其性質舊注釋義分歧頗多。洪興祖釋爲以禮善終，汪瑗、屈復、畢大琛釋爲篇末之亂辭，王夫之、吴世尚又進而釋爲前十篇通用之送神曲，王闓運則釋爲迎神曲，周拱辰、蔣驥、胡文英釋爲祭先賢，李陳玉釋爲祭國中亡魂，按汪瑗、王夫之二説較爲近是。本篇開首即言「成禮」，顯已至祭祀典禮之尾聲。前此諸篇皆有所祀之具體神靈，而本篇獨無，且篇幅甚短，内容泛泛，置於全篇之末，其爲祭祀樂歌終結之時所歌之曲無疑也。然汪瑗、牟庭又以爲《九歌》諸篇之後皆當續以此歌，恐未必是。蓋所有祭歌演奏完畢後再由群巫合唱此篇。

成禮兮會鼓，傳芭兮代舞。

王逸曰：言祠祀九神，皆先齋戒，成其禮敬，乃傳歌作樂，急疾擊鼓，以稱神意也。芭，巫所持香草名也。代，更也。言祠祀作樂而歌，巫持芭而舞訖，以復傳與他人更用之。

洪興祖曰：司馬相如賦云，諸柘巴且。注云，巴且草，一名巴蕉。

李時珍曰：按陸佃《埤雅》云，蕉不落葉，一葉舒則一葉蕉，故謂之蕉。俗謂乾物爲巴，巴亦蕉意也。《稽聖賦》云，竹布實而根苦，蕉舒花而株槁。芭苴，乃蕉之音轉也。蜀人謂之天苴。曹叔雅《異物志》云，芭蕉結實，其皮赤如火，其肉甜如蜜，四五枚可飽人，而滋味常在牙齒間，故名甘蕉。

汪瑗曰：成禮，謂祀事將終也。會者，翕聚之意，如前五音繁會、展詩會舞之會字。會鼓者，謂祀事將終，而急疾擊鼓翕聚以止之也。

周拱辰曰：成禮，言致其敬，致其物也。儀物備矣，禮既成矣，然後會鼓獻祝，傳芭代舞也。

王萌曰：會鼓，會合鼓音也。

王夫之曰：會鼓，合樂也。傳芭，未詳，或今催花送酒之類。代舞，更番舞也。

林雲銘曰：考終于家，得成其歛殯之禮，而致祭時，會合鼓音以節歌舞也。

王邦采曰：成禮，既戒既備也。會鼓，合舉衆音也。五音無鼓不和，故曰會鼓。一句説樂……一句説舞。

吴世尚曰：祀禮既成，則急擊鼓而送神也。芭，巫所持之香草也。舞節既畢，則留傳香芭而爲後用也。

屈復曰：會鼓，會衆樂而急疾擊鼓也。……成禮者，祀畢也。禮成而鼓樂傳舞並作也，至今猶然，可想而知也。

夏大霖曰：葩，四時之花也。四時有享，享以時花爲供，以告時叙之代謝，所以致時思之誠也。舞，即供花也。傳代，四時之遞代，而享亦四時相繼代也。

劉夢鵬曰：芭通作葩，華萼也，即下文蘭、菊之類，巫持之以舞者也。

戴震曰：華之初秀曰芭。

陳本禮曰：（成禮），備其祭祀之禮。（會鼓），會衆巫而鼓。（代舞），衆巫相代而舞。

胡文英曰：成禮，備禮也。禮儀既備而後鼓，以會與祭之人也。芭與葩同，此即春蘭秋菊之芳也。代舞，代國之舞。《大招》，代秦、鄭、衛嗚竽張只，已傳芭薦芳，即興代舞也。

牟庭曰：芭，華也。擊鼓而傳華，紛然交錯，可以代舞節也。

胡濬源曰：女倡即巫，至此點明歌者，觀傳芭代舞，女倡容與，便知非雅樂章，乃巫者歌也。

謹按：此言祭禮將成，鼓樂齊鳴，手持香花，輪番起舞之況。成禮，謂完成祭禮也，汪瑗、吴世尚、屈復、陳本禮、胡文英所言並如是。王逸、周拱辰則釋爲成其禮敬，可備參考。會鼓，謂鼓聲齊作，會當訓合，汪瑗、王萌、王夫之、林雲銘、王邦采、陳本禮並作此訓。王逸、吴世尚則釋爲急疾擊鼓，訓會爲急。屈復則兼有二意。芭，夏大霖、戴震、胡文英、牟庭訓爲花，是也。劉夢鵬訓爲花萼，王逸、吴世尚則訓爲香草，可參。

姱女倡兮容與。

王逸曰：姱，好貌。謂使童稚好女，先倡而舞，則進退容與而有節度也。

朱熹曰：女倡，女子爲倡優也。容與，有態度也。

汪瑗曰：姱女……猶言孅人、姣人、佳人。……倡，倡首也。蓋歌舞亦必有一人以爲之倡，而衆方隨以和之也。

黄文焕曰：倡者，歌聲倡和也。

李陳玉曰：生人之情，莫如好色，死猶故習難忘。故祭神及鬼，多以女巫致之。

周拱辰曰：按姱女即巫女。倡，即倡曰有鳥自南之倡，發歌聲也。舞矣而又倡之以歌，所謂歌舞是也。

王萌曰：容與，遲步有度也，猶《詩·竹竿》佩玉之儺。

錢澄之曰：鬼神以音樂相感召，故好歌舞。又鬼陰物，南陰方，故歌舞多用陰人，亦以類相感也。

王夫之曰：女如字；倡，歌也。

王邦采曰：女謂巫也。……容與，舒徐貌，謂歌將終而故緩其聲也。有以爲舞態容與者，非。至有以女倡爲女子爲倡優者，尤非。一句説歌。

屈復曰：倡，首一人爲之倡，而衆和之也。容與，態度從容。

胡文英曰：姱，美好也。倡，如《禮記》一倡而三嘆之倡。

牟庭曰：姱女者，傳芭之人也。春傳蘭，秋傳菊也。

謹按：姱女，好女也，此處指女巫。倡即歌唱之唱，汪瑗、屈復以爲專指領唱，亦通。朱熹以爲女倡二字當連讀，非是。容與，徐緩從容之貌，謂群巫伴唱隨舞甚有節度，王逸、朱熹、屈復之説是也。王邦采則謂容與言歌聲之舒徐，亦可備一解。

春蘭兮秋菊，長無絶兮終古。

王逸曰：言春祠以蘭，秋祠以菊，爲芬芳長相繼承，無絶於終古之道也。

洪興祖曰：古語云，春蘭秋菊，各一時之秀也。

王文禄曰：《楚騷·禮魂》曰，春蘭兮秋菊，長無絶於終古，比也。夫魂，性之神也，不生死存亡。指二時薦品歌之，喻往來化機不息。《遠游》曰，毋滑而魂兮彼將自然，一氣孔神兮於中夜存，虚以待之兮無爲之先，賦也。原生夷方，學何所授，灼見性真，聖之潔也。豈沈湘傷生哉？特憤世託言遐遁耳！揚子雲《反騷》庶知之。稱《騷經》宜矣。

汪瑗曰：春蘭秋菊……蓋錯舉四時之物，以見寒暑之變遷也。

黄文焕曰：春蘭秋菊，頌芳潔也。

李陳玉曰：春祠以蘭，秋祠以菊，屈子落筆，不離芳潔。

陸時雍曰：惜吾不及古之人兮，吾誰與玩此芳草，往不可追。春蘭兮秋鞠，長無絶兮終古，所寄意於後世者深遠矣。

王遠曰：言二時之祭，必薦馨也。無絶終古，言魂得長享之也。屈子蓋憂楚之不祀，而致意于篇終如此。

王夫之曰：春蘭秋菊，四時更采芳以薦也。蘭或言春，或言秋者，蘭春生秋華。菊，大菊，蘧麥也。

林雲銘曰：長無絶乎終古句，雖指世世長享其祭，亦因楚師屢敗於秦，欲自此以往，不復用兵，使民得送死爲幸。其憂國憂民之意微矣。

王邦采曰：二句總結祀事。

吴世尚曰：凡祭事，春舉於孟春，所以報也，於時則有蘭焉。秋舉於季秋，所以報也，於時則有菊焉。春秋匪懈，享祀不忒，所謂長無絶於終古也。蓋國之大事，在是故也。

屈復曰：春蘭秋鞠，舉物以見四時之變遷也。長無絶，永久不斷也。終古，已見《騷經》。祝其千秋萬歲，長享此祭，言外祝楚之長存也。

夏大霖曰：蘭、菊，即葩也。春舞以蘭，秋舞以菊，明四時有傳葩代舞之禮也。……兵争之世，多棄原埜，得成禮者何其幸哉！蒼蒼烝民，誰無此願，而棄之原埜，使不得没於牖下，誰實致之，能不爲之動念矣乎？此皆言外之意也。

劉夢鵬曰：四時皆祭，獨稱春秋，錯舉之詞。春蘭秋菊，祀事孔明，則神和民福，國祚靈長，無絶終古矣。

胡濬源曰：蘭鞠，即借所傳之芭，明余情其信芳，長與此終古，而寄意於篇終也。此篇以魂稱題名，即自比《招魂》之魂。

胡文英曰：美其有明德以享芳馨，而祭祀不輟也。

謹按：此言以春蘭、秋菊爲供奉，願神來享，萬歲不絶。春蘭、秋菊，各舉一時之秀，以喻時之變遷，王逸、洪興祖、汪瑗、屈復之説皆近是。黄文焕、李陳玉、胡文英又謂此二花可頌芳潔之德，亦可參。